mtb

Zum Buch:

Dax kann das heiße Wochenende mit Remi vor drei Jahren nicht vergessen! Warum das so ist, darüber möchte er allerdings nicht weiter nachdenken. Denn ganz egal, wie verrückt er immer noch nach Remi ist, eins ist klar: Auf Dauer wird er eine Frau wie sie niemals halten können. Aber als sie ihm auf einer Party buchstäblich in die Arme fällt, verspürt er sofort wieder das unersättliche Verlangen. Wider alle Vernunft lässt er seiner Lust freien Lauf – doch am Morgen muss er den Preis dafür zahlen …

»Ilsas Geschichten sind WIRKLICH fantastisch, und ›Hot English – Verboten wild‹ bildet keine Ausnahme!«

Tijan, New-York-Times-Bestsellerautorin

Zur Autorin:

New-York-Times-Bestsellerautorin Ilsa Madden-Mills hat ein Faible für starke Heldinnen und sexy Helden. Sie ist süchtig nach allem, was mit Fantasy zu tun hat – Einhörner eingeschlossen. Außerdem üben Astronomie, Instagram, Tattoos und Schokolade eine unwiderstehliche Faszination auf sie aus. Ilsa hat in Tennessee Englisch und Pädagogik studiert, und wenn sie nicht schreibt, restauriert sie alte Möbel.

Lieferbare Titel:

Dirty English – Verboten heiß

Ilsa Madden-Mills

Hot English – Verboten wild

Roman

Aus dem Amerikanischen von
Ivonne Senn

mtb

MIRA® TASCHENBUCH
Band 26138

FSC
MIX
Papier
FSC® C014496

1. Auflage: Mai 2018
Deutsche Erstausgabe

Originaltitel: Filthy English

Published by arrangement with
Bookcase Literary Agency and Rebecca Friedman Literary Agency.

Umschlaggestaltung: zero-media.net, München
Umschlagabbildung: Shutterstock / Mikhail_Kayl, Lightspring
Satz: GGP Media GmbH, Pößneck
Printed in Germany
Dieses Buch wurde auf FSC®-zertifiziertem Papier gedruckt.
ISBN 978-3-95649-813-8

www.mira-taschenbuch.de

»Komm, gib
Mir meinen Romeo! Und stirbt er einst,
Nimm ihn, zerteil in kleine Sterne ihn:
Er wird des Himmels Antlitz so verschönen,
Daß alle Welt sich in die Nacht verliebt.«

Julia, *Romeo und Julia*

1. Kapitel

Remi

Schlicht und einfach ausgedrückt: Der Abend war Scheiße.

Traurigerweise hätten es meine Flitterwochen sein sollen.

Ich seufzte schwer und schaute mich im *Masquerade* um, einem intim beleuchteten Londoner Nachtclub, in dem jeder eine schwarze Maske trug – einige davon reich verziert, andere schlicht –, um seine Identität zu verbergen. Ein paar Hartgesottene hatten sich sogar in mittelalterliche Kleidung und lange weite Umhänge geschmissen.

Ich allerdings nicht. Ich trug ganz modern ein enges kurzes Kleid und zwölf Zentimeter hohe Absätze, womit ich beinahe einen Meter achtzig groß war. Ja, ich war der maskierte Riese in dem blauen Kleid, der alle Frauen und sogar einige der Männer an der Bar überragte.

Während ich an meiner Unterlippe nagte, ließ ich meinen Blick durch den verrauchten Club schweifen und von einem beliebigen Gesicht zum nächsten huschen. Ich fühlte mich schrecklich allein – was keine große Überraschung war, da mein Bräutigam verschollen war.

Ich war sitzen gelassen worden.

Ganz genau. Hartford Wilcox aka Mr. Nice Guy Arschloch der Withman University in North Carolina hatte mich zwei Wochen vor der großen Hochzeit fallen lassen, während wir bei unserem Lieblingsitaliener *Mario's* beim Abendessen saßen.

Wir sind Geschichte. So wie Telefonzellen und Mom-Jeans.

Er war alles, was auf meiner *Der Perfekte Mann*-Liste stand – wenn man den zu hastigen Geschlechtsverkehr und die zu stark behaarte Brust außer Acht ließ, aber über diese Dinge hatte ich hinweggesehen, weil langsamer, leidenschaftlicher, die Welt auf den Kopf stellender Sex auch nicht das ist, was alle immer behaupten.

Glaub mir.

Denn den hatte ich mal – vor langer Zeit.

Diese Leidenschaft kann einen zerstören und einem das Herz schmerzhaft und gründlich herausreißen.

Diese Form der ~~Liebe~~ Lust wollte ich nie wieder.

Meine beste Freundin Lulu, die in letzter Minute mit mir nach London gekommen war, stupste mich mit dem Finger an, als wir vorne in der mit schwerem Holz eingerichteten Bar des Clubs saßen. »Hey, Erde an Remi, wisch dir den glasigen Blick aus den Augen, und bestell endlich einen Drink. Ich habe Durst.«

Alkohol. Ich nickte. Es war an der Zeit, uns zu betrinken.

»Verdammt, die Männer hier sind heißer als ein Ziegenbock mit einer Fackel«, fügte sie mit Südstaatenakzent hinzu. Dann wuschelte sie sich durch ihren pinken Pixie-Cut und strich ihr schwarzes Tutu glatt.

Sie war ganz eindeutig auf Männerjagd – so wie ich es sein sollte.

Halbherzig stimmte ich zu, wobei ich mehr darauf konzentriert war, die Flaschen hinter der Bar zu betrachten. »Ich will Tequila«, sagte ich.

Schwungvoll drehte sie sich zu mir um. »*Wie bitte?* Ich weiß, was passiert, wenn du das Zeug trinkst. Entweder isst du eine Tonne Tacos und kotzt, oder du schmeißt dich an irgendeinen arroganten Mistkerl mit knackigem Hintern ran.«

Ich verzog das Gesicht. Der haarige Hartford hatte einen Superarsch – und beackerte vermutlich gerade irgendein Verbindungsmädchen.

Ich lachte kurz auf. Es war eines dieser jämmerlichen »Mir-geht-es-schlecht-aber-ich-tue-so-als-wäre-alles-gut«-Lachen, die in letzter Zeit häufig aus mir herausplatzten. In den letzten zwei Wochen hatte ich zwischen schluchzendem Wrack und wütender Frau geschwankt, die manchmal so aufgebracht war, dass *fuck* das einzige Wort war, das in jeder Situation angemessen schien. Zur Post zu gehen und die »Er-hat-mich-sitzen-lassen-aber-danke-trotzdem«-Karten einzuwerfen. *Fuck*. Zu dem Lokal zu gehen, in dem die Hochzeitsfeier steigen sollte, und die Anzahlung in Höhe von zehntausend Dollar nicht zurückzubekommen. Doppel-*Fuck*. Zu erkennen, dass ich ab dem Herbstsemester, das in zwei Wochen begann, ohne Bleibe sein würde. *Fuck*.

Natürlich sagte meine Mom, dass das alles meine Schuld wäre.

Ich senkte den Blick und sah, dass ich meine nervöse Unart wieder aufgenommen hatte, mein mit Brillanten besetztes Tennisarmband wie einen Rosenkranz wieder und wieder um mein Handgelenk zu drehen.

Du musst weitermachen, Remi.

Der Barkeeper schlenderte zu uns herüber; ein großer schlanker Kerl mit Bart und einem Rosentattoo, das sich über beide Arme zog. Er stellte sich als Mike vor und fragte, was wir trinken wollten. Lulu nahm das Übliche, einen Apple Martini.

Ich bestellte eine ganze Flasche Patrón Silver. Vergessen, dein Name ist Remi.

»Damit schaufelst du dir dein eigenes Grab«, murmelte Lulu, als ich das erste Glas hinunterkippte und an einem Stück Limette saugte, das Mike dazugelegt hatte. Ich schüttelte mich und verzog das Gesicht.

»Wie schmeckt es?«, wollte sie wissen und musterte mich.

»Wie schlechte Entscheidungen«, antwortete ich und wischte mir den Mund an der Serviette ab. »Aber es bringt mich dahin, wo ich hinwill. Gib mir fünfzehn Minuten, und ich könnte vielleicht sogar versucht sein, zu tanzen.«

Sie lachte schnaubend. »Lügnerin.«

Ich kippte noch einen Drink hinunter, während zwei Jungs zu uns kamen und eine Unterhaltung mit Lulu anfingen. Ich schaute die beiden kaum an. Sie hingegen wurde fast ohnmächtig, als die beiden uns zum Tanzen aufforderten.

»Los, lass uns ein bisschen Spaß haben, Remi«, drängte sie, wobei sie sehnsüchtig in Richtung Tanzfläche blickte und dann wieder zu mir. Die Jungs waren bereits dort und winkten uns zu sich.

»Ich komme in einer Sekunde nach.« Was ich vermutlich nicht tun würde.

Sie schmollte. »Du lügst.«

»Ja. Doch mach dir keine Sorgen um mich.« Ich ignorierte meine fürchterliche Laune und zeigte auf die Flasche Tequila. »Außerdem haben der Kerl hier und ich ein Date.«

Sie bedachte mich mit einem traurigen Lächeln. »Okay, aber wenn du jemanden entdeckst, mit dem du anbandeln willst, dann tu das. Sitz nicht die ganze Nacht auf dem Hocker und denk an den haarigen Hartford. Du kennst das Sprichwort: ›Manchmal muss man erst unter jemandem liegen, um über jemanden hinwegzukommen.‹«

Nachdem sie gegangen war, fummelte ich an meinem Armband herum und grummelte, da ich daran denken musste, wie Hartford mir geschworen hatte, er würde mich für immer lieben – nur um mich dann über einem Teller Lasagne abzuservieren. Meine Gedanken wanderten zu glücklicheren Zeiten. Ich erinnerte mich an seine Freundlichkeit, seine süße Art, an seine Fähigkeit, meine Bedürfnisse vorauszuahnen, und an sein gutes Aussehen …

Oh, um Himmels willen, hör mit dem sentimentalen Mist auf! schrie ich mich an.

Lulu hatte recht. Ich brauchte einen Mann. Jemanden, der so spektakulär anders war als Hartford, dass …

Beim Anblick des unglaublich attraktiven Typs, der an mir

vorbeiging, blieb mir der Mund offen stehen. Und mit attraktiv meine ich umwerfend sexy mit einem Körper wie aus Stein gemeißelt.

Ich schloss den Mund und richtete meine samtene Halbmaske – die nervigen Federn an den Seiten blieben immer an meinem roten Lippenstift kleben –, dann drehte ich mich ganz leicht zur Seite, um ihn auszuchecken. Er setzte sich auf den Hocker neben mir. Groß mit breiten Schultern und einem muskulösen Körper.

Whatta Man von Salt 'n' Pepa kam mir in den Sinn.

Ich überprüfte mein Aussehen kurz im Spiegel hinter der Bar und überschlug in Gedanken, dass eine übergroß gewachsene, ansonsten durchschnittliche Frau wie ich sich einen Hottie wie ihn schnappen könnte.

Auch wenn mich niemand je als schön bezeichnet hat, hatte ich zwei, okay, vielleicht drei Dinge, die in dieser Hinsicht für mich sprachen. Mein goldbraunes Haar, das mir bis über die Schultern fiel, meine üppigen Lippen und natürlich der kleine Spalt zwischen meinen Schneidezähnen, die ansonsten strahlend weiß und perfekt waren. Lulu behauptete, die Lücke würde mir ein exotisches Aussehen verleihen, ähnlich wie bei Madonna oder Sookie Stackhouse. Wie auch immer. Ich war ein Fan der Fernsehserie *True Blood*, also hatte ich nicht widersprochen.

Der Kerl drehte sich kurz in meine Richtung.

Dann schaute er sofort wieder weg.

Verdammt. Das war meine eine Chance, seinen Blick auf mich zu lenken.

Er verlagerte sein Gewicht auf dem Hocker und lehnte sich ein Stück zu mir. Sein Aftershave wirbelte durch die Luft, der Geruch von teurem Scotch und Moschus vermischte sich und erschuf einen zu Kopf steigenden, gefährlichen Duft. Ich hielt inne, und ein Schauer durchlief mich, als der würzige Hauch alte Erinnerungen wachrief.

Ich kannte diesen Geruch …

Aber was meine Nase wiedererkannte, nahm mein Gehirn nicht wahr.

So unauffällig wie möglich musterte ich sein Profil von oben bis unten. Genau wie ich trug er eine schwarze Maske, auch wenn seine männlicher war und sein markantes Filmstarkinn unbedeckt ließ. Seine Lippen waren sinnlich und voll, die untere mit einer kleinen Kerbe in der Mitte. Während ich ihn beobachtete, strich er sich plötzlich mit der Zunge über seine Unterlippe und vergrub dann seine Schneidezähne in sie, als wäre er tief in Gedanken versunken. Er fuhr sich mit der Hand durch sein dunkles unordentliches Haar, das etwas länger war, und zog für ein paar Sekunden daran, bevor er es wieder losließ und es zurück an seinen Platz fiel – zerzaust und unwiderstehlich.

Choreografierte Männlichkeit in Perfektion.

Ich riss meinen Blick los.

Etwas an ihm versetzte meinen Körper in Alarmbereitschaft.

Gefahr, Gefahr. Finger weg.

Aber ich kriegte nicht genug von seinem Anblick im schwarzen Hemd und der wohlgeformten Brust darunter, die offensichtlich mit dem Inneren eines Fitnessstudios vertraut war, und seinem Arm, der aussah, als wenn er ein Brett – oder mich – problemlos in zwei Hälften teilen könnte.

Netter Bizeps, Mr. Beautiful.

Das Beste war das Libellentattoo, das er auf dem linken Arm trug. Es war größer als meine Hand und in lebhaften Blau- und Orangetönen gehalten. Mit meinem Blick zeichnete ich die Konturen des Motivs nach, von den zarten Flügeln bis zu den Facettenaugen. Das Insekt war von einer dicken schwarzen Umrisslinie eingefasst, was ihm etwas sehr Maskulines verlieh.

Umwerfend.

Natürlich hatte ich keine Tattoos – meine Mom wäre durchgedreht –, doch insgeheim hatte ich immer eines gewollt. Meine künstlerische Seite bewunderte sie an anderen Menschen, vor allem, wenn es sich um irgendetwas mit Flügeln handelte. Vermutlich weil ich ein Vogelmädchen bin, will heißen, dass ich eines Tages einen Doktor in Ornithologie haben werde.

Er heute Nacht?

Ja, sagte mein Körper, nimm dir Mr. Beautiful! *Mach ihn zu deinem!*

Er war wirklich das totale Gegenteil von Hartford, der blond, schlank und tattoofrei war.

Ich knabberte an meinem Fingernagel. *Wie schaffe ich es, dass er mich bemerkt?*

In diesem Moment stolzierte eine Rothaarige mit einer Frisur wie Farrah Fawcett unerschrocken auf ihn zu. Sie trug einen weißen Minirock, der kaum ihren Hintern bedeckte.

Sie warf sich das Haar über die Schulter, strich lässig mit ihren Fingern über seinen Arm und fing eine Unterhaltung an. Ihre falschen schwarzen Wimpern – bei denen es ihr irgendwie gelungen war, sie aus ihrer Maske herausschauen zu lassen – klimperten, und sie reckte ihre beeindruckende Oberweite vor.

Ich erkannte es als das, was es war. Das klassische Balzritual.

Selbst Flamingos warfen dabei den Kopf zurück und machten kleine Schritte auf den gewünschten Partner zu. Ein Gelbhosenpipra umwarb seine Partnerin, indem er auf einem nahe gelegenen Ast einen Moonwalk hinlegte. Das war so ziemlich das Coolste überhaupt.

Warum kann ich das dann nicht machen?

Er beugte sich zu ihr und grinste sündhaft; seine Körpersprache verriet mir, dass er sich dessen bewusst war, der Heißeste im Raum zu sein. Sie flüsterte etwas in sein Ohr, die

Brüste direkt vor seinem Gesicht, aber was auch immer er erwiderte, es war nicht das, was sie hören wollte, denn ein paar Sekunden später verschränkte sie die Arme, bedachte mich mit einem fiesen Blick und stakste davon.

Ich blinzelte. *Was habe ich getan?*

Dann drehte er sich um und richtete sein umwerfendes Lächeln direkt auf mich.

Mein Herz hämmerte wie wild.

Mist, er hatte Blickkontakt hergestellt – so gut, wie man das konnte, wenn man eine Maske trug.

Aber Moment mal …

War er verrückt?

Denn wenn er *ihren* Flirtversuch abgewimmelt hatte, hatte ich doch erst recht keine Chance.

Ich hatte keine Ahnung, wie man seine Fingerspitzen einen Arm hinaufwandern ließ oder sich die Haare sexy über die Schulter warf, und auch nicht, wie ich meine Brüste so präsentieren konnte.

Jeder wusste, dass ich nicht gut im Flirten war. Nicht in einer Million Jahren. Verdammt, Hartford hatte mich nur angesprochen, weil ich über seine langen Beine gestolpert war, die aus einer Leseecke in der Bücherei hinausgeragt hatten.

Die Erinnerung daran stach mir ins Herz.

Dumm, dumm, dumm. Diese Nacht und alle Männer.

Vergiss Mr. Beautiful. Vergiss Hartford. *Vergiss das alles.*

Ich klopfte auf den Tresen und versuchte, jemanden dazu zu bringen, mir noch ein paar Limettenschnitze zu bringen.

Mike mit dem Bart und den Tattoos bemerkte mich schließlich. Ich hielt meine ausgesaugte Limettenscheibe hoch. Er lächelte, machte das Daumen-hoch-Zeichen, und nachdem er seine aktuelle Bestellung erledigt hatte, brachte er mir eine kleine Schüssel mit weiteren Stücken.

»Also … du bist Amerikanerin?«, fragte er und beugte sich über die Theke.

»Irgendwie offensichtlich.« Ich wies mit dem Kinn auf ihn. »Du bist Brite?«

»Irgendwie offensichtlich.« Um seine Lippen zuckte es.

Er goss mir meinen nächsten Shot ein, und ich kippte ihn runter, biss in die Limette und knallte das Glas auf den Tresen. Einen Drink später bewegte ich mich zu Technomusik, die ich nicht einmal mochte.

»Vielleicht solltest du langsamer trinken«, murmelte Mike, der immer noch in der Nähe herumhing.

»Wenn du meine letzten paar Wochen hinter dir hättest, würdest du die Shots auch so in dich reinschütten.«

Er erwiderte nichts, sondern strich sich nur mit der Hand über den Bart, während sein Blick über den V-Ausschnitt meines Kleides glitt. Dann schaute er mir in die Augen. »Wie heißt du, Süße?«

Ich kniff die Augen zusammen. »Flirtest du mit mir? Wenn ja, ist das vollkommen in Ordnung. Du musst es nur sagen.«

»Absolut. Du bist umwerfend.« Erneut wanderte sein Blick über meinen Oberkörper. Schon wieder.

Ich lachte. Fühlte mich locker.

Vielleicht steht der Mann, der mir hilft, wieder auf die Füße zu kommen, direkt vor mir.

»Wenn du damit fertig bist, die Gäste anzumachen, Barkeeper, würden wir gerne etwas trinken«, gab Mr. Beautiful mit einem britischen Akzent und einer Bestimmtheit von sich, die verlangte, gehört zu werden, und Mike dazu veranlasste, sich von mir wegzudrehen und zu ihm zu eilen.

Ich machte ein finsteres Gesicht. Wartete eine verdammte Minute lang …

Beinahe erkannte ich den Akzent wieder – tief, mit weichen, gerundeten Vokalen, eine Stimme, die einen wünschen ließ, sofort mit ihm ins Bett zu springen und ihn wie ein Cowgirl zu reiten.

Bei dem Klang war mir ein Schauer über den Rücken gelaufen, und ein Teil von mir wollte vom Hocker springen und schreiend davonlaufen, doch der andere Teil wollte mit dem Finger über Mr. Beautifuls Lippen streichen und ihn bitten, noch einmal etwas zu sagen.

Meinen Namen.

Meine Telefonnummer.

Romeos Monolog vor Julias Fenster.

Ich wandte mich auf meinem Barhocker herum und stellte fest, dass Mr. Beautiful seinen Blick wieder auf mich gerichtet hatte, als würde er auch diese seltsame Anziehungskraft zwischen uns spüren. Komisch.

Was war hier los? Warum starrte er mich so an?

Mein Herz spielte eine Partie Himmel und Hölle in meiner Brust. Meine Haut kribbelte.

Kenne ich ihn?

Kennt er mich?

Dann machte es klick. *Dax Blay?*

Mein Atem stockte, und ich verdrängte die Gefühle, die an meinem Rückgrat hochkrabbelten, wann immer ich an *ihn* dachte. Er war mein einer großer Fehler; das einzige Mal, dass ich alle Hemmungen und ausgefeilten Pläne beiseitegeschoben hatte und meinen Instinkten (viel Sex) gefolgt war, nur damit sie mir hinterher in den Hintern gebissen hatten.

Aber der Mann neben mir *war nicht* Dax. Gott sei Dank.

Letztes Frühjahr war ich mit Hartford auf einer Verbindungsparty gewesen, um das Semesterende zu feiern. Dort hatte ich Dax gesehen, und er hatte die Haare kürzer getragen und kein einziges Tattoo gehabt. Ja. Ganz bestimmt nicht.

Außerdem war das Letzte, was ich gehört hatte, dass er in Raleigh war, wo sein Vater lebte.

Und doch …

Dax war Brite. Er könnte hier Familie haben. Vielleicht war das Tattoo neu?

Nein. Ich meine, wie standen die Chancen, dass wir beide uns am gleichen Abend im gleichen Club befanden, und das in einem Land, in dem keiner von uns lebte?

Geh weiter, Remi, vergiss den falschen Dax. Konzentrier dich auf den Barkeeper. Er mag dein Dekolleté.

Entschlossen, Mikes Aufmerksamkeit zurückzugewinnen, der gerade für jemand anderen Drinks einschenkte, versuchte ich verstohlen, den Ausschnitt meines Kleides mit der rechten Hand ein Stück herunterzuziehen – *guck dir das mal an, Mikey*. Aber dabei verhakte sich mein Tennisarmband an der Spitze des Oberteils, sodass mein Handgelenk schließlich wie ein nasses Spültuch an der denkbar ungünstigsten Stelle hängen blieb.

Ich wackelte mit dem Arm.

Noch einmal.

Schweiß brach mir auf der Stirn aus.

Mit angehaltenem Atem drehte und zog ich an dem Armband, wobei sich das zarte Material meines Kleides auf gefährliche Weise verzog.

»Verdammt noch mal«, fluchte ich unterdrückt und hielt inne, um mir den Schlamassel genauer anzuschauen.

Das Kleid war hauteng und hatte einen tiefen Ausschnitt. Der blaue Stretchstoff wurde nur von schmalen paillettenbesetzten Trägern und einem seitlichen Reißverschluss gehalten. Gekauft als Teil meiner Flitterwochengarderobe war es von Tory Burch und hatte vierhundert Dollar gekostet – mehr hatte ich noch nie für ein Kleidungsstück ausgegeben, das nur zum Spaß gedacht war –, und ich wollte es auf keinen Fall kaputt machen. Ich müsste es vielleicht zurückgeben, um mir an der Whitman eine Wohnung mieten zu können.

Lulu. Ich brauchte Lulu. Sie war ein Genie, wenn es um Kleidungsprobleme ging.

Ich drehte mich auf dem Barhocker herum und winkte ihr mit meiner freien Hand zu, doch sie wirbelte selbstvergessen über die Tanzfläche und hatte offensichtlich sehr viel Spaß und alles um sich herum vergessen. Ich versuchte daraufhin, mit beiden Händen zu winken – eine oben, eine unten. Mehrere Leute winkten mit erstaunter Miene zurück, Lulu allerdings bemerkte nichts. *Verdammt.*

Ich stöhnte und sackte auf meinem Hocker zusammen, bereit, loszuschreien. Was jetzt? Auf die Toilette verschwinden und es dort reparieren? Guter Plan.

Aber der Club geriet in Schieflage, als ich aufstand, das Stroboskoplicht blitzte mir ins Gesicht und ließ mich blinzeln. Ich schwankte auf meinen High Heels mit Leopardenmuster, die anzuziehen Lulu mich genötigt hatte, und hielt mich am Barhocker fest, damit ich nicht das Gleichgewicht verlor.

Ich atmete tief ein, um mich zu sammeln, aber ich konnte nicht klar denken. Der Raum drehte sich, und mir war mit einem Mal übel. Warum hatte ich nur den ganzen Tequila hinuntergestürzt, und, *o mein Gott, mein Handgelenk hängt gerade an meiner Brust fest wie der Arm eines T-Rex.*

»Hey, meine Schicht endet in ungefähr einer Stunde, das kommt ein wenig auf die Gäste an. Willst du danach mit mir was trinken gehen?«, fragte Mike.

Mist. Ich hatte den netten Barkeeper vollkommen vergessen.

Mach schon, Remi. Sei cool. Sei kein Weichei.

Ich wandte mich vorsichtig um, damit ich ihn ansehen konnte, wobei ich meine gefangene Hand als Kinnstütze nutzte, was mich dazu zwang, meinen Kopf in einem seltsamen Winkel zu neigen.

Er runzelte die Stirn. »Geht es dir gut? Du bist ein wenig blass.«

»Äh, nicht wirklich. Ich muss nur, äh, erst mal auf die Toilette. Ich … ich bin in einer Minute zurück.« Ich versuchte, unauffällig über den Tresen zu greifen, um mir meine perlenbesetzte Clutch zu schnappen, doch weil ich es mit meiner linken Hand tat und nicht wie üblich mit meiner rechten, geriet ich aus dem Gleichgewicht, stolperte, und mein Knöchel knickte um. Ich schrie auf, als mir der Schuh vom Fuß flog und wer weiß wo landete, während ich nach vorne fiel, direkt in den Schoß von Mr. Beautiful.

2. Kapitel

Dax

Fünfzehn Minuten zuvor

Mein Cousin Spider (richtiger Name Clarence) und ich betraten den Nachtclub.

Ich hatte für diesen Abend nur ein Ziel: Alkohol, und zwar in rauen Mengen.

Seit siebenundachtzig Tagen, fünf Stunden und ein paar Minuten hatte ich keinen Sex mehr gehabt, was für einen gut aussehenden, charismatischen Kerl wie mich, der es gewohnt war, jeden Monat etwas Neues auszuprobieren, seltsam erscheint, doch als mein Zwillingsbruder Declan mich aufgefordert hatte, zölibatär zu leben, um meinen Kopf klar zu kriegen, hatte ich die Herausforderung angenommen.

Außerdem kam es für einen männlichen Blay nicht infrage, sich einer Herausforderung nicht zu stellen. Ich war dabei.

Doch heute, bevor wir zum Club aufgebrochen waren, hatte ich mich mit meinem Vater auseinandersetzen müssen. Mr. Winston Blay, ehemaliger Botschafter der Vereinigten Staaten, der meine englische Mutter mit mir und meinem Zwilling geschwängert und sie dann geheiratet hatte – nur um sich ein Jahr später von ihr scheiden zu lassen.

Er hatte mich früher am Tag aus seiner Villa in Raleigh angerufen und verlangt, dass ich nach meinem Abschluss an der Whitman noch ein Aufbaustudium mache.

Die Uni hatte noch nicht angefangen, und er saß mir bereits im Nacken. Wie üblich.

»Verdammt noch mal, nein«, sagte ich.

Im fünften Studienjahr war ich für ihn eine riesige Enttäuschung.

Aber dieses Jahr – *dieses Jahr* – musste ich mich zusammenreißen und herausfinden, was ich nach dem Abschluss tun wollte.

Was bedeutete, nicht länger im Verbindungshaus zu wohnen. Damit war ich fertig. Im kommenden Herbstsemester war ich also ohne Dach über dem Kopf.

Spider trug seine übliche graue Lederjacke und Skinny-Jeans und richtete gerade seine Maske, deren Gummi um sein blaues Haar gespannt war. Er stieß mich an und erinnerte mich daran, meine Maske aufzusetzen. Wegen seiner Neigung, Schlägereien anzuzetteln und wegen Heroinmissbrauchs ins Gefängnis zu wandern, war ich für diesen Sommer in London sein offizieller Babysitter, bis seine Bandkollegen – die Vital Rejects – sich für ihre Tour wiedervereinten. Was soll ich sagen? Ich war ein guter Cousin, und es gab mir die Möglichkeit, den Sommer über aus Raleigh rauszukommen.

Wir betraten den Hauptbereich des Clubs, wo sich eine fünfzehn Meter lange Bar an der hinteren Wand entlangzog und sich zahllose zuckende Körper auf einer großzügigen Tanzfläche tummelten.

Spider grinste, als er sich umschaute. Er liebte die Masken, weil er so verbergen konnte, wer er wirklich war. »Irgendwelche Wetten heute Abend?«, fragte er und rieb sich die Hände.

»Dude, wenn du willst, dass ich dir dein Geld abnehme, bin ich dabei.«

Den ganzen Sommer über hatten wir alberne Wetten um Kleinstbeträge abgeschlossen.

Wer konnte am längsten unter einer eiskalten Dusche stehen? *Ich.*

Wer würde im Pub aufstehen und singen: *I'm a Little Teapot*? *Ich.*

Generell war es dummes Zeug, aber Spider brauchte alle Ablenkung von irgendwelchen Schwierigkeiten, die er kriegen konnte.

»Ich habe das Gefühl, heute Abend habe ich Glück«, sagte er grinsend.

Ich nickte. »Sicher. Was schwebt dir vor?«

Seine braunen Augen funkelten hinter der Maske. »Wer hat als Erster einen Quickie in der Toilette?«

Ich verzog das Gesicht. »Nein.«

Normalerweise wäre ich bei einem bedeutungslosen One-Night-Stand sofort dabei – selbst in der Kabine einer Clubtoilette –, aber in letzter Zeit hatte sich das nicht mehr richtig angefühlt. Doch wenn das perfekte Mädchen meinen Weg kreuzte, würde ich mein Zölibat, ohne mit der Wimper zu zucken, in den Wind schießen.

»Bist du sicher? Du bist doch der selbst ernannte Lord Sex von der Whitman. Hmm?«

Ich hob eine Augenbraue. »Du willst mir wirklich den Fehdehandschuh hinwerfen?«

»Ja. Du bist ein Schlappschwanz, der mal wieder flachgelegt werden muss. Du bist doch nicht schwul, oder?« Er sah mich aus zusammengekniffenen Augen an. »Du bist ein bisschen zu hübsch, wenn ich das so sagen darf, und dazu diese prallen Muskeln.«

Ich schnaubte. Mit Declans Ermutigung hatte ich diesen Sommer im örtlichen Fitnessstudio trainiert, um mich abzulenken, meine Haare länger als üblich wachsen und mir mein erstes Tattoo stechen lassen. Spider war überall tätowiert; das Hauptmotiv war eine Schwarze Witwe an seinem Hals. Ihr Anblick hatte mich mit dem Tattoovirus infiziert.

»Ich bin nicht schwul«, sagte ich.

»Aber du musst zugeben, dass du Feuchtigkeitscreme und Peelings liebst. Dazu deine Haarprodukte und die Klamotten – und, oh, wir dürfen deine Herrentasche nicht vergessen.«

»Das ist eine Messenger Bag.«

»Unsinn.« Er schlug mir auf den Rücken. »Ich liebe es, dich aufzuziehen. Aber mal ehrlich, was zum Teufel stimmt mit dir nicht?«

»Nichts. Vielleicht habe ich einfach nur meine Standards angehoben.«

»Idiot.« Er lachte. »Komm, such dir eine Wette aus.« Er tippte mit den Fingern gegen seinen Oberschenkel, ein Zeichen, dass er kribbelig war.

»Gib mir eine Minute«, sagte ich und ließ meinen Blick über die Körper schweifen, die sich auf der Tanzfläche bewegten. Dann scannte ich die Bar. Nichts Interessantes. Die gleiche Musik. Die gleichen Mädchen, die wir immer sahen, wenn wir hierherkamen.

Moment mal. Abgesehen von ihr. Dem großen Mädchen in dem blauen Kleid.

Nett. Mein Blick glitt über die kurvige Brünette mit den langen glänzenden Haaren.

Sie saß mit verschränkten Armen und grimmiger Miene auf einem Barhocker und strahlte zurückgehaltene Wut aus – mit einem Hauch Sexiness. Ihre Lippen waren karmesinrot, voll und herzförmig …

Mich überlief ein Kribbeln. Mein Schwanz zuckte.

Aber sie war nicht mein Typ. Ich zog blonde, zierliche und weniger wütende Frauen vor. Und wenn ich je von diesem Stereotyp abgewichen war, hatte mein Herz unwiederbringlich einen Schlag mit dem Vorschlaghammer abbekommen.

Erinnerst du dich an Remi?

Ich schob die Gedanken an sie dahin, wo ich alle Dinge lagerte, die mich verrückt machten – tief in meinen Bauch.

Ich atmete schwer aus. Inzwischen war sie mit Hartford Wilcox verheiratet, der zufällig ein Omega war, den größten Feinden meiner Verbindung. *Eine Bande von Pennern.*

Ich war Präsident der Tau-Verbindung, während er der Präsident der Omegas war, und unsere beiden Häuser hassten einander. Omegas waren die Schnösel, die sich wie Ralph-Lauren-Models anzogen und Golf spielten. Taus waren die bösen Jungs, eine bunte Mischung aus Straßenkötern, die taten, was sie verdammt noch mal wollten. Wir kämpften in allem auf dem Campus um die besten Plätze – darum, wer die meisten inneruniversitären Wettbewerbe gewann bis hin zu wer die heißesten Mädchen als »kleine Schwestern« hatte. Es war nicht unüblich, dass auf einer Party nach einem angespannten Footballspiel ein Streit ausbrach.

Ich schaute mich weiter im Club um, aber es dauerte nicht lange, bis mein Blick wieder zu dem geheimnisvollen Mädchen wanderte. Vagabundierend. Sie auscheckend. Ich betrachtete ihre Haare, die unter den Stroboskoplichtern aufblitzten. Selbst mit den verschränkten Armen und der angriffslustigen Miene war sie, nun ja, interessant.

Es juckte mich in den Fingern, ihr die Maske abzunehmen.

Kenne ich sie?

Es war unwahrscheinlich, dass sie jemand aus meiner Kindheit war. Es war zwölf Jahre her, dass ich in London gelebt hatte. Kurz überlegte ich, ob sie eine Studentin von der Whitman sein konnte, aber das erschien mir höchst unwahrscheinlich, wenn man bedachte, dass Raleigh auf der anderen Seite des Atlantiks lag.

Spider folgte meinem Blick. »Ah, ich frage mich, was sie so verärgert hat.«

Ich zuckte mit den Schultern und nahm sie genauer unter die Lupe, als wir uns der Bar näherten. »Männerprobleme?«

»Vermutlich ist sie eine Männerhasserin. Aber nette Titten. Ich würd's mit ihr machen.«

Ich verdrehte die Augen. »Vielleicht braucht sie nur einen Drink. Ich tu es auf jeden Fall.«

»Gib's zu, du würdest zumindest einen Versuch starten«,

sagte er. »Sie gefällt dir. Das sehe ich an deinen Augen. Sie strahlt etwas aus, was du magst, würde ich sagen. Vielleicht gefällt dir wütender Sex? Ich meine, es hat was für sich, richtig loszulegen und sich wie die Tiere aufeinander zu stürzen.« Ein sehnsüchtiger Ausdruck huschte über sein Gesicht.

Ich lachte. Der Dude war ein Freak. »Zu viele Details, Kumpel.«

Er zuckte mit den Schultern. »Hm, vielleicht sucht sie nach jemandem, um über ihren Ex hinwegzukommen. Das könntest du sein.« Er nickte auf eine Weise, die mir verriet, dass er einen Entschluss gefasst hatte, und sagte: »Weshalb ich mit dir wette, dass du es schaffst, dass diese wütende Frau sich heute Nacht in dich verliebt. Unnnnd …«, er zog das Wort in die Länge, »ich versüße dir das Ganze mit … zehntausend Pfund.«

»Was?«, stotterte ich. »Ich bin kein Rockstar so wie du.«

»Du hast Geld.«

Das stimmte. Als meine Mum gestorben war, hatte ich das Geld aus ihrer Lebensversicherung geerbt, und vor ein paar Monaten hatte mir mein Vater ein vorzeitiges Studienabschlussgeschenk gemacht.

Ich schüttelte den Kopf. Ich mochte zwar ein ziemlich sorgloser Kerl sein, aber ich war nicht blöd. Ich musste jeden Penny sparen, wenn ich eines Tages auf eigenen Füßen stehen und nicht mehr von meinem Vater abhängig sein wollte. »Das behalte ich für schlechte Zeiten.«

Die in zwei Wochen pünktlich mit Semesterbeginn starten würden.

»Wann bist du so ein verdammter Pfadfinder geworden?«, fragte er.

»Ich bin kein Pfadfinder. Ich tue, was ich will und wann ich es will. Ich bin ein Partytier.«

Er musterte mich und kaufte mir das offensichtlich nicht ab. »Okay, gut. Dann so: Zehntausend Pfund, wenn du ihr Herz gewinnst, und wenn du verlierst, bekomme ich das Übliche – ein Pfund.«

Ich blieb abrupt stehen. »Was hast du davon?«

»Den Thrill, Baby, den Rausch, das Gefühl, das mich so high macht wie der verdammte Himmel.« Er grinste schief. »Also? Bist du dabei?«

»Ich weiß nicht … ein Abend ist hart, selbst für einen sexy Typen wie mich.« Ich zog eine Augenbraue hoch. »Gib mir mehr Zeit. Ich bin etwas eingerostet.«

»Du bist so eine Lusche. Nö. Es muss heute Nacht sein … Bist du dabei?«

Ich zuckte mit den Schultern und wusste, dass es ihn in den Wahnsinn trieb, wenn ich auf seine Wetten nicht einging.

Er stöhnte. »Du bist echt so lahm. Komm schon. Mach es. Mach es einfach.«

»Du nervst.«

»Danke.« Er grinste.

»Du bist ein Idiot, der glaubt, blaue Haare wären cool.«

»Sie sind cool, sonst hätte ich sie nicht.«

»Und außerdem bist du ein Irrer.«

»Pft. Das höre ich nicht zum ersten Mal. Gib es zu, du hast eine gute Zeit als mein Babysitter diesen Sommer. Es gibt dir die Gelegenheit, eine andere Perspektive zu bekommen, oder?«

Langsam dämmerte es mir. »Du wirst mich vermissen, wenn ich gehe, oder? Ich mache dir den ganzen Sommer über Tee, wimmle die Anrufe von Ex-Freundinnen ab, putze deine Wohnung, wasche deinen Mercedes *und* bin dein Wingman. Ich bin praktisch unersetzlich. Was wirst du nur ohne mich anfangen?«

»Ich werde stricken lernen und dir eine verdammte Mütze machen. Jetzt geh schon auf die Wette ein.«

Ich lachte. »Nein.«

Aber ich war bereits auf dem Weg zu ihr.

Sobald der Barhocker neben ihr frei wurde, setzte ich mich. Spider nahm auf meiner anderen Seite Platz. Mit aufgeregtem Funkeln in den Augen beobachtete er, wie das Mädchen in dem blauen Kleid versuchte, den Barkeeper auf sich aufmerksam zu machen. Ich glaubte, einen amerikanischen Akzent zu hören, aber da einer der Lautsprecher direkt über meinem Kopf hing, bekam ich nicht mit, was sie sagte.

Leise lachte Spider auf. »Ich spüre bereits einen Sieg. Du wirst es vermasseln.«

»Erstens, du hast ein ernsthaftes Spielproblem, und zweitens bin ich noch *nie* abgewiesen worden.«

»Halt die Klappe, Lord Sex. *Umwirb sie.*«

Ohne, dass sie es wusste, beobachtete ich sie durch den Spiegel hinter der Bar, während sie mich offen auscheckte. Sie hatte den Kopf ein klein wenig in meine Richtung geneigt, während ihr Blick von meinem Scheitel bis zu meinen Converse glitt.

Ich unterdrückte ein Grinsen und warf Spider einen Blick zu. »Sie ist Wachs in meinen Händen.«

»Uh-uh«, sang er.

Die Dinge liefen kurz aus dem Ruder, als eine Rothaarige ihre Hüften zu mir herüberschwang. Sie lachte. »Meine Freundinnen haben gesagt, ich traue mich nicht, zu dir zu gehen und dich zu fragen, ob du mit mir tanzt. Willst du?«, fragte sie und legte eine Hand auf meinen Arm.

Ich grinste. »Sorry, Liebes, ich kann nicht.« Ich senkte die Stimme und nickte in Richtung des Mädchens in dem blauen Kleid. »Ich bin schon vergeben.«

Sie verstand den Hinweis und stakste davon, während das Mädchen in dem blauen Kleid alles beobachtete. Ich lächelte breit und hob eine Augenbraue – *hey, Babe, ich will dich.*

Sie ignorierte die Nachricht meiner Augen und schien gegen meinen Charme immun zu sein. Verdammt. Diese Maske war ein echtes Hindernis.

Während ich sie noch anschaute, lehnte sich der Barkeeper über den Tresen, um mir ihr zu flirten. Er konnte den Blick gar nicht von ihrem Dekolleté losreißen. Ich verspannte mich, und mir sträubten sich die Nackenhaare.

Auf keinen Fall würde er sie bekommen.

Sie war das erste Mädchen, an dem ich in diesem Sommer ansatzweise interessiert war, und ich würde sie nicht für einen Möchtegernholzfäller aufgeben. Ich lenkte ihn ab, indem ich mit den Fingern schnippte und einen Drink bestellte.

Dann schaltete sich das Schicksal ein.

Das Mädchen in dem blauen Kleid stand auf, drehte sich herum, kam auf ihren hohen Absätzen ins Schwanken und *wuuuusch!* fiel mir direkt in die Arme.

Treffer. Versenkt.

Und ich hatte nicht den kleinsten Finger rühren müssen.

3. Kapitel

Remi

Muskulöse Arme fingen mich ohne Zögern auf und sorgten dafür, dass ich nicht auf den Boden stürzte. *Gott sei Dank.*

»Hab dich«, sagte eine heisere Stimme.

Mein freier Arm schlang sich wie von selbst um den Hals meines Retters und hielt sich an ihm fest. »Hi«, hauchte ich, als ich zu ihm aufschaute. »Gut gefangen.«

Ein sexy Grinsen huschte über sein gut geschnittenes Gesicht. »Ist dein Name Engel, und bist du vom Himmel gefallen, um bei mir zu sein?«

»Ich komme wohl eher aus der Hölle.«

Er warf den Kopf in den Nacken und lachte.

Kühle Luft strich um meinen Unterkörper. Ich reckte den Hals und sah, dass mir mein Kleid bis zur Hüfte hochgerutscht war und ihm so einen kristallklaren Blick auf meine geöffneten Beine und die blauen Spitzenstrapse gewährte. Noch ein teures Kleidungsstück, das ich für diese Reise gekauft hatte. Ich stöhnte und spürte, wie ich rot wurde. »Na super, jetzt habe ich dem gesamten Club meinen Hintern gezeigt.«

»Nettes Höschen«, murmelte er und zog mein Kleid sanft herunter, ohne mich zu begaffen. Ein Punkt für ihn. Aber ein Kerl, der so heiß war wie er, musste sich nicht mit verstohlenen Blicken zufriedengeben. Er konnte vermutlich jede haben, die er haben wollte.

»Starren mich jetzt alle an?« Ich bedeckte mein Gesicht mit den Händen. »Ich hasse es, im Zentrum der Aufmerksamkeit zu stehen.«

»Ach. Nur ein paar. Einige lachen.«

Ich linste durch meine Finger und sah, dass er mich anlächelte, wobei herrlich weiße Zähne aufblitzten.

»Komm schon, alles ist gut. Ich ziehe dich nur auf. Niemand in diesem Höllenloch interessiert sich dafür«, sagte er. »Allerdings ist dein Schuh quer durch den ganzen Raum gesegelt. Er könnte jemanden am Kopf getroffen haben.«

Ich schickte einen Wunsch in den Himmel, dass es die Rothaarige war.

Mit meinem freien Arm stützte ich mich ab, um mich aufzurichten, bis ich auf seinem Schoß saß. Sein Kopf überragte mich immer noch, und seine Hände umfingen meine Hüften, um sicherzustellen, dass ich an Ort und Stelle blieb. Ich schätzte, dass er mindestens ein Meter fünfundneunzig war.

»Große Jungs sind mir die liebsten«, murmelte ich und biss mir dann verlegen auf die Unterlippe. »Und ganz eindeutig denke ich gerade laut. Sorry.«

»Dann ist es ja gut, dass ich groß bin.« Sein Blick landete auf meinem Mund und verweilte dort.

Ich schluckte.

Was nun?

Du bist eine Hammerbraut mit einem Gehirn so groß wie Texas! Nutz das!

Vielleicht könnte ich ihn mit meinem umfangreichen Wissen über die Achtziger verzaubern oder ihn mit Geschichten über die Wege von Zugvögeln faszinieren? Wie auch immer, ich musste nicht hübsch sein, um Wiederherstellungssex mit jedem Mann zu haben, den ich haben wollte. *Yeah.*

Meine Gedanken wanderten zur Hochzeitssuite zurück. »Äh, ich hab da mal eine zufällige Frage: Magst du Betten, die mit Rosenblättern bestreut sind?«

Seine Lider senkten sich schwer über seine Augen. »Ich würde sagen, Ja.«

Mein Blick glitt über seine breiten Schultern. »Gute Antwort.«

»Hm, bietest du mir für heute Nacht einen Platz zum Übernachten an?« Seine Hand schloss sich fester um meine Taille.

Ich hielt inne und dachte nach.

Könnte ich das durchziehen?

One-Night-Stands waren eigentlich nicht mein Ding. Ich zog unverfänglicheren Spaß vor, wie meinen Jahreskalender auszufüllen, meine Lebensziele aufzuschreiben und Exceltabellen anzulegen. Ich hatte alle Einzelheiten meiner Existenz bis hin zu den Namen meiner zukünftigen Kinder bereits geplant.

Und als ich das letzte Mal eine spontane Affäre gehabt hatte, hätte es beinahe alles, was ich war, zerstört …

»Was ist?« Ein Anflug von Sorge huschte über sein Gesicht, als er sah, dass mein Handgelenk an meinem Kleid festhing. Das hatte ich total vergessen. »Was stimmt nicht mit deinem Arm?« Eine warme Hand umfasste meinen Ellbogen, seine Finger wanderten zu meinem Handgelenk.

»Mein Armband hat sich an meinem Kleid verhakt.« Erneut stieg Röte meinen Hals empor, als ich mich an das Spektakel erinnerte, das ich veranstaltet hatte. »Es gehörte meiner Großmutter – ein Erbstück – und war ein Geschenk meines verstorbenen Vaters zu meinem sechzehnten Geburtstag. Ich bin … ich habe Angst, dass ich es zerreiße oder mein Kleid kaputt mache. So wie ich mich kenne, gelingt mir beides.« Ich betrachtete das mit Brillanten besetzte Armband und verzog das Gesicht. »Es würde mich umbringen, wenn es entzweiginge, aber ich schätze, ich könnte es reparieren lassen.«

»Komm, lass mich mal sehen.« Er inspizierte den Stoff an der Stelle, an der meine Hand hing.

Fiel mir auf, dass sein Gesicht beinahe in meinem Dekolleté steckte?

Ja, und es machte mir überhaupt nichts aus.

Fiel mir auf, dass sein männlicher Duft in mir den Wunsch weckte, mich wie eine Katze an ihm zu reiben?

Ja, bitte streichle mich. Bring mich zum Schnurren.

»Kannst du es abnehmen?«, fragte er.

Ich zwang meinen Puls, sich zu beruhigen. »Nein, der Verschluss hängt an dem Stoff fest, und das Armband ist zu eng, um es über meine Hand zu schieben. Vertrau mir, ich habe lange genug versucht, es freizubekommen.« Ich stieß den Atem aus. »Was für ein verrückter Abend.«

»Hmm.« Seine Lippen zuckten auf süße Weise, als er sich näher zu mir beugte. Ich schluckte und fühlte mich sofort wieder unsicher.

Er war so überhaupt nicht mein Typ: muskulöser Körper, ein Tattoo, eingebildet.

Aber heute Nacht will ich Rachesex.

Und hier war er – Mr. Beautiful auf dem Silbertablett.

Es wäre lächerlich, diese Gelegenheit nicht zu nutzen, richtig?

Absolut, sagte der Tequila.

Der Typ schenkte mir ein entschuldigendes Grinsen. »Das klingt jetzt vermutlich wie ein schlechter Anmachspruch, aber wenn ich meine Hand vorne in dein Kleid stecken dürfte, könnte ich das Armband lösen, ohne den Stoff kaputt zu machen. Ich werde deine Brüste nicht absichtlich berühren.« Er zwinkerte mir jungenhaft zu. »Willst du es versuchen?«

Berühr meine Brüste! Berühr sie! Ich räusperte mich. »Klar, das hört sich gut an.«

Mit einer Finesse, die mich überraschte – als wäre er es gewohnt, seine Hände in die Kleider von Frauen zu stecken –, ließ er seine Hand in meinen Ausschnitt gleiten, wobei sein Handrücken gegen meinen Spitzen-BH drückte. Meine Brustwarzen richteten sich auf, und meine Wangen wurden noch heißer. Ich betete, dass die Dunkelheit im Club meine Verlegenheit verbarg, wich seinem Blick aus und musterte die Libelle auf seinem Arm. Ein paar angespannte Augenblicke später fand er die Stelle, an der das Metall festhing, und schob es vorsichtig durch den Stoff.

»Endlich frei«, murmelte er, als ich erleichtert meinen Arm ausschüttelte. Ich konnte nicht einmal ein Loch im Kleid entdecken.

»Du bist ziemlich geschickt. Mein Armband bedeutet mir die Welt, und dieses Kleid … sagen wir einfach, es hat mehr gekostet als mein Auto. Danke. Ehrlich.« Aus einem Impuls heraus umarmte ich ihn kurz und wich dann ein Stück zurück. »Äh, kann ich dir einen Drink ausgeben als Zeichen meiner Dankbarkeit?«

Seine Finger strichen über mein Rückgrat. »Fangen wir doch mit einem Dankeskuss an.« Seine Stimme wurde rau. »Ich würde gerne einen echten Engel küssen.«

Hitze durchlief mich.

Der blauhaarige Kerl neben ihm prustete los, vermutlich wegen des lahmen Anmachspruchs, den Mr. Beautiful gerade losgelassen hatte. Aber mir gefiel er. Sehr sogar.

»Ignorier ihn einfach.« Mr. Beautiful zeigte auf seinen Freund. »Er ist eifersüchtig, weil du mir in den Schoß gefallen bist und nicht ihm. Aber zurück zu dem Kuss …«

»Hier im Club?«

»Ich stelle mir gerne vor, dass die Leute uns beobachten. Du nicht?«, flüsterte er mir ins Ohr.

Ich erschauerte. Vielleicht. Die Idee klang köstlich sexy.

Seine Lippen strichen über mein Ohrläppchen. »Außerdem, hat ein Prinz seine Belohnung nicht verdient? Ich habe dich aufgefangen – du hättest direkt hier auf dem Boden sterben können.«

»Ich bin vom Hocker gefallen, nicht von einem Hochhaus oder so.« Aber mein Kopf neigte sich schon wie von selbst zu ihm.

»Aber es hätte passieren können.« Mit den Fingern strich er über meine Lippen, sein Gesicht nur wenige Zentimeter von meinem entfernt.

Die Schmetterlinge in meinem Bauch schlugen Saltos.

»Ich schätze, es bestand tatsächlich die Möglichkeit, dass ich in diesem Moment auf einer Trage auf dem Weg ins Krankenhaus wäre.«

»Ganz genau.«

Vielleicht war es der Tequila, vielleicht die Anonymität der Maske, vielleicht auch die Tatsache, dass er so süß gefragt hatte – oder verdammt, vielleicht lag es auch nur an *ihm*, aber seine Argumentation ergab totalen Sinn. Ich nickte.

Er hob mein Kinn mit dem Finger an, dann legten sich seine vollen Lippen in vollendeter Perfektion auf meine. Er vertiefte den Kuss langsam, weich wie Seide, mit der Fertigkeit eines Mannes, der genau wusste, wie man ein Feuer entfachte. Meine Finger strichen durch sein Haar, während die Hitze meine Wirbelsäule hinauflief, und als er anerkennend stöhnte, schmolz ich dahin.

Ein sanftes Knabbern seiner Zähne an meiner Unterlippe, und ich schmiegte mich fest an ihn.

Heiße. Langsame. Überwältigende. Küsse.

Bis es abrupt endete.

Er zuckte wie angestochen zurück, und auch wenn ich seine Miene hinter der Maske nicht erkennen konnte, sah ich seine tief gerunzelte Stirn. Er rieb sich mit der Hand über das Kinn und stieß einen unterdrückten Fluch aus.

Hatte ich etwas falsch gemacht? Ihm in die Zunge gebissen?

»Was ist los?«, hauchte ich. Mein Puls raste. Jetzt, da ich einen Vorgeschmack bekommen hatte, wollte ich mehr von ihm. Ich war entschlossen, das durchzuziehen, und ich war klug genug, um zu wissen, dass die Spannung zwischen uns nicht normal war.

Er öffnete den Mund und schien etwas sagen zu wollen,

doch dann klappte er ihn wieder zu und musterte mich, als ginge ihm etwas sehr Ernstes durch den Kopf.

»Küsse ich so schlecht?«, fragte ich.

»Nein.«

»Tequila-Atem?« Ich verzog das Gesicht.

»Nein, nein, du küsst super. Verdammt unglaublich. Das ist ja das Problem.« Er fuhr sich mit der Hand durchs Haar, und seine Miene spannte sich an.

Auf einmal war er wie ein komplett anderer Mensch.

Was ist hier los?

»Bist du verheiratet? Hast du eine Freundin?«, hakte ich nach.

»Ich bin ein einsamer Cowboy.«

»Warum? Bist du ein egoistisches Arschloch, das sich nur für sich selbst interessiert?«

Er hielt einen Moment inne. »Ja.«

»Tja, dann hast du Glück. Das ist mir gerade recht. Also halt den Mund und küss mich.«

Ein paar Sekunden des Schweigens vergingen, in denen sich sein Blick in meinen bohrte.

Ich versteifte mich. »Na gut. Ich verstehe den Wink. Du bist nicht interessiert. Willkommen im Club.« Ich machte Anstalten, von seinem Schoß aufzustehen, doch er hielt mich an der Hüfte fest.

»Warte«, sagte er etwas weicher. »Ich bin interessiert. Glaub mir.« Er biss sich auf eine unglaublich heiße männliche Art auf die Unterlippe. »Es ist nur – wenn du später wütend wirst, erinnerst du dich dann noch daran, dass du *wolltest*, dass ich dich küsse?«

»Natürlich. Wir haben doch einfach nur Spaß.«

»Flehst du mich also an, dich zu küssen?« Seine Stimme war rau und hatte einen irgendwie vertrauten Unterton.

Ich strich ihm die Haare aus der Stirn und ließ meine Finger über seine Wange wandern. »Willst du das denn?«

»Ich kann mich nicht erinnern, was ich will«, murmelte er, und sein Mund senkte sich erneut auf meinen.

Die Geräusche des Clubs verebbten um uns herum, und alles, was zählte, waren seine Lippen auf meinen, unsere miteinander verschlungenen Zungen. Kleine Küsse, als wir innehielten, um Luft zu holen, dann wieder längere. Seine Zunge glitt über meine Oberlippe, bevor er sie zwischen seine Zähne nahm. Er besaß mich, und ich verlor mich, verzehrt von einem Feuer, das sich nun durch jeden Teil meines Körpers fraß.

Er war der König der Küsser.

Der Meister.

»Remi«, brachte er zwischen zwei Küssen hervor.

»Ja«, erwiderte ich. Er spürte es auch. Diese kosmische Macht, die uns zusammenbrachte. Die Himmel jauchzten, das Universum verstand, und alles war möglich.

Magisch.

Es war mir egal, wer uns sah – Lulu oder der Barkeeper oder der blauhaarige Typ. Funken sprühten, als sich sein Mund von meinem löste und über meinen Kiefer zu meinem Hals glitt, was mich ultimativ schwach werden ließ. Er saugte fest an meiner Haut, um die Stelle dann mit sanften Küssen und meinem geflüsterten Namen zu bedecken – als wüsste er genau, was ich mochte. Er kehrte zu meinen Lippen zurück und eroberte sie erneut, tauchte zwischen meine Lippen ein, suchte, erkundete, wie wenn er verdurstete und ich wäre das Wasser.

Warte mal.

Die Erkenntnis kam langsam, erst Stückchen für Stückchen, und dann mit einem Schlag, als sich die Gewissheit meiner bemächtigte. *Schicksal.* Es ist eine verschlagene Schlampe, und nur ein anders gesetzter Schritt, eine einzige Entscheidung ließ alles sanft an seinen Platz fallen, wie ein Schmetterling, der unbeirrt seinen Weg nach Hause findet, egal, wie groß die Entfernung ist.

Das Schicksal hatte mich gefunden und mir in den Magen getreten – verdammt, es hatte mich den Wölfen vorgeworfen.

Das hier war kein Fremder.

Er hat meinen Namen gesagt.

Ich riss mich von ihm los. Meine Brust hob und senkte sich heftig. »*Du* … aber das Tattoo … die Haare … *Dax Blay*?«

Er grinste selbstbewusst, was mir jetzt nur allzu vertraut erschien. »Du darfst mich Dax nennen. Oder Lord Sex. Was immer dir lieber ist.«

Scharf atmete ich ein. *Wie konnte ich nur so dumm sein?*

Schmerz brannte mir in der Kehle. Es war nicht so, dass ich seine cleveren Spitzfindigkeiten nicht gewohnt war, aber nun, da sie direkt an mich gerichtet waren, stiegen Reste von Wut und Schmerz aus unserer Vergangenheit zurück an die Oberfläche wie eine frisch aufgerissene Wunde.

Lass nicht zu, dass er dir unter die Haut geht.

Ich ohrfeigte ihn. Nicht so fest, wie ich wollte, aber fest genug, dass meine Hand brannte.

Er biss die Zähne zusammen, bedachte mich mit einem harten Blick und hob die Hand an die Wange. »Du solltest doch nicht wütend sein.«

»Warum bist du nicht in Raleigh, wo du sein solltest?« Ich ballte die Hände zu Fäusten.

»Warum bist du nicht beim alten spießigen Hartford?«, gab er sofort zurück. Sein Blick huschte zu meinem nackten Finger und dann zurück zu meinem Gesicht. »Solltest du nicht verheiratet sein? Warum läufst du durch London und küsst wahllos fremde Männer?«

»Ah! Du wusstest die ganze Zeit, dass ich es bin«, schnaubte ich. »Wieder einmal hast du bewiesen, dass ich nur ein Spiel für dich bin.«

Und der Gedanke schnitt so tief, dass nicht einmal der Tequila ihn betäuben konnte.

»Mädchen lieben meine Spiele.« Seine Anspielung sorgte dafür, dass tausend Erinnerungen mein Gehirn bombardierten.

Ich.

Er.

Wir.

Zweiundsiebzig Stunden in einem kleinen Schlafzimmer.

Küsse. Schöne, wundervolle, endlose Küsse.

~~Liebe~~. Lust.

Und dann – Zerstörung.

Dunkelheit.

»Kein schnippischer Kommentar, Remi?«

Ich verengte die Augen, und wenn ich Flammen aus ihnen hätte feuern können, wären einige von ihnen direkt in seinem Schritt gelandet. Mein Blick huschte dorthin und dann schnell wieder weg, aber offensichtlich nicht, bevor er es bemerkt hatte.

Er verzog die Lippen. »Gefällt dir immer noch, was du siehst? Sobald man einmal Dax hatte, will man nie wieder etwas anderes.«

»Wie üblich ist dein Ego so groß, dass es den gesamten Nachtclub ausfüllt.«

Angespannt grinste er. »Wirklich? Ich meine mich zu erinnern, dass dir meine *Größe* gefallen hat. Du konntest gar nicht genug von ›Mr. Argentinische Ente‹« – er malte mit den Fingern Anführungsstriche in die Luft – »bekommen, wie du ihn so passend nach einem seltenen Vogel mit einem gut vierzig Zentimeter langen Schwanz benannt hast.«

Daran erinnert er sich?

Natürlich war seiner nicht vierzig Zentimeter lang, aber auch nicht schlecht.

Meine Wangen wurden heiß.

Ich wechselte das Thema. »Super. Einfach super. Hast du eigentlich irgendeine Ahnung, was ich alles angestellt habe, um sicherzugehen, dass ich dir an der Whitman nicht über den Weg laufe, nachdem du mich hast fallen lassen? Was bei der geringen Größe der Uni echt nicht leicht ist«, sagte ich. »Ich habe zwei Vorlesungen sausen lassen, nur damit ich nicht mit dir im gleichen Raum sitzen muss. Ich habe die Cafeteria verlassen, wenn du gekommen bist. Ich bin mitten in einer Lerneinheit aus der Bücherei gegangen. Die einzigen Gelegenheiten, bei denen wir einander gesehen haben, waren Partys und offizielle Anlässe. Und jetzt bist du heute Nacht hier ... und hältst dich nicht an die Regel *Ich will nie wieder mit dir reden*, Dax.«

Er machte ein undeutliches Geräusch. »Ich weiß nichts von deinen Regeln, weil du sie mir nie verraten hast, und ich schwöre bei allem, was mir heilig ist, dass ich nicht wusste, dass *du* das auf dem Barhocker bist. Nicht bis zu dem ersten Kuss. Ich meine, deine Stimme kam mir bekannt vor und du hast gerochen wie du – zuckersüß wie ein Keks –, und dein Körper ...« Er ließ seinen Blick über mich gleiten. »... hat immer noch diese heißen Kurven ...«

»Du bist so eingebildet, dass ...« Ich suchte nach dem richtigen Wort. »Ich ... ich kann es nicht mal ansatzweise beschreiben.«

Er verschränkte die Arme. »Ich sehe, du denkst immer noch, dass du besser bist als alle anderen, aber du bist *mir* in den Schoß gefallen. Und glaub bloß nicht, mir wäre nicht aufgefallen, dass du mich im Spiegel ausgecheckt hast. Du hast mich förmlich mit deinen Blicken gevögelt.«

Ich zuckte innerlich zusammen. »Nur weil ich nicht wusste, dass es sich um den respektlosen, selbstbezogenen, Zeit und Sauerstoff vergeudenden Typen handelt, der erwartet, dass alle Frauen ihm zu Füßen liegen, und mit dem ich auf die Whitman gegangen bin. Und du bist ein Tau.«

»Und du bist eine kleine Schwester bei den Omega«, gab er zurück.

Der blauhaarige Typ, der interessiert zugehört hatte, trat

einen Schritt näher an uns heran und wedelte mit den Händen. »Warte mal, warte mal. Ihr zwei habt eine gemeinsame Geschichte? Von vor diesem Hartford-Typen?«

Wir funkelten ihn beide an.

Er gluckste vor Freude. »Das ist einfach großartig.«

»Nein, ist es nicht, Spider«, sagte Dax. »Die Wette hat sich erledigt.«

Der Typ schnaubte. »Niemals.«

Welche Wette? Und der Typ heißt Spider?

Spider drehte sich zu mir um. »Ich entschuldige mich für meinen Cousin. Er hatte einen schweren Sommer, in dem er sich um mich kümmern musste. Aber zurück zum Thema: Woher kennst du diesen Bastard?«

Ich neigte den Kopf. »Das Mädchen, mit dem er zu der Zeit schlief, hat uns zusammen im Verbindungshaus erwischt. Sie hat ihrer gesamten Verbindung erzählt, dass *ich* der Grund wäre, warum er mit ihr Schluss gemacht hätte. Dann haben diese … diese gemeinen Weiber angefangen, meine Wohnheimtür mit Eiern zu bewerfen, und am nächsten Tag war mein Auto mit Post-its beklebt, auf denen *Schlampe* stand, ganz zu schweigen davon, dass sich der gesamte Campus monatelang das Maul darüber zerrissen hat …«

»Was zum Teufel?« Dax riss seine Maske herunter, und ich unterdrückte ein Keuchen, als ich in sein Gesicht sah. Seine quecksilbergrauen Augen mit den dichten schwarzen Wimpern, die länger als die eines Mädchens waren, brachten mich um.

Er war zu umwerfend.

Zu gefährlich.

Zu viel von allem.

Er war genau das, wovon ich mich fernhalten musste.

In seiner Wange zuckte ein Muskel. Seine Hände ballten sich zu Fäusten. »Das hat Eva-Maria dir angetan? Warum hast du mir nichts davon erzählt?«

Ich war zu zerstört, um dich anzusehen, geschweige denn, mit dir zu reden.

»Es hätte nichts geändert«, sagte ich leise und in Erinnerungen versunken.

Sturmumtoste Augen sahen mich an. »Ich habe keiner verdammten Seele je von uns erzählt. Und wenn ich mich richtig erinnere, hast *du* mich verlassen. Vielleicht hättest du für eine Erklärung bleiben sollen, anstatt aus meinem Zimmer zu stürmen.«

Schweigen machte sich breit, und die Anspannung zwischen uns war beinahe greifbar.

Meine Hände zitterten, also versteckte ich sie hinter dem Rücken.

»Verdammt.« Spiders Blick sprang von Dax' Gesicht zu meinem. Offensichtlich versuchte er, unsere Körpersprache zu lesen. »Hört jetzt nicht auf«, sagte er. »Ich sterbe vor Neugier auf die saftigen Teile der Geschichte.«

Ich presste die Lippen zusammen. Dann seufzte ich und sah Spider an. »Es ist die übliche Geschichte: Ein Freshman-Mädchen verknallt sich in den erfahrenen Verbindungstypen, der nur einen One-Night-Stand will.«

»Wirklich?« Spider sah Dax fragend an.

»Das ist deine Version, Remi«, sagte dieser mit undurchdringlicher Miene.

Mein Blick wanderte über die scharfen Konturen seines Gesichts und die ausdrucksstarken Augen, in denen ich mich drei Jahre zuvor verloren hatte. Die sinnlichen Lippen, die mich besessen hatten. Ja, er war wirklich wunderschön. Er war seelenzerfetzend heiß, die Art Mann, die man anbettelte, einen zu lieben – nur hatte ich nicht gebettelt. Ich schluckte und riss mich von ihm los, konzentrierte mich stattdessen auf Spider. »Die Wahrheit ist, ich war eine in einer langen Reihe von Mädchen, mit denen er in jenem Jahr *ausgegangen* ist. Nach Nummer zweiundvierzig habe ich aufgehört zu zählen.«

Spider warf den Kopf zurück und lachte. Seine blauen Haare schimmerten unter den Lichtern. »Ehrlich? Dieser Kerl? Er hatte den ganzen Sommer über kein Mädchen.«

»Verdammt, du übertreibst«, murmelte Dax in meine Richtung. Seine Miene war finster. »Und woher willst du wissen, mit wie vielen Mädchen ich zusammen war? Hast du mir nachspioniert?«

»Ha. Das hättest du wohl gerne.«

»Wie du meinst.« Sein Arm streifte meine Brust, als er seinen Drink vom Tresen nahm.

Mist! Ich saß immer noch auf seinem Schoß.

Ich wollte heruntergleiten, zuckte aber zusammen, als ich mit dem rechten Fuß den Boden berührte. Mein Knöchel. Natürlich fing er jetzt an zu pochen. Ich musste ihn mir schwerer verletzt haben, als ich gemerkt hatte. Typisch für mich.

Mit einem scharfen Atemzug versuchte ich, den Schmerz zu unterdrücken, dann humpelte ich zu meinem Schuh, den zum Glück ein netter Mensch an den Rand der Tanzfläche gelegt hatte. Vorsichtig beugte ich mich vor, und es gelang mir, ihn aufzuheben. Ich zog auch den anderen aus und hielt sie beide in einer Hand.

»Was ist mit deinem Knöchel los?« Dax war aufgestanden und mir gefolgt. »Bist du verletzt? Warum hast du nichts gesagt?«

Ich warf ihm einen schneidenden Blick zu. »Warum? Wärst du dann netter gewesen?«

Er schloss die Augen. Öffnete sie wieder. »Ich wünsche dir keinen Schmerz, Remi.«

Warum musste seine Stimme so besorgt klingen?

Warum muss er heißer sein als ein Sommertag zur Mittagszeit?

Warum, warum, warum habe ich ihn geküsst?

Ich will mich nicht erneut in seinen Bann ziehen lassen.

»Mir geht es gut.« Ich humpelte zur Bar und schnappte mir meine Clutch. Mike war nirgendwo zu sehen, also zog ich ein paar Zwanzig-Pfund-Noten heraus und ließ sie in der Hoffnung auf der Bar liegen, dass sie für den Tequila und ein ordentliches Trinkgeld reichten, auch wenn der Reiseführer gesagt hatte, dass die Barkeeper in London nicht auf Trinkgelder angewiesen wären.

Ich packte die Tequilaflasche und drückte sie an mich.

Dax stand die ganze Zeit neben mir. Beobachtete mich.

»Hör auf, hier rumzulungern«, sagte ich zu ihm.

Er stellte sich mit entschlossener Miene vor mich. Vielleicht sah ich in seinem Gesicht auch einen Hauch von Bedauern. »Remi, warte. Geh nicht so. Du hast dich offensichtlich bei deinem Sturz verletzt, und außerdem bist du aufgebracht, weil du mich wiedergesehen hast, und ich – *verdammt* – die Wahrheit ist, ich hätte dich nicht geküsst, wenn ich gewusst hätte, dass du es bist. Wirklich.«

»Weil ich so schrecklich bin?« Schmerz durchzuckte meine Brust. Er hatte mich nie so gewollt, wie ich ihn gewollt hatte.

»Nein. Weil ich dich nicht austricksen wollte.« Er seufzte und streckte die Hände aus. »Hör mal, eigentlich bin ich ein Gentleman, ob du es glaubst oder nicht. Meine Mum hat mir beigebracht, dafür zu sorgen, dass eine Lady sicher nach Hause kommt. Lass mich dir wenigstens ein Taxi rufen oder Hartford Bescheid geben. Ist er irgendwo in der Nähe?« Er holte sein Handy heraus.

Ich stützte mich auf dem Tresen ab, um meinen Fuß zu entlasten. »Du weißt es wirklich nicht, oder?«

»Was weiß ich nicht?« Er zog fragend die Augenbrauen zusammen.

Ich biss mir auf die Lippe und starrte zu Boden. Mich überkam die vertraute Verlegenheit, die ich ständig verspürte, seitdem ich den Leuten erklären musste, dass Hartford seine Meinung über unsere Hochzeit geändert hatte.

»Was meinst du?« Seine Stimme war nun leiser, die Stirn gerunzelt. Aus verengten Augen warf er einen Blick auf meinen nackten Finger. »Warum trägst du keinen Verlobungsring? Hat er dir wehgetan?« Er trat einen Schritt näher, streckte zögerlich die Hand nach mir aus, ließ sie dann aber fallen, da ich zurückwich.

»Nein, so ist es nicht.« Ich richtete mich auf. Ich war es leid, wegen Hartford traurig zu sein. »Er … er hat mich zwei Wochen vor der Hochzeit sitzen lassen. Er meinte, er bräuchte ein wenig Zeit, um seinen Kopf frei zu kriegen … eine Pause.« Ich lachte, doch es klang nicht echt. »Und uns ist allen klar, was eine Pause bedeutet, richtig?«

Seine Augen weiteten sich, und vielleicht sah ich ein wenig Mitgefühl darin, doch ich ignorierte es. Ich wollte sein Mitleid nicht.

»Da die Flitterwochen nicht zu canceln waren, bin ich mit Lulu hierhergekommen – vor allem auch, um den Blicken und meiner Mom zu entgehen.« Ich hielt kurz inne, bevor ich auch den Rest ausspuckte. »Jetzt habe ich keine Wohnung mehr. Und dann ist da noch mein autistischer Bruder Malcom – ich helfe, mich um ihn zu kümmern, und ich will gar nicht erst an meine Vorlesungen diesen Herbst denken oder daran, mich für ein Aufbaustudium zu bewerben. Ich *hatte* einen großartigen Plan, weißt du. Den einen Plan. Einen verantwortungsbewussten, netten Kerl zu heiraten, meinen Doktor zu machen, eine neue Vogelart zu entdecken, mich um Malcom zu kümmern, vier Kinder zu bekommen, aber rate mal, was passiert ist? Mein Plan ist Mist. Meine Ziele sind Mist. Selbst mein Plan B taugt nichts. Er ist gestorben, weil der perfekte Mann beschlossen hat, dass *ich* nicht die perfekte Wahl für ihn bin.« Meine Stimme brach, doch ich riss mich zusammen.

»Wo ist Lulu?« Seine sanfte Stimme überraschte mich.

»Sie hat gerade eine Superzeit – so wie ich sie auch haben

sollte. Doch statt meine Flitterwochen zu genießen, stecke ich hier in einem schmuddeligen, maskentragenden Club, wo vermutlich selbst die Wände eine Geschlechtskrankheit haben. Ich sollte romantische Spaziergänge im Hyde Park unternehmen – oder zumindest unglaublich guten Sex haben.«

»Es tut mir leid, Remi.«

Ich legte die Hände an meine Wangen und spürte die Hitze. »Ich weiß gar nicht, warum ich dir das alles erzähle. Wir mögen einander nicht mal. Bitte geh mir aus dem Weg.«

»Nein.«

»Doch.« Ich drückte gegen seine harte Brust, um ihn aus dem Weg zu schieben. Er rührte sich nicht.

»Ich werde dich, verdammt noch mal, nicht allein lassen.«

»Du bist echt bossy«, stieß ich hervor.

»Das hat dir mal gefallen.« Ein Schatten huschte über sein Gesicht.

Das stimmte. Ich hatte es geliebt, jemand anderem die Kontrolle zu überlassen. *Ich gehöre dir, Dax. Tu, was immer du willst.*

Ich drehte mich in die andere Richtung, doch die plötzliche Bewegung ließ einen heißen Schmerz durch meinen Knöchel schießen. »Auaaaa!« Ich hüpfte auf einem Fuß und hielt mich am Tresen fest, damit ich nicht flach aufs Gesicht fiel.

»Mein Gott, du kannst ja kaum gehen«, schnaubte Dax, und schon legten sich seine starken Unterarme unter meine Beine, und er hob mich hoch.

»Was machst du da?«, schrie ich und kämpfte damit, meine Tasche, meine Schuhe und den Tequila festzuhalten, als er mich auf den Arm nahm.

»Ich trage dich.«

»Lass mich runter«, sagte ich atemlos. Seine Nähe ließ meine Wut verrauchen.

Er schüttelte den Kopf. »Ich fange langsam an zu glauben, dass du das alles geplant hast, um Zeit mit mir verbringen zu können.«

»Davon träumst du.«

Ein paar Momente lang schwiegen wir, während er auf mich herabschaute.

»Was ist?« Ich funkelte ihn an.

Er ignorierte meinen Blick, und ein seltsamer Ausdruck stahl sich in sein Gesicht. »Ich hatte ein paar Träume von dir«, sagte er.

»Albträume?«, erwiderte ich, doch die Schmetterlinge in meinem Bauch drehten bei dem Gedanken daran durch, dass er an mich gedacht hatte. Ich erschoss sie einen nach dem anderen.

Er fuhr fort: »Da ist dieser eine Traum, in dem du dieses Meerjungfrauenkostüm trägst, nur hast du menschliche Beine und kupferrotes Haar. Natürlich reite ich auf einem Eins-a-Hengst, während ich dich den Strand hinunterjage. Du schreist dir die Seele aus dem Leib – *helft mir, helft mir* –, aber da ist dieses Funkeln in deinen Augen … Du willst, dass ich dich fange. Ich setze dich auf mein Pferd und bringe dich zu meiner Höhle, wo du mindestens hundertmal meinen Namen schreist – in Ekstase.«

Bei dieser lebhaften, detailreichen Beschreibung blieb mir der Mund offen stehen. »Du hast von mir als Ariel geträumt?«

»Wer?«

»*Die kleine Meerjungfrau* – der Disneyfilm?«

»Ich gucke keine Disneyfilme.«

Ich blinzelte. »Du machst dich über mich lustig, oder?« Denn das würde Sinn ergeben. Warum sollte er an mich denken, geschweige denn von mir träumen? Er hatte mich vergessen, sobald das nächste Mädchen in sein Bett gehüpft war.

Er antwortete nicht, sondern ging einfach mit großen Schritten durch die Menge.

Die Leute machten eilig Platz, als er sich mit einem harten Ausdruck im Gesicht vorbeidrängte. Mit seinen breiten Schultern bahnte er sich einen Weg zur Treppe im hinteren Bereich. Niemand wirkte auch nur ansatzweise überrascht, einen Mann zu sehen, der eine Frau durch den dunklen Club trug. Noch ein Punkt, der gegen diese Location sprach.

Ich schaute über seine Schulter und sah, dass Spider uns grinsend folgte. Er kam mir vage vertraut vor, aber in diesem Moment war es mir egal, wer er war. Ich konnte nur daran denken, dass Dax Blay mich wie einen Sack Kartoffeln durch die Gegend trug. Und es mir irgendwie gefiel.

Ich kämpfte dagegen an, mich an seine wunderbare Brust zu lehnen, aber am Ende gab ich dem Trost seiner Arme nach und legte meine Wange an ihn. Mit meiner freien Hand hielt ich mich an seinem Bizeps fest. Dax schaute mich fragend an. Seine Miene wurde weicher, was meinen Puls schneller schlagen ließ.

Gott. *Was ist nur an ihm, das mich so schwach werden lässt?*

Die Antwort war einfach: Dax Blay war meine Achillesferse, meine einzige verletzliche Stelle.

»Glaub bloß nicht, dass alles gut ist, nur weil du mir hilfst.«

Seine Quecksilberaugen wurden hart. »Ich verstehe schon, Remi. Du hasst mich. Ich bin ein nichtsnutziger, verantwortungsloser Mistkerl.«

Seine Worte fuhren wie ein Messer in mein Herz und brachten Erinnerungen hervor, die besser unausgesprochen blieben.

Ich schob diese Gefühle entschlossen beiseite. *Sehr entschlossen.*

»Ich … ich hasse dich nicht. In einer Million Jahren könnte ich dich nicht hassen«, flüsterte ich.

Sein Blick huschte suchend zu mir. Er atmete aus und zwang sich dann, wegzuschauen. »Ach ja? Tja, dann hast du aber eine seltsame Art, das zu zeigen.«

Ich biss mir auf die Zunge, um die Worte in meinem Herzen zurückzuhalten.

Man kann nicht den ersten Jungen hassen, den man je geliebt hat.

4. Kapitel

Dax

Das Leben hatte mir gerade mit dem größten Zufall aller Zeiten eine Ohrfeige verpasst.

Warum musste sie von allen Clubs in ganz London ausgerechnet in meinen hineinstolzieren?

Noch wichtiger aber: Warum hatte ich nicht gemerkt, dass *sie* es war, bevor wir uns küssten? Vielleicht hatte ein kleiner Teil von mir es getan; die romantische Seite, die nie jemand sah.

Du kannst sie nicht haben, rief ich mich zur Vernunft.

Sie ist tabu.

Ich stieg die Stufen hinauf, und die Clubbesucher drängten sich an das Geländer, um mir aus dem Weg zu gehen. Ich war genervt. Nein, streich das. Ich war aufgebracht, Gefühle wüteten in mir, stark genug, um jeden beiseite zu schubsen, der mir in den Weg kam.

Sie entspannte sich widerstrebend, während ich sie die Treppe hochtrug. Ihre Verschlossenheit war beinahe mit Händen greifbar, ein Schatten von Schmerz in ihren saphirblauen Augen. Ich glaubte nicht, dass unsere Begegnung der Grund für diesen Schmerz war. Ich schnaubte innerlich. Der Gedanke war total lächerlich.

Sie senkte den Blick, versteckte sich vor mir, aber ich sah, dass ihre Gefühle, genau wie meine, total durcheinander waren. Ich schätzte, es hatte nichts mit unserem Kuss zu tun, sondern damit, dass sie ihren Verlobten vermisste.

Der Gedanke, dass sie von Hartford vor dem Altar stehen gelassen worden war, trieb mich beinahe in den Wahnsinn.

Aber warum drehte ich so hoch wie ein IndyCar? Ich – der coole Kerl, der niemals einen Blick zurückwarf zu den Mädchen, die er erobert hatte?

Wegen *Remi Montague*, deshalb. Die Einzige, die mir je den Kopf verdreht – und mir eine Heidenangst eingejagt – hatte, als ich noch ein neunzehnjähriger Student im zweiten Semester gewesen war.

Sie keuchte auf.

Ich blieb stehen »Dein Knöchel? Geht es dir gut?«

Sie nickte, und ihr verwundeter Blick traf mich erneut. Ihre Lippen waren geschwollen von meinen Küssen.

Ich riss meinen Blick von ihrem Gesicht los, aber das hielt die Erinnerungen nicht davon ab, auf mich einzustürzen.

Das mit uns hatte zu Beginn ihres ersten Semesters angefangen, als sie eines Freitagabends auf einer Party im Tau-Haus auftauchte und sie meinen Blick wie auf sich gezogen hatte.

Sie war überhaupt nicht mein Typ in ihrem spießigen Pullover und mit den unschuldigen blauen Augen.

Normalerweise hatte ich es auf die Verbindungsschwestern abgesehen, die mein Spiel kannten – Mädchen mit ausreichend Geld von Daddy und einer lässigen Einstellung gegenüber Sex. Aber Remi … irgendetwas faszinierte mich, obwohl sie schüchtern war, ein Gehirn wie Einstein hatte und sich anzog, als wolle sie zu einem Treffen des Elternausschusses.

Ihre vollen Lippen erzählten jedoch eine andere Geschichte und verlangten förmlich danach, geküsst zu werden.

Ich sagte mir, dass ich sie in Ruhe lassen sollte. Mehrmals.

Aber wie magisch angezogen setzte ich mich neben sie. Ich konnte nicht anders.

Wir unterhielten uns und lachten bei Punsch mit Schuss. Etwas später fassten wir uns an den Händen und lachten wieder, als man uns beim Spiel »Sieben Minuten im Himmel« nach oben schickte. Ja, es war albern, aber wir spielten mit. Wir hatten keine Ahnung von der verzehrenden Hitze, die sich in uns ausbreitete, als wir in der kleinen Kammer verschwanden und uns küssten … und küssten. Remi entzündete mich mit ihrer Lust, und für ganze zweiundsiebzig Stunden rollten wir uns nackt auf meinem Bett herum. Es war das Labour-Day-Wochenende, und wir hatten das Haus größtenteils für uns allein. Wir waren aufgestanden, um nach etwas Essbarem zu suchen, hatten geduscht und einander durch die Zimmer gejagt, aber immer wieder waren wir in mein Bett zurückgekehrt und hatten es miteinander getan.

Schnell. Langsam.

Ich oben. Sie oben.

Auf einem Stuhl sitzend.

An der Wand.

Sie war alles, von dem ich nie gewusst hatte, dass ich es in einer Frau finden wollte – nur konnte ich sie nicht haben.

Ich ging keine Beziehungen ein.

Dann war an dem Montag Eva-Maria aufgetaucht, eine der kleinen Schwestern der Verbindung, mit der ich ein paarmal zusammen gewesen war, und hatte alles ruiniert. Sie war in mein Zimmer marschiert und durchgedreht, hatte Bücher nach Remi geworfen und behauptet, ich wäre ihr fester Freund.

Remi, ein Mädchen, das sich nicht in Dramen verwickeln ließ, hatte sich schnell angezogen und mein Zimmer verlassen, während ich nackt dastand und noch versuchte, auf logische Weise zu erklären, dass Eva-Maria nichts Festes war, nur ein Mädchen, mit dem ich geschlafen hatte, weil ich scharf gewesen war.

Die Wirklichkeit holte mich ein, als Remi in meinen Armen die Flasche Tequila anhob, um einen Schluck zu trinken. Sie hatte mich heute Abend geohrfeigt. Auch wenn ich es verdient hatte. Ich war ein überheblicher Klugscheißer gewesen, als sie endlich herausgefunden hatte, wer ich war, aber das war alles nur Fassade.

Ich hatte nicht gewusst, *wie* ich auf sie reagieren sollte.

Sie hatte diese verblüffende Gabe, mir das Gefühl zu geben, dass ich ein verdammter Mistkerl sei.

Ich schüttelte den Kopf. Konzentrierte mich auf das Hier und Jetzt. *Bring sie in eine Sitzecke, besorge ihr einen Eisbeutel für ihren Knöchel, ruf ihr ein Taxi und fahr sie nach Hause.*

Und Hartford. *Bastard.* An ihn zu denken, ließ meine Wut hochkochen.

Er hat *sie* verlassen?

In welchem Universum ergab das einen Sinn? Er hatte ein paar Monate nach unserem Wochenende angefangen, mit ihr auszugehen, und nach allem, was man auf dem Campus von ihnen gesehen hatte, waren sie verrückt nacheinander gewesen. Nicht dass ich darauf geachtet hätte.

»Hast du vor, mich irgendwann wieder runterzulassen?« Sie lallte leicht. »Bei dieser Zirkusnummer, die du hier abziehst, werde ich seekrank.«

»Vertrau mir, ich kann dich gar nicht schnell genug absetzen«, erwiderte ich.

Jede einzelne Sitzecke war besetzt, aber das hielt mich nicht davon ab, zu einer in der hintersten Nische zu marschieren. Zwischen zusammengebissenen Zähnen bat ich die drei Leute, die sich dort befanden, höflich, Platz zu machen. Ich erntete ein paar erhobene Augenbrauen, und irgendjemand murmelte: »Arsch«, aber dank Spider, der aufgepumpt und bereit zum Kampf hinter mir stand, gingen sie.

Ich setzte sie gerade in dem Moment ab, als eine Kellnerin herbeieilte und uns fragte, was wir bräuchten.

»Ein Glas Wasser und einen Eisbeutel«, sagte ich barsch. »Sie ist an der Bar hingefallen. Bitte beeil dich.«

Die Augen der Kellnerin blitzten auf. »Soll ich den Manager holen?«

Remi winkte ab und lächelte schwach. »Mit ein bisschen Eis wird es gleich wieder gut sein. Vertrau mir, ich habe schon Schlimmeres erlebt.«

Ich zog einen Stuhl vom Nebentisch heran und schob ihn Remi zu. »Hier. Leg deinen Fuß hoch.«

Sie tat es und schaute überall hin, nur nicht zu mir.

»Wo ist Lulu?«, fragte ich. Sie war schon immer das Zentrum jeder Party gewesen und das totale Gegenteil von Remi, trotzdem waren die beiden die dicksten Freundinnen.

»Zuletzt habe ich sie auf der Tanzfläche gesehen.«

»Sie sollte dich in einem Nachtclub nicht allein lassen.«

Sie ignorierte mich und kuschelte mit ihrer Tequilaflasche. »Dieses Zeug schmeckt umso besser, je mehr man davon trinkt. Willst du auch was?«

»Du bist betrunken, Remi«, murmelte ich.

»Bin ich nicht.«

Ich musterte sie, sah den Lippenstift, der von unseren Küssen verschmiert war. Ihre Augen waren glasig, und es lag ein hartes Glitzern darin – ein Blick, an den ich mich im Laufe der Jahre gewöhnt hatte, denn ich hatte ihn gesehen, wann immer wir einander zufällig begegnet waren.

Seufzend wandte ich mich an Spider. Ich beschrieb ihm Lulus pinkfarbene Haare und ihre Statur. Er wirkte nicht begeistert, die Tanzfläche absuchen zu müssen, machte sich aber brav auf den Weg.

Nach ein paar Momenten des Schweigens zog Remi ihre Maske ab, legte sie auf den Tisch und knabberte an ihrem Daumennagel – wie ich es sie schon ein dutzendmal auf Verbindungspartys hatte tun sehen, wenn sie sich nicht bewusst gewesen war, dass ich sie beobachtete.

Dachte sie an mich?

An diesen verdammten epischen Kuss?

Nein, du Idiot.

Sie ist wegen eines anderen Kerls am Boden zerstört. Zieh deinen Kopf aus dem Sand. Außerdem ist sie viel zu klug für dich. Selbst in betrunkenem Zustand denkt sie vermutlich gerade an irgendeinen Vogel in Afrika und wie er …

»Hör auf, hier herumzutigern«, sagte sie und beäugte mich. »Kannst du dich bitte hinsetzen?«

Ich stieß den Atem aus. Ein Teil von mir wollte sie nicht allein lassen, obwohl ich es jetzt könnte, weil Lulu sicher bald hier wäre. Ich rieb mir übers Kinn und zog mir einen weiteren Stuhl an die Nische heran, in der sie saß. Ich könnte mich genauso gut nützlich machen. »Gucken wir uns mal deinen Knöchel an.«

Sie hob ihren Fuß vom Stuhl und legte ihn auf mein Knie. Ihre Beine waren endlos lang, seidig weich und unglaublich heiß. Wenn man sie kritisch betrachtete, war Remi keine klassische Schönheit: Ihre Nase war einen Tick zu lang, die Lücke zwischen ihren Schneidezähnen unübersehbar, und ihre Wangenknochen waren hoch und ein wenig breit. Aber wenn man das alles miteinander kombinierte, war sie eines der sexiesten Mädchen, das ich je getroffen hatte. Nur, dass sie nicht wusste, dass sie es war.

Jaja, du liebst ihr Aussehen. Das macht dich hart. Geh weiter.

Aber es war schon komisch, wie mein Blick immer auf sie fiel, selbst wenn sie auf dem Campus Hunderte Meter von mir weit entfernt war. Nicht, dass es mir irgendwie geholfen hätte. Sobald sie mich sah, suchte sie das Weite.

Ich strich mit den Fingern über die geschwollene Stelle an der rechten Seite ihres Knöchels. Sie war klein, und dank Declan und des Fitnessstudios und meiner generellen Kenntnisse als Sportler wusste ich, dass alles wieder gut werden würde. »Ich denke, es ist nur verstaucht und nichts Ernstes. Tut es noch weh?«

Unter meiner Berührung hatten sich ihre Schultern verspannt. »Nicht mehr ganz so sehr.«

»Wenn die Schwellung bis morgen nicht weg ist, solltest du zum Arzt gehen. Ich kann dir einen empfehlen, wenn du willst. Ich war den ganzen Sommer über hier und kenne mich ziemlich gut aus.«

»Ist schon in Ordnung. Ich falle ständig. Kann ich mein Bein jetzt bitte zurückhaben?«

»Meinetwegen.« Ich wandte mich von ihrem Knöchel ab und rutschte mit dem Stuhl ein wenig nach hinten.

Die Sekunden tickten vorüber, während sie die Wand anschaute und mit ihren Haaren spielte, die ihr wie ein verdammter Wasserfall über den Rücken flossen. Eine Erinnerung stieg in mir hoch – wie ich ihre Haare um meine Hand gewickelt, ihr Gesicht zu meinem gezogen und mich in sie hineingestoßen hatte.

Ich verlagerte unruhig das Gewicht.

»Warum hast du mich das zweite Mal geküsst, als du schon wusstest, wer ich bin?« Sie malte mit dem Zeigefinger Kreise auf den Tisch. Als ich nicht gleich antwortete, hob sie den Kopf und hielt meinen Blick fest. »Dax?«

Ich zuckte mit den Schultern. »Weil ich mich immer noch an unser gemeinsames Wochenende erinnere … weil … *verdammt*, ich weiß es nicht, okay?« Ich stand auf und verschränkte die Arme vor der Brust. »Das mit dem Eis dauert zu lange. Ich gehe mal gucken, wo sie bleibt …«

»Dax. Warte.«

Ich drehte mich um und sah sie an.

Sie holte tief Luft. Auf ihrem Gesicht spiegelte sich Verwirrung. »Hör mal, ich bin heute Abend hierhergekommen, um nach einem Lückenbüßer zu suchen. Ich wollte Hartford wehtun, indem ich mir einen heißen Briten kralle. Deshalb habe ich dich geküsst.«

»Ich verurteile dich nicht, Remi.«

»Dann hat dieser Barkeeper mich mehr oder weniger angemacht, aber ich hatte diesen T-Rex-Arm und bin gefallen, und du hast mich aufgefangen, und ich dachte, das Schicksal hätte uns zusammengeführt, und dann dieser Kuss …« Sie hielt inne und blinzelte. »Ergibt das irgendeinen Sinn? Schon, oder?«

Nicht ansatzweise, aber ich nickte trotzdem.

Sie seufzte. »Wie auch immer, eigentlich will ich sagen, dass ich dich nicht hätte ohrfeigen dürfen. Das sieht mir gar nicht ähnlich und war eine Impulsreaktion. Es tut mir leid.«

»Mir tut es leid, dass ich eine egoistische Verschwendung von Sauerstoff bin.« Ich schenkte ihr ein schiefes Grinsen.

Ihre Finger spielten mit ihrem Armband. Den Blick hatte sie gesenkt. »Verrate mir eines. Du hast vorhin etwas davon erwähnt, dass ich an dem Tag aus deinem Zimmer gestürmt bin … Wenn ich nicht gegangen wäre, wäre das mit uns dann was geworden?«

Ich öffnete den Mund und wusste eine halbe Sekunde lang nicht, was ich sagen würde. Unsere Blicke trafen sich. »Länger als drei Wochen bin ich noch mit keinem Mädchen zusammen gewesen. Du warst umwerfend, Remi, aber ich bezweifle, dass das mit uns wesentlich länger gehalten hätte. Wir waren so heiß aufeinander, dass ich nicht dazu gekommen bin, klarzumachen …«

Sie hob die Hand. »Hör auf, dich zu erklären. Ich habe es ziemlich schnell herausgefunden, als du weder gesimst noch angerufen hast – und als ich dich eine Woche später mit einem anderen Mädchen gesehen habe.«

Die Kellnerin kam mit dem Wasser, einem Plastikbeutel voller Eis und einem Handtuch und stoppte so jede weitere Diskussion über das Thema. Nachdem sie gegangen war, setzte ich mich wieder auf den Stuhl, wickelte das Eis in das Handtuch und legte es auf Remis Knöchel. »Sorry, das ist jetzt vermutlich ziemlich kalt«, sagte ich sanft.

»Damit komme ich klar. Das tue ich immer«, murmelte sie, den Blick fest auf den Fuß gerichtet, während sie einen Schluck Wasser trank.

»Remi?«

Sie schaute auf. »Ja?«

Ich atmete aus. »Hör mal. Ich will das wiedergutmachen. Dass ich damals ein Arschloch war – und heute Abend auch.«

»Ein Arsch hätte mich da unten allein herumstolpern lassen wie einen betrunkenen einbeinigen Piraten. Das hast du nicht getan.«

Ich musste lächeln. »Sehr lustig.«

Sie zupfte am Saum ihres Kleides »Lustig ist, dass ich mich nicht erinnern kann, was ich gestern zu Abend gegessen habe, aber ich erinnere mich noch an jede Einzelheit unseres Wochenendes. Wie das Fenster offen stand und sich die Gardinen im Wind gebläht haben. Ich habe dich …«

»Pass besser auf, was du sagst. Du bist nicht du selbst«, sagte ich leise.

Sie lachte. Das erste echte Lachen, das ich von ihr hörte. »Du hast recht. Ich klinge wie ein rührseliges Mädchen, das in den Bad Boy der Schule verliebt ist. Oh, warte, genauso war es ja.«

»Sollen wir einen Waffenstillstand vereinbaren? Und als Freunde neu anfangen?«

»Freunde?« Sie zog die dunklen Augenbrauen zusammen.

»Ja. Du weißt schon, auf dem Campus abhängen, uns in der Bücherei treffen, ins *Panera* gehen.«

»Ins *Panera*? Zusammen? Am gleichen Tisch sitzen und essen?«

Ich grinste. »Ja. Oder wir können an gegenüberliegenden Seiten des Restaurants sitzen und uns schreiend verständigen.«

Sie brach in ein Kichern aus, das sich schnell in ein herzhaftes Lachen verwandelte.

»Was ist so lustig?«, fragte ich und versuchte, den defensiven Ton aus meiner Stimme zu verbannen.

Sie sammelte sich und wischte sich über die Augen. »Oh, Dax Blay, du bist ein echter Komiker. Ich habe ein ganzes Semester lang deinetwegen geweint, ich habe so viel Keksteig gegessen, dass die Kassiererin im Supermarkt ihn für mich zur Seite gelegt hat. Ich habe eine ganze Staffel *Orange Is the New Black* an einem Tag geguckt, nur um dich aus dem Kopf zu kriegen. Ich habe davon geträumt, dass du an meine Tür klopfst und mich anflehst, dich zurückzunehmen. Doch stattdessen habe ich sehen müssen, wie die Mädchen dich wie die Hyänen umkreisten, während du dich in ihrer Aufmerksamkeit gesonnt hast. Also, nein, wir können absolut niemals Freunde sein. Nimm es mir nicht übel, aber ich will nicht mal im gleichen Raum sein wie du.« Sie lächelte schwach und zeigte mit dem Finger erst auf sich, dann auf mich. »Das hier – dass du nett bist und mir hilfst und ich betrunken bin und wir plaudern wie alte Kumpel – ist eine einmalige Sache.«

Verwirrung machte sich in mir breit.

Sie war meinetwegen deprimiert gewesen? Sie hatte ein ganzes Semester lang geweint?

Was. Zum. Teufel.

Irgendetwas passte hier nicht zusammen.

Ich hatte angenommen, ihre Kühle mir gegenüber hätte etwas mit Eva-Maria zu tun und damit, dass sie mich als totalen Idioten abgehakt hatte. Dann hatte ich heute Abend von Eva-Marias Attacken erfahren. *Aber das hier?*

Ich ballte die Hände. »Willst du damit sagen, du warst in mich verliebt?«

Sie erstarrte und wich meinem Blick aus. Die Sekunden verstrichen.

Eine seltsame Panik überfiel mich, und ich hielt den Atem an.

Hat sie mich geliebt?

Das hat noch kein Mädchen jemals gesagt.

Fuck. Ich habe es auch gar nicht gewollt.

»Remi? Hilf einem armen Kerl weiter. Ich kann nicht deine Gedanken lesen.«

Zögerlich hob sie den Blick, und ein trauriger Ausdruck huschte über ihr Gesicht. »Nein. Ich glaube nicht an Liebe auf den ersten Blick oder daran, sich innerhalb von zweiundsiebzig Stunden zu verlieben – wie auch immer man es nennen will. Du etwa?«

»Nein.« Ich hob die Hände. »Aber ich verstehe nicht, warum du so traurig warst …«

Lulu kam auf den Tisch zu. Sie trug ein schwarzes rockähnliches Ding und ein zerrissenes T-Shirt und war somit wie üblich wie eine stylische Obdachlose gekleidet. Sie stellte ihr Martiniglas auf den Tisch, zog sich die Maske ab und ließ ihren Blick über Remis Knöchel gleiten. Als sie mich sah, weiteten sich ihre Augen, und sie stieß einen langen Pfiff aus. »Verdammt, Remi, du weißt, wie man feiert. Da lasse ich dich eine Minute allein, und du schleppst Dax Blay und Gesellschaft an. Ist das hier ein alternatives Universum? Hängen die Omegas jetzt mit den Taus ab?«

Spider folgte ihr. »Ich habe deine Freundin auf der Tanzfläche gefunden, wo sie mit ein paar Kerlen getwerkt hat«, merkte er amüsiert an. »Nettes Mädchen.«

Ich stand auf und bot Lulu meinen Stuhl an. »Hey, Lulu. Hast du Spaß?« Meine Worte klangen abgehackt. Genervt.

Sie grinste und sprach mit ihrem üblichen lang gezogenen Südstaatendialekt. »Oh, hallo, Playboy. Und, ja, ich hatte Spaß, bis dieser blauhaarige Kerl aufgetaucht ist und mich von der Tanzfläche gezerrt hat. Er meinte, Remi wäre verletzt.«

»Du hättest bei ihr sein sollen«, erklärte ich ihr angespannt. »Ich dachte, du wärst mit ihr hierhergekommen, um ihr Gesellschaft zu leisten.«

Lulu verzog das Gesicht, stemmte die Hände in die Hüften und schnaubte. »Dieses Mädchen? Remi ist hart wie Stahl. Du hast nicht den Hauch einer Ahnung davon, was sie alles abkann. Und lass dich nicht von ihrer Tollpatschigkeit beirren. Sie hat im letzten Jahr einen Eichhörnchenangriff auf dem Campus überlebt und brauchte danach nichts als eine Tetanusspritze«, sagte sie. »Und warum interessiert es dich überhaupt? Warum hast du hier die Kontrolle? Remi mag dich nicht einmal.«

Ich weiß.

»Hört auf«, sagte Remi und erhob sich vom Tisch. Sie schwankte ein wenig, und ich griff nach ihr, bis sie sicher stand. »Ich schaff das schon.« Sie schüttelte mich ab, stützte sich gegen die Rückseite der Bank und testete vorsichtig ihren Knöchel. Sie setzte den Fuß flach auf den Boden und machte ein paar Übungsschritte. »Siehst du, mir geht es schon besser. Ich habe nur ein wenig Eis gebraucht.«

Ich atmete aus. Es schien ihr gut zu gehen, sie setzte den Fuß fest auf den Boden.

Spider hob eine Augenbraue und sah mich an. »Klingt nach unserem Stichwort, auch zu verschwinden, meinst du nicht?«

»Ja. Zischt ab.« Lulu scheuchte uns weg. »Zwei der Jungs, mit denen ich getanzt habe, sind auf dem Weg hierher, um Remi kennenzulernen, und einer davon wird heute Abend ihr Date sein.« Sie drehte sich zu Remi um. »Klingt das gut?«

Remi hob die Schultern.

Lulu nickte und rieb sich förmlich die Hände. »Die sind so süß, und einer von ihnen ist in einer Band, und der andere geht auf die Uni – ist das nicht ein süßes Wort? *Uni.*« Sie lachte.

Remi sah mich kurz an und zuckte mit den Schultern. »Klar, bring sie her. Je mehr, desto besser.«

In meiner Schläfe pochte eine Ader. Ich meine, ich konnte es tatsächlich fühlen. Die Vorstellung, wie sie betrunken mit irgendeinem Fremden im Bett lag, machte mich wütend. Wusste sie nicht, dass das dumm und gefährlich war …?

Sie gehört dir nicht, Dax. Sie gehört Hartford – oder zumindest tut es ihr Herz.

Spider stellte sich neben mich, außer Hörweite der Mädchen. Er packte meinen Ellbogen und zog mich daran zur Treppe.

»Adios Amigos«, sagte Lulu mit sarkastischem Unterton und winkte uns nach.

Offensichtlich war sie genauso nachtragend wie Remi.

Als ich meine Schritte verlangsamte und zu Remi schaute, drehte sich Spider zu mir um. »Dude, ich weiß, du willst bleiben und deine Höhlenmensch-Retter-Nummer abziehen, aber du hast alles getan, was du hier tun kannst. Dein Charme funktioniert nicht. Sie ist tabu. Sie hasst dich«, sagte er.

»Ich habe nicht gespielt. Das hier hatte nichts mit der Wette zu tun.«

Er klopfte mir auf den Rücken. »So ein Optimist. Das mag ich an dir. Das verleiht dir eine gewisse … Unschuld, die am Ende nur eine weitere gute Eigenschaft von dir ist. Ich kann ehrlich verstehen, warum die Frauen dir zu Füßen liegen, aber manchmal, Cousin, musst du dir einfach eingestehen, dass das Spiel vorbei ist und das Mädchen nicht auf dich steht. Schachmatt. Ich habe gewonnen.«

»Sie hat aber mal auf mich gestanden.«

»Bis du ihr das Herz gebrochen hast.« Er grinste und zerzauste mir das Haar. »Verdammt, es fühlt sich gut an, dir den Hintern zu versohlen. Lass uns noch eine Wette abschließen.«

Während er über Wetten und Einsätze quasselte, behielt ich Remi im Blick und beobachtete, wie sie roten Lippenstift auftrug und sich schnell mit den Fingern die Haare glatt strich.

Sie hatte nicht einmal auf Wiedersehen gesagt, und sie hatte klargestellt, dass sie nicht meine Freundin sein wollte. Aber als ich sie jetzt dabei beobachtete, wie sie mich *nicht* beobachtete, sah ich die angestrengten Fältchen um ihre Augen.

»Hey. Hörst du mir überhaupt zu?«, fragte Spider.

»Nein.«

»Warum zum Teufel nicht? Ich schlage dir hier tolle Wetten vor, und du bist im La La Land. Du hast dich doch nicht an meinem Gras bedient, oder? Komm, holen wir uns einen

Drink oder gehen wir in den Kebabladen gegenüber. Der Verlierer muss zahlen.« Er grinste. »Und der bist du.«

»Ja«, murmelte ich, aber ich hörte nur mit halbem Ohr zu.

Remi musste das Gewicht meines Blicks gespürt haben, denn sie schaute auf, und unsere Blicke trafen sich und hielten einander fest. Mein Puls beschleunigte sich, und in diesem Moment wollte ich bei ihr bleiben.

Das geht nicht.

Aber ...

»Es ist noch nicht vorbei«, murmelte ich leise, als wir weitergingen.

5. Kapitel

Remi

Dax und Spider gingen in Richtung Treppe. Ich beobachtete seine breiten Schultern, bis er von der Menge verschluckt wurde.

Mein pochendes Herz beruhigte sich endlich.

Gott hilf mir.

Ich hatte den Jungen geküsst, den ich geliebt hatte – den Jungen, der mir das Herz herausgerissen und es achtlos weggeworfen hatte. Ich hatte seinen süchtig machenden Duft eingeatmet und von Angesicht zu Angesicht mit ihm gesprochen. Etwas, von dem ich mir geschworen hatte, es nie wieder zu tun.

Die Angst auf seinem Gesicht bei der Frage, ob ich in ihn verliebt gewesen war, hatte alles bekräftigt, was ich vermutet hatte. Sein Herz war verschlossen, eingesperrt in einer uneinnehmbaren Burg.

Ich hatte mich vor ihm schützen müssen.

Die Sache ist die: Dax ist ein Typ für kurze Zeit, und ich bin ein Für-immer-Mädchen. Das passte nicht zusammen. Würde es nie.

Ich schloss die Augen und erinnerte mich an den dunklen Ort, an den er mich vor drei Jahren gebracht hatte, und an das Geheimnis, das ich vor ihm verborgen hatte.

Dann öffnete ich die Augen und sah, dass Lulu mich besorgt anschaute. Sie saß neben mir in der Nische und drückte meine Schulter. »Geht es dir gut?«

Ich nickte. »Ja.«

»Hm-hm. Also, die Frage ist … wie um alles in der Welt bist du bei Dax und dem blauhaarigen Kerl gelandet? Dahinter muss doch eine gute Geschichte stecken.«

»Ich bin gestolpert und in seinem Schoß gelandet. Ich … ich wusste nicht, wer er ist.«

»Und?«, hakte sie nach.

»Eines führte zum anderen und … wir haben uns geküsst.« Ich atmete hörbar aus. »Es war umwerfend – wie üblich.«

Sie riss die Augen auf. »Mist.«

»Ja, Megamist«, murmelte ich.

»Kein Wunder, dass du weiß wie ein Gespenst warst.«

Ich nickte, erzählte ihr die Einzelheiten und wie er mich die Treppe hinaufgetragen hatte.

Sie nippte an ihrem Drink, während ihr Blick aus grünen Augen über mich wanderte. »War es richtig von mir, zickig zu sein und ihn wegzuschicken? Denn eines sage ich dir, du hast einen Moment lang hin- und hergerissen ausgesehen.«

Wirklich?

Sie schnaubte. »Mein Gott, ich wünschte, Hartford hätte gesehen, wie du ihn geküsst hast. Er hätte sich in den Hintern gebissen. Dax Blay, der beliebteste Tau aller Zeiten, macht mit seiner Ex-Verlobten rum.«

Hartford.

Schmerz zuckte durch meine Brust. Noch ein Fehlschlag. Es stand für mich jetzt zwei zu null, was die Liebe anging.

Und mit diesem Gedanken im Hinterkopf schaute ich auf mein Handy, um zu sehen, ob Hartford angerufen hatte. Wir hatten seit dem Abend bei *Mario's* keinen Kontakt mehr gehabt.

»Irgendwelche Nachrichten?«, fragte Lulu.

Ich seufzte und scrollte durch meine Texte. »Nur Mom. Sie will, dass ich nach Hause komme und Hartford anflehe, mich zurückzunehmen.«

»Und dafür dieses fabelhafte Land verpassen? Du hast dir diese Ferien verdient, Remi.«

Ich nippte an meinem Wasser und stellte das Glas ab. Dann wählte ich meine Worte sehr sorgfältig. »Ich habe nachgedacht. Meinst du, wenn ich Hartford stark genug geliebt hätte, hätte ich ihm die Pause gegeben, die er verlangt hat, und darauf gewartet, dass er sich über uns klar wird?«

Sie zog die Nase kraus, als hätte sie etwas Schlechtes gerochen. »Du bist nicht gerade die Art Mädchen, die ihren Stolz herunterschluckt und darauf wartet, dass ein Kerl sich über irgendwas klar wird. Du bist stark und unabhängig. Sobald dir einer einmal wehgetan hast, distanzierst du dich.«

Ich nickte und dachte darüber nach. »Aber hast du je gedacht, dass ich … ich weiß nicht, mich damit hätte zufriedengeben sollen, weil Hartford in meinen Plan gepasst hat? Weil er ein geringes Risiko ist …«

»Mädchen, das kannst nur du allein beantworten.«

Ich lehnte den Kopf gegen die Rückenlehne der Bank und ließ meinen Blick auf der Suche nach Dax durch den Club gleiten. »Dax ist definitiv kein kalkulierbares Risiko.«

Lulus Augenbrauen schossen in die Höhe. »Er mag heißer sein als ein Cowboy mit einem Brandeisen, aber er hat dich gebrochen, Remi.« Sie schaute über meine Schulter und klatschte in die Hände. »Wo wir gerade von wandelnden Orgasmen reden, hier kommen die Jungs, von denen ich dir erzählt habe.«

Die beiden Briten, mit denen sie kurz zuvor getanzt hatte, kamen breit lächelnd an unseren Tisch. Beide waren Grunge-Typen mit dunklen Jeans und schwerem Silberschmuck. Nicht mein Typ.

Hey, du sollst einfach nur Spaß haben, ermahnte ich mich.

Lulu bedeutete dem größeren von beiden mit dem Irokesenschnitt, sich neben mich zu setzen, während der dunkelhaarige schmalere neben ihr Platz nahm.

Innerhalb von Sekunden kuschelten er und Lulu sich aneinander, während der Irokese sich zu mir umdrehte und zu plaudern begann. Er hieß Chad, und sein Akzent war anders als der von Dax. Ich schätzte, das lag daran, dass Dax mehrere Jahre in den USA gelebt hatte. Oder vielleicht stammte der Typ hier auch aus einem anderen Teil Englands.

Ich hätte ihn fragen können, aber egal wie sehr ich mich auch bemühte, ich war einfach nicht interessiert.

Nicht mehr. Nicht, nachdem ich Dax gesehen hatte.

Wir bestellten eine Runde Drinks, aber ich lehnte dankend ab und bat um mehr Wasser, weil ich wieder etwas nüchterner werden wollte. Mein Hoch von vorhin war abgeflaut, und ich wollte nur noch den Club verlassen, meinen Kopf auf frisch gestärkte Hotelwäsche betten und schlafen.

Chad bemühte sich, mich zu beeindrucken, und ich lächelte und nickte an den richtigen Stellen, obwohl sein Atem schal nach Pfefferminze roch.

Wir unterhielten uns über touristische Aktivitäten, die man unternehmen konnte, und darüber, wer mein Kleid und meinen Schmuck designt hatte. Er spielte mit meinem Tennisarmband, was mir eine unangenehme Gänsehaut verursachte.

Es war nichts Persönliches. Ich war nur einfach nicht in der Stimmung.

Ich rutschte von ihm weg, die Hände im Schoß.

Er legte einen Arm um meine Schultern und berührte meine Haare. Bald glitt seine Hand über meine nackten Schultern und dann in den Rückenausschnitt meines Kleides, um mich zu streicheln.

Die Übelkeit rettete mich.

Mein Magen grummelte bereits, seit ich hier oben angekommen war, aber jetzt wurde es schlimmer. Ich brauchte dringend frische Luft.

Ich stand von der Bank auf. »Ich muss mal auf die Toilette.«

»Willst du ohne Schuhe gehen?«, rief Lulu, als ich die Nische verließ und in Richtung Treppe stolperte. Ein Anflug von Besorgnis huschte über ihr Gesicht.

»Ja. Ich werde diese High Heels nie wieder tragen.«

»Aber deine Füße werden ganz schmutzig.«

Ich zuckte mit den Schultern. Normalerweise hätte mich das gestört, aber ich hatte ausreichend Alkohol intus, um den Boden im Club zu vergessen.

»Hey, warte, ich komme mit!« Sie holte mich am Fuß der Treppe ein und hakte sich bei mir unter. »Du hast doch keine Tacos gegessen, oder?«

Ich zwang mich zu einem Lächeln. »Du musst nicht mit mir kommen. Bleib bei den Jungs.«

Sie schüttelte den Kopf. »Nein. Dax hat mir Schuldgefühle gemacht. Ich werde dich nie wieder aus den Augen lassen.« Sie grinste. »Ich habe den Jungs gesagt, sie sollen oben warten.«

Mein Knöchel funktionierte wieder gut genug, um mich durch einen dunklen Flur im hinteren Bereich des Clubs zu tragen, wo ein blinkender Neonpfeil den Weg zu den Damentoiletten wies.

Wir betraten einen überfüllten Raum, in dem mehrere betrunkene Mädchen vor den Kabinen Schlange standen. Parfümschwaden und die Nähe dieser Mädchen drohten, mich zu ersticken. Ich fächelte mir mit den Händen Luft zu. Das war der Grund, warum ich Clubs hasste. Viel lieber wäre ich jetzt zu Hause gewesen und hätte mir mit Malcom alte Filme angesehen.

»Sobald man das Siegel einmal gebrochen hat …« Lulu tänzelte mit zusammengekniffenen Beinen herum. »Wo willst du hin?«, fragte sie, als ich mich zum Gehen wandte.

»Du bleibst hier. Ich muss doch nicht. Ich … ich fühle mich nur einfach nicht gut, und hier drinnen ist es zu heiß. Ich schätze, das liegt am Tequila.«

»Geh nicht zu weit!«, rief sie, als ich den Waschraum verließ.

Draußen lehnte ich mich gegen die Wand im Flur und kämpfte mit meinem aufgewühlten Magen. Ein Schweißtropfen rollte mir über das Gesicht, und ich strich mir die Haare hinter die Ohren.

Eine Brise frische Luft traf mein Gesicht, als jemand durch eine Hintertür hinausging, auf der *Notausgang* stand.

Ja! *Luft!*

Ich wandte mich in Richtung Tür, aber eine männliche Stimme hielt mich zurück. »Hey, Süße.«

Ich drehte mich zu dem Barkeeper um, der nun anstelle seines weißen Arbeitshemds ein schwarzes T-Shirt trug.

»Ich habe dir vorhin ein paar Kurze eingeschenkt?« Er lachte rau auf. »Du erinnerst dich vermutlich nicht mal mehr.«

»Nein, nein. Sorry. Das tue ich. Mike, richtig?«

Er ließ ein Grinsen aufblitzen. »Ja. Als ich dich das letzte Mal gesehen habe, hast du mit Schuhen geworfen.«

Ich verzog das Gesicht. »Tut mir leid, dass du meinen lächerlichen Auftritt mit ansehen musstest. Das war wohl nicht anders zu erwarten, fürchte ich.«

Vermutlich hatte er auch gesehen, wie ich wild mit Dax geknutscht hatte. Super.

Ich schob mich Stück für Stück näher zur Ausgangstür und hoffte, dass er den Wink verstehen würde, aber er redete einfach weiter und bedankte sich ausführlich für mein Trinkgeld.

»Also, ich habe jetzt Feierabend. Wollen wir noch was zusammen trinken oder tanzen?« Er kam näher und war größer, als ich gedacht hatte. Er roch gut.

Ich öffnete den Mund, um Nein zu sagen, als ich zufällig zu einem der kleinen Balkone über der Tanzfläche hinaufsah, von denen die Gäste einen Blick aus der Vogelperspektive über den gesamten Club hatten. Einer der kreisenden Scheinwerfer schien direkt auf Dax' Gesicht, als der sich über die Brüstung lehnte und umschaute.

Während ich ihn aus der Ferne beobachtete, kam die rothaarige Schlampe von vorhin zu ihm und hängte sich an seinen Arm.

Mein Magen zog sich zusammen.

Ihn mit anderen Mädchen zu sehen, wurde nicht leichter, auch wenn ich im Laufe der Jahre gelernt hatte, meine Eifersucht gut zu verbergen.

Als würde er mich spüren, drehte er den Kopf, und unsere Blicke trafen sich über die Köpfe der Tanzenden hinweg. Er hatte seine Maske wieder aufgesetzt, doch sein brennender Blick bohrte sich in meinen und ging mir unter die Haut.

Guter Gott, egal, was passiert, ich muss mich von ihm fernhalten.

»Hey?«

Ich schüttelte Dax' Blick ab, blinzelte und sah wieder Mike an. »Sorry, ich war kurz weggetreten.« Ich lachte schwach auf. »Um ehrlich zu sein, das Einzige, was ich im Moment möchte, ist, mich zu übergeben – vielleicht ein andermal? Ich bin die ganze Woche über hier und mir sicher, dass meine Freundin noch mal zurückkommen will.« *Leider.*

Er trat schnell einen Schritt zurück und sah mich argwöhnisch an. »Oh. Das ist schlecht. Ja, tu, was immer du tun musst, damit es dir besser geht.«

»Danke. Ich gehe einen Moment nach draußen. Ist es da sicher?«

»Klar. Der Eingang wird von den Mitarbeitern benutzt. Links liegt ein Parkplatz und rechts die Hauptstraße. Da passiert dir nichts.« Er verabschiedete sich schnell und verschwand dahin, wo die Action war. Er packte eine Blondine an der Hand und zog sie mit sich auf die Tanzfläche.

Offensichtlich ließ die Aussicht auf Erbrochenes Typen verschwinden.

Sobald ich draußen war, sah ich eine verlassene Gasse, in der nur ein alter grüner Müllcontainer stand, an dem sich eine dürre Katze an Essensresten gütlich tat. Die Katze fauchte und warf mir einen bösen Blick zu, bevor sie sich wieder dem Styroporbehälter widmete.

Eine einsame Lampe in der Nähe der Straße gab ausreichend Licht, sodass es draußen heller war als im Club. Ich seufzte und setzte mich auf einen wackligen Metallstuhl, um dessen Beine herum Zigarettenstummel lagen. Vermutlich machten die Mitarbeiter hier draußen ihre Rauchpausen.

Nach ein paar Minuten an der frischen Luft fühlte ich mich besser.

Ich guckte auf die Uhr auf meinem Handy. Mitternacht in London, was bedeutete, sieben Uhr abends in Raleigh.

Hartford geht heute Abend bestimmt mit seinen Freunden aus.

Ich öffnete die Kamera auf meinem Handy und wischte durch die Selfies, die ich heute mit Lulu in London gemacht hatte. Nach einem Übernachtflug am Tag zuvor hatten wir heute Morgen im *The Tower Hotel* ausgeschlafen. Dann waren wir rechtzeitig aufgestanden, um an einer vorab gebuchten Tour durch das Shakespeare's Globe Theater teilzunehmen, und hatten anschließend Dinner und Drinks im Swan, einem hippen zweigeschossigen Restaurant mit Bar mit einem Panoramablick über die Themse und die St. Paul's Cathedral gehabt. Die nächtliche Aussicht über die Skyline war absolut atemberaubend gewesen – genau wie ich es für unsere Flitterwochen so sorgfältig geplant hatte. Zu schade, dass Hartford das verpasste. Meine Brust zog sich zusammen.

Ich scrollte weiter und fand das letzte Foto, das ich von Hartford und mir gemacht hatte. Das war vor drei Wochen gewesen; wir hatten die UNC Chapel Hill besucht, wo er ab dem nächsten Herbst Medizin studieren wollte. Wir standen lächelnd da, unsere Körper ganz nah beieinander. Die Luft an dem Tag war stickig und feucht gewesen, so undurchdringlich wie Backstein – und ich hatte auf dem Heimweg heiße Krispy-Kreme-Donuts haben wollen.

Und doch …

Woran ich mich nicht erinnern konnte, war das *Gefühl*, das ich gehabt hatte, als wir für das Foto posierten.

Wo war es mit uns schiefgelaufen?

Und wichtiger noch: Warum hatte ich nicht an ihn gedacht, während ich Dax geküsst hatte?

Die Metalltür des Clubs ging scheppernd auf und riss mich aus meinen Gedanken.

Adieu, Ruhe und Frieden.

Chad schlüpfte aus der Tür. Sein schmales Gesicht war von mir abgewandt, als er eine Packung Zigaretten aus seiner Jackentasche nahm und sich eine Kippe anzündete, wobei er die Flamme so mit der Hand schützte, dass der Wind sie nicht ausblies.

Er hielt inne und blinzelte, als er mich sah – überrascht, aber zufrieden – und schlenderte zu mir herüber. »Hey, ich dachte, du wärst auf der Toilette.«

Im Licht sah sein Körper muskulöser aus, als ich ihn in Erinnerung hatte.

»Ich brauchte nur ein bisschen frische Luft.« Ich stand auf. »Die hatte ich jetzt.«

»Du musst nicht gleich weglaufen«, bemerkte er trocken, als ich mich an ihm vorbeischob. »Ich beiße nicht.«

Ich fühlte mehr, als dass ich es sah, dass er mir folgte, während ich mit großen Schritten zur Tür zurückkehrte.

Er ist einfach nur seltsam drauf. Geh weiter.

Ich riss die Tür auf, aber er drückte sie mit kräftiger Hand wieder zu. »Ich bin mit unserer Unterhaltung noch nicht fertig.«

Ich zuckte unter dem Geruch von Rauch und Alkohol in seinem Atem zusammen.

»Ich will wieder reingehen. Lulu wartet auf mich.«

Er umfasste meine Schultern, drehte mich zu sich um und ließ seine Finger über meinen Arm gleiten, um mit meinem Armband zu spielen. »Du trägst ein paar hübsche Sachen. Mir gefällt dieses Armband. Sind die Brillanten echt?«

Ich riss mich von ihm los. »Behalt deine Hände bei dir.«

»Hey, das war nur 'ne Frage. Kein Grund, sich so aufzuregen. Warum gibst du es mir nicht, damit ich es mir mal ansehen kann?« Seine Hand legte sich an meine Kehle. Nur eine leichte Berührung, aber …

»Nein! Lass mich los.« Ich entwand mich ihm und griff erneut nach der Tür.

Seine Hand schloss sich fester um meine Kehle und drückte zu. Ich versuchte, seine Finger zu lösen, während er mich mit nur einer Hand gefangen hielt.

»Ich habe versucht, nett zu dir zu sein, aber du bist ein bisschen zickig«, sagte er leise.

Panik ergriff mich.

Ich krallte meine Finger fester in seine Hand, riss und zerrte daran, aber der Druck ließ nur meine Kehle schmerzen.

Ich versuchte, zu schlucken. Es ging nicht.

Ich versuchte, tief einzuatmen. Das Gleiche.

Das Geräusch eines in der Nähe vorbeifahrenden Autos erschreckte ihn. Er wirbelte herum, legte einen Arm um meine Taille und zerrte mich hinter den Müllcontainer. Ich strampelte mit den Beinen und versuchte, Halt auf dem Boden zu finden, aber vergebens. Die Selbstverteidigungsgriffe, die mein Dad mir beigebracht hatte, schossen mir durch den Kopf, und ich versuchte, mich an die Einzelheiten zu erinnern.

Er drückte mich auf den Boden und setzte sich auf mich. Seine Beine lagen wie ein Schraubstock um meine Hüften. »Sei still«, stieß er hervor.

Okay, okay. Ich nickte und zwang mich, meine Muskeln zu entspannen und die Hände zur Seite fallen zu lassen.

Seine Hand verschwand von meiner Kehle.

Kämpf!

Mein Ellbogen traf ihn voll in die Rippen, und er grunzte und brüllte auf. Ich schlug ihm, so fest ich konnte, mit einem rechten Haken gegen die Brust.

Ich schrie nach irgendjemandem, der mich hören würde, doch meine Stimme klang rau.

Er ohrfeigte mich zweimal so fest, dass mein Kopf hin und her schleuderte.

Dann griff er nach meinen Händen, um sie festzuhalten. Ich schlug ihm noch einmal in den Magen, aber nicht wirklich kräftig.

Dann kratzte ich ihm durchs Gesicht, versuchte, seine Augen zu erwischen, und schrie auf, als Blut über seine Wange rann.

»Sei still!«, schrie er, während er mir die Kette vom Hals riss. Sterlingsilber mit einem Herz zwischen zwei Flügeln. Sie war ein Geschenk von Malcom und besaß einen rein sentimentalen Wert. Aber dann stürzte er sich auf mein Armband, zerrte an meinem Handgelenk, bis ich fürchtete, meine Schulter würde aus der Pfanne springen.

Ich keuchte auf. Trauer überwältigte mich und verdrängte die Angst.

Nicht mein Armband!

Meine Antwort bestand darin, mit der Faust gegen seine Kehle zu boxen – ein Schlag, den Malcom mir gezeigt hatte – und einen Volltreffer zu landen. Er fiel zurück und presste keuchend die Hand auf die Kehle.

Doch dann sprang er wieder auf, landete auf meiner Brust. Ich wusste, dass ich irgendeinen Schmerz spüren sollte, aber die Angst war zu groß, der Drang zu überleben mächtiger als die Bedrohung. Mit einer blitzschnellen Bewegung riss er das Armband von meinem Handgelenk, wobei vermutlich der Verschluss brach.

Nein! Es ist alles, was ich noch von meinem Dad habe!

»Ich habe noch nie jemanden für ein albernes Schmuckstück umgebracht, aber du bist eine ganz besondere Geschichte.« Sein Gesicht war wutverzerrt.

»Nicht«, keuchte ich. »Bitte.«

Alles, was mich in den letzten zwei Wochen so sehr beschäftigt hatte: die Enttäuschung meiner Mutter, Hartfords Laufpass, das Studium – das alles war dumm, dumm, dumm.

Das hier. Das war, was wirklich zählte. Zu leben.

Jeden Moment zu genießen, weil man nie weiß, welcher der letzte ist.

Achtsam und aufmerksam für die kleinen Dinge zu sein.

Die Farbe des Himmels. Ein Gänseblümchen. Fallender Schnee.

Lass mich nicht sterben, betete ich.

Ich wollte neue Donut-Varianten probieren.

Mir ein Tattoo stechen lassen.

Tanzen.

Mich verlieben.

In einem Wimpernschlag verschwand Chad, und sein Körper schlug gegen den Müllcontainer wie eine Tüte Dreck.

Ich drehte den Kopf zur Tür.

Guter Gott. Dax.

Er stürzte sich auf Chad, drückte ihn zu Boden, wo sie miteinander rangen, grunzend und schlagend. Die hässlichen Geräusche eines erbitterten Kampfes drangen an meine Ohren. Ich versuchte, mich zu bewegen, aufzustehen und Hilfe zu holen. *Irgendetwas zu tun!*

Ich rappelte mich auf Hände und Knie hoch und kroch in ihre Richtung.

Bitte lass nicht zu, dass Dax verletzt wird.

Da er breiter und muskulöser war, landete Dax einige gute Treffer, aber Chad erholte sich und rollte sich drahtig und schnell unter ihm weg.

Im nächsten Moment warf er sich auf Dax und landete einen harten Treffer neben seinem Auge, sodass Dax' Kopf nach hinten flog.

Dax brüllte auf, stolperte rückwärts und lehnte sich gegen die Wand des Nachbargebäudes. Seine Brust hob und senkte sich heftig, während sie einander anstarrten. Chad beugte sich vor, hob einen Stein auf und ging auf ihn zu.

Nein!

Schwach nach Hilfe rufend, falls irgendjemand auf der Straße oder im Club uns hören könnte, kroch ich weiter auf sie zu, wobei mir der Kies in Knie und Handflächen schnitt.

Dax atmete tief ein und stürzte sich auf Chad, aber der wich ihm aus, holte mit dem Stein in der Hand aus und zielte auf Dax' Kopf. Er verfehlte ihn und sprang zurück, um seiner Faust auszuweichen.

Ein Auto fuhr auf der Straße vorbei, und ich rief erneut, doch meine Stimme war nur ein heiseres Flüstern.

Näher. Näher. Ich schob mich auf sie zu.

Chad hatte mir den Rücken zugewandt, und wenn ich ihn erreichen könnte …

Für eine Sekunde traf Dax' Blick meinen, und beinahe unmerklich schüttelte er den Kopf. Ich ignorierte ihn. Auf keinen Fall würde er das hier allein durchstehen müssen.

Chad, der es offensichtlich aufgab, Dax mit dem Stein schlagen zu wollen, warf diesen stattdessen und traf ihn am Arm.

Dax' Miene verspannte sich, seine Fäuste ballten sich, als er sich wieder auf Chad stürzte, nur dieses Mal benutzte er nicht seine Hände, sondern trat ihm zweimal fest gegen die Brust. *Bämm! Bämm!*

Chad klappte zusammen und schnappte nach Luft.

Dax kam näher, umkreiste ihn, geballte Wut im Gesicht und mit einem irren Ausdruck in den Augen, den ich noch nie bei ihm gesehen hatte.

Abrupt schoss Chad hoch und wollte zur Hauptstraße rennen.

Dax schnellte herum und packte seinen Hemdzipfel, aber Chad riss sich los, dass die Knöpfe flogen. Er verfluchte uns beide und verschwand über die Straße in der Dunkelheit der nächsten Gasse.

Seine verklingenden Schritte waren das beste Geräusch, das ich je gehört hatte.

Ich rappelte mich auf und lehnte mich an das Nachbargebäude. Dax kam zu mir. Mein gesamter Körper schrie nach Luft.

Wenige Zentimeter vor mir blieb er stehen und beäugte mich wie ein Habicht, das Gesicht vor Wut erstarrt. Seine Hände waren noch immer geballt, sein Körper eine einzige feste Wand aus Muskeln. »Mein Gott, Remi. Alles in Ordnung?«

»Mir geht es gut«, presste ich mit reibeisenrauer Stimme hervor.

»Was zum Teufel ist passiert? Ich habe dich rausgehen sehen, muss aber verpasst haben, dass er dir gefolgt ist. Ich wurde nervös, weil du allein warst …« Seine Stimme verebbte, und er fuhr sich mit der Hand durch die Haare. »*Verdammt,* es tut mir leid, dass ich nicht früher rausgekommen bin.«

»Nicht … deine … Schuld …« Ich saugte mehr Luft in meine Lungen und sparte an Worten. Dann umfasste ich mein Handgelenk. Mir fehlte mein Armband jetzt schon. »Überfall. Er hat meinen Schmuck mitgenommen.«

Sanft zog er mich in seine Arme und hielt mich, als wäre ich aus Porzellan. »Du zitterst ja am ganzen Körper, Remi. Ich bin hier. Dir geht es gut. Mir geht es gut. Alles ist gut.«

Warmer Stahl umfing mich, und ich gab mich seinen sicheren Armen hin und vergrub mein Gesicht an seiner Brust. Meine Stimme zitterte. »Ich dachte, er würde mich umbringen …« Ich brach ab und schloss die Augen, als heiße Tränen fielen, deren Flut ich nicht aufhalten konnte. »Ich hasse es, vor anderen zu weinen. Das ist dumm.«

»Pssst, lass alles raus. Ich halte dich. Versprochen.«

Erinnerungen an den Angriff stürmten wie Blitze auf mich ein. »Er … er hat das Armband geklaut, das mein Dad mir an dem Tag geschenkt hat, als er gestorben ist. Ich … ich kann mir nicht vorstellen, es nicht mehr zu haben. Ich brauche es. Es erdet mich …« Ich hielt inne, weil ich nicht mehr sagen konnte, ohne komplett zusammenzubrechen.

Er trat einen Schritt zurück, um mir in die Augen zu schauen. Seine Hände umfingen zärtlich meine Schultern. »Aber du lebst. Das ist alles, was zählt, richtig? Wenn dir irgendetwas zugestoßen wäre …« Er presste die Lippen zusammen, und seine Brust hob und senkte sich, als er tief einatmete. »Ich wollte dem Penner nachsetzen, aber ich konnte dich hier nicht allein auf dem Boden zurücklassen …«

Ich nickte und wischte mir über das Gesicht. »Du hast ihm ordentlich Angst gemacht, denke ich. Du hast Tricks drauf, die ich noch nie gesehen habe.« Mein Blick huschte über seine breiten Schultern.

Er berührte meine Wange. Seine Stimme klang sanft, aber bestimmt. »Er kommt nicht zurück, und falls doch, werde ich den verdammten Mistkerl umbringen.«

Ich nickte. Ich war genauso gierig auf sein Blut. *Mein geliebtes Armband ist weg.*

Er richtete den Ausschnitt meines Kleides, und ich schaute nach unten. Ein Teil des Oberteils war zerrissen und hing gerade noch am Träger. Die Pailletten baumelten an den Fäden. Dax nahm die beiden losen Enden und knotete sie behutsam zusammen, damit man meinen BH nicht sehen konnte.

»Na super. Geld, das ich brauche, einfach so zum Fenster rausgeworfen.« Ich seufzte und rieb mir über die Arme. »Aber es wäre sowieso falsch gewesen, das Kleid zurückzugeben, nachdem ich es getragen habe.«

Er sah mich besorgt an. »Remi? Vielleicht ist das hier nicht der richtige Zeitpunkt, aber wenn du ein Darlehen brauchst, kann ich dir helfen.«

Mir blieb der Mund offen stehen.

Er fuhr fort, mich zu überraschen. Der anmaßende Dax, den ich von der Whitman kannte, zeigte mir nun eine vollkommen andere Seite von sich.

»Du … es ist süß von dir, das zu sagen, doch ich wollte nicht andeuten, dass ich Hilfe brauche. Ich komme klar.«

Auf seiner Stirn bildete sich eine Falte. »Ich bin lange genug auf der Welt, um zu wissen, dass ein Mädchen normalerweise lügt, wenn es sagt, dass es klarkommt. Warum denkst du daran, das Kleid zurückzugeben? Ich will die Wahrheit wissen.«

Ich schüttelte den Kopf. »Es ist nur … ich habe die Anzahlung auf meine Hochzeitsfeier nicht zurückbekommen. Das Geld, das ich über Monate gespart habe, als ich in *Minnie's Diner* gearbeitet habe. Lulu – sie hat sich ihr eigenes Ticket hierher gekauft und angeboten, auch alle meine Ausgaben hier zu übernehmen, aber das lasse ich nicht zu. Wenn ich zur Whitman zurückkehre, werde ich eine Wohnung finden müssen, Miete zahlen, Rechnungen bezahlen … Alles Dinge, mit denen ich nicht gerechnet habe.«

Ich knabberte an meiner Unterlippe. »Außerdem gibt es offensichtlich andere Sachen, über die ich mir Sorgen machen sollte, zum Beispiel darüber, dass du mir das Leben gerettet hast. Vielen Dank dafür und dass du ein monströses blaues Auge kriegen wirst.« Mir fielen weitere kleine Verletzungen auf. Sanft berührte ich sein Gesicht mit einem Finger, ließ ihn über die Stoppeln an seinem Kinn streichen. »Wenigstens blutest du nicht.«

»Für dich würde ich es wie einen Orden tragen.« Sein Blick brannte sich in meinen.

Mein Magen kribbelte.

Was meint er damit?

»Danke«, flüsterte ich.

Er lehnte seine Stirn an meine. »Jederzeit. Ich habe gehört, dass man als Bodyguard ganz gut verdient. Vielleicht sollte ich es damit nach meinem Abschluss versuchen?« Er schob mir die Haare aus dem Gesicht und ließ seine Finger langsam durch die langen Strähnen gleiten.

Seine Berührung war genau das, was ich brauchte.

Ich suchte nur Trost, als ich mich an ihn drückte, und in seinen Armen zu liegen, war so selbstverständlich, wie zu atmen. Er lehnte sich gegen die Backsteinwand und zog mich näher an sich, als spüre er mein Bedürfnis nach Erdung.

Ich fühlte mich sicher bei ihm. Als könnte mich nie wieder etwas verletzen.

Ich weiß nicht, wie lange wir dort so standen – vielleicht eine Minute, vielleicht fünf –, aber schon bald ging unser Atem im gleichen Rhythmus, hob und senkte sich sein Brustkorb in perfektem Einklang mit meinem. Seine Hand strich über meinen Rücken nach oben. Er fuhr meine Schulterblätter mit den Fingerspitzen nach, wanderte dann von meinen Hüften meine Wirbelsäule entlang zu meinen Haaren und massierte mir die Kopfhaut. Ich wollte schnurren und sank noch weiter gegen ihn, wenn das überhaupt möglich war. Nicht einmal eine Stecknadel hätte zwischen uns gepasst.

Doch was als unschuldige Umarmung angefangen hatte, veränderte sich. Feuer leckte über meine Haut, wo er mich berührte. Wie von selbst rutschten meine Hände zu seiner Taille und strichen am Bund seiner Jeans entlang über seine Haut. Ich machte weiter, spielte mit dem V seiner Hüften, bis ich spürte, wie er an mir hart wurde.

Die Chemie zwischen uns hatte schon immer gestimmt. Wir waren fiebrig. Sofort bereit.

An dem langen Wochenende, das wir zusammen verbracht hatten, hatten wir keinen Moment aufgehört, einander zu berühren. Ein Blick von mir, und er war auf den Knien gewesen, hatte gefragt, was ich mir wünschte, was ich brauchte, um mich gut zu fühlen. Ich hatte das Gleiche getan, hatte nicht genug von ihm kriegen können. Selbst wenn er mich festbinden oder aufs Bett drücken wollte.

Wir waren wie eine brennende Sonne gewesen und am Ende explodiert.

Lippen strichen über meinen Scheitel. »Remi … sieh mich an«, sagte er mit rauer Stimme.

Wenn du hochguckst, wirst du ihn küssen …

Ich hob den Kopf, und sofort verschmolz sein Mund mit meinem.

Fordernd.

Wild.

Heiß.

Ja! Das ist es, was ich brauche.

Verlangen, das ich seit unserem Kuss an der Bar unterdrückt hatte, schoss durch meinen Körper. Ich stöhnte und hob die Hände, um mich an seinen Schultern festzukrallen.

Er war falsch für mich – schrecklich falsch –, aber es fühlte sich so richtig an.

Ich fühlte mich wunderbar lebendig und energiegeladen, als wenn ich mit bloßen Händen ein Auto zerquetschen oder Dax gegen die Wand drücken und ihn um den Verstand vögeln könnte. Ich erkannte das Gefühl und nahm es als das an, was es war: Ich war beinahe gestorben und wollte jetzt das Leben spüren.

»Warte«, stieß er keuchend hervor, sowie ich mit meiner Hand unter sein Hemd glitt. »Das ist das Adrenalin. Du hast einen Schock erlitten. Du willst das hier nicht wirklich …«

»Pssst.« Ich schob sein Hemd hoch und küsste seine Brust, ließ meine Zunge um seine Brustwarze kreisen. »Du schmeckst unglaublich lecker, einfach unwiderstehlich.«

Seine erzwungene Zurückhaltung fiel in sich zusammen,

und er taumelte gegen mich. »Mein Gott, ich kann dich nicht bitten, aufzuhören.«

»Dann tu es nicht.« Ich presste meine flache Hand gegen die harte Erektion in seiner Jeans. Streichelte sie. »Ich erinnere mich noch daran, wie heiß wir aufeinander waren – wie du es geliebt hast, wenn ich deinen Namen gesagt habe. Willst du es wieder so?«

Seine Augen blitzten auf. »Ja«, erwiderte er und eroberte erneut meinen Mund, verschlang mich, während ich den Reißverschluss seiner Hose öffnete und meine Finger hineintauchte. Natürlich war er bereit.

Wir waren wie rasend, berührten uns überall dort, wo wir es in den letzten Jahren vermisst hatten. Der Druck seiner Hände. Seine Küsse. Ich wollte alles.

Endlich, schien mein Körper zu sagen. Das hier. Er. Ich. Schicksal. *Es sollte so sein.*

Seine Hand glitt in den Ausschnitt meines Kleides und legte sich auf meinen Spitzen-BH, liebkoste meine Brustwarze. Ich bog mich ihm entgegen. Er hatte nie mehr tun müssen, als mich an den richtigen Stellen zu reizen, und schon war es um mich geschehen.

Ich umfasste seinen Schaft und streichelte ihn von der Wurzel bis zur Spitze, fuhr mit meinen Fingerspitzen darüber, wusste genau, wo Dax gerne berührt werden wollte.

»Remi … du bringst mich um«, keuchte er und lehnte den Kopf an die Mauer. »Ich habe so oft an das hier gedacht …«

»Remi?« Eine schrille Stimme hallte zu uns herüber. »Was zum Teufel ist hier los? Unsere britischen Jungs sind weggerannt, und jetzt bist du mit Dax hier draußen? Ich bin verwirrt.«

Lulu.

»Ja, genau mein Gedanke«, schloss sich Spider trocken an. »Auch wenn es für mich so aussieht, als wenn ihr beide euch gegenseitig die Zähne reinigt.«

Und auf einmal waren sie da. *Na, super.*

Mein Körper zitterte vor unterdrückter Lust. Ich lehnte meinen Kopf an Dax' Brust und versuchte, meinen Atem unter Kontrolle zu bekommen, während er diskret seinen Reißverschluss hochzog und mein Kleid richtete.

Das Ganze war mir zutiefst peinlich.

In der einen Minute habe ich ihm gesagt, dass ich nicht mit ihm befreundet sein kann, und in der nächsten habe ich ihm meine Zunge in den Hals geschoben.

Gott, ich wusste wirklich nicht, wer ich in seiner Nähe war.

Dax legte seine Hände an meine Wangen und sah mich besorgt an. »Das ist das Adrenalin, Liebes. Es soll dir nicht leidtun. Gib dir keine Schuld.«

Woher hatte er nur die Fähigkeit, meine Gedanken zu lesen?

Ich nickte, und wir drehten uns zu den beiden anderen um.

6. Kapitel

Dax

Ich erzählte Spider und Lulu kurz, was passiert war und wie ich Remi gefunden hatte, als sie versuchte, sich Chad vom Leib zu halten.

Ich hätte früher rauskommen sollen.

Du bist nicht ihr Aufpasser, sagte eine Stimme in meinem Kopf.

Ich griff nach Remis Hand und verschränkte meine Finger mit ihren. Sie erwiderte den Druck, und ich zog sie an mich, als sie mit leiser, schwacher Stimme, aber ruhig und gefasst auf die Fragen antwortete. Es hörte sich besser an, als ich es von jemandem, der gerade eben erst überfallen worden war, erwartet hätte.

Aber sie war schon immer sehr kontrolliert gewesen.

Im Laufe der Jahre hatte ich Gespräche über sie belauscht, nur um zu wissen, was bei ihr so los war. Wenn wir uns dann mal auf einer campusweiten Verbindungsparty gesehen und einander gegenübergestanden hatten, hätte man nie vermutet, dass sie mich kennt. Mit erstarrtem Lächeln hatte sie meinen Blick erwidert und war dann weitergegangen.

Als wäre ich ein verdammtes Möbelstück.

Okay, normalerweise war ich in Begleitung von ein paar Mädels unterwegs, die an mir hingen.

Ich beobachtete sie öfter, als ich es hätte tun sollen, wenn man bedachte, dass sie die Freundin eines Rivalen war. Es war eine stillschweigende Vereinbarung, dass wir nicht unter den Mädchen der Omegas wilderten und umgekehrt, außer wir wollten auf dem Innenhof eine Schlägerei anzetteln. Nicht, dass mich das gekümmert hätte. Wenn ich ein Mädchen wollte, nahm ich es mir, auch wenn ich es nie auf die, die bereits vergeben waren, abgesehen hatte – vor allem nicht auf die, die ihrem Typ so nahestanden wie Remi Hartford.

Außerdem hatte ich meine Chance bei ihr gehabt und sie nicht genutzt.

Als in der Ferne Sirenen erklangen, kehrte ich in die Gegenwart zurück.

Wenigstens hatte jemand die Polizei gerufen.

Zwei bullige Typen, die, wie ich wusste, Türsteher im Club waren, stürmten durch die Metalltür und scannten die Gegend, bis ihr Blick an uns hängen blieb, die wir eng beieinander neben dem Müllcontainer standen.

Sie kamen auf uns zu. »Alles in Ordnung hier draußen?«, fragte einer von ihnen.

Neu aufflammender Zorn ließ mich die Hände zu Fäusten ballen. »Jetzt ja«, sagte ich angespannt und richtete mich auf, um die Männer direkt anzusehen. »Wenn ihr eine Hintertür habt, wäre es eine verdammt gute Idee, dort einen Aufpasser zu platzieren … vor allem so nah an einer Gasse. Meine Freundin ist von einem eurer Gäste überfallen und beinahe umgebracht worden.«

»Mir geht es gut«, versuchte Remi, die Wogen zu glätten. »Dank dir.«

Ich sah sie an. Sie lächelte, wenn auch schwach, und ich empfand einen Hauch von Frieden.

Sie war in Sicherheit. Es ging ihr gut.

Aber ich konnte mich nicht vollkommen entspannen.

Ein paar Minuten später machten wir unsere Aussage über den Vorfall und versicherten den Polizisten, dass wir am nächsten Tag vorbeikommen würden, sollte uns noch etwas einfallen. Offensichtlich hatte es eine Flut von ähnlichen Überfällen in der Gegend gegeben – ein oder zwei weiße Männer, die sich ihre Opfer in Bars und Clubs aussuchten. Beide Jungs, die Lulu aufgerissen hatte, passten zur Beschreibung der Täter. Sie nahmen Schmuck, Geld, Handtaschen, Handys, sogar Kleidung. Die Polizei hatte die örtlichen Pfandleiher angewiesen, aufmerksam zu sein, wenn ihnen bestimmte gestohlene Gegenstände angeboten wurden, aber bisher hatte es noch keinen Treffer gegeben.

Remi sah am Boden zerstört aus, als sie ihr sagten, es gäbe keine Spur.

Nachdem die Polizei gefahren war, holten Spider und Lulu uns ein Wasser an der Bar, während wir uns im Pausenraum für die Mitarbeiter wiederfanden, den der Manager des *Masquerade* uns großzügig zur Verfügung gestellt hatte – zusammen mit dem Angebot, den Rest der Woche freien Eintritt und kostenlose Drinks zu erhalten.

Remi hatte von den Kieselsteinen einige Schnitte in den Handflächen und blaue Flecken am Hals, wo der Kerl sie gewürgt hatte. Wie sie mir versicherte, würde sie beides am nächsten Tag überschminken können. Zum Glück gab es im Club einen kleinen Erste-Hilfe-Kasten mit Desinfektionstüchern. Die Polizisten hatten sich Remi natürlich genau angeguckt und ein paar Fotos gemacht, aber sie hatte sich hartnäckig geweigert, ins Krankenhaus zu fahren.

Sie saß auf einem Hocker, und ich säuberte ihre Füße, achtete sorgfältig darauf, jedes noch so kleine Steinchen zu entfernen. Es war, als hätten wir eine Hürde überwunden. Wir waren Freunde. Oder so etwas in der Art.

Wir hatten es nicht ausgesprochen, aber ich spürte die Verbindung zwischen uns.

Später lehnte ich mich an das Waschbecken, während sie mein geschwollenes Auge mit einer kalten Kompresse abtupfte, die uns jemand aus der Küche gebracht hatte. Einer der Barkeeper hatte außerdem in der Mitarbeiterumkleide gewühlt und ein paar alte Flipflops und ein überlanges T-Shirt mit dem Aufdruck *Ich liebe Nächte im Masquerade* gefunden, das Remi über ihr Kleid zog.

Ich lachte leise, als ich das T-Shirt sah. »Ganz schön ironisch.«

Ihre Mundwinkel zuckten nach oben. »Wenigstens habe ich dich heute Abend hier getroffen.« Eine Pause. »Darüber bin ich froh.«

»Ich auch.«

Sie nickte. »Was da passiert ist … meine Hand in deiner Hose …« Die Röte zeigte sich zuerst an ihrem Hals und wanderte dann langsam zu ihren Wangen bis zu ihrer Stirn hoch. »Ich bin ein wenig durchgedreht.«

»Alles gut. Du musst nichts erklären.« Ich zwang die Beule in meiner Hose, sich zu entspannen.

»Also kein Schaden, kein Problem?«

»Jupp. Wir sind jetzt Kumpel.«

»Hmm«, murmelte sie leise und lächelte mich an. In ihren Augen schimmerten unterschiedlichste Emotionen. »Du bist definitiv ein Held. Ich schulde dir was.«

Mein Atem stockte, als sie mich so ansah. Zum ersten Mal an diesem Abend sah sie wirklich glücklich aus, und einen Moment lang erhaschte ich einen Blick darauf, wie meine Zukunft hätte aussehen können, wenn ich mir gestattet hätte …

Stopp, Dax.

Es vergingen ein paar Minuten, in denen sie mich nach weiteren Verletzungen absuchte. Ich musste sogar mein T-Shirt ausziehen, für den Fall, dass ich irgendwo Prellungen hatte. Ich beharrte darauf, dass er mich nicht so fest geschlagen hatte, aber trotzdem ließ sie ihre Finger über jeden Zentimeter meiner Haut gleiten, der von ihm getroffen worden war. Sie wollte es mit eigenen Augen sehen, und ich wusste, es steckte nichts Sexuelles dahinter, sondern echte Besorgnis. Eine kleine Falte erschien auf ihrer Stirn, als sie meine Rippen abtastete, um sicherzustellen, dass keine gebrochen war.

Ich warf den Kopf in den Nacken und lachte aus vollem Hals.

Sie zuckte zurück. »Ich hatte vergessen, dass du kitzelig bist.«

Ich lachte weiter und schob ihre Hände weg.

Sie grinste und fuhr beinahe gedankenverloren die Umrisse der Libelle auf meinem Oberarm nach.

»Ich liebe es. Die Farben, das Design, die puren Emotionen. Dieses Tattoo bedeutet dir etwas, und ich frage mich, was es ist.« Ihr Blick schoss zu meinem hoch. »Ich fühle mich traurig, wenn ich es ansehe. Seltsam, so ein Gefühl – als wenn man einen sechsten Sinn hat.« Sie lächelte. »Egal. Ich rede Unsinn. Aber ich will auch ein Tattoo.«

Ihre Hand ließ meinen Bizeps nicht los. Sie streichelte die Flügel der Libelle, fuhr die Wirbel und Markierungen nach, die mein Entwurf gewesen waren. Es kribbelte – nein, Funken stoben auf, wo sie mich berührte.

Es geht hier nicht um Sex, Dax.

Das hier ist echt. Sie. Du.

Reden. Teilen. Einen Moment erleben, in dem sie in deine Seele schaut.

Wirst du sie hineinlassen?

Auf keinen Fall.

Ich war nicht gut genug für sie, und ich brauchte sie nicht in meinem Leben, damit sie an meinen Gefühlen zerrte und mich etwas wünschen ließ, das ich niemals haben konnte.

Aber ihre Berührungen.

Dann zieh dich von ihr zurück, Arsch!

Ich schwankte und lehnte mich an sie.

Hypnotisierend.

Faszinierend.

So verdammt perfekt, dass ich mich mit ihr auf einem weichen Bett zusammenkuscheln wollte, ihre Haare streicheln, ihr alles über mein Tattoo erzählen …

Aber das konnte ich nicht.

Diese Geschichte teilte ich nicht.

An der Oberfläche sahen die Leute den eingebildeten, lustigen Kerl, aber darunter lag ein Gefühlschaos – zumal sich gerade der Todestag meiner Mum gejährt hatte –, und ich glaubte nicht, die Bedeutung meines Libellentattoos erklären zu können, ohne dass sich mir die Kehle zuschnürte.

Also tat ich, worin ich am besten war. Ich schob Remi von mir.

Ich brachte ein wenig Abstand zwischen uns, ließ ihre Hand fallen. Ich wechselte das Thema. »Wow. Da will ich dabei sein, wenn du dir ein Tattoo stechen lässt.«

Sie blinzelte, ihr Gesicht verlor seinen Glanz, als sie spürte, dass ich mich innerlich zurückzog. »Oh. Okay. Klar. Das sollten wir tun.« Sie warf mir mein Hemd zu. »Ich schätze, das solltest du besser wieder anziehen.«

Ich zog es mir über den Kopf. »Bist du bereit, nach Hause zu gehen?«, fragte ich und ging zur Tür, um sie ihr aufzuhalten.

Ihre kobaltblauen Augen hielten meinen Blick fest. »Nicht wirklich. Ich bin von dem Adrenalin noch ganz kribbelig. Willst du … wollen wir noch irgendwohin gehen?«

»Du willst wieder in den Club zurück?«, fragte ich ungläubig.

»Guter Gott, nein.« Sie knabberte an ihrem Daumennagel und wirkte unentschlossen und unglaublich verloren. »Ich will irgendwas essen – auch wenn ich nicht sicher bin, ob ich einen Bissen herunterbekomme. Oder zumindest irgendwo eine Cola trinken.«

»Du solltest vermutlich ins Hotel zurückgehen und dich ausruhen, Remi.«

»In ein leeres Hotelzimmer? Nein danke.« Ein trotziger Ausdruck stahl sich in ihre Augen und verschwand genauso schnell wieder. »Ich … ich will nicht allein sein, okay?«

Ich unterdrückte das Verlangen, das bei ihren Worten wie ein Blitz durch mich hindurchschoss. »Okay. Gehen wir. Ich weiß auch schon, wohin.«

Zu viert gingen wir ins *Tucks*, einem kleinen Kebabladen gegenüber vom Club – einer der wenigen Imbisse in der Gegend, die nach Mitternacht noch geöffnet hatten. Hauptsächlich kamen die Leute hierher, um sich etwas zu essen mitzunehmen. Aber im hinteren Bereich gab es auch ein paar Tische. Spider suchte uns einen aus, während ich mich mit Remi und Lulu am Tresen anstellte, um etwas zu bestellen.

Remi stellte tausend Fragen zum Döner Kebab, dem riesigen Berg aus mariniertem Fleisch, der sich unter einer Grilllampe drehte. In London gilt er als das beste Essen in durchzechten Nächten.

Sie entschied sich für einen Lammdöner im Pita mit Krautsalat, Tomaten und scharfer Soße. Nachdem sie ein wenig daran geknabbert hatte, legte sie ihn seufzend ab.

Ich unterdrückte einen Fluch. Ihr Hals schien noch zu stark wehzutun, um etwas zu essen.

Ohne etwas zu sagen, stand ich auf, ging zum Tresen und bestellte für sie einen Vanille-Milchshake. Es war zwar nur ein abgepackter Drink, aber er war kalt und leicht zu schlucken.

Ich stellte den Becher vor sie, womit ich sie mitten in einem an Lulu gerichteten Satz unterbrach.

»Was ist das?« Sie schaute zu mir auf.

»Du kannst nicht essen, und das hier könnte dir helfen.«

Ihre Miene wurde weich. »Oh. Ist das ein Milchshake?«

»Ja. Die hier sind aber anders als die in den USA – weniger süß und weniger sämig. Vielleicht ist es nicht das, was du gewohnt bist, aber er enthält Proteine, die dich satt machen, wenn du hungrig bist.«

Sie öffnete den Mund. »Ah, das ist so süß von dir. Danke,

dass du an mich gedacht hast.« Sie öffnete den Deckel und nippte, dabei schaute sie mich an und wurde rot.

Ich nickte und setzte mich. Spider beobachtete mich und schaute mit fragendem Blick von mir zu Remi und zurück.

Ich ignorierte ihn.

»Ich komme einfach nicht über diesen Bösewicht von Chad hinweg«, sagte Lulu später, als sie mit ihren Pommes frites spielte. Seitdem Remi und ich ihr erzählt hatten, was passiert war, war sie bedrückt.

Remi seufzte. »Lulu, es ist nicht deine Schuld. Hörst du? Ich klinge schon besser.« Ihre Stimme war fast wieder normal, aber ich fürchtete, dass es ihr morgen wieder schlimmer gehen würde. Declan trainierte für die UFC, die Ultimate Fighting Championship, und die ersten Tage nach seinen Kämpfen waren immer die schmerzhaftesten wegen der Prellungen und dem Muskelkater.

»Es macht mich krank, dass ich es geschafft habe, die einzigen beiden Mistkerle in London zu finden und sie dir vorzustellen. Ich hätte wissen müssen, dass es zu gut war, um wahr zu sein«, murmelte Lulu. »Dieser Akzent. Der heiße Irokese …«

»Das hast du bereits eine Million Mal erzählt«, sagte Spider. »Es tut dir leid. Du bist eine schlechte Freundin. Du hast es verdient, in die Vagina getreten zu werden …«

Er grinste, als sie ihn anfunkelte. »Was? Darf ich das Wort nicht sagen? Du brauchst ein dickeres Fell, meine Liebe.«

»Oh, und das von Spider, dem berühmten Gitarristen, der seine Identität verbirgt. Ich mag Vital Rejects nicht einmal«, gab sie schnippisch zurück. »Nimm das.«

Ich lachte leise. Spiders Identität war gelüftet, sobald er seine Maske abgenommen hatte. Die Mädchen waren erst überrascht, aber, ehrlich gesagt, nicht sonderlich beeindruckt gewesen.

Auf dem Weg hierher hatte ich viel darüber gelacht.

Offensichtlich standen die Mädchen nicht besonders auf alternative Indie-Bands.

Remis Blick glitt zu mir. »Wohnst du diesen Herbst im Haus?«

Ich schüttelte den Kopf. »Ich bin zurzeit ohne Behausung.«

»Ich auch. Hartford hat die Wohnung behalten, und Lulu ist mit ihrer Mitbewohnerin im Studentenwohnheim untergebracht. Ich bin sicher, zu diesem Zeitpunkt gibt es auf dem Campus nichts anderes mehr als Rattenlöcher.«

Ich stimmte ihr zu. »Ja. Ich werde mich gleich nach meiner Rückkehr in die Wohnungssuche stürzen.«

»Falls du etwas findest – oder ich etwas finde –, können wir uns die Wohnung vielleicht teilen?«

Ich erstarrte mitten im Biss in meinen Döner, als drei Augenpaare mich erwartungsvoll anschauten. Ich schluckte und trank einen Schluck Wasser. »Ich weiß nicht, ob das eine gute Idee ist.«

Remi schnaubte. »Du hast recht. Mein Gott. Was für ein verrückter, impulsiver Vorschlag. Ignorier mich einfach, denn ganz offensichtlich stehe ich noch unter Schock.«

Ich grinste und stellte mir vor, mit ihr zusammenzuwohnen. »Wir würden uns streiten wie Hund und Katze, oder? Du als kleine Omega-Schwester und ich als Tau?«

Sie zuckte mit den Schultern. »Hmm, vielleicht, vielleicht auch nicht. Diese Rivalität ist mir ziemlich egal.«

»Hartford nicht«, warf Lulu ein. Dann lachte sie. »Er würde einen Herzinfarkt kriegen.«

»Ich habe eh nur einen Scherz gemacht«, sagte Remi zu mir. »Heute Nacht bin ich für nichts verantwortlich, was ich tue oder sage.«

Ich ließ das Thema fallen.

Nachdem wir gegessen und unser Geschirr abgeräumt hatten, gingen Lulu und Spider zum Rauchen nach draußen und ließen Remi und mich allein zurück. Sie spielte an ihrem Handgelenk herum, im Gesicht einen sehnsüchtigen Ausdruck.

»Remi, was ist mit deinem Vater passiert?«, fragte ich leise.

Sie wurde blass.

»Es ist in Ordnung, wenn du es mir nicht erzählen willst«, sagte ich.

Sie holte tief Luft. »Nein, ist schon gut. Ich hatte nur nicht damit gerechnet, dass du mich fragst. Wir haben an unserem gemeinsamen Wochenende nicht gerade tiefschürfende Gespräche geführt.«

Das stimmte.

»Ich weiß, wie es sich anfühlt, jemanden zu verlieren«, murmelte ich. »Ich habe es schon erlebt.«

Sie studierte mein Gesicht, und dann, als hätte sie eine Entscheidung getroffen, nickte sie. »Es … es war ein Autounfall an meinem sechzehnten Geburtstag. Sein SUV ist auf einer vereisten Stelle ausgebrochen, über den Mittelstreifen gerutscht und gegen einen Traktoranhänger geprallt … Er war auf der Stelle tot, hat der Rechtsmediziner gesagt. Er … er … war auf dem Weg, mich vom Klavierunterricht abzuholen. Wir wollten an dem Abend zu meinem Lieblingsjapaner gehen.«

Sie ballte ihre Hände auf dem Tisch. »Wie auch immer, ich habe eine Weile auf ihn gewartet und bin dann mit einer Freundin nach Hause gefahren. Dort hat schon die Polizei auf mich gewartet. Er hatte mir das Armband am Morgen gegeben. Er war so aufgeregt gewesen, weil es seiner Mom gehört hatte.« Sie biss sich auf die Lippe. »Nach seinem Unfall war das Leben nicht mehr das Gleiche.«

Ein scharfes Gefühl schoss durch mich hindurch, bohrte sich in meine Brust, wirbelte und flatterte wie ein hilfloses Tier herum. Sie war durch die Hölle gegangen. *So wie ich.*

Ich streckte die Hand über dem Tisch aus und öffnete Remis Faust Finger für Finger, bis ihre Handfläche zu sehen war. Dann presste ich meine darauf, sodass sich unsere Hände berührten.

»Ich habe bis auf Declan noch mit niemandem darüber gesprochen, aber meine Mum ist gestorben, als ich zehn war – Lungenkrebs im vierten Stadium. Sie war innerhalb von zwei Monaten tot. Meinen Vater kannte ich kaum, aber Declan und ich mussten alle zurücklassen, die wir kannten, und nach Raleigh ziehen, um bei ihm zu leben. Danach war mein Leben auch nicht mehr das Gleiche«, fügte ich leise hinzu.

Voller Verständnis sah sie mich an. »Wie … wie bist du damit umgegangen?«

»Ich war ein Kind, also habe ich viel geweint. Sehr viel. Manchmal reichten ein Geruch, ein Lachen, das wie ihres klang, ihr Lieblingsessen, um die Tränen fließen zu lassen. Ich bin ein Jahr lang mit einem Betonklotz im Magen herumgelaufen. Ich habe Tagträume gehabt, dass ich nur das Opfer eines grausamen Scherzes wäre und sie plötzlich wieder zum Leben erwachen und ich ihr vor der Schule in die Arme laufen würde. TV-Kameras würden es filmen, und dann würden wir einen Flug zurück nach London nehmen, und alles würde wieder wie früher sein – nur wäre ich dieses Mal ein besseres Kind. Ich würde meine dreckige Wäsche aufheben. Ich würde ihr öfter sagen, dass ich sie liebe.«

Ihre Lippen zitterten. »Ich habe das Gleiche gedacht – dass mein Dad zur Tür hereinkommt, mich umarmt und wir uns dann zum Abendessen hinsetzen. Er hat fürchterliche Witze erzählt, aber sie fehlen mir.«

Wir saßen schweigend da, musterten einander, spürten der Trauer des anderen nach.

Ihre Augen blitzten verständnisvoll auf. »Ist … ist der Tod deiner Mutter der Grund dafür, warum du die Mädchen auf Distanz hältst?«

Ich erstarrte. »Warum sagst du das?«

»Es würde Sinn ergeben. Zu lieben tut weh, aber jemanden zu verlieren … zerstört einen. Es verändert einen.«

Plötzlich war da etwas in der Luft, was ich noch nie bei einem Mädchen gefühlt hatte.

Die Sache ist die: Menschen, die man liebt, verschwinden tatsächlich, so wie mein Vater, als ich ein Baby war, und meine Mum, als sie starb.

Diesen Schmerz wollte ich nie wieder erleben.

Ich weigerte mich, jemandem jemals wieder solche Macht über mich zu geben.

Aber sie starrte in mein gebrochenes Herz, und ich *ließ es zu.*

Ich atmete tief ein. »Ja.«

»Und dein Bewältigungsmechanismus ist, die Kontrolle zu behalten«, fügte ich ein paar Herzschläge später hinzu, als mir das klar wurde.

Sie sah mich mit ihren klaren blauen Augen an. Ernst. Wunderschön. Sie nickte. »Ja. Pläne zu machen gibt mir ein Gefühl von Sicherheit.«

Diese wenigen Worte waren alles, was wir brauchten, um einander zu verstehen.

Um zu verstehen, warum wir jeder auf seine Weise zerbrochen waren.

Ein paar Momente vergingen, und irgendwann wurde es komisch, dass sich unsere Hände berührten, ohne dass wir wirklich Händchen hielten. Sie zog ihre Finger weg und strich sich erneut über das Handgelenk.

Ich stieß einen schweren Seufzer aus. »Sei nicht traurig wegen des Armbands. Das ertrage ich nicht.«

Sie sah mich fragend an. »Warum kümmert es dich so sehr?«

Verdammt, ich weiß es nicht!

Ich zuckte mit den Schultern und spielte die Sache herunter. »Ich bin nur froh, dass dir nicht mehr passiert ist.«

»Ich weiß, wie viel Glück ich gehabt habe, und ich werde in Zukunft vorsichtiger sein, aber ich möchte auch jeden Moment dieses Urlaubs genießen. Ich könnte morgen schon tot sein.« Sie lächelte. »Ich werde mir ein Tattoo machen lassen und Lulu bitten, mir das Tanzen beizubringen.«

Ich nickte. »Da du gerade dabei bist, etwas zu verändern – mein Freundschaftsangebot steht noch. Aber nur, wenn du bereit bist, mit mir im *Panera* zu essen.«

»Okay«, sagte sie nach einem Moment und beugte sich mit einem Funkeln in den Augen über den Tisch. »Aber wir brauchen ein paar Regeln. Einen Plan.«

Ich schnaubte über ihren offensichtlichen Enthusiasmus. »Warum überrascht mich das nicht?«

Sie holte einen Stift aus ihrer Handtasche, zog sich eine saubere Papierserviette heran und fing an zu schreiben. Ab und zu schaute sie dabei zu mir hoch.

»Ich fürchte mich beinahe zu fragen, was du da machst«, merkte ich an, während ich versuchte, über Kopf ihre Schrift zu lesen.

»Ich stelle Regeln auf. Na ja, eigentlich nur eine, denn es gibt nur eine Regel für eine Freundschaft mit Dax Blay.«

Ich lachte leise. »Und wie lautet die?«

Ihr Blick ruhte für einen Moment auf meinen Lippen. »*Keine Küsse.* Niemals. Nicht auf den Mund oder an irgendeine andere Stelle, die meine weiblichen Teile zum Kribbeln bringt. Ende.« Sie legte den Stift ab und sah mich grinsend an. »Es würde helfen, wenn du nicht den knackigsten Hintern der Welt hättest, aber ich schätze, dagegen kannst du nichts machen.«

Ich zog eine Braue hoch. »Ist er zu heiß für dich?«

Sie verdrehte die Augen. »Halt den Mund, Romeo.«

Ich grinste. »Du bist unbezahlbar.«

»Du findest mich schräg.«

»Nein, absolut nicht. Klingt nach einem sehr guten Plan. Ich bin voll dabei.« Ich schaffte es, eine ernste Miene beizubehalten.

»Bist du sicher, dass du das mit dem nicht küssen schaffst?«

»Ich meine, mich daran zu erinnern, dass vor gar nicht langer Zeit deine Hände in meiner Jeans …«

»Okay, das musst du nicht ausführen, Lord Sex.«

»Hmmm.«

Sie schob mir die Serviette zu. »Kannst du das unterschreiben?«

»Du bist echt ein Freak. Sollen wir uns auch das Pfadfinderehrenwort geben?« Aber ich nahm die Serviette und schaute mir an, was sie geschrieben hatte.

»Danke für das Kompliment. Und jetzt halt den Mund und setz Datum und Namen auf die gestrichelten Linien, hier und hier«, sie zeigte auf hastig gezogene Striche. »So wie ich es schon getan habe.«

Ich schüttelte den Kopf. Wenn das hier nötig war, um mit einem Mädchen befreundet zu sein, das es vor drei Jahren geschafft hatte, mir unter die Haut zu gehen und dort zu bleiben, dann war ich dabei.

Ich unterschrieb und schob ihr die Serviette wieder zu.

Sie schob sie zurück. »Nein, das ist deine Version.« Sie nahm eine weitere Serviette und wiederholte das Ganze, um sich ihre Ausführung dann in die Handtasche zu stecken.

Es war ihr wirklich ernst damit. Ich grinste.

Nachdem alle Verträge verstaut waren, hob sie ihren Milchshake. »Einen Toast auf die Freundschaft mit einem Typen, mit dem ich mal einen Three-Nights-Stand hatte.«

Ich lächelte. »Möge das Glück uns immer treu sein.«

Sie grinste, und wir stießen miteinander an.

Mein Blick landete auf ihren vollen Lippen, als diese sich um den Strohhalm schlossen.

Worauf habe ich mich da nur eingelassen?

7. Kapitel

Remi

Nachdem Dax und Spider uns in ein Taxi gesetzt hatten, ließen Lulu und ich uns ins *The Tower Hotel* fahren. Ein paar Blocks von unserem Ziel entfernt sahen wir den erleuchteten Tower of London, und weil ich immer noch ganz aufgedreht war, hielten wir an und stiegen aus, um den Rest des Weges zu Fuß zu gehen. Es fühlte sich sicher an, da immer noch einige Leute unterwegs waren und das Strahlen des beleuchteten Turms bewunderten. Mein Fuß pochte ein wenig, aber aus Erfahrung wusste ich, dass es nicht schlimm war. Also ging ich im wahrsten Sinne des Wortes einfach durch den Schmerz hindurch.

Eine halbe Stunde später betraten wir gegen drei Uhr in der Früh die Lobby. Zum Glück schliefen die meisten Gäste schon. Meine Prellungen waren im Laufe der Nacht immer dunkler geworden, und ich konnte mir gut vorstellen, was die Leute denken würden, wenn sie mich in einem riesigen T-Shirt und mit Flipflops sahen. *Wilde amerikanische Mädchen.*

Lulu schleppte sich neben mir in den Fahrstuhl, und wir fuhren zu ihrem Zimmer im zwölften Stock hinauf. Ich war im fünfzehnten Stock in der Hochzeitssuite untergebracht. Es war ätzend, dass wir so weit voneinander getrennt waren, aber das Hotel hatte nur noch wenige freie Zimmer gehabt, da Lulu ihre Reservierung in letzter Minute getätigt hatte. Sie hatte auf getrennten Zimmern bestanden, hauptsächlich deshalb, weil sie hoffte, dass ich irgendjemanden abschleppen würde.

Und da ihre Eltern eine große Nummer in der Countrymusic-Szene in Nashville waren, hatte sie jede Menge Geld.

Sie lehnte sich erschöpft gegen die Fahrstuhlwand und checkte auf ihrem Handy die sozialen Medien. Ihre Mundwinkel waren untypisch nach unten gezogen. Dann richtete sie sich plötzlich auf. »Was zum Henker …?«

»Was?« Ich reckte den Hals, um zu sehen, was sie da anschaute, aber sie wischte das Foto auf Instagram weg. »War das Hartford?«, fragte ich, und mein Magen zog sich unangenehm zusammen.

»Mist. Ja.«

»Ist er mit jemandem zusammen?«

Sie schüttelte den Kopf. »Ich weiß es nicht. Du weißt, wie schwer es ist, Social-Media-Beiträge zu interpretieren. Das ist alles nur Filter und Fake. Man kann nicht die Hälfte davon glauben.«

Ich sah sie finster an. »Zeig mir das Bild, oder ich hole mein eigenes Handy raus.«

Seufzend rutschte sie neben mich und rief das Foto wieder auf. Es zeigte Hartford im *Cadillac's*, einer Bar an der Whitman. Neben ihm – oder eher direkt auf ihm – saß eine kecke Blondine mit einem übertrieben strahlenden Lächeln und makellos weißen Zähnen.

»Das ist Katrina Irgendwer. Sie ist in den meisten seiner Vorlesungen zur Vorbereitung auf das Medizinstudium«, sagte ich und klickte auf das Foto, um mir jedes einzelne Pixel auf der Suche nach vergrößerten Poren oder sonst einem Makel in ihrem perfekten Gesicht anzusehen.

War sie hübscher als ich? Klüger? Lustiger?

Auf dem Tisch standen Bierflaschen, und im Hintergrund machten einige Leute Faxen. *Waren die beiden* zusammen *zusammen?*

Ich studierte Hartfords Lächeln, suchte nach einem Hinweis. Sein aschblondes Haar war kürzlich geschnitten worden und sein Kinn rasiert. Er trug ein kariertes Button-down-Hemd, das ich noch nie zuvor gesehen hatte, und strahlte Selbstbewusstsein aus; kein Anzeichen für den hin- und hergerissenen Kerl, der mir gesagt hatte, er müsse über uns nachdenken, bevor er eine finale Entscheidung treffen könnte.

Lulu zuckte mit den Schultern. »Er hat es mit #studybuddy und #goodtimes getaggt.«

Ich presste die Lippen zusammen und sah mir an, wie Katrinas Hand seinen Arm umfasste und er seinen Kopf in ihre Richtung geneigt hatte.

Dann guckte ich auf das Datum des Postings. Unsere Hochzeitsnacht.

Die Gefühle, die mich dabei durchströmten, ließen meinen Brustkorb einfrieren. Ich atmete tief durch und lehnte mich gegen die kalte Wand des Fahrstuhls.

Es ist in Ordnung. Es ist in Ordnung. Es ist nur der Kerl, mit dem du zweieinhalb Jahre zusammen gewesen bist, der da mit einer anderen unterwegs ist.

Ich wollte mich übergeben.

»Remi, es tut mir leid«, sagte Lulu und sah mich gequält an. »Jetzt habe ich dir den Abend verdorben, oder?«

»Mir geht es gut.« Ich atmete aus und gab ihr das Handy zurück.

Zumindest stieß ich keine lauten Flüche aus, hämmerte nicht mit den Fäusten gegen die Wände oder weinte. Das war definitiv ein Fortschritt.

»Du bist zu ruhig. Das macht mich nervös.« Sie drückte meine Schulter. »Du versuchst, es zu analysieren und die Bedeutung zu ergründen, aber vermutlich ist es einfach nur irgendein belangloses Foto.«

»Er sieht glücklich aus. Sie sieht glücklich aus. Ich denke, sie sind zusammen. Vielleicht hat er erkannt, dass ich nicht die Richtige für ihn bin.« Ich biss mir fest auf die Unterlippe und blinzelte ein paarmal.

Lulus Gesicht wurde vor Wut ganz rot. »Wenn das Arschloch dich betrogen hat, werde ich ihn, verdammt noch mal, umbringen … *verdammt* … er ist so ein Riesenarsch! Vermutlich geht er jedes Jahr zu einer Arschlochmesse in, ich weiß nicht, Arschville, Texas.«

»Sag mir doch einfach, was du wirklich fühlst.« Ich schenkte ihr ein schwaches Lächeln.

Sie nickte in Richtung Foto. »Er ist schwarz-weiß, und du bist Technicolor, Babe. Du kriegst 'nen Besseren.«

»Und zwar wen?«

»Ich hatte vielleicht mehr als genug Martinis heute Abend, aber die Funken zwischen dir und Dax sind mir durchaus aufgefallen. Es ist komisch. Er fängt an, mir sympathisch zu werden. Und heute im Diner … so wie du ihn da angeschaut hast und er dich. Ich will, dass *mich* mal ein Kerl so ansieht.«

»Das ist pure Lust. Mehr hat Dax nicht anzubieten. Er will nur Spaß haben.«

Sie dachte darüber nach, als die Fahrstuhltür in ihrem Stockwerk aufglitt. »Ich kann mit in dein Zimmer kommen und wir reden noch ein bisschen, wenn du immer noch hellwach bist?«, bot sie an.

»Nein. Schlaf ein wenig. Und mach dir keine Sorgen um mich.«

Widerstrebend ging sie. Ich wartete, bis sie in ihrem Zimmer war, dann stieg ich zurück in den Fahrstuhl und holte mein Handy heraus, das ausgeschaltet gewesen war. Ich schaltete es an, aber anstatt auf Instagram zu gehen und Hartford zu stalken, rief ich meine Kontakte auf und schaute auf die Handynummer, die Dax vor dem Verlassen des Lokals eingespeichert hatte. Ich schnaubte, weil er als Namen Lord Sex eingegeben hatte – aber immerhin mit einem Fragezeichen. War das Dax' Version von Bescheidenheit?

Mein Finger schwebte über dem Anrufknopf.

Was soll ich ihm sagen?

Der Fahrstuhl hielt auf meiner Etage, und ich stieg aus. Tief ausatmend steckte ich mein Handy wieder in die Clutch, während ich gleichzeitig nach meiner Schlüsselkarte suchte.

»Wo ist sie denn?«, murmelte ich und wühlte in den Reißverschlusstaschen.

Mit einem Mal hatte ich das Gefühl, in dem schmalen Flur nicht allein zu sein, und ließ meinen Blick durch den Gang wandern. Niemand traf gerade ein oder verließ sein Zimmer, doch dann sah ich an meiner Tür eine männliche Gestalt auf dem Boden sitzen, den Kopf auf die Brust gesackt, als würde sie schlafen.

Was macht er hier?

Ich ging zu ihm hinüber und beugte mich vor.

»Dax, wach auf.« Ich rüttelte sanft an seiner Schulter. »Hallo?«

Schwere Lider flatterten und öffneten sich blinzelnd. »Remi?«

»Wer sollte es sonst sein?« Ich ließ mich neben ihn auf den Teppich sinken. »Die Frage ist, was du vor meiner Zimmertür machst.«

Er sah mich aus blutunterlaufenen, müden Augen an, und sein Blick blieb an meinen Lippen hängen. »Nachdem du gegangen bist, hatte ich so ein komisches Gefühl. Ich war paranoid, dass Chad wüsste, in welchem Hotel du bist, oder dass er deinen vollen Namen kennt. Ich habe dich angerufen, aber du bist nicht rangegangen, also bin ich hergekommen, um sicherzugehen, dass es dir gut geht. Ich habe den Portier bestochen, damit er mir deine Zimmernummer verrät.«

»Mein Handy war seit dem Gespräch mit der Polizei ausgeschaltet. Ich habe es gerade erst wieder angemacht. Sorry.«

»Wo warst du?« Er wurde langsam wacher und kratzte sich sein unrasiertes Kinn.

»Wir sind vom Tower of London aus zu Fuß gegangen. Ich schätze, ich war noch zu aufgedreht von allem.«

Er verengte den Blick. »Du hättest direkt hierherkommen sollen.«

Ich zog eine Augenbraue hoch. Und lächelte. »Seit wann bist du mein Aufpasser?«

Er stieß einen aufgebrachten Seufzer aus, stand auf und reichte mir die Hand, um mir hoch zu helfen. »Vielleicht habe ich beschlossen, dass du vierundzwanzig Stunden am Tag einen Bodyguard brauchst, um sicher zu sein.«

»Bewirbst du dich für den Job?« Wir sahen einander an, unsere Gesichter nur wenige Zentimeter voneinander entfernt.

»Du willst nicht, dass ich ihn übernehme, das wissen wir beide.« Er stieß hörbar den Atem aus. »Komm, hol deinen Schlüssel raus, dann bringen wir dich rein.«

Ich fand die Schlüsselkarte, zog sie durch den Schlitz und öffnete die Tür. Dax trat vor mir ein und hielt mir die Tür auf.

»Danke«, sagte ich.

»Gib mir eine Sekunde«, bat er. »Ich will mich kurz umsehen.«

Was? Mit mir war alles in Ordnung.

Es war niemand in meinem Zimmer außer ihm, und er war derjenige, mit dem ich nicht allein sein sollte.

Er wanderte umher, schaute ins Badezimmer, unters Bett, in den Schrank und sogar aus dem Fenster auf den kleinen Balkon.

»Nur ein Ninja kann da hinaufklettern«, sagte ich, während ich ihn verwirrt beobachtete.

»Sieht aus, als wäre die Luft rein.« Er stolperte über seine Füße, als er auf mich zukam.

»Dax. Du bist erschöpft. Bitte, setz dich.« Ich zeigte auf einen Sessel. »Ich bestelle dir einen Kaffee, bevor du wieder gehst.«

»Nein, schon gut. Ich bin nicht mit dem Auto da, sondern habe mir direkt nach euch ein Taxi genommen.«

»Tja, ich bin erledigt.« Ich legte meine Handtasche ab, zog die Schuhe aus, tapste zum Bett und ließ mich rücklings mitten auf die luxuriöse Überdecke fallen. Die Rosenblätter, die das Zimmermädchen darauf gestreut hatte, flogen in die Luft.

Ich streckte meine Arme über den Kopf und reckte mich. Mir fielen die Augen zu »Ich hätte nie gedacht, dass ich das mal sagen würde, aber ich bin froh, dass ich heute Nacht in diesem großen Bett verbringen kann, auch wenn ich nicht flachgelegt werde. Obwohl die Nacht noch jung ist.« Ich lachte, öffnete die Lider wieder und blinzelte ihm zu.

Das war natürlich als Scherz gemeint, aber seine Miene verfinsterte sich, und sofort verspannte ich mich.

Die Zeit schien für einen Moment wie eingefroren, die Anspannung im Raum war greifbar.

Ich setzte mich auf und zog mir mein T-Shirt herunter.

Sein Blick landete auf meinen Lippen. Wandte sich ab. Kehrte zurück.

Er strich sich mit der Hand durch die Haare, und perfekt zerzaust fielen sie zurück an ihren Platz. »Äh, ich muss nach Hause.«

Er wollte gehen.

»Warte.«

Was machst du da, Remi?

Ich stand auf, war auf einmal atemlos, hielt seinen bohrenden Blick fest. Er war unglaublich attraktiv, selbst in seinem müden Zustand. Ich nahm seine stählernen Augen in mir auf, die Anspannung in seinen breiten Schultern, die Art, wie seine Hände sich zu Fäusten geballt hatten – und die offensichtliche Beule in seiner Jeans.

Oh.

Ich schluckte und nickte in Richtung des gemütlichen Sessels und der Ottomane in der Zimmerecke neben dem Fenster. »Willst du … willst du hier schlafen?«

»Nein.«

Ich verschränkte die Arme und stieß ein Lachen aus. »Sei nicht albern. Bleib. Ich bestehe darauf. Wir können morgen früh gemeinsam Kaffee trinken und uns unterhalten. Hier, ich hole ein paar Extradecken und Kissen aus dem Schrank. Ich habe sie vorhin beim Auspacken gesehen.« Ich schob mich an ihm vorbei, aber er griff nach meiner Hand und hielt mich so zurück.

»Nein, Remi.«

»Doch, Dax. Das machen Freunde so. Sie helfen einander.«

»Das ist keine gute Idee.« Seine Stimme klang ganz rau, und er hatte meine Hand noch immer nicht losgelassen.

»Warum nicht?« Mein Daumen streichelte seine Handfläche, als würde er von einem Teil meines Gehirns gesteuert, über den ich keine Kontrolle hatte.

»Weil ich, wenn ich mit dir in diesem Zimmer bleibe, in dem Bett sein werde, und dann werden wir nicht schlafen.« Er sah mich suchend an, bis sein Blick an meinen Lippen hängen blieb.

»Warum … warum starrst du ständig auf meine Lippen?«

Sein Blick verdunkelte sich.

»Dax?«

Er sah mich unter schweren Lidern an. »Weil ich sie mir auf meinem Mund vorstelle, wie sie mich küssen. Und wie sie an meiner Haut saugen. Überall.« Er strich mit dem Daumen über meine Unterlippe und zog sie sanft ein Stückchen nach unten.

Ich erschauerte und zitterte angesichts des Bildes, das er malte.

Dann ließ er seine Hand fallen und atmete schwer aus. »Wir haben beschlossen, Freunde zu sein, aber wenn du mir so nah bist, kann ich nur daran denken, dir das Kleid auszuziehen, dich aufs Bett zu drücken und dich zu nehmen, sodass du bis morgen Mittag meinen Namen hundertmal gestöhnt hast.«

»Nur hundertmal?«

Hör auf damit, Remi!

Er senkte den Blick. »Du begibst dich auf gefährliches Terrain, Remi. Sei vorsichtig …«

»Lass mich … lass mich dich einfach nur berühren. Mehr nicht.« Ich streckte die Hand aus und legte sie auf sein Herz, spürte das Heben und Senken seiner Brust.

Wir schauten einander an, und eine Million »Was-wäre-wenn«-Fragen rasten durch meinen Kopf.

Was wäre, wenn wir Sex hätten? Würde das unsere zerbrechliche Freundschaft zerstören?

Was wäre, wenn er diesen Herbst sofort zu irgendeinem Verbindungsmädchen weiterziehen würde? Würde ich in das gleiche Loch der Verzweiflung fallen wie vor drei Jahren?

Was wäre, wenn ich die Vergangenheit hinter mir ließe und einfach täte, wonach mein Körper verlangte?

Dann hättest du heute Nacht einen verdammt heißen Orgasmus.

Sein Blick verengte sich, in seiner Wange zuckte ein Muskel. »Ich kann damit nicht umgehen. Ich halte mich gerade noch so zurück.«

»Ich auch.«

Er senkte den Kopf, bis sein Mund nur wenige Millimeter von meinem entfernt war. »Vergiss die Freundschaft. Ich will mit dir vögeln.«

Seine Worte hämmerten in meinem Kopf.

Meine Zunge schoss unwillkürlich vor, befeuchtete meine Lippen. »Hartford …« Ich stoppte, als ich den Zorn in seinen Augen aufblitzen sah. Gott. Ich hatte nicht vorgehabt, seinen Namen zu sagen. Ich hatte nicht einmal an ihn gedacht.

»Ganz genau.« Er ließ meine Hand los, und ich sah den Puls in seiner Schläfe pochen. »Gute Nacht, *Freundin*.« Er schenkte mir einen letzten Blick, dann drehte er sich um und ging.

8. Kapitel

Dax

Ich wachte am Nachmittag vom Geruch brutzelnden Specks und dem Geplapper von Spider am Telefon auf. Während ich mir übers Gesicht rieb, richtete ich mich auf und ließ die Beine über die Bettkante baumeln. Erinnerungsschnipsel der letzten Nacht in Remis Hotelzimmer kehrten zu mir zurück. Ich stöhnte. Ich hatte es gestern wirklich vermasselt, und dabei war ich nicht einmal betrunken gewesen.

Ganz eindeutig hatte ich mit meinem Schwanz gedacht, vor allem, als sie mir diese Beine gezeigt hatte, durch das Zimmer stolziert war und mir angeboten hatte, im gleichen Raum wie sie zu schlafen. Wir beide in einem Hotelzimmer wäre ganz ohne Zweifel das Rezept für eine Katastrophe.

Ich wurde wieder wütend, als ich mich daran erinnerte, dass sie *seinen* Namen gesagt hatte und nicht meinen. *Bastard.*

Ich riss mich von den Gedanken an sie los und schaute mich im Zimmer um. Nächste Woche reise ich ab, dachte ich, während ich die weiße und cremefarbene Farbgebung betrachtete, für die Spider sich entschieden hatte. Luftig und mit Chrom und Leder ausgestattet, war es ein nettes Apartment, und er war ziemlich stolz darauf. Er hatte einen Inneneinrichter engagiert und mit ihm zusammen die Teppiche und Accessoires ausgesucht. Er nahm die Sache sehr ernst, weil es ihm gehörte, und auch wenn ich ein ziemlicher Chaot sein konnte, hatte ich hier immer hinter mir aufgeräumt.

Mein Handy piepte. Eine Nachricht. *Declan.* Er und Elizabeth waren die beiden Menschen, die ich in diesem Sommer am meisten vermisst hatte. Sie hatten sich letzten Herbst ineinander verliebt – und waren zwei der glücklichsten Menschen, die ich kannte. Allein sie zusammen zu sehen, machte mich eifersüchtig, und ein Teil von mir wollte die Magie, die sie verband, selbst erleben, doch ich hatte zu viel Angst.

Ich nahm mein Handy zur Hand. Ich hatte ihn gestern angerufen, um ihn zu bitten, nach einer Wohnung oder einem Zimmer auf dem Campus für mich zu schauen und die Anzahlung zu leisten, bis ich wieder zurück wäre.

In der Nähe der Whitman gibt es nichts, aber ich habe ein älteres Haus für dich gefunden: 3 Schlafzimmer, 2 Badezimmer, 230 Quadratmeter. Hat sogar hinten eine kleine Terrasse. Für siebzigtausend gehört es dir. Ein Megadeal.

Was zum Teufel?

Ich wollte kein Haus kaufen. Ich wollte nur einen Platz, an dem ich wohnen konnte, bis ich meinen Abschluss hatte.

Ich rief ihn über FaceTime an, weil das kostenlos war.

»Hey, Bro, was geht ab?«, sagte ich, sobald die Verbindung stand. Seine Haare waren nass, als käme er gerade frisch aus der Dusche. Es war dort drüben acht Uhr morgens.

»Hey, wieso hast du ein blaues Auge?« Raschelnde Geräusche, als er in die Küche ging.

Ich berührte mein Gesicht und sah die hässliche Prellung unter meinem Auge auf dem Display. »Du kennst mich doch, immer in irgendwas verwickelt.«

Er sah mich aus zusammengekniffenen Augen an. »Sei vorsichtig. Ich habe dir immer noch nicht alle Tricks beigebracht.« Dann grinste er. »Nicht, dass du jemals so gut sein wirst wie ich. Ich bin der Beste.«

»Dafür bin ich in allem anderen der Beste.« Ich lachte leise.

»Wie auch immer. Sag mir einfach, wie es dir geht.«

»Vertrau mir, du wärst beeindruckt. Ich laufe jeden Tag fünfzehn Kilometer, trainiere, und – jetzt setzt du dich besser – ich habe diesen Sommer sogar ein paar Bücher gelesen. Im Moment bin ich gerade an einem, das dir vermutlich bekannt vorkommen dürfte. *Stolz und Vorurteil.* Es ist ein wenig lahm und ohne Sex. Ich hasse es.«

Er lachte.

Ich sah Elizabeth im Hintergrund, die blonden Haare zu einem unordentlichen Knoten gebunden. Sie winkte enthusiastisch.

Ich warf ihr eine Kusshand zu. »Hey, Love. Du fehlst mir.«

Sie gab mir einen Kuss zurück. »Du fehlst mir mehr«, rief sie quer durch den Raum. »Komm bitte bald nach Hause. Ich brauche einen Shoppingkumpel. Im Gegensatz zu dir weigert sich Declan, mir bei der Auswahl von Handtaschen zu helfen.«

Auf dem Display sah ich, wie Declan Elizabeth liebevoll dabei beobachtete, wie sie sich einen Kaffee einschenkte. Dann lachte er leise und wandte sich wieder mir zu. »Ich schätze, du hast meine Nachricht erhalten?«

»Ja, aber ich will kein Haus kaufen. Doch ich könnte bei euch einziehen, und dann wird Elizabeth mir verfallen …« Ich lachte.

»Dude. Wir haben kaum Platz für unseren Kram.«

»Ja.« Das war eh mehr ein Witz gewesen.

»Ich habe bei der Vermietungszentrale nach freien Zimmern in den Wohnheimen gefragt, aber ohne Erfolg«, fuhr er fort. »Das kann sich noch mal ändern, wenn das Semester erst mal angefangen hat, aber das hieße, du müsstest bei Dad wohnen, bis etwas frei wird.«

Igitt. Studentenwohnheime.

Schlimmer jedoch war Vater.

Ich stöhnte und stellte mir die dreigeschossige Villa meines Vaters mit ihren schicken Möbeln, dem Personal und meiner fünfjährigen Stiefschwester vor. »Auf keinen Fall.«

Declan grinste. »Du könntest es machen. Ein wenig Geld sparen. Zeit mit den Pferden verbringen. Im Pool schwimmen. Im Kreis der Familie zu Abend essen.«

»Und nie wieder Sex haben.«

»Stimmt.« Er lachte.

»Du klingst glücklich. Läuft das Studio gut?«

»Ja. Dank Dad und Elizabeth«, sagte er.

Ich grinste Elizabeth an, die zu ihm kam und ihm einen Kuss auf die Wange gab. »Wie auch immer, vielleicht möchtest du in ein älteres Haus investieren, dort wohnen und ein wenig daran arbeiten und es dann wiederverkaufen. Oder an Collegestudenten vermieten. Der Immobilienmarkt ist heiß, und du wärst gut darin.«

Ich verzog spöttisch das Gesicht. »Ich?«

»Warum nicht? Du kannst gut reden und bist attraktiv, also warum solltest du diese Vorzüge nicht ausnutzen? Ich kann dir mit der geschäftlichen Seite helfen, wenn du magst, auch wenn ich denke, dass du das ganz gut allein hinbekommen würdest.«

Hm. »Willst du damit sagen, ich bin nicht klug genug, um meinen Abschluss zu machen, und das hier sollte mein Sicherheitsnetz sein?«

»Nein, du Blödmann. Ich sage, dass dieses Haus ein echter Deal ist und du das Geld und mehr auf der Bank hast. Selbst wenn du es später weiterverkaufst, wäre es nett, ein paar Wurzeln zu schlagen. Das ist alles.« Ich war mir sicher, dass er mir einen brüderlich grimmigen Blick durchs Telefon schickte.

Interessant. »Ah.«

Unsere Unterhaltung wandte sich anderen Themen zu, hauptsächlich dem anstehenden Prozess gegen Elizabeths Angreifer, der im letzten November in ihre Wohnung eingebrochen war und vorgehabt hatte, sie umzubringen. In dem darauffolgenden Kampf hatte er eine Arterie in Declans Bein durchtrennt, und eine Weile lang hatte es auf Messers Schneide gestanden, ob mein Bruder die anschließende OP überleben würde oder nicht.

»Er hat keine Kaution bekommen, Gott sei Dank, also sitzt er bis zum Prozess im Januar im Gefängnis«, erklärte er mir.

»Irgendeine Chance, dass er freigesprochen wird?«, fragte ich. Sein Vater war Senator von North Carolina, aber unser Vater hatte auch gute politische Verbindungen.

»Ich weiß es nicht. Das wird die Zeit zeigen.«

Das klang nicht gut, und ich spürte, dass er nicht tiefer in das Thema einsteigen wollte, solange Elizabeth in der Nähe war, also plauderten wir einfach noch ein paar Minuten, bevor er in sein Martial-Arts-Studio musste und den Hörer an Elizabeth übergab. Wir unterhielten uns eine halbe Stunde lang, dann musste sie unter die Dusche.

Ich ließ mich rücklings aufs Bett fallen und starrte an die Decke. Überlegte. Brütete.

Dieser Sommer hatte einen Wendepunkt markiert. Vielleicht war es an dem Tag gewesen, an dem ich zum Hampstead Rehab Center gefahren war, um Spider nach Hause zu holen. Er war als verwitterte Version seiner selbst durch die Eingangstür gekommen, eingefallenes Gesicht, feine Linien um seine Mundwinkel. Drogen und auf Tournee zu sein, hatten aus ihm einen dürren, abgemagerten Typen gemacht. Selbst mit seinen Bandkollegen als Kompass hatte er sich auf seinem Weg verlaufen.

Und das war, was mir am meisten zu schaffen machte – *er war allein.*

Keine Groupies. Keine Freundinnen. Keine Eltern, die ihn wollten.

Ich kannte den Schmerz des Alleinseins, wenn gierige Menschen etwas von einem wollten, weil man der Sohn eines reichen Mannes war oder einfach beliebt.

Remi war nie so gewesen. Sie hatte mir nicht den Hintern geküsst, als ich sie gleichgültig behandelt hatte. Verdammt, nein, sie war aus meinem Zimmer stolziert, als gehöre es ihr, inklusive Pullover und allem. Die meisten Mädchen hätten alles geschluckt, was ich ihnen erzählt hätte, nur um bei mir zu sein, aber sie nicht.

Sie hatte eine Version von mir gewollt, die ich mit neunzehn nicht hatte sein können.

Sie hat Liebe gewollt, auch wenn sie es nie laut ausgesprochen hat.

Ich zog eine Jeans an und ging in das große Badezimmer, das an mein Schlafzimmer grenzte. Dort wusch ich mir das Gesicht und kämmte meine Haare mit den Fingern. Meine Gedanken rasten in alle möglichen Richtungen, aber vor allem kreisten sie um die Frage, was ich nach meinem Abschluss machen wollte. Mit einem Master in Psychologie konnte man da draußen nicht viel anfangen, wenn man nicht noch ein Studium dranhängte.

Was blieb damit übrig?

Barkeeper? Vielleicht. Ich hatte vier Jahre Erfahrungen mit Trinken im Tau-Haus und wusste viel über das Mixen von Alkohol. Billy, der Besitzer des *Cadillac's*, hatte mir mehr als einmal angeboten, für ihn zu arbeiten. Er behauptete, ich würde Gäste anziehen.

In Declans Studio arbeiten? Ich hatte das gesamte Frühjahr damit zugebracht, mit ihm gemeinsam in seinem Studio zu trainieren, und der Fitnessvirus hatte mich gepackt. Aber für Declan zu arbeiten? Familie und Job zu vermischen, war immer heikel.

In Häuser investieren? Hmm. Ich wusste gar nichts über Häuser.

Ich könnte es lernen. Vielleicht. Die Idee wurde mir immer sympathischer.

Wie von selbst fanden meine Füße den Weg zu meinem Schrank, und ich griff ins oberste Regal und holte einen Brief herunter. Meine Mutter hatte ihn vor ihrem Tod geschrieben, und ich nahm ihn überallhin mit. Vater hatte jedem von uns einen gegeben, als wir dreizehn gewesen waren: ein Brief für mich und einen für Declan.

Mit dem Brief in der Hand setzte ich mich wieder aufs Bett.

Lieber Dax,
dieser Brief ist mein Abschied, aber bitte sei versichert, dass ich ihn mit einem Lächeln und nicht unter Tränen schreibe. Ich freue mich, weil du ihn eines Tages, wenn die Zeit reif ist, lesen wirst und es eine Verbindung zwischen uns geben wird – einen hauchdünnen Faden, der uns miteinander verknüpft, dich auf der Erde und mich im Himmel. Vielleicht wird ein Stern extra hell funkeln oder ein Komet über den Himmel rasen, vielleicht wird eine Libelle auf deiner Schulter landen oder ein Regenbogen in deinem Garten auftauchen. Das bin dann ich, wenn ich Teil des unendlichen Universums werde, während ich dir beim Aufwachsen zuschaue.

Ich sterbe an Krebs. Es gibt eine geringe Chance, dass ich mit entsprechenden Medikamenten noch ein wenig länger lebe, aber die würden mich sehr krank und müde machen. Ich will nicht vor deinen Augen dahinsiechen. Ich will, dass du dich an mich als eine fröhliche Mum erinnerst, und in der Zeit, die mir noch bleibt, möchte ich jede Sekunde damit verbringen, mit dir Monopoly zu spielen, mit dir *Würstchen* und *Kartoffelpüree zu essen und mit dir* »Hey Jude« *und* »Here Comes the Sun« *zu singen.*

Habe ich Angst, nun wo die Stunde meines Todes näher rückt? Ja. Es bricht mir das Herz zu wissen, dass ich nicht da sein werde, um dich durch den Schmerz über meinen Verlust zu tragen, durch die Wirren deiner anstehenden Teenagerzeit zu begleiten und zu sehen, wie du dich ver- und entliebst und irgendwann deine eigenen Kinder in den Armen hältst.

Doch was ich kann, ist dir einen Rat geben. Noch bist du jung, aber eines Tages hoffe ich, dass es dich tröstet, zu wissen, dass ich einst dort war, wo du jetzt bist, und ich weit davon entfernt war, perfekt zu sein.

Ich bin unerwartet mit euch schwanger geworden und habe einen Mann geheiratet, in den ich wahnsinnig verliebt war, den ich aber kaum kannte. Dann kamt ihr beide auf die Welt, und wenig später hat er erkannt, dass er mich nie geliebt hat. Er wollte zurück in seine Heimat, die Vereinigten Staaten. Das war nicht sein Fehler. Das sollst du wissen. Hab Verständnis für ihn, auch wenn du ihn kaum kennst. Du kannst nicht jemanden dazu bringen, dich zu lieben, und du kannst ihn auch nicht dazu bringen, bei dir zu bleiben. Aber sieh dir den Segen an, der mir zuteilwurde. Du. Wenn ich zurückgehen und etwas an der Vergangenheit ändern könnte – die Begegnung mit deinem Vater und alles, was danach passiert ist –, ich würde es nicht tun, weil ich wüsste, dass du und Declan am Ende auf mich warten.

Ich erinnere mich an den Moment, als du im Italienurlaub das erste Mal den Strand gesehen hast. Du hast meine Hand genommen, und wir sind so weit gelaufen, wie wir konnten. Du hast stundenlang im Sand gespielt, und als die Sonne schließlich am Horizont unterging, hast du erneut nach meiner Hand gegriffen. »Das ist wie ein Bild, Mum, so schön«, hast du geflüstert, und da wusste ich, dass dein Herz etwas ganz Besonderes ist. Du hast gesehen, dass wir nicht mehr als Staubpartikel auf dieser Erde sind und es Dinge gibt, die größer sind als wir.

Als Baby hast du selten geweint, und ich habe mir oft Gedanken gemacht, warum das so ist, doch als du zu einem starrköpfigen, aber liebevollen Jungen herangewachsen bist, habe ich erkannt, dass Gott mir ein Kind geschickt hat, das mir sehr ähnlich ist. Impulsiv und lus-

tig. Voller Freude. Er wusste, dass ich dich brauche. Deine freche Art und dein Lachen haben mich durch meine weniger guten Tage getragen – auch wenn du es vielleicht nicht gewusst hast.

»Deine Flügel existieren bereits … du musst dich nur noch in die Lüfte erheben.«

Mein kleiner Liebling, dieses Zitat stammt nicht von mir, aber ich habe es zu dir gesagt, seitdem du in meinem Bauch warst. Es ist unser Mantra, und jedes Mal wenn du es mir gegenüber wiederholt hast, war ich versichert, dass ich dich zumindest mit Hoffnung und dem Glauben zurücklasse, dass du alles sein und tun kannst, was du willst.

Ich liebe dich.

Margaret (Mum)

Meine Gefühle fuhren mit mir Achterbahn, wenn ich ihre Worte las.

Sie hatte geglaubt, dass ich alles tun kann.

Ich bin wie sie, hatte sie gesagt.

Ich schluckte. Mein Gott, ich wollte gut für sie sein. Ich wollte in *irgendetwas* erfolgreich sein.

Aus der Küche war das Splittern von Glas zu hören. *Was zum Teufel?*

Ich rannte aus dem Zimmer. Spider mochte zwar nach außen ein übermütiges Lächeln tragen, aber darunter spürte ich die Dunkelheit. Er hatte nie irgendwelche Anzeichen gezeigt, dass er sich selbst verletzte, aber ich machte mir nun mal schnell Sorgen und hatte mich an den verdammten Kerl gewöhnt.

Nur mit einer Boxershorts mit Union Jack darauf bekleidet, stand er vorgebeugt da und fegte Scherben eines Trinkglases vom Boden auf.

»Was ist passiert?«

»Ah, die Prinzessin ist aufgestanden.« Er richtete sich auf und sah mich an. Dann nickte er in Richtung Herd. »Ich habe

Bacon gemacht. Die Eier sollten in einer Minute fertig sein.« Er zeigte auf die Schüssel mit der gelblichen Flüssigkeit, die neben dem Herd stand. »Klingt das nicht gut?«

Seitdem ich hier wohnte, hatte er noch kein einziges Mal den Herd angeschaltet.

»Äh, ja.« Ich kratzte mich am Kinn und musterte ihn. »Geht es dir gut? Hast du irgendwelche Gelüste?«

»Geht schon.« Sein Blick glitt kurz zu mir, dann zurück zu der Pfanne. »Ich bin nur ein wenig zittrig. Zu viel Wodka gestern Abend.«

Ich zerzauste seine verrückten, in alle Richtungen abstehenden blauen Haare. »Okay, Küchenchef Spider. Ich mache uns dann mal Kaffee.«

Er beschäftigte sich mit den Rühreiern, während ich den Kaffee kochte und im Kühlschrank herumwühlte, bis ich Orangensaft, Marmelade und Butter fand.

»Willst du Toast?«, fragte ich und beäugte das Brot, dass ich vor ein paar Tagen beim Bäcker gekauft hatte.

»Klar.« Er zuckte mit den Schultern, die immer noch dünn waren, aber nicht mehr ganz so schlimm wie an dem Tag vor drei Monaten, als ich ihn abgeholt hatte. Außerdem hatte er ungefähr zwanzig Pfund Muskelmasse zugelegt. Das war ein verdammt guter Anfang. Ihm zu helfen und herauszufinden, welche Übungen mit wie vielen Wiederholungen optimale Ergebnisse erzielten, hatte uns beiden gutgetan. Natürlich hatte er am Anfang keine Lust gehabt und gesagt, er würde niemals ein Fitnessfreak werden, aber ich hatte ihm ein Ultimatum gestellt: Wenn er weiter mit mir wetten wollte, müsste er ein wenig Initiative zeigen und bereit sein, sich um seinen Körper zu kümmern.

Ein paar Minuten später setzten wir uns an den Tisch. Das Rührei war ein wenig zu trocken, der Bacon fettig und der Toast nur lauwarm, aber wir schlangen trotzdem alles hinunter.

»Spider?«

»Ja, Prinzessin?«

»Ich habe nachgedacht …« Meine Stimme verebbte, während ich versuchte, das, was in meinem Magen tobte, zu benennen.

»Oh-oh, du bist ganz blass. Soll ich uns erst einmal einen Drink einschenken?«

»Nein.« Ich schmunzelte. »Was hältst du davon, wenn ich ein Haus kaufe?«

Der Bacon fiel ihm aus dem Mund. Er blinzelte. »Du bittest *mich* um einen Rat?«

»Warum nicht? Du bist Wohnungsbesitzer. Warum sollte ich dich nicht fragen?«

»Ich fühle mich geschmeichelt. Ist das Haus hier? Meinst du, ich hätte dann Familie in London?«

»Nein, Mann. Drüben in den Staaten, wo ich mein Studium zu Ende bringen muss.«

Ein Schatten huschte über sein Gesicht, und ich spürte seine Enttäuschung, aber er brachte trotzdem ein schiefes Grinsen zustande. »Oh. Klar. Das ergibt Sinn. Ich meine, du hast ein Leben und musst dich nicht die ganze Zeit um mich kümmern.«

»Dude, du bist seit drei Monaten clean von dem heftigen Zeug, und das hat nichts damit zu tun, dass ich hier bin. Dir wird es gut gehen, wenn ich weg bin und du wieder auf Tournee gehst.«

Er nickte und wischte sich den Mund mit einer Serviette ab. »Ich weiß, ich weiß. Es ist nur … Meine Mutter ist mit irgendeinem italienischen Playboy wer weiß wo, und Dad ist in New York – Mist, du und Declan, ihr seid die einzige Familie, die ich überhaupt mal zu Gesicht bekomme.«

»Du kannst jederzeit rüberkommen und mich in Raleigh besuchen.«

»Ja.« Er stocherte in seinem Rührei herum.

»Du weißt, dass ich bald abreisen muss, oder?« Ich sagte das vorsichtig und beobachtete seine Reaktion ganz genau.

Er zuckte die Achseln.

Ich wechselte die Richtung der Unterhaltung. »Hör mal, du bist älter als ich. Ich würde wirklich gerne deinen Rat hören. Meinst du, ein Haus zu kaufen, ist eine gute Investition?«

Er rieb sich mit der Hand über die Schwarze Witwe an seinem Hals. »Ich höre immer auf meinen Bauch, wenn ich große Entscheidungen treffen muss. Was sagt dir deiner?«

Ich atmete aus. »Ich habe, ehrlich gesagt, nie darüber nachgedacht, bis Declan heute Morgen die Idee aufgebracht hat. Im Studium bin ich ein Versager, aber ich liebe es, mit den Händen zu arbeiten, und die Vorstellung, mich um mein eigenes Haus zu kümmern, so wie du es hier gemacht hast, finde ich irgendwie aufregend.«

»Klingt, als hättest du dich bereits entschieden.«

»Ja.« Vielleicht sollte ich Declan noch mal anrufen. »Also, was steht heute auf dem Plan?«

Er nippte an seinem Kaffee. »Lulu hat angerufen.«

»Ach?« Ich vermutete, sie hatten ihre Telefonnummern ausgetauscht. Spider mochte ein Klugscheißer sein, aber das liebten die Frauen an ihm. »Bist du an ihr interessiert?«

Er schüttelte den Kopf. »Nein.«

»Warum hast du dann von ihr gesprochen?«

Wieder zuckte er mit den Schultern. »Sie hat zufällig erwähnt, dass sie sich heute ein paar Sehenswürdigkeiten anschauen wollen, und ich dachte, wir könnten mitgehen – als Stadtführer sozusagen.«

»Ich brauche eine Pause von Remi.«

»Was ist falsch daran, Zeit mit ihr zu verbringen, wenn ihr nur Freunde seid?«

Ich presste die Lippen zusammen. »Nichts. Ich brauche einfach nur ein wenig Raum.«

»Du magst sie. Sehr.« Ein wissendes Grinsen stahl sich auf sein Gesicht.

»Nicht mehr als andere Mädchen.«

»Hm-hm. Alles klar. Ich schicke Lulu eine Nachricht und sage ihr, dass wir anderweitig verplant sind.«

Ich stand auf und stellte meinen Teller in die Geschirrspülmaschine. »Gut.«

»Übrigens, glaubst du nicht, dass du heute Morgen etwas vergessen hast?«

Ich sah ihn fragend an. »Nein. Warum?«

Er gluckste vor Schadenfreude und hielt mir die ausgestreckte Hand hin. »Oh, wie leicht er vergisst ... Zahltag, Kumpel. Du hast gestern Abend offiziell eine Wette verloren, und ich will mein Geld.«

»Wichser. Wie du meinst.« Ich verdrehte die Augen, wühlte in meiner Hosentasche und fand eine Pfundnote, die ich vor ihm auf den Tisch knallte.

Er nahm sie in die Hand und inspizierte sie, als wäre sie eine spanische Golddublone. »Der verfickt beste Tag aller Zeiten.«

Ich zeigte ihm den Mittelfinger und kehrte in mein Zimmer zurück, um danach unter die Dusche zu springen.

9. Kapitel

Remi

Ich wachte gegen Mittag auf und fühlte mich grottig. Mein Kopf pochte, meine Kehle schmerzte, und meine Haare sahen aus, als hätte es sich eine Mäusefamilie darin gemütlich gemacht. Ich drehte Sia auf meinem Handy auf, schluckte ein paar Kopfschmerztabletten, die ich eingepackt hatte, und stellte mich für eine halbe Stunde unter die Dusche.

Heute würde es nur um mich gehen.

Und ich wollte London im Sturm erobern – selbst wenn ich mich wie der Tod auf Latschen fühlte.

Denn ich atmete noch, und das bedeutete etwas.

Nach einem Frühstück mit Teilchen und Marmelade fühlte ich mich schon wesentlich besser. Vor Monaten hatte ich eine geführte Stadtwanderung für Hartford und mich organisiert, und nun hatten Lulu und ich die Reservierung aufrechterhalten. Gemeinsam mit anderen Touristen starteten wir unsere Pilgerreise am Big Ben und den Houses of Parliament. Ich schaute zu der Uhr hoch, die ich bisher nur auf Bildern gesehen hatte, und atmete die warme Augustluft ein. Es war ein schöner Tag, und ich fühlte mich auf wunderbare Weise von der mich umgebenden Geschichte überwältigt.

Wir gingen weiter, an malerischen kleinen Läden vorbei zur Westminster Abbey, der Stätte von Krönungsfeiern, Begräbnissen und königlichen Hochzeiten, die über siebenhundert Jahre britischer Geschichte enthielt. Dort verbrachten wir zwei Stunden damit, die königlichen Gräber, das Hauptschiff und die Dichterecke der Kathedrale zu erkunden. Auch wenn

Shakespeare in Stratford-upon-Avon begraben war, gab es in der Abbey eine Statue zu seinem Andenken, und ich sorgte dafür, dass Lulu ein Foto von mir davor machte, das ich sofort Malcom schickte, der den Dichter liebte.

Nach dem Ende der Tour nahmen wir die U-Bahn zum London Eye, um eine Runde in einer der luxuriösen Kabinen zu drehen – eine weitere Aktivität, die ich vorab organisiert hatte. Wir tranken Wein und knabberten dazu Schokolade, während wir um die Skyline kreisten und den atemberaubenden Blick über die Stadt genossen. Lulu und ich lachten viel, und erst später fiel mir auf, dass ich nicht ein einziges Mal an Hartford gedacht hatte. Aber Dax … der war immer in meinem Hinterkopf.

Später kehrten wir in einen Pub namens *Hops* ein, ein gemütlicher Ort mit Holzvertäfelung und Sitznischen aus dunklem Massivholz. Die Luft roch nach Ale, Cider und frittiertem Essen. Perfekt. Wir fanden einen Tisch und ließen es uns bei Fish and Chips und einheimischem Bier in gekühlten Gläsern gut gehen. Mein Hals schmerzte noch, und so war das Bier wie ein Geschenk des Himmels und floss kühl und feucht meine Kehle hinab. Eine Stunde saßen wir dort entspannt und glücklich und unterhielten uns über unseren erfolgreichen Sightseeing-Tag.

Nachdem wir den Pub verlassen hatten, vibrierte mein Handy.

Ich erkannte die Nummer und seufzte. Dann zeigte ich sie Lulu, die die Augen verdrehte und stumm »Sorry« sagte.

»Hi, Mom«, meldete ich mich.

Sie hatte bereits dreimal angerufen.

»Darling! Ich versuche seit Stunden, dich zu erreichen. Wie geht es dir?« Ich hörte die unterschwellige Anspannung in ihrer Stimme.

»Ehrlich gesagt, sehr gut.«

»Oh.« Eine Pause. »Hast du was von Hartford gehört?«

Meine Brust zog sich zusammen. »Nein.«

»Warum meldest du dich nicht bei ihm, Remi? Du bist diejenige, die die Stadt verlassen hat.«

Meine Hand krallte sich unwillkürlich fester um mein Telefon. *Atme, Remi.* »Wie geht es Malcolm?«

Sie seufzte. »Ihm geht es gut. Hör mal, ich weiß, du bist verletzt, aber du solltest dich wirklich um die Sache mit Hart…«

»Sorry, Mom. Ich muss auflegen. Sag Malcolm, dass wir uns bald wiedersehen.«

Ich beendete den Anruf noch immer mit ihrer Stimme in meinem Ohr.

Lulu legte einen Arm um mich und sah mich mit sanftem Blick an. Sie wusste genau, wie sehr mich meine Mutter aufregen konnte. »Und was machen wir jetzt?«

Mein Blick fiel auf einen eleganten Friseursalon auf der anderen Straßenseite, und ich rechnete im Kopf nach, wie viel Geld ich noch hatte. »Ich lasse mir die Haare abschneiden.«

Sie grinste. »Hm. Besser das als den Kopf.«

Zweieinhalb Stunden später war mein Haar zwanzig Zentimeter kürzer und zu einem stumpfen Bob mit leicht angeschrägten Seiten geschnitten, der kaum meinen Nacken bedeckte und vorne etwas länger war. Über meinen dunklen Augenbrauen hing ein gerader Pony.

Das Braun war weg und durch einen Farbton zwischen Kupfer und Rot ersetzt worden.

Unnötig zu sagen, dass der Effekt dramatisch war.

Ich spielte mit den Enden. »Ich sehe aus wie ein Violettkehl-Sternkolibri.«

Lulu zog eine Augenbraue hoch. »Ich habe keine Ahnung, was das ist.«

»Ein mutiger kleiner Vogel aus Costa Rica.«

»Vergiss die Vögel, Mädchen. Du siehst … o mein Gott … verdammt heiß aus. Wie eine Stripperin, aber mit mehr Klasse. Uma Thurman in *Pulp Fiction*, nur mit roten Haaren.«

Ich schwang meinen Kopf herum und liebte das leichte Gefühl.

»Deine Mom wird sich in die Hose machen«, überlegte Lulu laut.

Ich grinste. »Kein Wort über Leute aus Raleigh. Komm, lass uns ins Hotel zurückgehen und fertig machen, um auszugehen. Ich habe noch ein paar weitere Kleider, die ich ruinieren kann, bevor dieser Urlaub vorbei ist.«

Sie grinste mich an. »Ins *Masquerade*? Dax und Spider gehen dorthin, nachdem ich erwähnt habe, dass wir vielleicht kommen.«

Ich zog die Augenbrauen hoch. *Wirklich?*

Sie streckte einen Finger hoch. »Diesen Blick kenne ich, aber das arme Mädchen in dir wird zu schätzen wissen, dass wir freien Eintritt und freie Getränke haben. Das spart uns locker hundert Dollar. Und ich weiß, dass du da überfallen wurdest und die Atmosphäre hasst, aber wenigstens kannst du sichergehen, dass die bösen Jungs nicht zurückkommen. Und jetzt, da du und Dax einen *Freundschaftspakt* unterzeichnet habt, sollte es doch keine Probleme geben. Richtig?«

Ich seufzte. »Richtig.«

Drei Stunden später betraten wir das *Masquerade*, nachdem wir uns im Hotel frisch gemacht hatten. Lulu hatte sich für ein Outfit aus silbernem Trägerkleidchen und mit Nieten versehenen High Heels entschieden, das sie letztes Jahr bereits zu einer Verbindungsfeier getragen hatte, und ich hatte ein cremefarbenes Seidenkleid mit hauchdünnen Spaghettiträgern angezogen. Der Rock bestand aus lauter schmalen Fransen, die herumwirbelten, wenn ich mich bewegte. An den Fransen hingen Strasssteine, und ein hautfarbenes Seidenfutter verbarg alles vor neugierigen Blicken. Zumindest ein wenig. Noch nie hatte ich ein Kleid getragen, das so kurz und sexy war. Da der Stoff des Oberteils dick genug war, um verräterische Anzeichen zu verbergen, wenn mir kalt wurde, verzichtete ich auf einen BH. Dazu trug ich weiße Converse, auch wenn Lulu mich angefleht hatte, es nicht zu tun, und mir gedroht hatte, in Tränen auszubrechen. Ich blieb standhaft. Heute würde ich nicht wieder über meine eigenen Füße stolpern.

Ich hatte mich stärker als sonst geschminkt – schwarzer Eyeliner, dramatischer grauer Lidschatten und Tonnen von Mascara. Außerdem hatte Lulu darauf bestanden, mir sorgfältig die Augenbrauen nachzuziehen. Der letzte Touch war ein blasser Lipgloss, der nicht von meinen Haaren ablenkte.

Unsere Namen standen tatsächlich auf einer Gästeliste am Eingang. Lulu klatschte begeistert in die Hände und freute sich noch mehr, als der Kerl an der Haupttür uns erlaubte, uns kostenlos Masken aus dem Glastresen am Eingang auszusuchen. Natürlich wählten wir die teuersten, samtig weich und mit dramatischen Federn und glitzernden Steinen um die Augen. Wir setzten sie auf und lachten. Lulu machte ein paar Selfies von uns, bevor wir uns den Weg zur Bar bahnten und zwei freie Hocker nebeneinander fanden.

Sie bestellte Martinis mit dem besten Wodka, den es gab, während ich die Gäste auscheckte und nach Dax' breiten Schultern und Spiders verräterischen blauen Haaren suchte.

»Siehst du sie?«, fragte ich.

Sie nippte an ihrem Drink und ließ den Blick durch den Raum gleiten. Dann schaute sie mich mit vielsagendem Blick an. »Vermutlich ist er immer noch sauer auf dich und hat seinen Plan geändert. Und wie lautet deiner jetzt?«

Ich seufzte schwer. Beim Frühstück hatte ich ihr von Dax' nächtlichem Besuch erzählt, von der greifbaren sexuellen Spannung zwischen uns und dass ich aus Versehen im falschen Moment Hartfords Namen gesagt hatte.

»Ich weiß es nicht. Ich gucke einfach, was passiert.« Gleichzeitig hatte ich Angst. Ich hatte keine Ahnung, wie ich die Gefühle definieren sollte, die ich für ihn empfand.

»Glaubst du, du wirst Dax jemals erzählen, was damals passiert ist, Remi?«

Ich zuckte zusammen. »Warum sollte ich?«

Sie strich mit dem Finger über den Rand ihres Glases. »Vielleicht, weil du dich dann besser fühlst …«

»Nein.« Meine Stimme klang scharf.

Sie seufzte. »Er hat sich verändert. Oder vielleicht ist er auch schon immer nett gewesen, und wir haben es nur nie gesehen. Er ist eingebildet und glaubt, er wäre megaheiß – was er auch ist –, aber unter der hübschen Oberfläche ist er ein toller Kerl.«

Ich verzog den Mund bei der Erinnerung an die Vergangenheit. An die Dunkelheit von damals.

Sie nahm mir das Glas aus der Hand, stellte es neben ihres und zog mich auf die Tanzfläche. »Komm, Schluss mit reden. Du hast gesagt, nach der Sache mit Chad willst du tanzen, und das will ich jetzt sehen.«

Ich stöhnte. Heute fühlte ich mich weniger wie *Man lebt nur einmal* und mehr wie *Mach dich nicht zur Idiotin.*

»Geh einfach irgendwo in die Mitte, wo uns niemand sieht!«, rief ich ihr über den Mix aus Rock, Techno und klassischer Musik zu, während ich ihr durch die Menge der Tanzenden folgte.

»Du brauchst nur ein wenig Selbstbewusstsein. Siehst du? *Ihm* gefällt es.« Sie nickte in Richtung eines Typen neben uns, dessen Blick förmlich an mir klebte, als wir an ihm vorbeigingen.

Ich lachte und fühlte mich ein wenig selbstbewusster. Ich konnte das hier, oder? Ich musste nur ein wenig zum Takt der Musik herumwackeln.

Wir fanden einen kleinen freien Bereich, und Lulu bedeutete mir, loszutanzen. Ich nickte, glitt mit den Füßen von einer Seite zur anderen und schnippte mit den Fingern.

»Schwing deine Arme ein wenig. Sei nicht so ein Roboter«, sagte Lulu und machte es mir vor.

Okay, okay.

Finde deinen Rhythmus, Remi.

Ich hob die Arme, malte mit den Ellbogen Kreise in die Luft und wackelte mit den Hüften – das war etwas, was Malcolm immer tat, wenn er mich an der Xbox besiegt hatte.

Sie verzog das Gesicht. »Nein. So nicht. Hier, probier mal das … Tu so, als würdest du dir unter der Dusche die Haare waschen, aber auf sexy Art. Beweg deine Hüften langsam und leicht, wie eine Schlange, die versucht, jemanden zu hypnotisieren.«

Ich verdrehte die Augen. »Das werde ich nicht tun.«

»Guck mir zu.« Sie ließ die Schultern nach unten sinken und wiegte sich hin und her, während sie mit den Händen die Seiten ihres Kopfes streichelte.

Verdammt. An Lulu sah einfach alles gut aus.

Na gut. Ich bewegte meine Hüften und massierte mir die Haare mit den Fingerspitzen

Wiegen. Shampoonieren. Das Ganze wiederholen.

Lulu brach in Lachen aus.

Ich hielt inne und ließ die Hände fallen. »Was? Sehe ich doof aus?«

»Nein, Dummerchen!« Sie packte meine Hände und wirbelte mich über die Tanzfläche, als wären wir Kinder. »Du bist verdammt sexy … du machst selbst mich an. Das ist die perfekte Bewegung für dich.«

»Wirklich?«

Sie nickte.

Wir tanzten mehrere Songs lang, und bald wurde ich lockerer und tat, wonach immer mir war. Außerdem schien es außer mir niemanden zu interessieren, dass ich eigentlich eine lausige Tänzerin war.

Lulu rief mir über die Musik zu, dass sie Durst habe und ein

Wasser trinken wolle. *Iris* von den Goo Goo Dolls kam – eines meiner Lieblingslieder und eine erstaunlich langsame Wahl des DJs –, also bedeutete ich ihr, ohne mich zu gehen.

Mit geschlossenen Augen streckte ich die Arme über den Kopf und bewegte mich im Rhythmus der Musik. Dann strich ich mir mit den Händen über Hals und Brust, fuhr meine Kurven entlang.

Ich stellte mir vor, es wäre ein langsamer, sexy Striptease …

Von hinten legten sich kräftige Hände auf meine Hüften, und ein männlicher Körper presste sich an mich und passte sich meine Bewegungen an.

Ich erstarrte.

»Nicht aufhören«, flüsterte er mir ins Ohr. »Du bist unglaublich schön, und ich will mit dir tanzen.«

Einen Herzschlag später hob ich wieder die Arme und wiegte mich hin und her. Seine Finger folgten mir, fuhren über meine Hände, meine Arme. Ich lehnte meinen Kopf nach hinten an seine Schulter, spürte seine harte Brust. Seinen süchtig machenden Duft.

Seine Nase berührte meine nackte Schulter, und ich griff hinter mich, vergrub meine Hand in seinen Haaren, zog leicht an ihnen. Er stöhnte.

Das Lied endete und wurde durch ein schnelleres ersetzt, aber wir ignorierten den Beat und wiegten uns weiter langsam hin und her.

Er hob meine Haare an, seine Lippen berührten meinen Nacken, und er leckte den Schweiß von meiner Haut.

Verlangen durchflutete mich, und ich erschauerte.

»Bist du heiß auf mich?«, fragte er mit leiser, intimer Stimme. Als hätten wir das hier schon eine Million Mal gemacht.

»Ja«, stöhnte ich, während er mich leicht in die Schulter biss.

Er löste seine rechte Hand von meiner Hüfte, um damit über meinen Rücken zu streichen.

Stück für Stück zog er den Reißverschluss meines Kleides herunter.

Die Musik wurde mit einem Mal lauter und schlug im gleichen Takt wie mein hämmerndes Herz.

Ein Teil von mir wollte ihn anschreien, damit er aufhörte, während ein anderer Teil sich daran erinnerte, warum es so gut war, von einem Mann berührt zu werden. Ich gab dem Verlangen nach und ignorierte die anderen Stimmen in meinem Kopf.

Von hinten ließ er eine Hand in mein Oberteil gleiten und umfing meine Brust, massierte sie, spielte mit meinen Spitzen.

Ich stöhnte unter der Hitze, die durch meinen Körper pochte.

»Halt dein Kleid fest, damit es nicht herunterrutscht. Tanz für mich«, befahl er mir, und ich tat wie geheißen, während ich mich an ihn drängte. Er ließ auch seine andere Hand unter den Stoff gleiten und streichelte mich jetzt mit beiden Händen.

Überall um uns herum tanzten Leute, gefangen von der lauten Musik. Stroboskopblitze erhellten wahllos Gesichter und sprangen wieder davon. Niemand warf uns auch nur einen Blick zu. Sie bemerkten uns nicht, und ich fühlte mich allein mit ihm, auch wenn ich es ganz eindeutig nicht war. Es war surreal.

Es war *er*.

»Willst du mehr?«, fragte eine dunkle Stimme. Rau. Erstickt vor Lust.

Mein Atem stockte. »Ja.«

Seine Hand glitt tiefer und spielte mit dem Bündchen meines Slips, tauchte hinunter, um meinen Schoß zu berühren. Einmal. Zweimal. Dann zog er sie weg. Ich spürte den Verlust wie einen scharfen Stich.

»Mehr«, flehte ich. »Berühr mich.«

Er packte fester zu, als wollte er seinen Besitzanspruch auf mich markieren. Ein Finger glitt in mich hinein, während er mir ins Ohr flüsterte: »Gefällt dir das?«

»Ja«, flüsterte ich mit zittriger Stimme.

Er stöhnte an meinem Hals, während er mich verwöhnte. »Würdest du dich hier von mir vögeln lassen?«

Ich erstarrte, meine Hüften an ihn gepresst.

»Nicht zögern«, sagte er mit einem gefährlichen Unterton in der Stimme.

Ich erschauerte und wollte mehr von seinen Fingern. Mehr von seinem Mund. Mehr von allem. »Ja, ja.«

Dann blieb für einen Moment alles stehen.

Danach zog er den Reißverschluss meines Kleides hoch und wirbelte mich zu sich herum.

Wut verzerrte sein Gesicht, was mich verwirrte, aber ich konnte nicht aufhören, meinen Blick über ihn wandern zu lassen und in mir aufzunehmen, was ich sah: den kantigen Kiefer eines Filmstars, die Schultern, die breit genug waren, um mich daran anzulehnen, seine Bizeps, die mich beschützen würden, und das faszinierende Libellentattoo, über das ich mit der Zunge lecken wollte.

Ich seufzte.

Hallo, Mr. Beautiful.

Ich handelte aus reinem Instinkt und definitiv nicht aus klarem Menschenverstand, als ich mit meiner freien Hand über seine Brust zu dem V seiner Hüften strich. Dann ließ ich sie über seinen harten Schritt gleiten. »Hey du, Lord Sex.«

Er starrte mich an, und in seinen dunklen Augen lag ein Ausdruck, den ich nicht deuten konnte. »Hör auf.«

»Du hast angefangen.« Ich legte die Arme um ihn und saugte an seinem Hals, wie er es an meiner Schulter getan hatte. Er schmeckte nach Schweiß und Mann, und ich war verrückt nach seinem Geruch. Ich flirtete mit der Gefahr, und dieses Mal konnte ich es weder auf den Tequila noch auf Adrenalin oder Erschöpfung schieben.

Ich will auf ihn klettern wie auf einen Baum.

Er biss die Zähne zusammen und schob mich von sich. »Erstens, ich bin zu dir gekommen, weil … verdammt … du und dieses verdammt kurze Kleid. Und zweitens – *ich hätte jeder sein können.* Sogar Chad. Was hast du dir nur gedacht?«

»Dass ich heute noch flachgelegt werde?«

Meine Antwort machte ihn nicht glücklich. Er verschränkte seine Finger mit meinen und zog mich mit sich, zwang mich, ihm zu folgen, während er sich einen Weg durch die Menschenmenge auf der Tanzfläche bahnte. Tja, wenn er hergekommen war, um mich zu *beschützen*, war er definitiv falsch abgebogen.

Offensichtlich war er wegen irgendetwas genervt, doch er würde mir niemals wehtun. Sogar jetzt noch schaute er immer wieder zurück, um sicherzugehen, dass ich nicht hinfiel.

Kurz hielt er an der Bar, wo Spider und Lulu tief in eine Unterhaltung versunken waren. Sie schauten mit großen Augen auf, als wir stehen blieben, aber Dax sprach mit keinem von ihnen, sondern schnappte sich mit seiner freien Hand sein Bier und ging dann weiter in den hinteren Bereich des Clubs.

»Nur damit du es weißt, ich lasse mich hier nur von dir wie von einem Höhlenmenschen herumzerren, weil ich neugierig bin, warum du so aufgebracht bist. Wo gehen wir hin?«

»Das wirst du schon sehen«, antwortete er.

Okay.

Er ging den Flur hinunter zu den Toiletten.

Mist. Nicht der enge Raum mit den ganzen betrunkenen Mädchen.

Ich verlangsamte meine Schritte. »Danke, aber meiner Blase geht es gut. Außerdem ist es da drin heiß, und als ich das letzte Mal dort war, hätte ich mich am liebsten übergeben …«

Er stürmte durch die Tür der Damentoilette.

Drei Frauen wirbelten zu uns herum, und ihre Augen blitzten anerkennend auf, als sie den attraktiven Mann erblickten. Er straffte seine athletischen Schultern und grinste charmant – auch wenn ich sah, dass er sich dazu zwang.

»Sorry, Ladys, dass ich hier so hereinplatze, aber wenn ihr uns bitte einen Moment entschuldigen möchtet? Ich hätte gerne ein paar Minuten allein mit …« Er warf mir einen Blick aus halb zusammengekniffenen Augen zu. »… diesem Mädchen.«

Sie blinzelten. Sahen einander an.

»Äh, das hier ist die Damentoilette. Warum nimmst du sie nicht mit nach draußen?«, merkte eine junge Frau abfällig an, während sie sich wieder über das Waschbecken beugte, um ihren Lippenstift nachzuziehen.

Dax räusperte sich. Lächelte wieder. »Der Leadgitarrist von Vital Rejects sitzt an der Bar. Er hat blaue Haare, und ich habe ihm gesagt, er soll euch so viele Drinks ausgeben, wie ihr wollt.«

»Echt?«, kreischte das Lippenstiftmädchen auf. Ihre Hände flatterten um ihre blonden Haare. »O mein Gott. Ich liebe ihn. Er ist so heiß, wenn er spielt, und als er in Vegas in diese Schlägerei geraten ist …«

»Ja, er ist der ultimative Bad Boy. Das wissen wir alle«, sagte Dax. »Übrigens, das Angebot für die kostenlosen Drinks endet in fünf Sekunden. Fünf, vier, drei, zwei …«

Die Mädchen bedachten uns mit einem letzten Blick und eilten aus dem Raum.

Sobald die Tür hinter ihnen ins Schloss gefallen war, ließ er meine Hand los, legte den Riegel vor und tigerte in dem kleinen Raum auf und ab. Er wirkte besitzergreifend und war unglaublich sexy. Er war wie ein wütender Löwe, bereit, jemanden in Stücke zu reißen. Ich beobachtete ihn, fasziniert davon, wie emotional er reagierte. Warum war er so aufgebracht? Was war mit ihm los?

Er blieb stehen, als hätte er eine Entscheidung getroffen, und kam dann auf mich zu. Ich wich zurück, bis ich gegen eines der Waschbecken stieß, die an der Betonwand angebracht waren. Funkelnde Augen schauten mich an, und heiße Schauer überliefen mich, als ich das schwelende Verlangen auf seinem Gesicht sah.

Gott. Ich wollte ihn und seine Dominanz. Aber es war verrückt. Wahnsinn. *Hast du deine Lektion mit ihm nicht gelernt?*

Er schlug mit der flachen Hand gegen die Wand und senkte den Kopf, bis sein Gesicht ganz nah an meinem war. »Sag mir, dass du wusstest, dass ich das da draußen bin.«

Ich atmete aus. Also *darum* ging es hier.

»Sobald du deine Hände auf mich gelegt hattest, wusste ich, dass du es bist.« *Nur du.* »So etwas würde ich nicht mit irgendwem machen, Dax. Das bin ich nicht, und das solltest du auch wissen.«

Es war das Verrückteste, das ich je getan hatte.

Erleichterung stahl sich in seine Miene, und er stieß den angehaltenen Atem aus.

Ich sah ihn finster an. »Du benimmst dich wie ein … ich weiß nicht, angepisstes Alphatier, das sein Revier markiert. Du besitzt mich nicht. Wir sind Freunde …«

»Wir sind vor dem gesamten Club fast bis aufs Ganze gegangen«, gab er angespannt zurück.

»Ich war bereit, aufs Ganze zu gehen.« Ich biss mir auf die Lippe. *Was ist mit eurem Vertrag, Remi? Oh, wie schnell du ihn gebrochen hast.*

Er atmete scharf ein. Sein Blick landete auf dem Oberteil meines Kleides und schoss wieder weg. Er trat einen Schritt von mir zurück und verschränkte die Arme vor der Brust.

»Was ist? Gefällt dir mein Kleid nicht? Guck.« Ich hob einen Fuß, um ihm meine Schuhe zu zeigen. »Ich trage vernünftige Schuhe, damit ich nicht falle.«

»Dein Kleid ist zu kurz.«

»Ich habe nun mal zufällig sehr lange Beine.«

»Ich weiß. Sie waren schon ein paarmal um mich geschlungen.«

Oh, er spricht es an. Ich verschränkte ebenfalls die Arme. Auch ich konnte dieses Spiel spielen. »Was soll ich denn deiner Meinung nach tragen? Ein Nonnengewand?«

Etwas – eine Erinnerung – huschte über sein Gesicht, und sein Blick wurde weicher. »Ich weiß es nicht … Zieh dich einfach an wie an der Whitman.«

Ich keuchte auf. »Seit wann achtest du darauf, was ich anziehe?«

Sein Blick glitt über meinen Körper. »Öfter, als ich sollte. Diese engen Hosen, die du trägst, die deinen Hintern betonen, die kleinen weißen Pullover, die du so gerne hast, wenn es draußen kühl ist … und deine Perlen. Ich habe an diese Perlen gedacht … und daran, was ich gerne mit ihnen anstellen würde.«

Mein Magen flatterte. »*Meine Perlen?* Und meine Haare? Gefallen die dir auch nicht?«

Er schloss kurz die Augen. Schluckte. »Ich liebe deine wilden Haaren, aber jetzt kann ich nicht … verdammt … das ist alles so falsch. Es war ein total verrückter Tag. Schon als Spider Frühstück gemacht hat, hätte ich wissen müssen, dass er seltsam wird. Verdammt, nachdem ich dich heute hier gesehen habe, hätte ich wissen müssen, dass das Schicksal mich verrät.« Er fuhr sich offensichtlich frustriert mit den Fingern durch die Haare.

»Was ist heute noch passiert?« Ich legte ihm eine Hand auf die Schulter, und der letzte Anflug von Verärgerung verschwand.

Er lehnte sich gegen mich.

»Das ist eine lange Geschichte, aber Declan hat ein Haus in Raleigh erwähnt, das zum Verkauf steht. Ich habe darüber nachgedacht und den Großteil des Tages damit verbracht, mit Vater und Declan zu telefonieren, um die Einzelheiten zu besprechen. Vielleicht kaufe ich es. Das wäre verdammt impulsiv, aber es ist ein so guter Deal, dass ich Angst habe zu warten, bis ich wieder zu Hause bin. Außerdem geht dann das Semester gleich wieder los.«

»Ich hoffe für dich, dass es klappt.« Ich drückte seinen Bizeps.

Sein Blick huschte über mich. »Dann hat mir Spider gesagt, dass ihr beide heute hierherkommt, und ich konnte nur noch an Chad denken und daran, was wäre, wenn er auch hier wäre. Also musste ich kommen. Mist.« Er atmete hörbar aus. »Jeder Kerl da draußen hat dich mit seinen Blicken gevögelt, und ich war genauso schlimm. Verdammt, ich hatte nicht vor, es so weit kommen zu lassen, als wir getanzt haben …«

Mit unserem Tanz waren wir zu weit gegangen. Sobald er mich berührt hatte, war ich bereit gewesen, alle Vorsicht in den Wind zu schießen.

Ich seufzte. »Es gehören immer zwei dazu. Es ist auch meine Schuld. Schieben wir den sexy Tanz auf das Kleid oder die Musik oder die Martinis oder auf was auch immer.« Ich atmete tief ein. »Aber wir *können* Freunde sein. Wir haben unseren Vertrag. Ich will dir nah sein.«

Er hob den Kopf und sah mich nachdenklich an. »Verdammt, ich dir auch.«

Ich lächelte zögernd, und er umfing mein Gesicht mit seinen Händen und strich mit dem Daumen über meine Unterlippe.

»Freunde«, sagte ich mit zitternder Stimme.

Er nickte und ließ seine Hände sinken.

10. Kapitel

Dax

Nach dem Fiasko auf der Tanzfläche verbrachten wir vier den restlichen Abend im *Masquerade* oben in einer der Sitzecken. Die Luft zwischen mir und Remi war geklärt, und ich fühlte mich gut damit. *Oder so in der Art.*

Noch besser fühlte ich mich, als Spider ihr seine Lederjacke reichte und sie sie sich um die Hüfte band. Gut, dass der Rocker auch im Sommer Leder trug.

Sie und Lulu saßen uns gegenüber und lachten und erzählten Geschichten von Remis Hang zu Unfällen und Lulus Kindheit und Jugend in der Musikszene von Nashville. Ich stellte Fragen und bunkerte kleine Informationsschnipsel über Remi in meinem Gedächtnis. Spider saß einfach nur zurückgelehnt da und beobachtete uns. Er war mehr daran interessiert, den Wodka in sich hineinzukippen, als sich zu unterhalten. Wie ich ihn kannte, heckte er mal wieder irgendeine Wette aus.

»Als ich Remi das erste Mal im Wohnheim getroffen habe, stolperte sie gerade über einen Stapel Bücher und landete mit dem Gesicht voran in einem Mülleimer«, sagte Lulu lachend.

Remi grinste und verdrehte die Augen »Bitte. Ich bin jetzt immerhin seit einem ganzen Tag unfallfrei.«

Ich lächelte und musterte sie über den Rand meiner Bierflasche hinweg. Meine Hand ballte sich auf dem Sitz zur Faust, als ich mir vorstellte, meine Finger in diese kupferfarbenen Haare zu graben, ihren Kopf nach hinten zu ziehen und sie zu küssen, bis sie mich anflehte …

Woah. Ganz ruhig, Romeo.

Ihr habt euch gerade noch mal versichert, Freunde sein zu wollen. Also sorg besser dafür, dass es dieses Mal funktioniert!

Ich ertappte sie dabei, wie sie mich anschaute. Die Leichtigkeit in ihrem Blick verriet mir, dass sie mir vertraute.

Vertraute. Mir.

Ich seufzte. Ich musste meine Gedanken und Hände bei mir behalten.

Gegen Mitternacht gingen wir gemeinsam nach draußen und fanden ein Taxi für die Mädchen. Spider und ich kehrten in seine Wohnung zurück, und Remi rief mich an, als sie in ihrem Hotelzimmer angekommen war. Ich ließ sie durch alle Räume laufen, während ich lauschte.

Bin ich paranoid, was ihren Angreifer betrifft?

Vielleicht.

Meine Hände ballten sich jedes Mal, wenn ich an Remi unter diesem Drecksack dachte. Ihre Prellungen mochten von Make-up verdeckt sein, aber ich wusste, verdammt noch mal, dass sie da waren, und das trieb mich in den Wahnsinn.

Wir telefonierten zwei Stunden miteinander. Während wir uns fertig machten und uns die Zähne putzten, schalteten wir unsere Handys auf Lautsprecher. Später krochen wir ins Bett und unterhielten uns weiter über alles Mögliche. Filme. Bücher. Das Leben.

Ich lag rücklings auf meiner weißen Überdecke, als Remi sich öffnete und mir von ihrem Bruder Malcolm erzählte, der Autist war. Und später erzählte ich ihr von dem Brief, den meine Mutter mir geschrieben hatte.

»Ist die Libelle für deine Mom?«, fragte sie.

»Ja.«

»Was bedeutet sie?«

Ich atmete aus. Ich sprang hier in verdammt tiefes Wasser. »Am Tag ihrer Beerdigung ist eine Libelle aufgetaucht und bei der Abfahrt unserem Wagen gefolgt. Ich habe mein Zuhause, meine Freunde, alles zurückgelassen. Declan und ich … wir hatten an jenem Tag das Gefühl, diese Libelle wäre sie, und das war, noch bevor wir ihre Briefe gelesen hatten. Sie war schon immer von Libellen fasziniert gewesen und besaß Unmengen von Armbändern und Notizbüchern und Ketten mit ihnen. Mein Bruder hat ein kleineres Libellentattoo am Hals. Bis zu diesem Sommer hatte ich nicht geahnt, dass ich auch eines haben wollte.«

»Diesen Sommer haben sich viele Dinge verändert. Das mit Hartford und mir ist vorbei. Du und ich sind befreundet.« Sie seufzte. »Wer hätte das gedacht?«

Das stimmte.

Ein wenig später, als ich gerade mitten in einer Geschichte aus meiner Kindheit steckte, hörte ich sie leise schnarchen.

»Remi?«

Schweigen.

»Hallo? Aufwachen, Schlafmütze.«

Doch ich hörte nur schweres Atmen.

Ich grinste. Und ich wusste nicht einmal, warum mich die Geräusche, die sie beim Schlafen von sich gab, so glücklich machten, aber das taten sie.

»Gute Nacht, Liebste«, flüsterte ich und legte auf.

Am nächsten Tag rief ich Declan über FaceTime an, um weiter über das Haus zu sprechen. Mit mir am Telefon fuhr er hinüber und ging durch alle Räume. Es war ein älteres Haus im Craftsman-Stil; die Küche musste renoviert werden, aber der Holzfußboden war intakt und brauchte nur abgeschliffen und neu versiegelt zu werden. Ich atmete tief ein und beschloss, es zu wagen. Ich rief meinen Vater an, der begeistert war und vorschlug, mir mit seinen Anwälten zu helfen, den Kauf zu beschleunigen. Ich nahm sein Angebot an.

Da das Haus schon eine ganze Weile auf dem Markt war, konnten wir den Verkäufer zu einem Treffen in drei Tagen überreden – was bedeutete, ich würde London in zwei Tagen verlassen müssen.

Ich ging online, reservierte mein Flugticket und stürzte mich von jetzt auf gleich in das Abenteuer, ein echter Erwachsener zu sein.

»Das Tattoostudio, in das du gehst, war mal eine mittelalterliche Kirche?«, fragte Remi, als wir den Vorraum des *Friar's Church Tattoo Shop* betraten. Sie betrachtete die Buntglasfenster und das Strebewerk. »Die Architektur ist umwerfend.«

Übermorgen würde ich London verlassen, und ich wollte meinen letzten vollen Tag in der Stadt mit Spider, Remi und Lulu verbringen. Also hatte ich, nachdem ich die Einzelheiten mit Declan geklärt hatte, die Mädchen angerufen und angeboten, Remi zu ein paar Sehenswürdigkeiten zu führen und ihr dann das Tattoo zu besorgen, von dem sie am Vorabend während unseres Telefonats ein paarmal gesprochen hatte.

Ich lächelte über ihren Enthusiasmus. »Die Kirche ist komplett neu aufgebaut worden, bis auf ein paar Originalsteine der Grundmauern. Bruder Laurence hat jede Einzelheit übernommen, die er über das Originalgebäude finden konnte. Bis hin zu den Löwe-und-Lamm-Buntglasfenstern … Und jetzt ist es das beste Studio in London, um sich stechen zu lassen. Ich würde nirgendwo anders hingehen. Oh, und du musst dir den Altarraum angucken.« Ich zeigte auf die schwere Flügeltür aus Holz.

Remi blieb stehen und sah mich fragend an. »Du magst diesen Ort?«

»Ja. Warum?«

»Woran liegt das? An dem Gebäude oder daran, dass es ein Tattoostudio ist?«

Ich dachte darüber nach. »Mich spricht beides an.«

»Was, wenn du in Raleigh deine eigene Friar's Church hättest?«

»Du meinst, *ich* könnte eine in Raleigh eröffnen? Ich?« Ich lachte.

Sie lächelte. »Dude, du bist bald Hausbesitzer. Voll abbezahlt. Du kannst *alles* tun, was du willst.« Sie legte eine Hand auf meinen Arm. »Du bist ein großartiger Mensch, Dax. Lass dir von niemandem etwas anderes einreden.«

»Warte mal, habe ich dich gerade *Bruder* sagen hören?«, sagte Lulu mit angestrengter Miene.

Ich nickte. »Der Besitzer und die Angestellten kleiden sich wie Mönche, also fang nicht an, mit ihnen zu flirten, Lulu.«

Sie verdrehte die Augen. »Ich stehe nicht auf Männer in Kleidern.«

Wir betraten den Altarraum, in dem die Action stattfand. An einer Seite standen mehrere Künstler an ihren Stationen. Sie trugen bodenlange braune Roben, die an der Taille mit einem Seil zusammengebunden waren. Auf der anderen Seite befanden sich eine große Sitzecke, eine Bibliothek voller Bücher mit Designvorschlägen und eine kleine Bar.

Remi nahm mit großen Augen alles in sich auf. Die goldenen Kronleuchter und Kandelaber an den Wänden, den braunen Steinfußboden. »Ich fühle mich wie in einem Theaterstück. Oder wie auf einer Zeitreise.«

Der Mönch vom Empfang begrüßte uns und führte uns zu einer runden Sitzgruppe mit schweren Holzstühlen und Bücherregalen. Spider ging direkt zu der kleinen Bar im hinteren Bereich. Remi und Lulu machten es sich gemütlich und fingen an, durch die Tattoobücher zu blättern.

Bruder Laurence, ein rundlicher, zur Glatze neigender Mann Mitte vierzig, kam ein paar Minuten später herüber und schien froh zu sein, dass Spider und ich zurückgekommen waren und neue Kunden mitgebracht hatten. Nachdem wir uns alle vorgestellt hatten, erzählten wir ihm, dass Remi ihr erstes Tattoo bekommen würde.

Er nickte lächelnd. »Klar. In der nächsten Stunde werden ein paar Stationen frei.«

Remi nickte und wirkte ein wenig hin- und hergerissen.

»Hey. Hast du Angst?«, fragte ich.

»Nein, mit dem Schmerz komme ich klar, ich dachte nur gerade daran, was Hartford wohl denken würde …« Ihre Stimme verebbte.

»Wen interessiert's, was er denkt? Er hat dich nicht verdient«, gab ich barsch zurück.

Erschrockene blaue Augen musterten mein Gesicht. »Das klingt nach mehr als nur Verbindungsrivalität. Du magst ihn wirklich nicht, oder?«

Ich presste die Lippen zusammen und unterdrückte meinen Ärger. »Er ist ganz passabel.«

Ich hasse diesen Wichser für das, was er Remi angetan hat.

»Um Himmels willen, könnt ihr zwei endlich miteinander vögeln? Dieses Hin und Her verursacht mir Kopfschmerzen«, sagte Lulu und kam von ihrem Stuhl zu uns herüber. Offensichtlich hatte sie unsere Unterhaltung mit angehört.

Sie schnaubte. »Hey, war nur ein Witz. Ihr könnt den Mund wieder zumachen.« Sie seufzte. »Wie auch immer, ich habe wirklich einen Schädel und gehe jetzt zurück ins Hotel.«

»Ich begleite dich. Wir können die U-Bahn nehmen und den beiden das Auto dalassen«, warf Spider ein, der gerade mit einem Drink in der Hand von der Bar zurückkehrte. Er trank ihn aus. »Seid ihr damit einverstanden?«

Remi und ich allein?

Behalte ihn in der Hose, Lord Sex.

Natürlich versuchten wir, sie zum Bleiben zu überreden, aber es war ein langer Tag gewesen, an dem wir ihnen alle möglichen Sehenswürdigkeiten in London gezeigt hatten, und keiner von beiden wollte ein Tattoo.

Nachdem sie gegangen waren, holten wir den Rest von Remis Tequila aus Spiders Mercedes auf dem Parkplatz und kehrten zum Tattoostudio zurück. Auf dem Rückweg hörten wir ein leises Donnergrollen. Ich schaute in den dunklen

Himmel hinauf und grinste Remi an. »Bereit für einen überraschenden Regenschauer in London?«

Sie nickte.

Erst fiel der Regen sanft. Nur ein Tropfen hier und da. Doch innerhalb weniger Sekunden schüttete es wie aus Eimern.

»Spring auf«, sagte ich und beugte mich vor, damit sie meine Schultern erreichen konnte.

Lachend und die Tequilaflasche in der Hand, kletterte sie auf meinen Rücken. Ich schob sie ein Stück höher, umfasste ihre Oberschenkel und hielt sie fest.

»Ich hoffe, du weißt, was du tust!«, rief sie über das Prasseln des Regens hinweg.

Ich ging mit schnellen Schritten auf die Kirche zu, wobei ich beim Überqueren der Straße den Pfützen und ein paar Autos auswich.

Wir erreichten das Gebäude und betraten den Vorraum, wo ich sie auf dem Marmorfußboden absetzte, um dort etwas trockener zu werden, bevor wir das Hauptschiff betraten.

»Das war unglaublich. Das Beste, was ich in London gemacht habe«, sagte sie und schob sich die nassen Haare aus dem Gesicht. »Ich hatte allerdings Angst, dass du mich fallen lässt. Ich bin nicht gerade ein Leichtgewicht.«

Ich ließ meinen Blick über sie wandern, blieb an ihren vollen Brüsten hängen, fuhr die Kurven ihrer Hüften nach. Perfekt. Ich endete auf ihren feuchten Lippen.

Hör auf, Dax.

»Warte mal …« Sie drehte sich in dem kleinen Raum einmal im Kreis. »Mir wird erst jetzt klar, dass der Besitzer Bruder Laurence heißt.« Sie lachte. »Heiliger Shakespeare, das ist ja wie in *Romeo und Julia*.«

»Ich kann dir nicht folgen«, sagte ich und wischte mir das Wasser von den Unterarmen.

»Ist dir das nicht aufgefallen? Romeo und Julia haben sich auf einem Maskenball ineinander verliebt und wurden am nächsten Tag heimlich von einem Bruder Lorenzo getraut – in einer alten Kirche. Natürlich war das in Verona, aber trotzdem ... komisch, oder?«

Mir kam eine Idee, und ich gab ihr nach. Ich hakte mich bei Remi unter. »Dann lass uns hier heiraten. Gleich jetzt. Du bekommst deine Hochzeit, und ich kann Spider sagen, wir hätten geheiratet, und kann zusehen, wie er sich in die Hose macht.«

»Wie bitte?« Sie wurde blass.

»Als Witz, Remi.«

»Oh.« Sie blinzelte. »Ja, natürlich. Sicher.«

»Verdammt. Wir brauchen allerdings Ringe.« Ich schaute mich im Vorraum um. Hier gab es nichts, was sich dafür eignete. Ich suchte in meinem Portemonnaie und holte einen Fünfer heraus. »Ich könnte zwei davon zu Ringen falten.«

Um ihre Mundwinkel zuckte es. »Ich habe ein paar Haargummis in der Tasche. Nehmen wir die.«

Sie holte ein Bündel bunter Haargummis hervor, und wir suchten uns »unsere« Ringe aus. Ich entschied mich für braun und sie für blau. Wir wickelten sie ein paarmal um unsere Zeigefinger, damit sie passten.

Ich ging auf ein Knie herunter und hielt den »Saphirring« hoch.

»Remi, willst du meine mir angetraute Frau werden?«

Die Röte breitete sich von ihrem Hals langsam bis hoch zu ihren Wangen aus. Sie biss sich auf die Unterlippe.

»Gefalle ich dir nicht, meine Liebste?« Theatralisch schlug ich mir die Hand mit all meinem schauspielerischen Können – was nicht viel war – aufs Herz. »Bin ich dir nicht genug?«

Sie lachte laut auf und wurde dann ernst. »Seit dem Augenblick, in dem wir uns begegneten«, sagte sie leise. Ihre Augen waren dunkler als sonst, von einem tiefen Indigoblau.

Ich verdrehte die Augen. »Der war gut.« Sie lächelte. »Willst du mich heiraten?«

»Ja«, flüsterte sie.

Ich ließ das Gummiband auf ihren Finger gleiten und stand auf. Sie betrachtete es unter zusammengezogenen Augenbrauen.

Meine Schultern sackten nach unten. »Remi? Mist. Es tut mir leid. Wir können damit aufhören, wenn es für dich kein Spaß ist …«

Sie schluckte. »Nein, nein. Gib mir nur eine Minute.«

»Denkst du an Hartford?«, fragte ich. »Ich bin unsensibel. Natürlich …«

»Nein, das tue ich eigentlich nicht.« Sie schaute nachdenklich von dem Ring zu mir. Unsere Blicke trafen sich, und sie lächelte zögerlich, als wäre sie zu einer Entscheidung gekommen. »Komm, wir haben uns gerade verlobt. Sprechen wir jetzt mit dem Mönch.«

Ich schnappte mir den Tequila vom Boden, wo sie ihn hingestellt hatte, und wir kehrten in den Altarraum zurück.

11. Kapitel

Remi

Mein Herz zog sich zusammen, als Dax auf ein Knie ging, und für eine halbe Sekunde fühlte es sich *echt* an.

Aber das war es nicht.

Frauen waren für Dax nur ein Spiel, das durfte ich nie vergessen.

Wir kehrten in den Altarraum zurück und fanden Bruder Laurence. Er grinste, als Dax erklärte, was wir wollten, und war nur zu gerne bereit, uns zu »trauen«. Offensichtlich war es nicht das Seltsamste, worum er in seinem Studio schon gebeten worden war.

Wir versammelten uns neben einer der Tattoostationen, und zur Hintergrundmusik der surrenden Nadeln und eines Mädchens, das schrie, als es seine Brustwarze gepierct bekam, bereiteten wir uns darauf vor, unser Gelübde auszutauschen.

Es war nicht gerade die First United Methodist Church of Raleigh.

Ich ließ den »Topas«-Ring auf Dax' Finger gleiten. Unsere Blicke trafen sich.

»Ich brauche ein paar Anregungen, um richtig reinzukommen«, sagte er grinsend. »Du fängst an.«

Ich lachte und war überraschenderweise bereit, mich von seiner unbeschwerten Haltung mitreißen zu lassen. Dax hatte es schon immer geschafft, dass ich mich leicht fühlte – abgesehen von dem Augenblick, als er mir mein Herz gebrochen hatte.

»Gut. Ich nehme dich, Dax, meinen Freund, zu meinem vorgeblichen Ehemann. Ich verspreche, für immer mit dir

Tequila zu trinken, und wenn du mich brauchst, werde ich Exceltabellen, Flowcharts und Verträge für dich aufsetzen.« Ich grinste. »Und wenn du darauf bestehst, gehe ich sogar mit dir im *Panera* essen.«

Seine Augen hatten die Farbe von Morgennebel, als er mich betrachtete.

»Nun?«

Er räusperte sich und sah mit einem Mal sehr ernst aus, als er mir das blaue Gummiband auf den Finger steckte. »Liebste Remi, ich nehme dich zu meiner vorgeblichen Ehefrau. Ich verspreche, dein Beschützer zu sein und niemals den Toilettendeckel oben zu lassen. Ich werde alle Spinnen töten und versuchen, nicht auszuflippen, wenn du meine Körperteile mit denen von Vögeln vergleichst oder mich irgendwelche Verträge unterschreiben lässt.« Er warf mir einen intensiven Blick zu. »Und ich verspreche, dich bis zu meinem letzten Atemzug zu lieben und zu ehren.«

Mir blieb der Mund offen stehen. Ich atmete aus.

Gebt dem Jungen einen Oscar.

»Hiermit erkläre ich euch zu Mann und Frau«, sagte Bruder Laurence mit einer Ernsthaftigkeit, die mich nervös machte.

»Warte mal. Das ist jetzt aber nicht echt, oder?«, fragte ich den Mönch.

Leise lachte er und zuckte mit den Schultern. »Ich bin tatsächlich ein ordinierter Geistlicher.«

»Er zieht dich nur auf«, sagte Dax.

Oh.

»Und nun?« Ich schaute vom Mönch zu Dax. »Müssen wir uns jetzt nicht küssen oder so?«

Der Mönch lächelte und zögerte einen Moment. »Tut, was immer ihr wollt. Ich habe meine Aufgabe hier erledigt, und es wartet ein Kunde auf mich.« Er zeigte zu einer anderen Station, an der ein schlaksiger Kerl gerade einen Kunden tätowierte. »Das ist Zack. Er wird dir heute in ungefähr einer

Stunde dein Kunstwerk verpassen. Geht einfach zu ihm, wenn ihr so weit seid.«

Er verschwand, und wir wandten uns wieder einander zu.

Dax nahm meine Hand und verschränkte seine Finger mit meinen.

Würden wir uns küssen?

Mein Blick wanderte zu seinem Mund, zu dem vollen Schwung seiner Unterlippe und zu der kleinen Einkerbung darin.

»Du guckst mich an, als wolltest du mich küssen«, sagte er verwegen lachend.

»Vielleicht. Immerhin gehört das ans Ende einer Hochzeitszeremonie.«

»Pass bloß auf, dass du dich nicht wieder in mich verliebst«, zog er mich auf.

»*Pffft* – wer hat gesagt, dass ich das jemals getan habe? Außerdem denke ich die ganze Zeit an England.«

»Du wirst nur noch an mich denken, weil ich so gut küsse.«

»Du bist ein eingebildeter Mistkerl«, sagte ich lächelnd.

Er lachte wieder leise auf. »Stimmt. Müssen wir unseren Vertrag zerreißen?«

Ich dachte darüber nach und zuckte mit den Schultern. »Nein. Das hier ist ja nicht echt.«

Seine Augen funkelten selbstbewusst auf. »Gib's zu, ich bin unwiderstehlich.«

»Du bist wer weiß was.«

Aber das Geplänkel hörte in dem Moment auf, als er mein Kinn anhob und unter schweren Lidern meinen Mund betrachtete. Die Zeit schien plötzlich stillzustehen.

»Ich gehe aufs Ganze, Remi.«

Was?

Ich riss den Kopf zur Seite. »Was soll das überhaupt heißen? Das hier soll ein *vorgetäuschter* Kuss sein, gleichzeitig hast du gerade gesagt, du gehst aufs Ganze, und der Dax, den ich kenne, geht niemals aufs Ganze. Er ist Frauen gegenüber auf lässige Weise gleichgültig, ein Playboy, der die Frauen wechselt, wie … wie ein Vogel Würmer frisst. Du bist eine männliche Schlampe.«

»Du meinst, eine männliche Hure?«

»Ich mag dich zu sehr, um das Wort zu benutzen.«

»Gewiss«, murmelte er und biss sich auf die Unterlippe. »Ich mag dich auch, Engel.«

Mein Herz schmerzte, und ich senkte den Blick, damit er nicht sah, wie sehr mich das charmante Kosewort verstörte. Er meinte es nicht so. Nicht wirklich. Er nannte viele Mädchen *Engel*. Das hatte ich selbst gehört.

All die alten Gefühle und die Dunkelheit, gegen die ich in den letzten drei Jahren angekämpft hatte, holten mich wieder ein, und ich trat einen Schritt zurück.

»Ich … ich kann dich nicht küssen«, stieß ich hervor und ballte die Hände.

»Es ist ganz einfach. Du spitzt die Lippen, das ist alles. Ich sehe da kein Problem. Wir haben das schon tausendmal gemacht«, erwiderte er und zog mich an sich. »Küss mich, Remi.«

Ich erschauerte und fühlte einen unwiderstehlichen Sog. »Du machst mich so verrückt, dass ich schreien könnte.«

»Halleluja.«

Ich schüttelte den Kopf. »Nein. Ich … ich habe Angst.«

Angst, dass er mein Herz lebendig begräbt und geht. Wieder einmal.

»Küss mich. Bitte.«

Die Art, wie er das sagte, ließ mir den Atem stocken. »Wir können ihnen doch einfach sagen, dass wir es gemacht haben.«

Er stieß langsam den Atem aus. »Verdammt, Remi, jetzt küss mich endlich.« Seine Stimme war rau, sein Verlangen offensichtlich.

Ich öffnete die Lippen, und sein Mund presste sich auf meinen, verschmolz mit ihm. Unsere Zungen trafen sich, ohne dass ich etwas dagegen tun konnte. Seine Finger gruben sich in meine Kopfhaut, während er stöhnte und den Druck verstärkte. Hitze leckte an meinem Rückgrat hinauf.

Mein Gott. Ich zog mich zurück.

»Lass los, Remi«, flüsterte er. »Fühl, was zwischen uns ist. Nur ein Kuss. Versprochen.«

Aber …

Es wäre nicht nur der eine.

Sein Geruch, nach Sommerregen und Sonne, raubte mir die Sinne, und meine Arme schlangen sich wie von selbst um seine Hüften. Ich ließ meine Finger unter sein Hemd gleiten und krallte sie in seine Rückenmuskeln.

Er küsste mich, weckte Lust und Leidenschaft, und langsam, ganz langsam, glitt ich mit ihm wie Alice im Wunderland in das Kaninchenloch, wo die Welt flüsterte: *Ja, er ist es.*

Er zog sich viel zu schnell zurück, und meine Lippen wollten ihm folgen. Ich stöhnte, bis er mich wieder küsste. Seine Hände strichen durch meine Haare, und ich keuchte auf, als er an ihnen zog.

»Das ist verrückt«, brachte er heiser hervor. »Ich … ich will dir nicht wehtun, doch ich kann nicht aufhören …«

Mein Herz bebte, als würde es sich gleich auflösen. »Dax.« Ich schluckte. »Das hier fühlt sich …«

»Gut an?«

»Ja.«

»War es der beste Kuss, den du je hattest?« Seine Zunge glitt über meine Oberlippe. Heiße Blitze schossen durch meinen Körper.

Ein Stöhnen löste sich unvermittelt aus meiner Kehle. »Ja …«

»Ich werde nicht zulassen, dass er dich kriegt«, murmelte er.

Ich musste nicht fragen, wer *er* war.

Erneut fingen seine Lippen mich ein. Fordernd. Erobernd.

Mein Körper bebte vor Verlangen. Ich wollte ihn mehr als Donuts und Vögel – mehr, als ich Hartford gewollt hatte. Ich wollte, dass er mich erst schnell und heftig nahm, dann langsam und sanft. Ich wollte ihm von der Last erzählen, die ich mit mir trug, von dem Schrecklichen, das ich vor ihm verborgen hielt.

Er. Wird. Dich. Zerstören.

Ich entwand mich seinem Griff und rieb mir über die Arme, um den plötzlichen Kälteschauer zu vertreiben.

Er beobachtete mich, als ich mir die Flasche Tequila griff, sie öffnete und einen großen Schluck nahm. Dann reichte ich sie ihm mit tauben Fingern. »Trink.«

Er nahm die Flasche und trank, dann wischte er sich mit der Hand über das Gesicht. »Wenn es das ist, was du willst … aber das ist es nicht. Du willst mich.«

Stopp!

»Bitte … mach es nicht noch schwerer für mich«, sagte ich.

Er ließ seinen Halswirbel knacken. Atmete aus. Emotionen spiegelten sich auf seinem Gesicht, aber sie zu benennen, war unmöglich. Seine Augen, die eben vor Hitze noch einen ganz weichen Ausdruck gehabt hatten, glänzten nun hart. »Gut. Was willst du tun?«

»Jetzt? Mir ein Tattoo stechen lassen. Was danach kommt, steht in den Sternen.«

Er trank noch einen Schluck. »Okay, dann lass uns loslegen«, murmelte er und ging zur rechten Seite des Studios, wo die Tätowierstationen standen.

Grelles Sonnenlicht, das durch einen Spalt in den Vorhängen meines Hotelfensters fiel, war das Erste, was ich bemerkte, als ich die Augen öffnete.

Das Zweite war der Presslufthammer in meinem Kopf. Keinen Tequila mehr, schwor ich mir. *Nie wieder.*

Stöhnend drehte ich mich von der Sonne weg und schloss die Augen. Es war zu früh, um aufzustehen.

Aber …

Etwas regte sich in meinem Hinterkopf.

Meine Lider hoben sich, und ich betrachtete argwöhnisch den Nachttisch, den Haufen Kleider auf dem Boden, meine Schuhe. Alles wirkte normal – bis sich ein muskulöser Unterarm über meine Hüfte legte.

Heilige britische Scheiße. Was war letzte Nacht passiert?

Fakt eins: Ich war nackt.

Fakt zwei: Genau wie die Person hinter mir.

Fakt drei: Mein Blick glitt zum Nachttisch zurück. *Keine Kondome.* Ich erstarrte.

Von dem anderen Kissen erklang ein lautes Schnarchen. Ich wandte schnell den Kopf, schaute über meine Schulter und sah das dunkle Haar auf dem weißen Stoff.

Natürlich war es Dax. Er war der Mensch, den ich zuletzt gesehen hatte, soweit ich mich erinnerte.

Und dann dämmerte es mir. *Dax Blay liegt nackt in meinem Bett!*

Meine Hände zitterten. Okay, okay, ich komme damit klar. Einfach noch mal den Abend durchgehen. Herausfinden, wann ich den Verstand verloren und Sex mit dem einzigen Menschen gehabt hatte, mit dem ich nie wieder hatte schlafen wollen.

Tequila. Check.

Durch den Regen laufen. Check.

Irgendwas mit Romeo und Julia. Eine vorgetäuschte Hochzeit in der Kirche. Check. Check.

Okay, so weit, so gut …

Tattoozeit. Wir hatten uns ein paar Designs angeschaut und getrunken. Ja, ich hatte mich auf den Stuhl gesetzt, um gestochen zu werden, und … die Erinnerungen verschwammen.

Mehr Tequila.

Händchenhalten mit Dax.

Über mein Tattoo lachen.

Taxifahrt zurück ins Hotel, meine Kleider, die zu Boden fallen, dann seine …

Nichts.

Vorsichtig stützte ich mich auf dem Kissen ab und zog langsam den weißen Verband von meiner Brust. Ich keuchte auf. Ein herzförmiger, rot-weiß-blauer Union Jack von der Größe einer 50-Cent-Münze saß direkt über meiner Brust. In der Mitte stand in schwarzer Tinte *DAX*. Ich musste das falsch gelesen haben – *warum um alles in der Welt sollte ich mir Dax' Namen auf meinen Körper schreiben?*

Ich las noch einmal. Mist. Vielleicht war es eines dieser abwaschbaren Tattoos?

Ich kratzte an der empfindlichen Haut darum herum. »Autsch«, stieß ich hervor, als meine Finger die Rötung berührten.

Mein Mund wurde trocken. Das hier war kein Traum.

Ich habe ein Brandzeichen.

Ich atmete heftig ein und drehte mich zu dem schlafenden Kopf neben mir um. »Dax!«

»Was … was ist?«, fragte Dax verschlafen. Seine langen Wimpern zitterten, dann öffnete er die Augen. Was mich noch mehr aufregte. Wieso waren seine Wimpern hübscher und länger als meine? Hmpf. Er drehte sich um und sah mich an. Sein Haar fiel ihm in sein attraktives Gesicht. Ich bemerkte eine kleine Falte auf seiner Wange, wo sich das Kissen abgedrückt hatte, und ich zwang mich, die Hände bei mir zu behalten und nicht zu ihm auszustrecken. Sinnliche Lippen verzogen sich zu einem wissenden Lächeln – einem Lächeln, das förmlich schrie: *Wir hatten gerade Sex.* »Guten Morgen, Liebste. Hast du gut geschlafen?«

Ich schlug mit meinem Kissen auf sein Bein. »Zuerst einmal hast du kein Recht, am frühen Morgen so gut auszusehen, und zweitens, warum hast du zugelassen, dass ich mir einen Union Jack auf die Brust tätowieren lasse?«

»Ich habe gar nichts *zugelassen.*« Er rieb sich die Schläfen und zuckte zusammen. »Verdammt. Es ist zu früh für eine Kissenschlacht. Ich brauche erst ein Glas Wasser und eine heiße Dusche.« Sein Blick wanderte über die Erhebung meiner Brüste unter der Decke. »Willst du mir Gesellschaft leisten, *Ehefrau*?«

»Nenn mich nicht so.« Ich zog die Decke höher zum Kinn. »Wir müssen über den Sex reden, den wir hatten und an den ich mich nicht erinnern kann.«

»Du erinnerst dich nicht?« Er nahm die Unterlippe zwischen die Zähne. »Na, das ist aber eine verdammte Schande.« Er verschränkte die Arme hinter dem Kopf und betrachtete mich amüsiert. »Als wir das letzte Mal miteinander geschlafen haben, warst du am nächsten Morgen nicht so ein Griesgram.«

Ich sah ihn finster an. »Das war vor drei Jahren. Die Dinge haben sich verändert. Erzähl mir einfach, was passiert ist.«

Er feixte und ließ sich Zeit damit, sich aufzusetzen, sein Kissen aufzuschütteln und sich gegen das Kopfteil des Bettes zu lehnen.

Er spannte mich auf die Folter. *Absichtlich.*

Endlich hatte er eine bequeme Position gefunden und sah mich an. »Wärst du böse, wenn wir gevögelt hätten?«

»Ja.«

Seine Miene verspannte sich, und über seine Augen legte sich ein Schatten. »Gut. Wir haben es nicht getan.«

Oh. Ich sackte in mich zusammen, als wäre mit einem Schlag die gesamte Energie aus dem Raum gesogen worden.

»Außerdem, meinst du nicht, dass du dich an eine Nacht mit mir erinnern würdest?«

»Also hast du die ganze Zeit neben mir gelegen, ohne zu versuchen, Sex zu haben? Während wir beide nackt waren?«

Er presste die Lippen zusammen. »So bin ich nicht, Remi. Und du hast mich ausgezogen, nicht andersherum.«

Was?

»Ja. Du hast darauf bestanden, dass wir Haut an Haut schlafen.«

Mein Gesicht stand in Flammen. Was war nur in mich gefahren?

Komm schon, Remi. Das kann dich doch nicht so sehr überraschen. Er ist deine Lieblingsdroge. Schon immer gewesen.

Ich schob den Gedanken beiseite.

»Machst du das oft?«, platzte es aus mir heraus. »Mit einem Mädchen zu schlafen, ohne Sex zu haben?«

»Niemals«, sagte er knapp. »Du bist die Erste. Du solltest dich als etwas Besonderes fühlen.«

»Tue ich aber nicht«, zickte ich zurück. »Ich fühle mich nur verwirrt.« Und enttäuscht?

Er rutschte auf seiner Seite an den Rand des Bettes und stand auf. Das Laken glitt von seiner gebräunten Haut und gab den Blick auf seine harten Rückenmuskeln und seinen unglaublichen Hintern frei, über den irgendjemand definitiv mal ein Sonett schreiben sollte. *Ode an Dax' Hintern* wäre ein guter Titel.

Er ging um das Fußende des Bettes herum, und meine Augen huschten zu seiner Brust, über das Sixpack und tiefer zum V seiner Hüften, das meinen Blick zu seinem Schaft führte, der direkt vor mir zu wachsen begann.

»Ich sehe, dir ist aufgefallen, dass Mr. Argentinische Ente hellwach ist.«

Ich sah zu ihm hoch. *Guck nur nicht noch mal runter.* »Er wirkt sehr glücklich.«

Er zuckte. »Morgenlatte. Das passiert jedem. Nimm es nicht persönlich.«

»Danke«, gab ich zurück. »Ich brauche keine Erinnerung daran, dass du bei allen Mädchen einen Ständer kriegst.«

»Kein Problem.« Er spannte den Kiefer an.

Warum war *er* jetzt genervt?

Erst jetzt bemerkte ich den weißen Fleck auf seiner Brust. »Dein Tattoo. Lass mich mal sehen, was du dir hast machen lassen.« Es war wesentlich größer als meins.

Er pulte den Verband ab, bis das handflächengroße Design klar zu erkennen war.

»Was ist das?« Ich kniff die Augen zusammen.

Er senkte den Blick auf seine Brust. »Scheint eine amerikanische Flagge und ein Adler mit deinem Namen darauf zu sein. Da du dich nicht daran erinnerst – wir haben uns *Freundschaftstattoos* machen lassen, wie du es genannt hast. Es war deine Idee, und angesichts der Panik auf deinem Gesicht bereust du es anscheinend schon.«

Einen Moment lang saß ich mit offenem Mund da. »Gib mir einen Augenblick, um das zu verarbeiten!« Ich stöhnte und ließ mich rücklings in die Kissen fallen. »Ich meine, wie soll ich den Leuten erklären, dass ich deinen Namen auf meinem Körper trage?«

Er betrachtete seine Fingernägel. Meine Sorge schien ihn überhaupt nicht zu berühren. »Ich sehe da kein Problem, Liebste. Die meisten Mädchen hätten gerne meinen Namen auf ihrem Körper.«

Ich zitterte vor Wut. »Das Problem ist, du bist du, und ich bin ich, Dax! Wir passen nicht zusammen.«

Seine Miene verfinsterte sich, und beinahe glaubte ich, Schmerz darin zu sehen. Nein, das konnte nicht sein.

Sein Brustkorb hob sich, als er tief Luft holte. »Na gut. Sag ihnen, du warst betrunken und es ist aus einem Impuls heraus passiert. Das wäre immerhin die Wahrheit, oder?« Er drehte sich von mir weg, ging zum Fenster und zog die Gardinen auf. Ich blinzelte, als er sich auf den Boden legte und anfing, Liegestütze zu machen. Heftig atmend zählte er schnell bis hundert mit.

Natürlich sah ich zu. Weil ich eindeutig noch betrunken war. Nicht wirklich, aber mir war ein wenig schummerig, weil ich nackt und er in meiner Nähe war.

Seine ausgeformten Muskeln hoben und senkten sich auf unangestrengte Weise, und die Sehnen in seinen Armen und Schultern traten deutlich hervor.

Ich riss meinen Blick los.

Ich hätte wütend auf ihn sein sollen, weil er sich so sauer gab, aber ich war es nicht. Vielleicht lag es daran, dass sein einäugiger Freund steinhart war und mich direkt anzusehen schien.

Dax stand wieder auf und stapfte dann, als hätte er genug von mir, ins Badezimmer, wo er die Tür hinter sich schloss.

Na gut.

Seine miese Laune war schlimmer als die eines Teenagermädchens mit Periode, aber im Moment konnte ich mir keine Gedanken um ihn machen.

Ich brauche Kleider!

Schnell sprang ich aus dem Bett, rannte zum Schrank und holte eine weiße Bauernbluse mit Spitzensaum und eine rote schmal geschnittene Hose heraus. Wegen des Tattoos verzichtete ich auf einen BH.

Der nächste Halt war der Spiegel. Ich keuchte auf. Heiliger Morgen der Schande, mein Haar war auf einer Seite ein Gestrüpp und auf der anderen ganz platt gedrückt. Krümel von Wimperntusche und Eyeliner waren unter meinen Augen verschmiert. Stöhnend nahm ich meine Bürste aus der Kosmetiktasche und machte mich daran, die Strähnen zu entwirren.

Mist!

Ich hätte niemals Tequila trinken dürfen!

Ich hätte mir nie ein Tattoo stechen lassen dürfen!

Aber wenigstens hatte ich keinen ungeschützten Sex!

Ich schnaubte.

Mein Handy klingelte. Ich wühlte in dem Haufen, den ich

aus meiner Handtasche aufs Bett geschüttet hatte, bis ich es fand und rangehen konnte.

»Was?«, stieß ich hervor.

»Remington?« Eine vertraute männliche Stimme drang durch den Hörer.

Das Zimmer drehte sich. Nur eine Person benutzte meinen vollständigen Namen.

»Hartford?« Meine Hand klammerte sich um mein Handy wie um eine Rettungsleine.

Einen Herzschlag lang herrschte Schweigen. »Ja«, sagte er dann mit tiefer Stimme, und ich hörte im Hintergrund ein Flattern, als wäre er draußen und es würde winden. Ich stellte ihn mir in Raleigh vor, wie er gerade seine morgendliche Joggingrunde beendet hatte und zur Wohnung zurückging.

Ein Rest von Wut kochte in mir hoch, aber ich behielt einen neutralen Tonfall bei. »Was willst du?«

»Dich sehen.« Ein langes Seufzen. »Hör mal … es tut mir leid.«

Erleichterung. Ich schloss die Augen.

Er will mich sehen. Es tut ihm leid.

Ich biss mir auf die Lippe, um das schrille Lachen zu unterdrücken, das in mir aufstieg.

»Remington? Bist du da?«

»Ja, ich bin hier.« Ich hielt kurz inne. »Was … was tut dir leid?«

»Ich weiß nicht. Alles, schätze ich.«

Er weiß es nicht?

Mit der freien Hand hielt ich mich am Nachttisch fest.

»Remington? Bist du noch da?«

Ich atmete tief ein. »Ja, ich bin immer noch da. Tut es dir leid um das Hochzeitskleid, das ich niemals tragen werde? Um die zurückgegebenen Geschenke? Die E-Mails, die ich schreiben, und die Anrufe, die ich machen musste? Tut es dir leid, mir wehgetan zu haben?«

»Remington …«

»Weißt du, was? Genieß deine Pause. Sag deiner *Studienfreundin*, dass ich sie schön grüßen lasse, und verpiss dich.« Ich legte auf.

Tränen drohten, mir in die Augen zu steigen, aber ich unterdrückte sie. *Nicht weinen. Nicht weinen.*

»Remi?« Dax kam nur mit einem Handtuch um die Hüften aus dem Bad. Seine Haare waren noch nass, und kleine Rinnsale liefen über seine Brust Richtung Hüften. Er runzelte die Stirn, als sein Blick über mich glitt. Irgendetwas an meiner Miene musste mich verraten haben, denn mit drei schnellen Schritte war er bei mir. »Wer war das am Telefon?«

Ich rieb mir übers Gesicht. »Hartford«, krächzte ich und versuchte, nicht zusammenzubrechen.

Er atmete aus, setzte sich neben mich aufs Bett und legte sanft einen Arm um meine Schultern. »Mist. Das tut mir leid. Geht es dir gut? Willst du darüber reden? Ich weiß, ich mache viele Witze, aber die Leute sagen immer, dass man mit mir gut reden kann.«

Ich schaute zum Handy und wieder zu ihm. Ich wollte wirklich reden, und irgendwie wusste ich, dass Dax das, was ich ihm erzählte, für sich behalten würde. »Unsere Beziehung war so leicht, weißt du. Er hat mich nie betrogen oder ein anderes Mädchen auch nur angeschaut, und ich bin sicher, das hätte er tun können. Er wollte *mich*, und ich dachte, er wollte mich für immer, aber …« Ich umfasste mein Handgelenk, mein Armband fehlte mir schrecklich. »Es ist nur … nachdem mein Dad gestorben ist, wollte ich jemanden wie ihn. Ich hatte sogar eine Liste mit den passenden Eigenschaften. Ich wollte jemanden, der nett ist. Verantwortungsbewusst. Klug. Jemanden, der mir eines Tages helfen würde, mich um Malcolm zu kümmern, und dem es nichts ausmachte, dass mein Bruder zu dem Paket dazugehört. Aber manchmal … ich denke, mir fehlt die *Vorstellung* von Hartford mehr, als er mir tatsächlich fehlt.«

Er schob mir eine Haarsträhne aus den Augen. »Liebst du Hartford?«

Ich schloss die Augen. »Ja … aber wir waren so perfekt. Vielleicht ist das komisch, aber ein Teil von mir fragt sich, ob echte Liebe oder die Liebe unter Seelenverwandten gar nicht perfekt oder leicht ist, sondern schmutzig und hart und verrückt.« Ich schluckte. »Ich weiß es nicht. Ich bin verwirrt und wütend – und doch will ich ihn sehen.«

Er hob mein Kinn an und sah mir in die Augen. Mitgefühl mischte sich mit etwas, was ich nicht deuten konnte – Traurigkeit? »Ich bin für dich da, was auch immer du brauchst. Ich … ich war noch nie verliebt, aber ich sehe, dass du verletzt bist, und das macht mich …« Er brach ab.

»Was?«, fragte ich.

Er atmete aus. Seine Miene war angespannt. »Ich mag es nicht, dich traurig zu sehen. Wenn er in diesem Moment hier wäre, würde ich ihm die Seele aus dem Leib prügeln.«

Ich musterte ihn, spürte den angestauten Ärger, den er offensichtlich mir zuliebe an der kurzen Leine hielt. Dann brachte ich ein Lächeln zustande. »Ich glaube dir und danke dir, aber diesen Kampf muss ich allein kämpfen.«

Er streckte die Hand aus und berührte das Haargummi, das immer noch an meinem Ringfinger saß. »Du bist ein Mädchen, das niemals lange allein sein wird. Dazu bist du zu schön und die beste Küsserin, die ich kenne.«

»Ich bin nicht schön.«

»Oh doch, das bist du.« Seine Stimme klang ernst. »Das dachte ich schon in dem Moment, in dem du mit deinem hochgeschlossenen Pullover auf der Tau-Party erschienen bist. Du hast etwas an dir, was ich in anderen Mädchen nicht sehe.«

Ich öffnete den Mund. »Was denn?«

»Eier. Du hast deinen Dad verloren, doch irgendwie hat dich das nur noch stärker gemacht.«

Etwas in mir brach auf. Ich schaute in seine sturmgrauen Augen und sah darin Verständnis. Und Verlangen.

Vielleicht lag es daran, dass ich nach Wochen des Schweigens endlich mit Hartford gesprochen hatte, vielleicht daran, dass ich den Namen eines anderen Mannes auf meiner Brust trug, oder vielleicht lag es auch einfach nur daran, dass Dax mich *verstand.*

Aber mit einem Mal wollte ich Hartford vergessen, und der einzige Weg, das zu tun, wäre, knallharten Sex mit dem einzigen Jungen zu haben, den ich nie hatte vergessen können.

12. Kapitel

Remi

Ich stand vom Bett auf und sah ihn an. Meine abrupte Bewegung hatte ihn erschreckt. »Du hast zu viel an«, sagte ich und zog das Handtuch von seinen Hüften.

Er holte scharf Luft, als ich ihn anschaute. Seine Erektion ruhte auf seinem Oberschenkel. Hart. Groß.

Ich hob den Kopf und fing seinen schmelzenden Blick auf. Sein Brustkorb hob und senkte sich. Lust schoss durch mich hindurch. »Du bist schon den ganzen Morgen hart.«

»Remi?« Er biss sich auf die Lippe. »Nicht ...«

Ich legte eine Hand auf seinen Mund und ging vor ihm auf die Knie. »Pssst. Ich ... ich will nur ...« Ich schluckte und kämpfte um die richtigen Worte. »Ich ... ich will, dass du mich in Stücke reißt und wieder zusammensetzt.«

Er atmete zitternd ein. »Denk gut darüber nach, Remi, denn ich kann zu dir nicht Nein sagen.«

»Ich habe nachgedacht. Eine Million Mal.«

Langsam ließ ich meine Hand über seine Brust gleiten, seine ausdefinierten Bauchmuskeln. Sein Körper war perfekt – die Haut gebräunt und samtweich.

Er stöhnte unter meiner Berührung auf und ließ den Kopf in den Nacken fallen. Sein gesamter Körper spannte sich in Erwartung dessen an, was er ganz eindeutig in meinen Augen lesen konnte. Ich wollte ihn. Ich wollte ihn mit aller Macht und mit einer Leidenschaft, die, wie ich glaubte, nur wenige Leute jemals erlebten.

Ich beugte mich vor, nahm ihn in den Mund und fing an zu

saugen. Ich ließ meine Zunge von der Wurzel bis zur Spitze über seine Härte gleiten, umfasste ihn mit einer Hand, die ich auf und ab bewegte, während ich ihn genoss.

»Fuuuuuck.« Seine Finger krallten sich in mein Haar und zogen daran.

Ich fuhr über seine samtige Haut und nahm so viel von ihm, wie ich kriegen konnte.

Er atmete meinen Namen und lenkte meinen Kopf, verriet mir stumm, was er wollte.

Aber das wusste ich bereits. Ich hatte es nie vergessen.

Mein Mund erkundete ihn, schmeckte ihn, fand Orte, an die ich mich erinnerte, und andere, die mir noch unbekannt waren.

Er versuchte, mich hochzuziehen. »Remi«, sagte er heiser.

Ich hob den Kopf. »Willst du, dass ich aufhöre?«

Seine Brust hob und senkte sich. »Nein. Ich ... ich kann nicht atmen. Ich ... was machst du mit mir?«

»Was ich seit dem ersten Kuss im *Masquerade* schon machen wollte.«

Er strich mit dem Daumen über meine Lippen. »Das wird alles verändern. Ich weiß nicht, wie es enden wird. Ich kann dir nichts versprechen. Mehr kann ich dir nicht geben.«

Ich nickte.

Ich will die verbotene Frucht, selbst wenn es nur ein einziges Mal ist.

Er zog mich auf die Füße und legte seine Hände an meine Wangen. »Aber ich will dich nicht vor mir auf den Knien. Nicht dieses Mal. *Ich will dich.*«

Ich verstand, was er sagen wollte, öffnete den Reißverschluss meiner Hose und ließ sie zu Boden fallen. Mit zitternden Händen zog ich mir die Bluse über den Kopf. Dann folgte mein Slip, den ich über meine Knöchel rutschen ließ, bis er ebenfalls auf dem Boden landete. Dax' Blick brannte sich in meine Haut, als ich zum Kleiderschrank ging, meine Perlenkette herausholte und sie mir um den Hals legte. Sie hing lang und cremefarben zwischen meinen Brüsten.

»Gefällt dir das?«, fragte ich, als ich mich zu ihm umdrehte und die Perlen durch meine Finger gleiten ließ.

Er kam zu mir, ein majestätischer Mann, dessen erhitzter Blick mich nicht losließ. »Ja.« Seine Augen wurden dunkel. »Ich will dich so, wie du bist.«

»Warte«, sagte ich.

Er hielt inne und biss die Zähne zusammen. »Spiel nicht mit mir.«

»Das tue ich nicht. Es ist nur ... Der Vertrag. Sagen wir, keine Küsse auf den Mund, und wir können immer noch Freunde sein, oder?« Ich knabberte an meiner Unterlippe. »Deine Freundschaft ist mir wichtig, Dax.«

Inzwischen hatte er mich erreicht und legte seine Hand an meinen Hals, vorsichtig wegen der blauen Flecken. »Du könntest im Moment alles sagen, und ich würde dir zustimmen.« Dann streifte er mit der Nase mein Ohr. »Und beim ersten Mal hältst du dich besser gut fest«, flüsterte er.

Bei den Worten »beim ersten Mal« zog sich mein gesamter Körper zusammen.

Er schob sich zwischen meine Beine und hob mich hoch. Seine Muskeln an den Oberarmen traten hervor, als er meinen Hintern packte. Ich schlang meine Arme um seinen Nacken, und er drehte sich um und legte mich ganz langsam aufs Bett.

Dann breitete er meine Arme zur Seite und drückte sie sanft, aber mit der Kraft eines Kriegers auf die Matratze. Mein Brustkorb hob und senkte sich. Abwartend. Ahnend.

»Magst du es, die Kontrolle zu haben?«, flüsterte ich und reckte ihm mein Kinn entgegen, um ihn mit einem herausfordernden Blick anzufeuern, weil ich wusste, dass ihm ein wenig Widerstand gefiel.

»Beschwerst du dich?« Er liebkoste meine Lippen mit seinem Blick, und ich biss mit den Schneidezähnen in meine Unterlippe, wissend, wie gut ihm das gefiel.

»Niemals.«

Als er den Kopf senkte, glaubte ich, er würde mich küssen, aber er wanderte weiter nach unten und fing meine Spitzen zwischen seinen Lippen ein.

Eine Berührung, und schon schrie ich auf und bog ihm meinen Körper entgehen. *Ja!*

Seine Zunge spielte mit meinen Brüsten, wanderte von einer zur anderen, während er mich mit den Händen gefangen hielt. Eine Stimme in meinem Hinterkopf sagte mir, dass das seit unserem ersten Kuss im Club unausweichlich gewesen war. Das hier war Schicksal, wir webten seinen Wandteppich, wurden Teil seines ausgefeilten Plans.

Sanft, um mein Tattoo nicht zu reizen, strich er mit dem Kinn über meinen Brustkorb bis zu meinem Hüftknochen, ließ seine Nase über jeden Zentimeter gleiten. Gerade als ich dachte, er hätte meine Brüste vergessen, kam er zurück und leckte wieder daran. Biss zu. Knabberte. Reizte sie.

Ich stöhnte unterdrückt. Das hier war die reinste Folter.

Ich wollte es schnell. *Hart.* Und dann wollte ich es noch einmal. Und noch einmal.

»Sag meinen Namen«, meinte er dicht an meiner Schulter, bevor er an meinem Arm entlangküsste und heiße Schauer in jede Faser meines Körpers sandte.

»Dax, Dax, Dax.«

Er stöhnte, die Lippen auf meinem Handgelenk, und küsste die Stelle, an der mein Armband gewesen war. Ich drehte den Kopf und sah, wie er einen sanften Kuss auf meine Handfläche setzte.

Nein. Warte.

Ich kämpfte, um mich aus seinem Griff zu befreien. Sein Blick fand meinen.

»Nicht … nicht süß sein«, sagte ich.

Er schloss die Augen, als wolle er etwas verbergen. Dann nickte er. »Richtig.«

Er ließ meine Arme los, und ich schlang sie um ihn, zog ihn ganz eng an mich. Meine Nägel zerkratzten ihm den Rücken. Ich massierte seine Muskeln, die mehr geworden waren, seitdem ich ihn das letzte Mal berührt hatte.

Er ging auf die Knie, legte meine Beine über seine Schultern und küsste sich meinen Oberkörper hinunter. Während das Sonnenlicht durchs Fenster strömte, berührte seine Zunge jeden Zentimeter meiner Haut, ohne dass er den Blick auch nur ein einziges Mal von meinem Gesicht nahm.

Er leckte über meine Hüfte, fuhr mein Muttermal entlang und küsste es. Ich schrie auf, als er endlich seinen Mund auf meine Mitte presste. Feuchte Küsse, lange Zungenschläge. Zarte Berührungen ließen meine Haut pulsieren. Ich stöhnte so laut, dass es mir peinlich war. Dann biss ich mir in die Faust, um das Geräusch zu unterdrücken.

Wärme baute sich in meinem Rückgrat auf und schickte kleine Stromstöße durch meinen ganzen Körper. Die Härchen in meinem Nacken stellten sich auf, als ich auf den Rand der Klippe zuraste.

»Sag meinen Namen, wenn du kommst.« Seine Stimme klang dunkel, beinahe gequält, und ich spürte, wie sehr er sich bemühte, die Kontrolle zu behalten.

Sein Finger glitt in mich hinein, krümmte sich um das Bündel an Nerven an meinem G-Punkt. Er saugte an meiner Klit, ließ keinen Teil von mir unberührt, und ich richtete mich auf, um ihn anzuschauen. Mein Herz klopfte mir bis zum Hals, als er mich an den Hüften näher zu sich heranzog.

Näher. Und näher.

Sein Blick hatte sich tief in meinem versenkt und …

Bumm. Eine Million Funken flogen in alle Richtungen, als ich kam, seinen Namen keuchte, sich mein Unterleib um seinen Finger krampfte.

Plötzlich wurde mir die Kehle eng, Bedauern und ~~Liebe~~ Lust rangen in meinem Kopf.

Warum hatte er mich nie so gewollt wie ich ihn? Wenn wir doch *das hier* hatten?

Das zwischen uns war nicht nur Sex. Das wusste ich. Und ich nahm an, dass er es auch wusste.

Doch es reichte ihm nicht, um sich für mich zu entscheiden.

Ich schob diese Gedanken fort und legte mich erschöpft und mit zitternden Beinen zurück.

Er stand auf, seine breiten Schultern hoben und senkten sich, seine Miene war undurchdringlich. An seiner Schläfe pochte eine Ader. Er sah gefährlich aus. Rau. Und verflucht heiß.

Gemeinsam waren wir ein verdammtes Gefühlschaos.

Er ging zu seiner Jeans, die auf dem Boden lag, holte sein Portemonnaie heraus und nahm ein eckiges Päckchen heraus, das er mit den Zähnen aufriss. Dann streifte er sich das Kondom über.

Ich stöhnte. Das Verlangen regte sich erneut in mir, überflutete mich.

Er kehrte zu mir zurück. Schweigend.

Doch sein hungriger Blick sagte alles.

»Ich will dich mehr, als ich je in meinem Leben eine Frau gewollt habe«, erklärte er heiser und sah auf mich hinunter.

»Du klingst wütend darüber«, meinte ich und kniete mich hin, um seine Schultern zu berühren und über seine Brust zu streichen, vorbei an meinem Namen auf seinem Herzen.

Er erschauerte, und sein ganzer Körper vibrierte. »Remi. Es ist so lange her …«

Seitdem er Sex gehabt hatte? Oder seitdem er mich gehabt hatte?

Ich küsste eine seiner Brustwarzen und saugte fest daran. Meine Hand ließ ich zu seinem Schaft gleiten. Dax stöhnte und warf den Kopf in den Nacken, drehte die Hüften ein wenig, damit ich ihn besser verwöhnen konnte. Ich streichelte ihn, ließ meine Hand auf und ab fahren. Ich liebte es, ihn so zu sehen. Er war ein totaler Tau, ein Eroberer, aber ich konnte ihn mit meiner Berührung schwach werden lassen.

Eine nie gekannte Gier erfasste mich und kratzte an meinem Inneren, um freigelassen zu werden. »Ich will sehen, wie du dich für mich gehen lässt«, sagte ich.

Er richtete den Blick auf mich. »Verrate mir eines: Lass ich dich härter kommen als Hartford?«

Ich antwortete nicht, sondern vergrub die Nase an seinem Hals. »Leg dich hinter mich«, flüsterte ich ihm ins Ohr.

Ohne ein Wort drückte er mich aufs Bett, drehte mich herum, als ob ich nicht mehr als eine Feder wöge, und hob meine Hüften an.

Am Fuße des Bettes stehend strich er mir sanft mit den Händen über den Rücken.

Seine Länge streifte meinen Eingang, tauchte tief in mich hinein – bis er sich auf einmal zurückzog.

»Nein«, meinte er und drehte mich wieder herum. Er schob sich zwischen meine Oberschenkel. »Ich will dein Gesicht sehen.«

Ja. Das Herz hämmerte mir in der Brust. Alles, was er wollte. *Alles.*

Er glitt ein paar Zentimeter in mich hinein, dann wieder heraus. »Remi«, brachte er keuchend hervor. Sein Daumen streichelte meine Lippe, und ich biss sanft in ihn hinein, dann küsste ich ihn.

Mit dunkler, gequälter Miene beugte Dax sich über mich und drang erneut in mich, langsam, damit ich mich an seine Größe gewöhnte. Ich wand mich, ließ meinem Körper Zeit, ihn in mich aufzunehmen. Nach und nach stieß er fester und tiefer zu, bis er schließlich ganz in mir war und ich aufstöhnte.

Da. Ja.

»Mehr«, flehte ich und reckte ihm meine Hüften entgegen, doch er ignorierte mich und blieb bei seinem quälend langsamen Tempo. Er griff nach der Perlenkette, wickelte sie sich um die Hand, zog daran, zwang mich, meinen Oberkörper anzuheben, damit sie nicht zerriss. Dann vergrub er sein Gesicht an meinem Hals, und ich drückte meine Hände in seinen Rücken.

»Ich will so tief in dir sein, dass uns nichts jemals wieder auseinanderbringen kann«, sagte er.

Ich packte seinen Hintern und drückte Dax noch tiefer in mich hinein.

»Remi, bitte, ich kann bald nicht mehr!«, rief er mit heiserer Stimme.

»Ich auch nicht.«

Seine Zunge strich warm über meinen Hals, als er mich härter nahm und doch mit einer Vorsicht, die ich nicht erwartet hatte. Er veränderte die Position, um ganz in mich einzutauchen, und ich wand mich unter ihm und spürte den Höhepunkt näher kommen.

Ich bin so nah dran. So nah.

Seine Finger rieben über meinen Kitzler, verteilten meine Feuchtigkeit. Reizten mich. Er verlangte mir alles ab. Schweiß tropfte von seinem Gesicht auf meines. Mein Körper gehörte ihm, und er konnte mit mir machen, was immer er wollte. Er war eine Droge; sein Körper das Gegengift für all die Traurigkeit, die ich durchlebt hatte.

Er schaute mich aus dunklen Augen an und öffnete den Mund, wie um etwas zu sagen, doch er tat es nicht.

Das Feuer flammte erneut auf, und ich erbebte, krallte mich in die Laken und ritt auf einer gewaltigen Orgasmuswelle, während sich meine Muskeln um seinen Schaft anspannten. *Ja!*

Er erstarrte, sah zu, wie ich mich gehen ließ. Beim Anblick seiner Miene schnürte sich mir die Kehle zu. So viele Gefühle – bei jedem von uns –, und doch konnte ich nicht ein verdammtes Wort sagen.

Dann war es, als hätte er einen Schalter umgelegt, und nun war er nicht mehr zärtlich, sondern drückte mir meine Knie an meine Brust und die Beine zusammen. Mein Körper spannte sich an, bereit für das, was jetzt passierte. Er wollte mir sein Zeichen aufdrücken, mich besitzen. Er hämmerte in mich hinein, glitt ganz heraus und dann wieder tief hinein. Wir rutschten gegen das Kopfteil. Die Uhr fiel vom Nachttisch. Die Lampe wackelte, als sein Körper mich höher und höher trug.

Ich bettelte um mehr. Immer mehr.

Er presste eine Hand flach gegen meine, während er mit der anderen meine Beine zusammendrückte. Dann bog er den Rücken durch und schrie seine Erlösung durch den Raum.

Dax sackte neben mir zusammen, küsste mich auf die Wange und zog mich auf die Kissen hoch. Er drehte mich vor sich, meinen Rücken an seiner Brust. »Remi …« Er stoppte, seine Stimme belegt, angestrengt.

Ich nickte nur. Ich war nicht in der Lage, ihn anzuschauen. Ich konnte nicht. Ich wollte weinen.

Was wir gerade erlebt hatten, war zu groß gewesen. Zu unglaublich.

Es hat mir das Herz gebrochen.

Er küsste meine Schulter, während seine Finger die Linien meines Rückens nachfuhren und kleine, zarte Kreise auf meine Haut malten; nur der Hauch einer Berührung, die mich in seinem Bann hielt.

Schreibt er da meinen Namen? Seinen?

Er war so unglaublich süß und sanft im Nachspiel – genau, wie ich es in Erinnerung hatte.

Ich wollte, dass er seine Hände nicht mehr von meinem Körper nahm.

Aber das würde er.

Er würde mich vergessen und Linien auf den Rücken irgendeiner anderen zeichnen. Und dann noch bei einer anderen. Währenddessen würde ich so tun müssen, als wollte mein

Herz nicht von einem Wolkenkratzer springen und den ganzen Weg nach unten schreien.

Was hast du erwartet, Remi? Blumen und eine Liebeserklärung?

Mein Magen knurrte, und seine Hand hielt inne. »Hey. Du hast bestimmt Hunger«, sagte er mit gedämpfter Stimme. »Soll ich schnell loslaufen und uns Kaffee und Frühstück besorgen?«

Ich nickte. Kam mir komisch vor.

Was soll ich sagen?

Danke?

Hups?

War das hier eine einmalige Sache?

»Donuts?«, brachte ich heraus.

Er nickte und löste sich von mir. Während er aufstand, strich seine Hand über meine Haut. Dann beugte er sich plötzlich vor und küsste die Stelle an meinem Handgelenk, an der mein Armband gewesen war. Sein Blick war ganz weich.

Ich sah zu, wie er in seine Jeans schlüpfte. Als Nächstes folgte sein graues T-Shirt, das seine Brust und Bauchmuskeln verbarg, nachdem er es sich über den Kopf gezogen hatte. Er fuhr sich mit der Hand durch die beinahe trockenen Haare, und zerzaust fielen sie an ihren Platz. Er fing meinen Blick ein und grinste mich an. Mein Atem stockte, und ich wollte, dass er in diesem Zimmer blieb und nie wieder ging.

Etwas war seltsam. Eine Art Gewissheit, dass dies das absolut letzte Mal war, dass ich mit ihm zusammen sein würde.

Beinahe hätte ich ihn gebeten, zu bleiben und etwas beim Zimmerservice zu bestellen, bevor wir Runde zwei einläuteten.

Angesichts dessen, was als Nächstes geschah, hätte ich es tun sollen – doch ich tat es nicht.

Stattdessen band er seine Converse zu, ließ seinen Blick einen Moment auf mir verweilen und verließ die Suite.

Zehn Minuten später trocknete ich mich gerade nach einer schnellen Dusche ab, als ich es an der Tür klopfen hörte. Ich hätte Dax den Schlüssel mitgeben sollen. Schnell wickelte ich mir ein Handtuch wie einen Turban um den Kopf und zog mir den weichen weißen Hotelbademantel über. Dann tapste ich mit nassen Füßen aus dem dampfigen Badezimmer und riss die Tür auf.

Das ist es, Remi. Sag ihm, was du empfindest …

Ich lächelte, um meine Nervosität zu verbergen. »Hey du. Ich hoffe, du hast Schokoladen…«

Warme braune Augen mit goldenen Flecken sahen mich an. Vertraute kräftige Schultern lehnten an der Wand neben der Tür. Sein Blick glitt über mich. Seine Miene war wachsam. Er atmete aus und richtete sich auf. »Hallo, Remington.«

13. Kapitel

Dax

Ich war wie betäubt, sodass ich auf dem Weg aus dem Hotel nichts sagen konnte. Schlimmer noch, ich wanderte gute zehn Minuten herum wie ein verirrter Welpe, bis ich endlich auf die Idee kam, auf dem Handy nach Bäckereien in der Nähe zu suchen. Ich fand eine ein paar Straßen weiter und ging mit schnellen Schritten in die entsprechende Richtung. Dort angekommen, sah ich mir das Angebot an und bestellte zwei große Latte macchiato und eine Auswahl an Gebäck. Mein Mund öffnete sich, aber ich hätte nicht sagen können, welche Worte mir über die Lippen kamen.

Ich war benebelt, schwindelig von Remi. Mein Gehirn war genauso erschöpft wie mein Körper.

Ich berührte ihren Namen unter meinem T-Shirt. Ich bereute das Tattoo nicht.

Aber irgendetwas stimmte nicht. Ich war mit einem vagen Gefühl des Unbehagens zurückgeblieben, als wenn sich etwas unwiederbringlich geändert hätte und ich nie wieder der Gleiche sein würde.

Als wenn etwas Schreckliches bevorstünde.

Vielleicht hätte ich bleiben und sie auf die Lippen küssen und ihr sagen sollen, dass sie diesen dummen Vertrag vergessen sollte.

Aber das hatte ich nicht getan.

Weil ich verdammte Angst vor der Macht hatte, die sie über mich besaß und die mich so verletzlich machte.

Die Verkäuferin bedachte mich mit einem fragenden Blick

und reichte mir meine Bestellung. Ich schob ihr das Geld zu und schaute in die Tüte. Donuts, Gebäck und Muffins.

Gut. Wenigstens hatte ich mich verständlich ausgedrückt.

Auf dem ganzen Rückweg überlegte und verwarf ich verschiedene Dinge, die ich ihr sagen würde, wenn ich sie wiedersah.

Ich würde ihr sagen – *verdammt, was würde ich ihr sagen?*

Dass das mit uns unmöglich war? Dass ich ihre Zeit nicht wert wäre? Dass sie meiner Eskapaden müde werden würde? Ich meine, ich wusste ja nicht einmal, wie man ein echter Freund war. Verdammt, ich wusste noch nicht mal, was ich nach dem College machen würde.

Ein paar Minuten später hatte ich mich immer noch nicht entschieden, aber ich wusste, zwischen uns hatte sich etwas geändert und wir mussten uns zusammensetzen und darüber reden. Und uns dann erneut lieben.

Ich betrat das Hotel, sprang in den Fahrstuhl und drückte auf den Knopf für ihre Etage. Die Tür ging auf, und ich nickte einem vorbeigehenden Gast zu, als ich Remis Flur hinunterschritt.

Ich blieb stehen, als ich es sah. Meine Haut kribbelte. Ihre Tür stand offen. *Chad?* Ich rannte los, sodass die Tüte gegen meine Beine schlug und die Getränke überzuschwappen drohten.

Doch an ihrer Tür erstarrte ich.

Alle Luft wich aus meinen Lungen, und es war, als träfe mich ein Backstein mitten an die Brust.

Was zum …

Hartford stand mit dem Rücken zu mir. Er trug ein Whitman-Hemd und hatte die Arme um Remis Taille geschlungen, während sie einander küssten. Ihre Haare waren feucht und verbargen ihr Gesicht. Aber ihre Hände … ihre Hände lagen auf Hartfords Schultern. Hielten ihn.

Ich atmete tief ein. Es juckte mich am ganzen Körper, ihn von ihr wegzureißen und gegen die Wand zu schleudern.

Sie gehört mir. Sie würde niemals ihm gehören.

»Remington, Baby, ich brauche dich«, murmelte Hartford und ließ seine Hände unter ihren Bademantel gleiten.

Sie sagte seinen verdammten Namen, und der Schmerz schnitt mir wie eine Axt ins Herz.

Ich wirbelte herum und rannte den Flur hinunter, bis ich am Treppenhaus ankam. Ich riss die Tür auf und lief, immer zwei Stufen auf einmal, nach unten. Außer Atem und verschwitzt fand ich unten einen Müllcontainer und warf die Einkäufe aus der Bäckerei hinein.

Für eine halbe Sekunde hatte ich tatsächlich geglaubt … Scheiße *noch mal.* Ich war fertig mit ihr.

»Verdammt, du bist ja total besoffen«, murmelte Spider, als er versuchte, mich in seine Wohnung zu bugsieren. Ich schwankte und fiel gegen die Wand im Eingangsbereich, wobei ich den Regenschirmständer und ein Foto von Spider mit seiner Band umwarf. Ich fluchte, als es über den Marmorfußboden schlitterte. Das Geräusch von splitterndem Glas drang an meine Ohren.

»Das ersetze ich dir«, lallte ich. »Ich kaufe dir Hunderte davon.«

Er atmete aus und hielt mich an der Schulter fest. »Kein Grund für so ein Verhalten, Cousin. Setz einfach einen Fuß vor den anderen, bis wir es ins Wohnzimmer geschafft haben.«

Es gelang ihm, mich zur Couch zu führen. Ich ließ mich darauf sinken, und der gesamte Raum fing an, sich zu drehen. Ich blinzelte zu der rustikalen Lampe über mir hinauf, deren Lichter zu einem großen blinkenden Klecks zusammenflossen. Ich blinzelte heftiger, um meinen Blick zu klären.

Vermutlich hätte ich den letzten Wodka nicht trinken sollen.

Er hatte mich im *Knights* gefunden, eine der besten Bars im West End, die wir regelmäßig besuchten und die einen VIP-

Raum für Kunden hatte, die es vorzogen, sich von den normalen Gästen fernzuhalten. Außerdem boten sie dort jede Art von Extraunterhaltung an, wenn man es wünschte. Ich hatte es gewünscht.

Der Club war intim erleuchtet, hatte eine dunkle Holzvertäfelung und war voller reicher Gäste. Ich hatte ihn mit nur einem Ziel betreten: Remi aus meinem Gedächtnis zu löschen. Ich hatte mit Spiders Namen um mich geworfen wie mit einem Football, und weil der Besitzer sich an mich erinnerte, endete ich in einem Privatzimmer mit zwei teuer gekleideten Callgirls. Sie hätten auch Stripperinnen von der Bar gegenüber sein können. Ich wusste es wirklich nicht.

Zu dritt hatten wir in dem Extrazimmer mit lauter Musik, roten Ledersofas und sehr viel Wodka gefeiert. Irgendwann war Spider aufgetaucht und hatte versucht, mich in seinen Wagen zu verfrachten. Ich schätze, der Clubbesitzer hatte ihn angerufen. Mir war zu dem Zeitpunkt alles egal gewesen.

»Was machst du da?«, murmelte ich nun und hob den Kopf ein wenig an.

»Ich ziehe dir deine hässlichen Schuhe aus.« Er klang genervt, als er die Schnürsenkel löste.

Ich lachte. »Das ist super. Du kümmerst dich um *mich*.«

Er warf mir einen finsteren Blick zu – zumindest vermutete ich das. Es war schwer, den Gefühlen eines Menschen nachzuspüren, wenn man die letzten drei Stunden einen Drink nach dem anderen heruntergekippt hatte.

Er warf meine Schuhe über seine Schulter, und ein paar Minuten später spürte ich, wie er mir ein Kissen unter den Kopf schob. »Glaubst du, dass dir schlecht wird?«

»Verdammt, nein. Bring den Grey Goose aus dem Schrank her.« Ich drehte meinen Kopf in Richtung Küche, und sofort wurde mir übel.

»Äh, ich denke, du hattest genug für einen Abend.«

»Ein Satz, den Spider niemals sagen würde.« Ich lachte.

Er verschwand und kam mit einem kleinen Abfalleimer aus Edelstahl wieder. »Nur für den Fall. Ich will nicht, dass du meinen Parkettboden ruinierst.« Er grinste spöttisch, doch dann wurde seine Miene weicher. »Remi hat mich ein Dutzend Mal angerufen. Sie sucht nach dir, und jede Nachricht, die sie hinterlässt, klingt verzweifelter. Du hast besser eine verdammt gute Erklärung dafür, warum ich deinen Privatsekretär spielen soll.«

»Remi … sie … das mit uns ist vorbei.«

»Ich wusste gar nicht, dass es angefangen hatte.«

Ich auch nicht.

»Hast du heute deine Londoner Kirsche gepflückt?«, fragte er.

Ich sah ihn verständnislos an. »Was?«

»Ob du in der Bar flachgelegt worden bist? Die beiden Mädchen hatten ihre Finger überall, als ich hereinkam«, sagte er betont langsam.

»Ich konnte nicht …«

»Ah.« Er verschwand wieder und kehrte mit einer Flasche Gatorade und zwei Kopfschmerztabletten zurück. »Komm, nimm deine Medizin, sonst wirst du dich morgen auf dem Heimweg richtig mies fühlen.«

Ich setzte mich auf, trank einen großen Schluck und spülte die Pillen hinunter. Als ich mich wieder auf der Couch ausgestreckt hatte, holte Spider eine Decke aus dem Flurschrank und legte sie über mich. Sobald er damit fertig war, setzte er sich auf den schweren, metallenen Couchtisch und betrachtete mich.

»Was ist?«, stieß ich hervor.

Er zog süffisant eine Augenbraue hoch. »Ich habe dich nur noch nie so launisch erlebt, wenn du betrunken bist, das ist alles. Ich bin mir nicht sicher, ob es mir gefällt. Ich mag den lustigen Dax lieber als diesen am Boden zerstörten Kerl.«

Ich stöhnte. »Ich bin nicht am Boden zerstört.« Eine Pause. »Danke, dass du mich nach Hause gebracht hast, Mann.«

»Jupp.«

Ich nickte, aber sehr vorsichtig, weil der Raum sich immer noch drehte.

Er stand auf, um zu gehen.

»Was … was hat Remi gesagt?«

Er öffnete den Mund, und ich hob eine Hand. »Nein. Sag es mir nicht. Es ist egal. Ich habe alles gesehen, was ich sehen musste.«

Seine Hände auf ihrer nackten Haut. Ihre Arme auf seinen Schultern.

»Sorg nur dafür, dass ich morgen meinen Flieger kriege. Ich muss zur Whitman zurück.«

»Verstanden. Schlaf gut, Prinzessin.« Er dimmte das Licht und verließ das Zimmer.

Meine Augen fielen zu, und ich trieb ins dunkle Vergessen.

14. Kapitel

Dax

Ich ließ mich auf die karierte Couch plumpsen, die Elizabeth gestern in einem Secondhandladen in Raleigh für mich gekauft hatte, und schaute mich in meinem Haus um.

Mein Haus. Die ganzen zweihundertdreißig Quadratmeter. Ich wollte es vom Dach schreien. Verdammt, vielleicht würde ich später hinaufklettern und dort oben ein Bier trinken. Denn es gehörte mir, und ich hatte dafür bezahlt.

»Wieso grinst du so?« Declan kam mit einem Karton voller Geschirr durch die Haustür.

»Ich fasse es einfach noch nicht.« Ich stand auf und nahm ihm den Karton ab, auch wenn er eindeutig keine Hilfe benötigte. Ich war nicht der Einzige, der über den Sommer an Muskeln zugelegt hatte.

»Du hast in den letzten Tagen viel Arbeit hineingesteckt«, sagte er und schaute sich um. »Fühlt sich gut an, oder?«

Ich nickte.

»Das Badezimmer und die anderen Schlafzimmer sind geputzt und bereit für deinen neuen Mitbewohner – falls du einen kriegst«, rief Elizabeth von oben über das Treppengeländer. Sie grinste breit und hüpfte die Treppen herunter. Ihr Pferdeschwanz wippte, und sie hatte einen Schmutzfleck auf der Wange. Sie war ein süßes Mädchen mit dramatischen dunklen Augenbrauen und weißblondem Haar; ich war nicht überrascht, dass Declan sich schnell und heftig in sie verliebt hatte.

Ich grinste. »Irgendjemand wird schon anbeißen. Ich habe

eine Anzeige auf Craigslist, in der örtlichen Zeitung und auf der Whitman-Website geschaltet.«

Declan schnaubte. »Du wirst noch mit irgendeinem Psycho enden, Kumpel.«

»Es ist ja nicht so, dass ich einen meiner Verbindungsbrüder überzeugen wollte, einzuziehen«, erwiderte ich. »Wenn ich an das Tau-Haus denke, weiß ich, dass er nicht hinter sich aufräumen würde, und ich will auch nicht, dass hier ständig Partys gefeiert werden. Das könnte den neuen Anstrich, den wir gestern erst gemacht haben, versauen.« Mit der Hilfe von Declan und Elizabeth hatte ich es geschafft, die gesamten Räume in einem hübschen Cremeton zu streichen – oder besser gesagt in Vanilla Bean, wie Elizabeth es genannt hatte.

Declan lachte leise. »Ich hätte nie gedacht, diese Worte mal von dir zu hören.«

Elizabeth hatte den Fuß der Treppe erreicht, und Declan drehte sich zu ihr um. Ihre Blicken trafen sich und hielten einander fest, während sie direkt in seine Arme ging. Er neigte den Kopf und küsste sie – aus keinem anderen Grund als dem, dass er offensichtlich die Finger nicht von ihr lassen konnte. Sie umfasste seine Schultern und erwiderte den Kuss leidenschaftlich.

Ich hätte würgen können, aber ich war die öffentliche Zurschaustellung ihrer Zuneigung inzwischen gewohnt.

»Tut euch keinen Zwang an, wenn ihr eines der Gästezimmer einweihen wollt.« Ich wandte ihnen den Rücken zu und ging in die Küche. »Haltet euch nur von meinem Schlafzimmer fern.«

Ich beschäftigte mich damit, Kartons in die Küche zu tragen und mir zu überlegen, in welchem Schrank ich die Teller und Schüsseln unterbringen wollte. Unausweichlich wanderten meine Gedanken zu Remi. Seitdem ich London vor etwas mehr als einer Woche verlassen hatte, war sie immer wieder in meinem Kopf, aber zum Glück hatte das Haus mich abgelenkt.

Sie hatte mir mehrere Nachrichten geschickt, nachdem ich ihr Hotelzimmer verlassen hatte, aber ich hatte nicht geantwortet. Offensichtlich hatte sie keine Ahnung, dass ich sie und Hartford zusammen gesehen hatte.

Ich holte mein Handy heraus und scrollte durch die Nachrichten, die sie im Verlauf von vier Tagen geschickt hatte.

Remi, Tag 1:

Was ist passiert? Warum bist du nicht zurückgekommen? Ich habe mindestens zehnmal versucht, dich anzurufen, und jetzt sagt Spider, dass du schläfst. Hartford ist hier, und ich weiß nicht, was ich tun soll. Ich brauche dich, Dax. Du hast gesagt, du bist für mich da. Bitte.

Remi, Tag 2:

Spider sagt, du wärst heute Morgen nach Raleigh aufgebrochen. Ich weiß, dass du das hier liest. Ich dachte, unsere Freundschaft bedeutet dir etwas. Ich schätze, ich habe mich geirrt.

Remi, Tag 3:

Ich kann nicht glauben, dass ich mich darauf eingelassen habe, mit dir zu schlafen. Wenn das alles war, was du wolltest, warum hast du es dann nicht einfach gesagt, anstatt dir die Mühe zu machen, so zu tun, als wärst du mein Freund! Du bist ein Riesenarschloch, und ich hasse dich.

Remi, Tag 4:

Ich hasse dich nicht, aber ich hoffe, dir fällt der Schwanz ab.

Das war die letzte Nachricht gewesen.

Ich seufzte. Am Ende war es gut, dass Hartford aufgetaucht war.

Denn Mädchen wie Remi waren nicht für mich gedacht, und es war besser, es zu beenden, bevor die Wunde eitern konnte.

Die Liebe tut weh, Dax.

Nein. Es war keine Liebe. Es war Lust. Und jetzt, da ich sie gevögelt hatte, konnte ich weiterziehen.

Auf dem Küchentisch stand ein weiterer Karton, und als ich ihn öffnete, sah ich, dass er die neuen Gläser enthielt, die Vater und meine Stiefmutter Clara mir zum Einzug geschenkt hatten. Sie hatten noch Aufkleber am Fuß, also füllte ich die Spüle mit heißem Seifenwasser und legte sie hinein. Dabei machte ich mir eine mentale Notiz, die Anschaffung einer Geschirrspülmaschine in Betracht zu ziehen. Aus einem Impuls heraus schnappte ich mir die rot-weiße Schürze vom Haken an der Hintertür, auf der *Mr. Goodlookin' Is Cookin'* stand – ein Geschenk von Declan.

Ich wusste nicht, wie oft ich wirklich kochen würde, aber die Geste hatte mich zum Lachen gebracht.

Kurz darauf klingelte es an der Tür.

»Ich geh schon!«, rief Elizabeth aus dem Wohnzimmer.

»Okay«, erwiderte ich mit den Händen im Spülwasser. »Das ist vermutlich Axel. Er wollte am Umzugstag mit einer Pizza vorbeikommen.« Axel war einer meiner Verbindungsbrüder und ein Footballspieler; ich stand ihm näher als den anderen Jungs.

Ein paar Minuten später spürte ich mehr eine Bewegung hinter mir, als dass ich sie hörte, und hielt inne. Meine Haut kribbelte. Ich konnte es nicht erklären, es musste eine Art sechster Sinn oder ein Bauchgefühl sein. *Fuck.*

»Hey, da ist jemand wegen des freien Zimmers«, sagte Elizabeth.

»Dax?«, fragte eine zögerliche Stimme.

Mist, Mist, Mist.

Diese Stimme. Remi.

Und als sie meinen Namen so sagte, als ob allein schon das Wort wehtun würde, zog sich meine Brust zusammen.

Ich setzte eine undurchdringliche Maske auf und drehte mich um. Mein Blick glitt über sie hinweg, nahm ihre feurigen Haare und den verletzten Ausdruck in ihren Augen auf. Ich lächelte arrogant. »Hey, Engel.«

Eine leichte Röte stahl sich von ihrem Hals in ihr Gesicht, und sie senkte den Kopf, weigerte sich, meinen bohrenden Blick zu erwidern – was ganz gut war, denn meine Augen waren auf den Idioten neben ihr gerichtet.

15. Kapitel

Remi

Ich klingelte an der Tür, und ein blondes Mädchen öffnete. Sie trug abgeschnittene Shorts und ein graues Tanktop mit der Aufschrift *Front Street Gym*. Irgendwie kam sie mir bekannt vor, aber ich war zu unkonzentriert, um sagen zu können, woher.

Seitdem ich aus London zurück war, hatte ich jeden Tag damit verbracht, alle Apartmentkomplexe, Trailerparks und Mietwohnungen im Umkreis von mehreren Kilometern um die Whitman nach einer Wohngelegenheit zu durchforsten. Alles war bereits vermietet oder in einer echt miesen Gegend. Wenn ich ein Zimmer in diesem Haus bekommen könnte, wäre das wie ein verdammter Lottogewinn. Ich drückte mir selbst die Daumen und hoffte, dass der Mitbewohner genauso nett wäre wie das Haus.

Wenn das hier nicht funktionierte, wäre ich gezwungen, bei meiner Mutter zu wohnen und jeden Tag rund hundert Kilometer zur Uni und wieder zurück zu fahren. Ganz zu schweigen davon, dass ich meiner Mom dann zuhören müsste, wenn sie mich tadelte wegen meines Gewichts, wegen meiner Klamotten, wann ich aufstand, wie lange ich wach blieb, mit wem ich meine Zeit verbrachte.

Den Zettel mit dem Ausdruck von der Whitman-Website fest in der Hand, stieß ich den Atem aus. Ich hatte das Gefühl, mich übergeben zu müssen.

»Kann ich dir helfen?«, fragte das hübsche Mädchen an der Tür.

»Äh, du hast einen Mitbewohner gesucht, und ich wollte

mich bewerben. Ich habe sogar die Miete für den ersten Monat und eine Kaution dabei – also, falls du noch niemanden gefunden hast.« Ich sah sie hoffnungsvoll an.

Die Vorlesungen beginnen in zwei Tagen.

Sie blinzelte und ließ ihren Blick über meine beiden Begleiter huschen – Malcolm und Hartford. Dann sah sie mich wieder an, meinen stumpfen Bob, das Sommerkleid aus Jeans und die gelben Ballerinas.

Ich lächelte und deutete auf die beiden Jungs an meiner Seite. »Das hier sind Hartford, ein Student von der Whitman, und mein Bruder Malcolm. Sie begleiten mich nur auf der Wohnungssuche.«

Hartford, der ein hellblaues Polohemd und Khakishorts trug, nickte lächelnd. »Hi, ich glaube, wir haben eine oder zwei Vorlesungen zusammen.«

Jupp. Er war es. Mein verschollener Verlobter, der vor sechs Tagen in meinem Hotelzimmer aufgetaucht war und mich in einen emotionalen Abwärtsstrudel gerissen hatte.

Er hatte an meiner Tür geklopft, war auf die Knie gegangen und hatte mich angefleht, ihn zurückzunehmen. Es waren Tränen geflossen.

»Du wirst immer das *Mädchen für mich sein«,* hatte er versprochen und mir erklärt, er hätte nur deshalb kalte Füße bekommen, weil er Angst gehabt hatte, in so jungen Jahren eine so große Verpflichtung einzugehen.

Und die hübsche Blondine auf Instagram? Sie war zufällig im *Cadillac's* gewesen, als er auch dort gewesen war, doch zwischen ihnen war nichts passiert.

Kurz gesagt, nachdem ich nach London verschwunden war, hatte der perfekte Kerl beschlossen, dass er ohne mich nicht leben könnte.

Alles, was ich wollte, schien wieder in Reichweite zu sein.

»Jeder hat eine zweite Chance verdient«, sagte meine Mom immer.

Natürlich, wir würden nicht in nächster Zeit heiraten, aber ich konnte unsere Beziehung auch nicht einfach so wegwerfen. Wir hatten mehr als zwei Jahre miteinander verbracht und viele gemeinsame Erinnerungen. Gute Erinnerungen.

Ich wurde in die Gegenwart zurückgeholt, als mir auffiel, dass Malcolm mit den Fingern schnippte – eine seiner typischen Verhaltensweisen, um Stress abzubauen. Neue Leute zu treffen, machte ihn nervös, auch wenn die andere Person meist wesentlich eingeschüchterter war. Mit sechzehn Jahren war er bereits über einen Meter fünfundachtzig groß, durchtrainiert und hatte die Angewohnheit, alles auszusprechen, was ihm in den Kopf kam. Seine blauen Augen schauten von mir zu Hartford und dann wieder zu der Blondine.

Er nickte, und seine kurzen lockigen Haare wippten. »Ich bin Malcolm, und ich will sehen, wo Remi wohnen wird.«

»*Vielleicht* werde ich hier wohnen«, erklärte ich ihm sanft. »Wir müssen es uns erst ansehen und gucken, ob es klappt. Es könnte sein, dass mir jemand zuvorgekommen ist.«

Das Mädchen lächelte und sah dabei nur noch hübscher aus. »Nein, noch ist der Platz frei. Kommt doch rein. Ich wohne hier zwar nicht, aber ich stelle euch dem Hausbesitzer vor. Wir haben in den letzten Tagen den Umzug gewuppt, also sieht es hier noch ein wenig chaotisch aus.« Sie machte einen Schritt zurück, um uns eintreten zu lassen. »Ich bin übrigens Elizabeth.«

»Remi«, sagte ich nickend und merkte, dass ich so durcheinander gewesen war, dass ich mich gar nicht vorgestellt hatte.

Wir betraten den kleinen gefliesten Eingang, der sich zu einem großen Raum mit einem alten Kamin, frisch gewachstem Holzfußboden und einem hübschen Erkerfenster mit diamantförmigen Scheiben öffnete. Eine ausgeblichene Couch, ein blauer Ledersessel und eine Medienecke mit einem riesigen Fernseher nahmen den größten Teil des Wohnzimmers ein. Abgesehen von der Couch wirkten die Möbel neu. Im Haus roch es scharf nach Zitrone, vermutlich vom Putzen, und nach frischer Farbe. Wem auch immer es gehörte, er war offensichtlich stolz darauf.

So weit, so gut, Remi.

Ein großer muskulöser Mann mit einer schwarzen Baseballkappe stand mitten im Wohnzimmer auf einer Leiter und hängte den Deckenventilator auf, doch als wir das Zimmer betraten, kam er herunter. Er begrüßte uns herzlich, aber das war es nicht, was meine Aufmerksamkeit erregte. Nein. Mein Blick blieb an dem kleinen Libellentattoo an seinem Hals hängen.

Und an dem Kinn, das wie gemeißelt aussah, der geraden Nase und den durchdringenden grauen Augen.

Mein Magen zog sich zusammen.

»Hey«, sagte er und streckte mir die Hand hin. »Ich bin Declan.«

Sein vertrauter britischer Akzent verursachte mir eine Gänsehaut, und ich klammerte mich am Riemen meiner Handtasche fest, als wäre sie eine Rettungsleine. *Gott steh mir bei.*

Ich unterdrückte den Drang, zum Auto zurückzulaufen, und schüttelte seine Hand. »Ich bin … Ich bin Remi Montague. Ich bin hier wegen der Anzeige für einen Mitbewohner.« Ich wedelte mit dem Ausdruck, und mir fiel auf, dass meine Hand zitterte.

Hartford sah mich fragend an. Ich versuchte, zu lächeln.

Hartford und Declan gaben einander die Hand. Alle auf dem Campus kannten Declan – und Dax.

»Ist das dein Haus?«, fragte Hartford und runzelte leicht die Stirn. Zweifellos weil Declan kein Tau war, aber jeder wusste, dass sein Bruder das Aushängeschild der Verbindung war.

»Nee«, sagte Declan, ohne sein Nein näher auszuführen. Sein Blick ruhte misstrauisch auf Hartford. Offensichtlich erstreckte sich die Rivalität auf die gesamte Familie.

Das blonde Mädchen legte mir leicht die Hand auf die Schulter, und erst jetzt merkte ich, dass sie mehrmals meinen Namen gesagt hatte. »… willst du mitkommen?«

Betäubt, aber auch aufgeregt nickte ich, und sie führte uns einen schmalen Flur entlang, bog um eine Ecke und betrat die Küche.

Die ausgeblichenen Eichenschränke hatten schon bessere Zeiten gesehen, und mit den orangefarbenen Vinylstühlen und einem nagelneuen Kühlschrank mit Edelstahlfront herrschte hier ein buntes Durcheinander aus alt und neu.

Aber das Einzige, was in diesem Raum meine Aufmerksamkeit fesselte, war Dax, der breitbeinig und mit dem Rücken zu uns an der Spüle stand und Geschirr abwusch. Er trug tief auf den Hüften sitzende Jeans, und sein Hintern spannte sich an, als er sich bewegte. Seine Schultern waren breiter, als ich sie in Erinnerung hatte.

Mein Körper fühlte sich an, als würde er gleich davonwehen, und mein Herz klopfte so laut, dass ich sicher war, er könne es hören. Als ich ihn das letzte Mal gesehen hatte, hatte er zwischen meinen Beinen gelegen und mich aufs Bett gedrückt, während sein Schweiß auf mich getropft war.

»Hier ist jemand wegen des Zimmers«, sagte Elizabeth.

»Dax?«, presste ich hervor.

Ohne sich umzudrehen, trocknete er sich die Hände ab und beugte sich vor, um die laute Rapmusik aus seinem Handy leiser zu stellen. Dann wirbelte er herum, und alles, wogegen ich seit seiner Abreise aus London angekämpft hatte – Wut und ein zerbrochenes Herz –, kam mit einem Schlag an die Oberfläche zurück. All die Erinnerungen an London schossen mir durch den Kopf. Ich biss mir auf die Innenseite der Wangen, um nicht die Fassung zu verlieren.

Er hatte mich in London im wahrsten Sinne des Wortes gefickt, und ich war auf sein Spiel hereingefallen. *Wann werde ich es endlich lernen?*

Augen kalt wie Stahl sahen Hartford und Malcolm an, dann landete sein Blick auf mir, glitt von Kopf bis Fuß über mich. »Hey, Engel.«

Beim Klang seiner Stimme wollte ich zu Boden sinken. Ein Schwall von Emotionen brandete über mich hinweg. Ich war nicht darauf vorbereitet, ihn zu sehen. Nicht so bald.

Er wandte den Blick von mir ab, und er und Hartford funkelten einander misstrauisch an. Zwei komplett verschiedene Spezies: einer gut gebaut und dunkelhaarig, der andere schlank und blond. Die Spannung streckte sich wie ein Gummiband, und wenn sie Schwerter gehabt hätten, hätten sie sie vermutlich gezogen.

Gott sei Dank hatte Hartford nie von der Sache mit Dax und mir im ersten Semester erfahren.

Es war Hartford, der mit ausdrucksloser Miene das Eis brach. »Ich hatte keine Ahnung, dass das hier dein Haus ist, Blay …«

»Sonst wärst du nicht gekommen?«, spottete Dax.

»Genau«, erwiderte Hartford achselzuckend.

Ich berührte Hartford am Arm. »Dax hat mich vor dem Typen gerettet, der mich in London überfallen hat, weißt du noch?«

»Natürlich«, sagte er sanft und berührte mein Gesicht. Dann nickte er Dax zu. »Remington hat mich zu dem Club mitgenommen, wo es passiert ist. Ich bin froh, dass du da warst, um ihr zu helfen.« Er legte einen Arm um meine Schultern und drückte mich. »Ich gebe immer noch mir die Schuld, weil ich zugelassen habe, dass sie die Stadt verlässt. Wenn ihr irgendetwas passiert wäre, weiß ich nicht, ob ich es ertragen hätte.« Er richtete seine braunen Augen auf mich. Ich lächelte zögerlich.

»Ja, ich habe mich um sie gekümmert. Nicht wahr, *Remington*?«, erwiderte Dax angespannt und suchte meinen Blick. Als er ihn fand, zuckte ein Muskel in seiner Wange. Sein Körper war so angespannt, als wäre er aus Stahl gemacht. Er ballte die

Hände zu Fäusten und sah aus, als wolle er irgendetwas kaputt machen.

Ich war verwirrt. *Was habe ich denn gemacht?*

Ich biss mir auf die Lippe und hoffte, dass es Hartford nicht auffallen würde. Denn hier ging es nicht einfach um eine Verbindungssache.

Malcolms Blick aus aufgerissenen Augen sprang von mir zu Dax. Dann sah er mich fragend an, und ich schenkte ihm mein *Alles-ist-gut*-Lächeln. Soziale Stimuli waren seine Schwäche, aber wenn es um mich ging, gab es nicht viel, was ihm entging.

Und dann war es, als hätte Dax einen Schalter umgelegt, und sein gesamtes Verhalten veränderte sich. Mit vorsichtigen Bewegungen nahm er die Schürze ab, hängte sie an einen Haken und lehnte sich rückwärts gegen die Arbeitsplatte, als hätte er keine Sorgen auf der Welt. Er stieß einen langen Seufzer aus und überschlug die Beine.

»Du bist also wegen des Zimmers hier?«, murmelte er und ließ seinen Blick zu dem Ausdruck huschen, den ich in der Hand hielt.

»Sie kann nicht bei dir wohnen«, sagte Hartford kühl.

Dax warf den Kopf in den Nacken und lachte. »Dude, entspann dich. Ich habe deinem Mädchen den Hintern gerettet. Außerdem habe ich *sie* gefragt, nicht dich.« Er drehte sich zu mir herum. »Remi?«

»Ja, deswegen bin ich gekommen, aber offensichtlich passen wir beide nicht gut zusammen …«

Er schloss kurz die Augen und öffnete sie wieder. »Warum nicht? Sind wir nicht *Freunde*?«

Unbehaglich verlagerte ich das Gewicht von einem Fuß auf den anderen. »Ich … ich fürchte, das mit uns funktioniert nicht.«

»Sie will nicht mit einem Kerl zusammenwohnen, Blay«, warf Hartford ein. »Das ist alles.« *Vor allem nicht mit einem Tau* – doch der Teil blieb unausgesprochen. »Wir sind dir für

London sehr dankbar, aber wir hatten auf eine weibliche Mitbewohnerin gehofft.«

Dax schnaubte. »Das Semester geht in zwei Tagen los. Viel Glück. Aber ich verstehe, was du meinst. Du hast Angst, dass ich mich an deine Freundin ranmache, aber *vergebene* Frauen sind nicht mein Ding. Außerdem werde ich viel lernen – ich muss dieses Jahr meinen Abschluss machen, weißt du – und meinem Bruder in seinem Studio helfen. Wer weiß? Vermutlich werde ich die meisten Nächte im Tau-Haus schlafen.«

»Ich bin sicher, dort gibt es ausreichend Leute, mit denen du dich unterhalten kannst«, erwiderte ich spitz.

Hartford schien meine Bemerkung nicht gehört zu haben, oder er schrieb sie der üblichen Rivalität zwischen ihm und Dax zu, aber ich war noch nie jemand gewesen, der sich in die Streitigkeiten der Männer einmischte.

»Ohne Zweifel«, stimmte Dax mir leise zu.

Elizabeth, die während der gesamten Unterhaltung stoisch das Geschirr abgetrocknet hatte, drehte sich um. »Wenn ihr eine Referenz für Dax braucht, die gebe ich euch gerne. Du könntest keinen süßeren Mitbewohner finden.« Lächelnd ließ sie das Geschirrhandtuch neben die Spüle fallen. »Wenn ihr mich jetzt entschuldigt, ich glaube, ich habe Declan aus dem Wohnzimmer nach mir rufen hören.«

Als sie hinausging, gab sie Hartford die Chance, mich zur Seite zu ziehen. Er senkte die Stimme. »Wohn einfach bei mir, Remi – zumindest, bis du etwas Vernünftiges gefunden hast.«

Diese Unterhaltung hatten wir schon hundertmal geführt. Ja, wir arbeiteten an uns, aber direkt an die Stelle zurückzuspringen, an der wir zuletzt gestanden hatten, wäre eine Katastrophe.

»Das ist keine gute Idee«, sagte ich so leise, wie ich konnte, aber es war klar, dass Dax mit geneigtem Kopf aufmerksam zuhörte.

»Du kannst nicht mit … Dax zusammenwohnen«, sagte

Hartford nach einer langen Atempause. »Es wäre mir lieber, wenn du bei deiner Mom bleibst. Dann würde ich mir definitiv weniger Sorgen machen.«

Ich schüttelte den Kopf. »Das Haus meiner Mom liegt zu weit vom Campus entfernt, um die Strecke jeden Tag zu fahren. Ich wäre nur noch erschöpft. Außerdem treibt sie mich in den Wahnsinn.«

Hartford seufzte und zog die Augenbrauen zusammen. »Dann lass uns weitersuchen. Wir werden schon noch irgendetwas finden.«

»Wir suchen schon seit Tagen«, stöhnte ich. »Es gibt nichts, außer dem Loch über der Reinigung …«

Dax richtete sich auf. »Tut mir leid, euch unterbrechen zu müssen, aber ganz ehrlich? Morgen kommt noch jemand vorbei, der sich das Haus ansehen will, also wenn du das Zimmer haben willst, müssen wir das heute Abend noch klären. Ansonsten …« Er deutete auf den chaotischen Zustand der Küche. »Muss ich mich wieder an die Arbeit machen.«

Er versucht, mich loszuwerden.

Und dieser Gedanke war wie ein Stich in mein Herz.

Ich atmete aus und rieb mir die Augen. Meine Beine fühlten sich wie Gummi an, und mein Körper war bis in die Knochen müde, als hätte ich die Grippe. Seit dem Moment, in dem mir klar geworden war, dass Dax mich im Stich gelassen hatte, war ich rastlos. Verloren. Meine Gedanken waren so zerstreut, dass ich keinerlei Entscheidungen treffen konnte. Mein Gehirn war ein einziger Brei.

Aber …

Was sollte ich tun? Ich konnte weder hier noch bei Hartford oder meiner Mom wohnen. Vielleicht könnte ich mir ein paar Tage lang ein billiges Hotelzimmer nehmen, bis sich irgendetwas ergab …

»Remi?«, fragte Malcolm, und ich blinzelte ihn an. Erst jetzt merkte ich, dass ich mich bei ihm angelehnt hatte.

»Geht es dir gut?«, fragte Hartford mit besorgtem Blick. Er berührte meine Schulter.

Ich nickte und richtete mich auf. »Sorry. War ein langer Tag.«

»Bevor du dich entscheidest, sollten wir uns setzen, dann erzähle ich dir mehr über das Haus«, sagte Dax unvermittelt und deutete auf die vier Stühle am Küchentisch.

Ich schaute auf und sah, dass er mich musterte. Sein Blick wurde weich. »Ich hole uns was zu trinken. Was hättest du gerne, Remi?«

Ich setzte mich und bat um eine Cola. Hartford zögerte, ließ sich dann aber mit resignierter Miene ebenfalls auf einen Stuhl plumpsen. Er wollte kein Getränk. Malcolm wirkte erfreut über das Angebot und nahm die Cola an, die Dax ihm reichte.

Dax setzte sich zu meiner Rechten, und weil es ein runder Tisch war, stand sein Stuhl nah genug an meinem, um die Hitze, die er ausstrahlte, förmlich greifen zu können. Sein männlicher Duft umhüllte mich und brachte Erinnerungen an das Hotelzimmer zurück. Ich schob die Hände unter den Tisch und verschränkte meine Finger ganz fest. Malcolm saß auf der anderen Seite neben mir und Hartford mir gegenüber.

Ich war wie benommen, als Dax uns die Mietbedingungen erklärte: eine Pauschalmiete von vierhundert Dollar, jeweils fällig am Ersten des Monats; sämtliche Nebenkosten würde er übernehmen. Das war sehr großzügig – und wesentlich billiger, als ich erwartet hatte.

Aber du kannst hier nicht wohnen!

Er nannte uns die Kaution (ein paar hundert Dollar) und gab mir eine kurze Liste von Regeln, die er zusammen mit dem Mietvertrag ausgedruckt hatte. Ich wäre für mein eigenes Essen verantwortlich und würde das kleinere Zimmer oben bekommen, zu dem ein Bad und ein kleines Büro gehörten, in das ich einen Schreibtisch oder auch etwas anderes stellen könnte. Ich hielt den Atem an. Das wäre perfekt, wenn Malcolm ab und zu bei mir übernachten würde.

»Im Grunde genommen hast du die obere Etage, und ich habe die untere. Die Küche, das Wohnzimmer und die Terrasse teilen wir uns.« Er tippte mit einem Stift auf den Tisch, wobei sein Bizeps sich anspannte und meine Aufmerksamkeit auf sein Tattoo lenkte. *Tipp. Tipp.* Mr. Beautiful war nervös.

Mir fiel außerdem auf, dass er sich seit mehreren Tagen nicht rasiert hatte und tiefe Ringe unter seinen Augen lagen, als hätte auch er ein paar schlaflose Nächte hinter sich.

Hör auf, ihn anzustarren!

Malcolm schien ihn auch zu beobachten. Er kniff die Augen ein wenig zusammen. »Du bist, was die Mädchen einen Hottie nennen. Ich wette, du hast viel Sex.«

»Du kannst nicht vor anderen Leuten über Sex reden, Malcolm«, sagte ich und verzog das Gesicht. »Gib ihnen wenigstens ein paar Tage, um dich kennenzulernen.«

»Danke, schätze ich …« Dax lachte und streckte ihm die Hand hin. »Sorry, ich habe vorhin gar nicht Hallo gesagt. Ich war wohl etwas abgelenkt. Du bist Remis Bruder Malcolm, richtig? Sie hat mir von dir erzählt.«

Bei diesen Worten verspannte sich Hartford.

Malcolm schüttelte Dax' Hand. »Ja, und um das klarzumachen, wenn das hier funktioniert, werde ich ab und zu hier übernachten. Meine Mom arbeitet als Nachtmanagerin in einer Kartoffelchipsfabrik. Deshalb riecht sie immer komisch, aber sie muss arbeiten, seit mein Dad gestorben ist. Wir hatten mal Geld, aber jetzt haben wir nicht mehr so viel. Remi passt gerne auf mich auf, weil ich ab und zu herumwandere. Nicht weit. Nur zum Laden und zurück, aber das macht sie wahnsinnig. Ich esse außerdem gerne Essiggurken und trinke gerne Limonade. Ich mag dein Haus. Es ist größer als das Rattenloch von einer Wohnung, das wir über der Reinigung an der 5th Avenue gefunden haben. Da gab es Kakerlaken, und an den Mülltonnen an der Ecke haben Leute mit Drogen gedealt. Hartford hat gesagt, dort könnten wir nicht bleiben. Er und Remi wollten heiraten, aber er hat sie sitzen lassen, und jetzt will er sie zurück. Sie ist traurig. Ich rede. Viel. Stört es dich, dass ich Autist bin?« Sein Sprachvermögen hatte nie zu Malcolms Schwächen gehört. Wenn es stimmte, dass Autisten eine besondere Gabe hatten, dann war das seine.

Dax grinste – das erste aufrichtige Grinsen, das ich heute an ihm sah. »Überhaupt nicht. Es wäre toll, noch einen Mann im Haus zu haben. Spielst du gerne mit der Xbox?«

»Ich werde dir bei Halo den Arsch versohlen.«

»Achte auf deine Sprache«, sagte ich, aber niemand schien es zu hören.

»Das kannst du gerne versuchen«, gab Dax zurück. »Und übrigens, Essiggurken mag ich auch. Da im Schrank steht ein ganzes Glas, frisch eingemacht von meiner Stiefmom Clara.«

Malcolm richtete seine Brille und sah mich an. »Er ist cool. Du solltest hier einziehen, absolut.«

»Ja. Dem stimme ich zu.« Dax sah mich an und fuhr sich mit der Zunge über die Unterlippe. Dann biss er sich darauf, und ich musste mich zwingen, wegzuschauen. Jesus. *Was macht er da?*

Als wenn sie von einem Teil meines Gehirns gesteuert würde, über den ich keine Kontrolle hatte, spielte meine rechte Hand mit der schmalen Perlenkette, die ich zu meinem Sommerkleid trug.

Dax atmete scharf ein und ließ die Papiere, die er in den Händen gehalten hatte, auf den Boden zwischen uns fallen. Er beugte sich vor, um sie aufzuheben, wobei sein Blick über meine Beine glitt. Ich schlug sie übereinander, und er zuckte zusammen. Eine leichte Röte breitete sich auf seinen Wangen aus, als er sich wieder aufrichtete und die Blätter auf den Tisch legte.

Ich ließ die Perlenkette los und verdrehte mein Handgelenk. *Was stimmt nicht mit mir? Warum ködere ich ihn absichtlich?*

Ich schaute ihn wieder an und sah, dass er ganz blass geworden war. Ich folgte seinem Blick und erkannte, dass er den Verlobungsring an meinem Finger gesehen hatte.

Ich starrte den Stein an, der für alles stand, was ich wollte. Hartford hatte mich gebeten, ihn wieder zu tragen, und ich hatte schließlich an dem Tag zugestimmt, an dem wir wieder in Raleigh gelandet waren. Ein Teil von mir hatte meine Mom glücklich machen und Malcolm davon abhalten wollen, sich um mich zu sorgen. Der Rest von mir fühlte sich verdammt ambivalent.

Hartfords ungeduldige Stimme brachte mich in die Gegenwart zurück. »Wir verlieren das Tageslicht, wenn wir weiter nach einer Wohnung suchen wollen, Remington.«

Anstatt etwas zu erwidern, fokussierte ich mich auf Dax. Sein Blick fing meinen auf, und Stück für Stück schienen die anderen im Raum zu verschwinden.

»Ich werde hier einziehen«, sagte ich und sah zu Hartford hinüber.

Er wurde rot im Gesicht. »Das kannst du nicht ernst …«

»Doch, das meine ich ernst. Die Miete ist in Ordnung, es gibt Platz für Malcolm, und das Haus liegt nur wenige Minuten vom Campus entfernt. Das ist alles, was ich will.«

»Abgesehen davon, dass du mit einem Kerl zusammenwohnen wirst«, gab er scharf zurück.

»Ich habe sonst nichts, wo ich hinkann, Hartford.«

Und du bist der Grund dafür, sagten meine Augen.

Hatte er das so leicht vergessen?

»Ich entscheide, wo ich wohne, niemand sonst«, fügte ich entschlossen hinzu.

Sein Blick huschte zu Dax und dann wieder zu mir. Er verzog angeekelt das Gesicht, als hätte er etwas Schlechtes gerochen.

Dax räusperte sich. »Äh, ich kann euch gerne ein paar Minuten allein lassen …«

»Nein, das ist nicht nötig. Ich nehme das Zimmer. Nicht wahr, Hartford?« Ich presste die Lippen zusammen. Wenn er dem nicht zustimmte …

Es vergingen ein paar angespannte Augenblicke, bis er schließlich ausatmete, sich vorbeugte und seine Hand auf meine legte. »Tut mir leid, dass ich so ein Idiot bin, Babe. Ich will nur das Beste für dich, und das hier ist es nicht. Aber trotzdem unterstütze ich jede deiner Entscheidungen.« Er warf Dax einen finsteren Blick zu. »Wie auch immer, ich wohne nur die Straße hinunter, und du kannst jederzeit bei mir übernachten.«

»Klar«, sagte ich erleichtert, froh, dass er an Bord war.

Dax schob mir den Mietvertrag zum Unterschreiben zu.

Ich starrte das Papier an.

Er. Ich. Allein in einem Haus.

Was sollte da schon schiefgehen?

16. Kapitel

Dax

Nachdem Remi und ihre Begleiter mit der Ankündigung gegangen waren, dass sie um sieben Uhr mit ein paar Schlafzimmermöbeln und dem Rest ihrer Sachen zurückkommen würden, ging ich ins Wohnzimmer und ließ mich auf den Sessel sinken.

Fuck, ich war offiziell verrückt geworden.

In welchem Universum könnte ich mit Remi in einem Haus wohnen?

Wie sollte ich meine Hände von ihr lassen?

Das wirst du, weil sie seinen Ring trägt und er derjenige ist, den sie will. Er steht auf ihrer Liste, weißt du noch?

Während Elizabeth nach draußen ging, um mit ihrer Freundin Shelley zu telefonieren, schnappte sich Declan zwei Flaschen Bier aus der Küche und reichte mir eine. »Also, eine neue Mitbewohnerin? Das bedeutet ein zusätzliches Einkommen. Nicht schlecht, kleiner Bruder.«

Ich trank einen großen Schluck und fummelte an dem Etikett der Flasche herum. »Offensichtlich.«

»Sie hat einen verdammt fetten Brillanten am Finger.« Declan entging nicht viel. »Ist sie Hartfords Verlobte?«

Ich nickte.

»Und du glaubst, es ist klug, mit ihr zusammenzuwohnen?« Er musterte mich eindringlich.

»Ich kann meinen Schwanz in der Hose lassen.«

Er setzte die Flasche an und trank. Dann wischte er sich den Mund mit dem Handrücken ab. »Aha.«

Ich schnaubte. »Was? *Sie?* Du weißt, dass sie die Königin der Pläne ist und genau weiß, wie diese umzusetzen sind. Vertrau mir, ich genüge ihren Standards nicht.« Ich breitete die Hände aus. »Außerdem ist sie mit einem Omega zusammen.«

»Jupp.«

»Und sie ist ein Trampel. Stolpert ständig über alles Mögliche. In dem Club in London ist sie ausgerutscht und mitten auf meinem Schoß gelandet. Das hättest du sehen müssen.«

»Wirklich.«

Ich nahm noch einen Schluck. »Sie steht auf Vögel – und zwar heftig. Und sie hat vor, ihren Doktor zu machen – seltsam, oder?«

»Vielleicht.«

»Und diese Haare. Die waren mal lang, aber sie hat sie abschneiden lassen. Ich meine, Rot ist cool, versteh mich nicht falsch, aber sie sind nicht lang genug, um sie um meine Hand zu wickeln …« Ich stoppte.

»Ist mir gar nicht aufgefallen«, sagte Declan trocken.

»Wir haben uns in Friar's Church passende Tattoos machen lassen.«

»Okaaaay.« Er hatte gestanden, doch jetzt setzte er sich mir gegenüber auf die Couch, und auch wenn ich ihn nicht ansah, spürte ich die Schwere seines Blicks.

»Gibt es noch etwas, was du mir über sie erzählen willst?«

Ich atmete aus. »Ihr Dad ist vor ein paar Jahren gestorben. Sie … sie weiß, wie es ist, jemanden zu verlieren. Ich habe ihr von Mom erzählt – und von der Libelle. Sie hat es verstanden.«

»Hmm.«

»Wir haben unsere Hochzeit vorgetäuscht.«

Declan hätte beinahe sein Bier ausgespuckt. »Ich bin nicht sicher, was das bedeutet, aber du hast meine volle Aufmerksamkeit. Willst du es näher ausführen?«

»Nein.« Ich stand auf und tigerte im Zimmer auf und ab. Dabei blickte ich durchs vordere Fenster, um zu sehen, ob sie schon weggefahren waren. Waren sie. Aber sie kämen zurück. Bald schon. Ich sah auf mein Handy. In ungefähr drei Stunden. Super. Ich strich über meine Bartstoppeln am Kinn. Ich brauchte eine verdammte Dusche, und ich hatte mich seit London nicht mehr rasiert.

»Du hast sie früher schon mal gevögelt, oder?«, fragte Declan hinter mir.

Seufzend starrte ich aus dem Fenster. »Jupp.«

»Und in London?«

Ich drehte mich zu ihm um. »Ich habe sie in London nicht gefickt – so war es nicht. *Sie hat mich gefickt.*«

Ein Ausdruck der Überraschung huschte über sein Gesicht, dann leises Verständnis. »Und jetzt ist sie mit ihm zusammen?«

Ich stieß den Atem aus. »Sie hatten eine Pause eingelegt.«

Nun seufzte er und musterte mich aufmerksam. »Ach, Dude. Ich wette, dahinter steckt eine Geschichte. Willst du darüber reden?«

Ich verzog das Gesicht und schob alles, was vorgefallen war, beiseite. »Nein. Ich will vergessen, dass es je passiert ist.«

Er stand auf und tätschelte meinen Rücken. »Okay, Bro, ich denke, wir brauchen mehr Bier.«

Um sechs Uhr am Abend kam Axel mit einer Flasche Patrón, mehreren Pizzen und zwei kleinen Verbindungsschwestern vorbei. Auch wenn die Vorlesungen erst am Montag begannen, herrschte in den Verbindungen schon reges Treiben, und wie üblich hatten mehrere Mädchen im Tau-Haus abgehangen.

Ich hatte ein paarmal vorbeigeschaut, um zu sehen, wie es lief, aber da ich dieses Jahr nicht mehr der Präsident war, hatte ich keine dringenden Verpflichtungen. Ich war durch das gesamte Haus gegangen und hatte mich wie losgelöst gefühlt. Es war seltsam. Ich meine, ich hatte vier Jahre in diesem Haus gelebt und gefeiert. Mit meinem Charme und meinem Hang, mir eine gute Zeit zu machen, hatte ich die Mädchen und neue Anwärter in Scharen herbeigelockt. Ich mochte jeden, und neunundneunzig Prozent der Zeit bedeutete es nichts. Es war einfach nur eine Möglichkeit, mir die Zeit zu vertreiben. In meinen Klausuren war ich vielleicht nicht sonderlich gut gewesen, aber meine Freundesliste war ziemlich lang.

Und doch …

Etwas in mir sagte mir, dass ich mich den Sommer über, während ich mich um Spider gekümmert hatte, von dem Tau-Unsinn gelöst hatte. Vielleicht hatte es auch schon früher angefangen. Nachdem Declan und Elizabeth sich kennengelernt hatten, hatte ich aus erster Hand miterleben dürfen, was sie teilten: Liebe und Einhörner und den ganzen Regenbogenscheiß.

Ein Teil von mir sehnte sich auch danach. Nach meinem Für-immer-Mädchen.

Axel, die beiden Mädchen, Declan, Elizabeth und ich waren gerade mit den Pizzen fertig, als es klingelte. Ich schaute auf die Uhr. Punkt sieben. Natürlich – Remi war immer pünktlich.

Declan zog eine Augenbraue hoch. »Sie ist da.«

»Das wird interessant, wenn du mit einem Mädchen zusammenlebst«, murmelte Elizabeth. »Soll ich ihnen aufmachen?«

»Ich mach schon.« Ich wischte mir den Mund mit einer Serviette ab und stand auf. Mein Bier nahm ich mit. Zeit, mich der Realität zu stellen.

Als ich die Tür öffnete, standen Remi und Hartford davor, zu ihren Füßen mehrere Kartons. Die Sonne war bereits untergegangen, und es war beinahe dunkel, aber ich sah, dass sie in einem Toyota Pick-up voller Möbel gekommen waren. Hartfords silberner Lexus SUV stand mit weiteren Kartons auf dem Rücksitz dahinter.

»Hey.« Sie folgte meinem Blick. »Ich habe mir Lulus Pick-up geborgt.«

»Und sie ist natürlich das einzige Mädchen, das ich kenne, das einen fährt.« Ich zwang mich zu einem Lächeln.

Um ihre Mundwinkel zuckte es. »Ja, unter all ihrem Wahnsinn ist sie ein echtes Mädchen vom Land.«

Ich nickte. *Okay, wir können uns also zivilisiert benehmen.* Ich atmete tief ein und zwang mich, mich zu entspannen. Das Beste wäre, sie nicht anzusehen, also richtete ich meine Aufmerksamkeit auf Hartford. »Ich hole eben Axel und Declan, dann helfen wir euch.«

»Das musst du nicht«, sagte sie.

»Ich will es aber.«

Sie sah zu Boden, dann wieder zu mir. »Okay.«

Hartford zog die Stirn kraus, während sein Blick von mir zu ihr glitt.

Nachdem ich Axel und Declan gerufen hatte, gingen wir mit Hartford zum Truck und trugen Remis eisernes Bettgestell, einen Nachttisch, eine Kommode und Kartons mit Klamotten hinein. Obwohl die Sachen nach oben mussten, dauerte es nur eine Stunde, bis alles dort war, wo es sein sollte, damit sie auspacken konnte.

Hartford holte den letzten Karton aus dem Truck, während Axel und Declan das Bett zusammenbauten. Ich trug den Karton mit der Aufschrift *Badezimmer* nach oben und stellte ihn in ihrem Bad auf den Boden. Dann warf ich einen Blick hinein. Ich war neugierig. Ich holte einige Sachen für die Haare heraus, eine Rundbürste, eine kleine Kosmetiktasche, ein Supermarktshampoo. Verglichen mit meiner umfangreichen Sammlung an Stylingprodukten war sie wirklich sehr genügsam. Ich schraubte ihr Deo auf und roch daran, suchte nach ihrem Duft. Nein. Ganz unten auf dem Boden des Kartons fand ich eine kleine Flasche Parfüm, aber das roch auch nicht wie sie. *Verdammt.* Ich sehnte mich nach ihrem Geruch.

Die Tür ging auf. Ich wirbelte herum und warf die Flasche zurück in den Karton.

»Was machst du da?«, fragte Remi.

»Nichts. Ich helfe nur.«

»Indem du an meinem Parfüm schnüffelst?«

»Nein, das ist doch albern«, gab ich angespannt zurück.

»Du hast meine Sachen durchwühlt.« Sie schloss die Tür und lehnte sich dagegen. Es war das erste Mal, seitdem sie hergekommen war, dass ich sie im Licht betrachtete. Ihre Augen waren rot.

Ich sah sie finster an. »Hast du geweint?«

Eine Pause von einem Herzschlag. »Nein. Ich bin nur müde.«

Es war mir egal. Ich lehnte mich gegen die Wand und verschlang Remi mit meinen Blicken.

»Du bist nicht ins Hotel zurückgekommen«, sagte sie leise.

Mein Kiefer verkrampfte sich, und ich spürte, wie ich rot anlief.

Auf ihrer Stirn erschien eine kleine Falte. Sie sah verwirrt aus. »Warte mal. Bist du … bist du wütend auf *mich*?«

»Hast du mit ihm gevögelt?«

Sie wurde blass. »Frag mich das nicht.«

»Also hast du.« Ich biss die Zähne zusammen. Wut brodelte in mir hoch.

»Deine Frage ergibt überhaupt keinen Sinn …« Sie hielt inne und presste die Lippen zusammen. »Ich muss dir gar nichts erklären. Und so erst recht nicht. Du benimmst dich seltsam, obwohl *du* derjenige bist, der nicht aufgetaucht ist. Du hast bekommen, was du wolltest, und bist gegangen. Es war genauso wie im ersten Studienjahr, nur warst du dieses Mal derjenige, der abgehauen ist …« Ihre Stimme brach. »So wie ich es sehe, hattest du die ganze Sache geplant. Hast du?« Leuchtend blaue Augen suchten meinen Blick.

»Du hältst nicht sonderlich viel von mir, oder?« Ich schüttelte den Kopf.

»Das habe ich mal.«

Ich schaute zu ihrer linken Hand. »Du trägst seinen Ring.«

»Er will, dass wir das wieder hinkriegen …«

»Hast du keinen eigenen Kopf?«, fragte ich höhnisch.

»Nicht …«

»Nicht was?« Ich machte einen Schritt auf sie zu. »Soll ich dich jetzt aus meiner Erinnerung löschen?«

Verdammt. *Genau das will ich.*

»Warum kümmert es dich überhaupt?« Ihre Stimme wurde lauter. »Ich bin doch wie alle anderen. Leicht zu haben, leicht zu verlassen. Richtig?«

Ich funkelte sie an.

Sie packte den Türknauf so fest, dass ihre Fingerknöchel weiß hervortraten. »Ich … das hier ist ein Fehler. Offensichtlich hast du ein Problem mit mir, und wir werden nicht miteinander klarkommen …«

»Schade, dass du den Mietvertrag schon unterschrieben hast.« Auf keinen Fall würde ich sie wieder verschwinden lassen.

Sie reckte das Kinn. Ihre Augen funkelten. »Verklag mich doch.«

Ich presste meine flache Hand an die Tür hinter ihr, neigte den Kopf und strich mit der Nase über ihre Kehle. Sie roch nach dem verdammten Duft, für den ich sterben würde. *Zucker.* Ich wollte sie von Kopf bis Fuß ablecken. Stattdessen atmete ich nur zitternd ein und versuchte, mich gegen sie zu wappnen.

»Du schüchterst mich nicht ein«, flüsterte sie.

»Ach ja? Du zitterst, Remi«, hauchte ich ihr ins Ohr. »Denkst du an uns in dem Hotelzimmer? Denkst du daran, wie viel besser ich bin als Hartford?«

Sie drückte sich noch enger an die Tür. Ihr Brustkorb hob und senkte sich rasch. »Was …«

»Das bin ich, oder?«

Sie kaute auf ihrer Unterlippe herum.

Ich wollte sie küssen.

Sie schlug sich die Hände vors Gesicht. »Hör auf …«

»Weißt du, woher ich weiß, dass ich besser bin? Weil jeder Kerl, der dich am Altar stehen lässt – jeder Kerl, der dich mit mir zusammenwohnen lässt – verdammt noch mal kein Mann ist. Er ist eine verdammte Muschi.«

Sie schluckte schwer. »Bitte …«

Sündig lächelte ich sie an. »Nein, noch besser. Lass uns das aus dem Hotelzimmer wiederholen. Warum gehst du nicht gleich hier auf die Knie und legst deine warmen, feuchten Lippen um meinen …«

Sie ohrfeigte mich, und ich stolperte zurück und landete mit dem Hintern auf dem Klodeckel. Gott, ich hatte es verdient, aber ich konnte nicht aufhören.

Ich grinste. »Verdammt. Wenn du willst, dass ich mich hinsetze, musst du doch nur fragen, Engel.«

»Nenn mich nicht so«, erwiderte sie scharf. »Du nennst alle so, und ich hasse es.«

Ich schüttelte ihre Bemerkung ab, stand auf und ging zum Spiegel, um mein Aussehen zu überprüfen. Währenddessen erdolchte sie mich mit ihren Blicken. Ich gab vor, gelangweilt zu sein, als ich mir durch die Haare fuhr. Meine Hand zitterte, und ich ließ sie schnell wieder sinken.

Mein Spiegelbild sah echt düster aus.

Ich hatte tiefe Ringe und Schatten unter den Augen.

Mein Kopf schmerzte.

Ich brauchte eine Lobotomie.

Mein Magen war total verknotet.

Ich war verwirrt.

Wütend.

»Ich erkenne dich nicht wieder«, murmelte sie kopfschüttelnd.

Willkommen in meiner Welt. Seit London kannte ich mich auch nicht mehr.

Sie wollte gerade die Tür öffnen, als sich der gesunde Menschenverstand meines Dickschädels bemächtigte. »Remi …« Ich packte ihren Arm, ließ meine Hand aber sofort sinken, als ich ihren vernichtenden Blick sah.

»Was?« Sie verschränkte die Arme vor der Brust.

Ich massierte mir die Stirn. Atmete aus. »Bitte, bleib. Ich weiß, du brauchst einen Platz für dich und Malcolm. Ich verspreche, ich werde kaum hier sein. Ich verbringe ein paar Nächte im Tau-Haus und vielleicht bei Declan. Montag geht das Semester los, und ich will, dass wir das hier hinkriegen. Und ich weiß, du willst das auch. Wenn … wenn es nicht funktioniert, werde ich dir die Miete zurückzahlen und du kannst dir etwas anderes suchen.«

»Kommt morgen nicht ein anderer Interessent, um sich das Zimmer anzugucken?«

Ich schloss die Augen. »Das war gelogen.«

»Warum?«

»Du weißt, warum«, sagte ich.

Es klopfte an der Tür. Dahinter erklang Hartfords Stimme. »Remington? Ist alles in Ordnung?«

17. Kapitel

Remi

Dax verließ das Badezimmer vor mir. »Ich musste für *Remington* ein paar Dinge in das oberste Regal packen«, sagte er mit gleichgültiger Stimme.

Er blieb stehen und schaute von mir zu Hartford. »Ich gehe auf einen Drink nach unten. Will einer von euch auch etwas?«

Hartford sah mich fragend an, und ich schüttelte den Kopf.

»Nein, ich richte jetzt mein Schlafzimmer zu Ende ein«, sagte ich. Es war beschlossen. Ich würde bleiben.

»Wie du meinst.« Dax winkte uns über die Schulter zu und sprang, immer zwei Stufen auf einmal, die Treppe hinunter. Während wir im Bad gewesen waren, war Axel bereits nach unten gegangen, und über die Brüstung konnte ich sehen, wie die beiden sich abklatschten, als zwei kichernde Mädchen den Flur aus der Küche entlangkamen. Ich erkannte sie als kleine Schwestern der Tau, wusste aber ihre Namen nicht. Dax legte seine Arme um ihre Schultern.

Und so fing es an … Dax und die anderen Mädchen.

Gott.

Wie um alles in der Welt sollte ich es schaffen, ihn mit einer anderen zu sehen?

Du musst. Du hast es schon früher geschafft.

Aber … aber dieses Mal war es anderes. *Wir* waren anders.

Nein. Du hast immer noch Hartford, erinnerte ich mich.

»Gibt es da eine gewisse Spannung zwischen dir und Dax?« Sein Blick war meinem gefolgt.

»Nein, es ist nur der Semesterbeginn. Du weißt, wie sehr ich dann immer unter Strom stehe.« Ich lächelte. »Ich habe noch nicht mal meinen Stundenplan ausgefüllt.«

Er nickte, sah aber unsicher aus. »Okay. Aber sag Bescheid, wenn sich irgendetwas verändert …«

»Er hat gesagt, dass er nicht oft hier sein wird. Mir geht es gut.« Meine Stimme wurde zum Ende des Satzes hin schärfer, und sofort fühlte ich mich schuldig.

Ich drehte mich um, sodass ich Dax nicht mehr sehen musste, und ging in mein Schlafzimmer. Hartford folgte mir. Declan und Axel hatten das Bett aufgebaut und die Matratze daraufgelegt. Meine Kommode stand unter dem Fenster, und irgendwer hatte sogar meinen Wecker auf den Nachttisch gestellt.

Hartford trat hinter mich und schlang seine kräftigen Arme um mich. Ich lehnte mich gegen ihn. Nach meiner Konfrontation mit Dax brauchte ich Trost.

So standen wir eine Weile schweigend da. »Ich bin nicht glücklich darüber, dass du hier wohnen wirst«, sagte er schließlich. »Aber ich werde tun, was immer nötig ist, um dich wieder an meiner Seite zu haben. Das hier ist nur ein Stolperstein auf dem Weg. Wir werden heiraten, sobald du es willst. Vielleicht nach deinem Abschluss?«

Ich drehte mich zu ihm um. »Vielleicht.«

Er strich mir eine Strähne hinter das Ohr. »Willst du, dass ich über Nacht bleibe?«

»Bald.« Ich lächelte.

Er senkte den Kopf. Seine Lippen legten sich sanft auf meine. Ich erwiderte den Kuss, öffnete mich ihm. Er schlang seine Arme fester um mich und zog mich rücklings mit sich aufs Bett. Dann umfasste er meinen Po. »Gott, du hast mir so gefehlt, Babe.«

»Du mir auch.«

Er küsste mich fester, ließ seine Hand über meinen Rücken

gleiten und öffnete meinen BH unter dem Shirt. Während er den Kuss vertiefte, streichelte er meine Brust, und ich versteifte mich.

Er zog sich zurück und schaute mich an. Dann stieß er einen übertriebenen Seufzer aus und ließ die Arme sinken. »Was ist mit dir los? Seitdem wir Schluss gemacht haben, hast du mich nicht mehr an dich rangelassen.«

»Rom ist auch nicht an einem Tag erbaut worden, Hartford.« Ich richtete mich auf und setzte mich auf die Bettkante, um meinen BH wieder zu schließen. »Und heute ist ziemlich viel los.« Was die Wahrheit war. Wir hatten Malcolm zu meiner Mom nach Hause gefahren, bevor wir die Möbel verladen hatten. Im Moment wollte ich mich nur in mein Bett kuscheln und schlafen. Ich rieb mir die Augen.

Er sah mich enttäuscht an, stand aber auf. Mit warmen Lippen strich er über meine Stirn. »Ich werde jetzt gehen, damit du schlafen kannst.«

Ich nickte.

Wir gingen zur Tür und nach unten ins leere Wohnzimmer. Aus der Küche sahen wir, dass Dax und seine Freunde draußen auf der überdachten Terrasse saßen.

»Mal sehen, was sie machen«, sagte er und nahm meine Hand.

Ich verkrampfte mich. »Warum? Ich meine, du magst sie nicht einmal.«

Er verengte die Augen. »Wenn du hier wohnen wirst, ist es gut, wenn ich mit deinem Vermieter auf freundschaftlichem Fuß stehe.«

Das kaufte ich ihm nicht für eine Minute ab, doch ich folgte ihm nach draußen.

Wir traten durch die Hintertür auf die Terrasse. Elizabeth und Declan konnte ich nirgends entdecken. Ich nahm an, sie waren schon gefahren. Aber Axel, Dax und die beiden Mädchen saßen zusammen in der Korbsitzgruppe mit den blauen

Kissen. Zwischen ihnen stand ein niedriger Tisch mit einer Flasche Patrón darauf. Als wir näher kamen, sah ich, wie Dax sich einschenkte und das Glas in einem Zug leerte.

Die Brünette hockte neben Axel, der ebenfalls ein Tau war, während die Blondine zufrieden grinsend zwischen Dax' Beinen saß. Sie sah aus wie alle Mädchen, auf die Dax stand – blond, zierlich.

Wir sagten Hi. Axel stellte mir die Mädchen vor; die Brünette war Bettina und die Blonde Alexandria.

»Hat Hartford dir geholfen, dich einzurichten?«, fragte Axel lächelnd. Er war ein beliebter Footballspieler. Ich kannte ihn nicht gut, aber auf dem Campus waren sich alle darüber einig, dass er nett zu allen war.

Ich erwiderte das Lächeln. »Ja. Und danke für deine Hilfe.«

Dax schaute mich nicht einmal an, sondern hatte den Blick fest auf das Etikett der Tequilaflasche geheftet, an dem er herumknibbelte. Seine andere Hand ruhte auf Alexandrias Oberschenkel.

Ich riss meinen Blick von ihnen los.

»Ich muss noch ein paar Kisten auspacken, aber es ist echt eine Erleichterung, dass die schweren Sachen alle erledigt sind«, verkündete ich, auch wenn es schien, als würden nur Axel und die Mädchen zuhören. »Dieses Haus ist toll. Mir gefällt der Stil. Und die große Veranda. Am meisten mag ich den Steinkamin …« Ich unterbrach mich. Seufzte. Ich plapperte sinnlos vor mich her.

»Ja, es ist echt cool hier.« Axel beäugte Dax mit unsicherem Blick. »Äh, wollt ihr euch auf einen Drink zu uns gesellen? Wir haben gerade aufs Haus angestoßen.«

»Mehrere Male«, fügte Bettina an und gab Axel einen Kuss auf die Wange.

»Nein, aber dank dir, *Axel*«, erwiderte ich und erdolchte Dax mit meinen Blicken. Wie konnte er uns einfach ignorieren? Wenn das ein Hinweis darauf war, wie er mich in Zukunft behandelte, würde ich es hier keine Woche aushalten.

»Ich dachte, du magst Tequila«, sagte Dax dann mit dunkler Stimme, aber immer noch, ohne mich anzusehen.

Ich war überrascht. »Ich … ja.«

Auf Hartfords fragenden Blick hin sagte ich: »Im Club in London war ich so traurig über alles, was hier passiert war …« Ich hielt inne. Es gab keinen Grund, öffentlich zu verkünden, dass Hartford mich hatte sitzen lassen. »Nun ja, Dax hat mich Tequila trinken sehen.«

»Ah.« Sein Griff um meine Hand verstärkte sich. »Es tut mir leid«, sagte er leise.

Ich lächelte.

Axel schaute zu meinem Ring. »Habt ihr zwei schon einen Termin festgelegt?«

Innerlich stöhnte ich. Vermutlich hatte er keine Ahnung, dass wir einen Termin gehabt und wieder abgesagt hatten. Er wollte sich nur unterhalten.

»Bald«, sagte Hartford, den Blick auf Dax' Kopf gerichtet. »Remington ist die Liebe meines Lebens.«

Dax' Finger krampften sich um die Flasche Patrón. Es hätte mir entgehen können, wenn ich nicht Probleme damit gehabt hätte, meinen Blick von ihm zu lösen. Entschlossen sah ich woanders hin.

Axel grinste gutmütig und völlig ahnungslos. »Verdammt, Mann, das ist cool.« Er sah Dax an. »Dude, vielleicht sollten wir uns auch ein Mädchen wie Remi suchen und sesshaft werden, hm?«

Das Mädchen neben Axel stieß ihm gegen den Oberarm. »Hallo! Ich bin hier.«

Er lachte und gab ihr einen Kuss auf die Nase, was sie lächeln ließ.

Dax hob den Kopf, und sein Blick bohrte sich in meinen. »Ah. Ich ziehe mein Leben so vor, wie es ist. Alles easy.«

Mein Herz zog sich zusammen. *Ich weiß*, sagte es.

»Trinken und feiern wird niemals langweilig, oder?«, stimmte Axel lachend zu.

»Das wird es wirklich nicht.« Dax trank noch einen Kurzen.

Ich musste etwas Distanz zwischen uns bringen.

Ich räusperte mich. »Okay, ich denke, wir gehen dann mal. Hartford fährt nach Hause, und ich bin hundemüde. Der Tag war … hart.«

»Das hat *sie* gesagt«, warf Dax mit einem verschlagenen Grinsen zu den Mädchen ein, und sie kicherten. Er blickte zu Hartford. »Ich dachte, du würdest hier übernachten, Kumpel …«

Hartford runzelte die Stirn. »Ein andermal. Ich bekomme morgen Familienbesuch von außerhalb zum achtzehnten Geburtstag meiner Schwester. Da gibt es bei uns zu Hause eine große Party.«

»Wie süß«, murmelte Dax und sah kurz zu mir. »Gehst du hin?«

Ich blinzelte. »Äh … nein. Ich … ich habe Pläne, die ich nicht verschieben kann.«

Hartford seufzte und bedachte mich mit einem enttäuschten Blick.

Innerlich zuckte ich zusammen. Hartford hatte mich zu der Familienfeier eingeladen, aber ich hatte abgesagt, weil ich mich morgen um Malcolm kümmern würde. Diese Tage würde ich für nichts auf der Welt missen wollen. Seitdem mein Dad gestorben war, hatte ich mich bemüht, so gut es geht in seine Fußstapfen zu treten.

Alexandria, die unserer Unterhaltung gelauscht, aber nichts gesagt hatte, drehte sich ein wenig um und zog Dax' Gesicht an ihres heran. »Du ignorierst mich. Ich brauche etwas Aufmerksamkeit. Dieses ganze Gelaber macht mich müde.«

»Das können wir auf keinen Fall zulassen.« Er grinste, und sie beugte sich vor und küsste ihn, presste ihren Mund auf seinen, ihre Hand an seiner Wange. Es war ein tiefer, leidenschaftlicher Kuss, der viel zu lange dauerte, aber ich zwang mich, hinzusehen.

Siehst du, Remi. Er behandelt alle Mädchen gleich. Küsst sie alle. Legt sie alle flach.

Hartford verabschiedete sich, und wir gingen im Licht der Außenbeleuchtung um das Haus herum und zu seinem Lexus.

Er lehnte sich gegen die Beifahrertür und zog mich an seine Brust. Sein blondes Haar wehte im Wind, und ich strich mit den Fingern hindurch. Im Licht der Straßenlaterne schimmerten seine Augen so golden, wie ich es noch nie gesehen hatte. Sein Blick strahlte Wärme aus.

Er umarmte mich fester. »Gott, ich bin so froh, dass du wieder in Raleigh bist.«

»Ja …« Meine Stimme verebbte.

Er verspannte sich leicht.

»Was ist?«, fragte ich.

Er atmete hörbar aus. »Ich weiß es nicht. Irgendetwas fühlt sich bei uns komisch an.« Sein Blick kehrte zum Haus zurück. »Und Dax sendet seltsame Schwingungen aus.«

»Du kannst nicht erwarten, dass du nur mit den Fingern schnippen musst, und bei uns ist alles so wie früher. Und ich kann Dax' Verhalten nicht erklären, außer damit, dass ihr beide nicht gerade beste Kumpel seid.«

»Sag mir nur eins.«

»Was?«

Er legte seine Hände an meine Wangen und sah mich ernst an. »Sag mir, dass du mich liebst. Das hast du nicht mehr getan, seitdem wir Schluss gemacht haben.«

Ich war nicht dazu bereit gewesen. Aber worauf wartete ich noch?

Ich atmete tief ein. »Ich liebe dich. Ich werde nirgendwohin gehen und du auch nicht.«

Er lehnte seine Stirn gegen meine. Seine Miene war gequält. »Wir sollten inzwischen verheiratet sein und in meinem Haus leben. Ich will dich zurück – und in meinem Bett. Willst du das auch?«

Ich spielte mit dem Brillanten an meinem Finger und drehte ihn mit schwerem Herzen herum und herum.

Hartford gab mir einen Kuss auf die Nase. »Setze ich dich zu sehr unter Druck?«

Ich nickte.

Scheinbar zufrieden presste er ein letztes Mal seine Lippen auf meine, sagte, dass er sich später melden würde, stieg in seinen Wagen und fuhr davon.

Sobald seine Rücklichter nicht mehr zu sehen waren, ging ich wieder hinein, und da alle anderen draußen waren, schaute ich mich kurz unten um. Es gab zwei weitere Schlafzimmer, ein Badezimmer, die Küche und eine winzige Waschküche. Dax' Schlafzimmer lag direkt neben dem Wohnzimmer. Es war ein großer Raum mit einem King-Size-Bett mit Daunendecke – natürlich ungemacht, das halbe Bettzeug auf dem Boden. Neben dem Bett stand ein mit Papieren, Büchern und einem Foto zugestellter Nachttisch. Ich konnte das Foto jedoch nicht erkennen, egal, wie sehr ich mich auch bemühte. Ich wusste, es war falsch, aber dennoch schlich ich mich auf Zehenspitzen in das Zimmer.

Sein Bett zog mich wie magisch an. Ich strich mit den Fingerspitzen über die weiche Decke. Die Laken waren weiß und so glatt wie Seide. Ich lächelte. Es war typisch für Dax, die bestmögliche Bettwäsche zu besitzen.

Dann richtete ich meinen Blick auf das Foto auf dem Nachttisch. Es war von Dax und Declan als kleine Jungen, vielleicht neun oder zehn Jahre alt. Zwischen ihnen eine große Frau mit dunklen Haaren und einem strahlenden Lächeln. Das musste seine Mom sein. Die Ähnlichkeit war unverkennbar. Sie saßen unter einem Baum, und Dax lehnte sich an ihre Schulter, als wollte er ihr noch näher sein. Er grinste.

Schmerz durchzuckte mich, als ich sah, wie ihre Hände sich

um die Hände ihrer Jungen klammerten, als wüsste sie, dass sie sterben würde. Es war offensichtlich, dass sie ihre Söhne anbetete – doch der Tod kommt zu uns allen, egal wie süß unser Leben ist.

Und man gewöhnt sich niemals daran, dass sie fort sind.

Dax hatte es nicht getan. Und ich auch nicht.

Wir waren nur unterschiedlich damit umgegangen. Ich suchte Sicherheit, während er sein Herz schützen wollte.

Seufzend stellte ich den Bilderrahmen wieder ab und trat über einen Haufen Videospiele und Filme hinweg, um einen Blick in seinen Kleiderschrank zu werfen. Ich sah, dass seine Klamotten alle penibel geordnet waren. Seine umfangreiche Jeanssammlung hing unten, während die Hemden nach Farben sortiert darüber aufgehängt waren.

Es sah so aus, als wäre ich nicht die Einzige, die mit Zwangsstörungen zu kämpfen hatte.

Irgendwo im Haus öffnete und schloss sich eine Tür.

Ich erstarrte. *Mist.* Auf Zehenspitzen tippelte ich um die Unordnung herum, rannte dann in den Flur und trat schnell in die Küche.

Dax stand mit dem Rücken zu mir am Kühlschrank und schaute hinein.

Ein paar Sekunden vergingen, in denen er mit leicht geöffneten Beinen regungslos so stehen blieb.

Sollte ich etwas sagen?

Fünf weitere Sekunden vergingen. Dann zehn. Bei zwanzig sagte er: »Scheiß drauf«, knallte die Kühlschranktür zu und marschierte zur Hintertür hinaus, ohne meine Anwesenheit auch nur zur Kenntnis zu nehmen.

Am nächsten Morgen wachte ich durch einen Sperling vor meinem Fenster auf, der laut ein stotterndes Lied sang.

Der Vogel klang genervt. Ich wusste genau, wie er sich fühlte.

Ich krabbelte aus dem Bett und trat ans Fenster. Durch die Jalousien sah ich, dass Dax' schwarzer Range Rover nicht mehr auf der kleinen Einfahrt rechts neben dem Haus stand. In den letzten Jahren war er immer einen BMW gefahren, aber den hatte er im letzten Semester eingetauscht. Am Bürgersteig auf der Straße stand mein älterer Toyota Highlander.

Mein Handy vibrierte. Ich warf einen Blick darauf und sah ein Bild von Malcolm, der eine Essiggurke zu seiner Schüssel Captain-Crunch-Cornflakes aß.

Ich grinste. Jeder zweite Samstag im Monat war unser Tag – und manchmal auch der Sonntag, das hing davon ab, wie viel meine Mom zu erledigen hatte. Da sie jetzt arbeitete, verbrachte sie ihre Wochenenden mit Hausarbeit, Wäschewaschen und Einkaufen.

Ich bin bereit, abgeholt zu werden, hatte er mir geschrieben.

Ich bin in einer Stunde da, erwiderte ich.

Wo gehen wir hin?

Wo willst du hingehen?

Ich will bei dir im Haus abhängen. Ich mag Dax. Er ist cool.

Er hat was, schrieb ich.

Ach ja? Was denn?

Ich lachte laut auf. Gott, ich liebte ihn, wenn er meine Witze nicht verstand.

Ich sprang schnell unter die Dusche, zog mir eine Shorts, ein Whitman-T-Shirt und Flipflops an. Meine Haare waren zu kurz für einen Pferdeschwanz, also nahm ich mir die Zeit, sie zu föhnen und zu glätten, bis sie um meinen Nacken schwangen.

Ich ging in die Küche, um mir den Müsliriegel zu holen, den ich am Vorabend in einen der Schränke gelegt hatte, blieb dann aber abrupt stehen. Zu meiner Überraschung fand ich mitten auf dem Tisch einen Umschlag, eine Papiertüte, die am oberen Rand zusammengefaltet war, und einen Pappträger mit zwei großen Starbucks-Bechern darin.

Vorsichtig nahm ich den Umschlag in die Hand, drehte ihn um und sah, dass mein Name in geschwungener Handschrift darauf stand. Sofort riss ich ihn auf.

Remi,
das mit gestern Abend tut mir verdammt leid. Du hast recht. Ich bin ein Arsch. Bitte verzeih mir. Was ich gesagt habe, war falsch, und du hast nichts davon verdient. Ich schwöre, es wird nie wieder vorkommen. Ich habe noch keine Kaffeemaschine und wusste nicht, was du magst, also habe ich einen normalen Kaffee und einen Latte macchiato mitgebracht. Vielleicht sind sie schon kalt, wenn du das hier findest. In der Tüte sind Zucker und Milch und ein kleines Frühstück.
Dax
P.S. Der Schlüssel für die Vorder- und Hintertür liegt unter der Fußmatte vor dem Haus.
Nur zur Info: Ich werde heute spät nach Hause kommen.

Ich ließ mich auf den nächsten Stuhl sinken und starrte den Zettel an. Meine Finger strichen wie von selbst über die Unterschrift darauf. Sie war genauso ausdrucksvoll wie Dax selbst und endete mit einem großen Schwung am Ende.

Ich dachte darüber nach, eine Antwort zu verfassen, tat es aber dann doch nicht.

Ich wusste nicht, was ich sagen sollte.

Als ich die Tüte aufmachte, sah ich drei Schokodonuts und einen riesigen Keks. Mir lief das Wasser im Mund zusammen, und mir fiel auf, dass ich gar kein Abendbrot gegessen hatte. Nachdem ich den Latte macchiato in der Mikrowelle aufgewärmt hatte, schob ich mir einen Donut in den Mund, schnappte mir meine Schlüssel und ging hinaus, um zu Mom und Malcolm zu fahren.

Über Dax würde ich mir später Gedanken machen.

18. Kapitel

Dax

Am Morgen, nachdem Remi eingezogen war, stand ich gegen sieben Uhr auf, um mich mit Declan in seinem Studio zu treffen. Er trainierte hart für den anstehenden MMA-Wettbewerb in Charlotte und hatte mich als Trainingspartner ausgesucht. Oder eher als Sandsack, dachte ich und verzog das Gesicht, als ich meinen Range Rover startete und losfuhr. Ich hielt bei Starbucks an, kaufte ein paar Sachen und brachte sie für Remi zum Haus. Dann setzte ich mich hin und schrieb ihr eine Nachricht.

Nachdem Remi letzte Nacht nach oben gegangen war und Axel und die Mädchen sich verabschiedet hatten, hatte ich mich vor Remis geschlossener Tür wiedergefunden. Ich hatte mich danach gesehnt, mit ihr zu reden, was ich mir überhaupt nicht erklären konnte. Mit einer Hand am Türgriff stand ich quälende zehn Minuten dort und fragte mich, ob ich klopfen sollte oder nicht.

Es juckte mich in den Fingern, den Knauf zu drehen und einfach reinzugehen. Ich musste mich bei ihr entschuldigen, sie bitten, mir meine dummen Kommentare im Badezimmer zu verzeihen.

Aber …

Ich hatte kein Recht, auch nur darüber nachzudenken, ihre privaten Räume zu betreten, während sie schlief. Eigentlich war ich schon ein Stalker, weil ich hier vor ihrer Tür stand, denn schließlich war sie nicht mal mehr eine Freundin.

Nur eine verdammte Mitbewohnerin.

Sie war das einzige Mädchen, mit dem ich je über Mom gesprochen hatte, das einzige Mädchen, das ich je in einer vorgetäuschten Zeremonie geheiratet hatte, das einzige Mädchen, mit dem ich je Liebe gemacht hatte …

Ich drehte mich um und riss mich von der Tür los, die zwischen uns stand.

Hartford stand auch zwischen uns.

Das Beste wäre, weiterzumachen – der übliche spaßige Dax zu sein und unsere Zeit in London zu vergessen.

Ich biss die Zähne zusammen und verscheuchte die Gedanken an sie aus meinem Kopf.

Zum Glück war ich auf dem Weg ins Fitnessstudio, denn ich musste dringend auf irgendetwas einschlagen.

Ich betrat das *Front Street Gym*. Maria, die ältere Dame am Empfang, winkte mir lächelnd zu. Declan hatte sie im Mai nach der großen Eröffnung angestellt.

»Hey! Was macht das Haus?«, fragte sie.

Ich grinste. »Das hat eine frische Schicht Farbe und eine Mitbewohnerin bekommen, also alles gut.«

Sie neigte den Kopf. »Hmm, Declan hat gesagt, du könntest eventuell Interesse haben, noch ein Haus zu renovieren und zu verkaufen.«

»Auf jeden Fall. Willst du dir ein Haus kaufen?« Ich war auf dem Weg zu Declan gewesen, der hinten mit einem Privatschüler trainierte, aber nun kehrte ich noch einmal zu Maria zurück.

»Nein, aber meine Schwester sucht nach ihrer Scheidung nach etwas Neuem – ich schätze, sie ist ihre kleine Wohnung leid.« Sie tippte mit einem Stift auf den Tisch.

Ich lehnte mich über den Tresen und schenkte ihr meine volle Aufmerksamkeit. »Wirklich? Wonach sucht sie denn?« Ich wusste, was mir persönlich an einem Haus gefiel, aber wenn ich kaufen und verkaufen wollte, musste ich an die Kunden denken.

Sie dachte kurz nach. »Da sie gerne kocht, liebt sie große Küchen.« Ihre Augen strahlten. »Oh, und sie hat drei Enkelkinder, also braucht sie einen großen Garten. Und ein paar Gästezimmer wären auch nicht schlecht.«

Ich nickte. Hmm. »Gib mir ein paar Monate, etwas zu finden und es herzurichten, und dann würde ich es ihr gerne zeigen.« Ich holte aus meiner Sporttasche eine weiße Visitenkarte, die ich auf Declans Rat hin hatte machen lassen. In Schwarz standen darauf mein Name, die Adresse meines Hauses und meine Handynummer. Schlicht, aber ausreichend. Lächelnd reichte ich sie ihr.

Dann verabschiedete ich mich und ging nach hinten. Das Front Street war bereits gut besucht, und es herrschte ein organisiertes Chaos. Ich suchte mir meinen Weg zum Laufraum zwischen den Matten und dem Sparringring. Dort sah ich Declan mit seinem Privatschüler arbeiten. Während ich darauf wartete, dass er fertig wurde, sprang ich auf einen Ellipsentrainer und lief schnell acht Kilometer. Sobald das Adrenalin und die Endorphine durch mein Blut kreisten, fühlte ich mich besser.

Declan kam kurz darauf herübergeschlendert, doch er wollte unsere Trainingseinheit verlegen, weil er sich zum Lunch mit Elizabeth treffen wollte. Er lächelte, während er das sagte, und ich nahm an, dass der »Lunch« in ihrem kleinen Apartment auf der Rückseite des Studios stattfinden würde. Wir quatschten noch ein wenig, wobei er mir hauptsächlich Ratschläge bezüglich meiner anstehenden Vorlesungen gab. Ich hörte zu, aber es fiel mir schwer, weil ihm immer alles so leichtgefallen war.

Nachdem er gegangen war, setzte ich mich an die Beinpresse. Mit den Fersen drückte ich das Gewicht nach oben und ließ es dann ganz langsam wieder herunter. Ich hatte ungefähr zwanzig Wiederholungen hinter mir, als mir ein Mädchen in knallpinkfarbenem Sportoutfit ins Auge fiel, das gerade das Studio betrat.

Eva-Maria. Die kleine Schwester, die Remi gemobbt hatte.

Ich ließ das Gewicht auf die Fußstütze knallen, sprang auf,

wischte mir das Gesicht mit einem Handtuch ab und ging zu ihr hinüber.

Sie beugte sich gerade über ein Mädchen, das an der Butterflymaschine saß. Ich blieb ein paar Schritte von ihr entfernt stehen. »Eva-Maria.«

Sie warf einen Blick über ihre Schulter und wirbelte dann breit grinsend herum. »O mein Gott, Dax Blay. Ich habe dich im Haus vermisst. Wo bist du gewesen?« Sie kam zu mir herüber und schlang ihre Arme um meine Schultern.

Ich löste mich von ihr.

Sie zog einen Schmollmund. »Hast du mich gar nicht vermisst? Ich habe gehört, dass du jetzt ein Haus hast. Warum lässt du mich nicht eine große Party für dich planen?«

Ich musterte sie. Sie war ganz hübsch mit ihren hellblonden Haaren und ihren Kurven, aber ich konnte mich beim besten Willen nicht an irgendetwas Besonderes unter ihrer Kleidung erinnern. Ich konnte nicht sagen, ob sich ihre Haut weich anfühlte, ihre Brustwarzen groß oder klein waren oder was auch immer. Sie war im besten Falle zweitklassig, und ich war in meinem zweiten Studienjahr öfter mit ihr zusammen gewesen, als ich mich erinnern wollte.

Sie hatte sich nie wirklich für mich interessiert.

Und das war genau das, was ich gewollt hatte.

Weil Liebe gleich Schmerz ist.

»Dax? Hörst du mir überhaupt zu? Ich habe dir gerade von dem Lagerfeuer erzählt, das die Verbindungsbrüder ausrichten wollen.«

Ich winkte ab. Natürlich wusste ich davon, aber darüber wollte ich nicht mit ihr reden. »Du kennst Remi Montague, oder?«

Sie hob die Augenbrauen. »Ja. Ich habe sie auf Partys gesehen. Sie geht schon seit Ewigkeiten mit Hartford. Obwohl die Gerüchteküche besagt, dass sie nicht mehr verlobt sind.« Sie lachte.

»Doch, das sind sie«, gab ich angespannt zurück.

»Okayyyy.«

»Erinnerst du dich daran, wie du die Tür ihres Wohnheims mit Eiern beworfen und ihr Auto mit Post-it-Zetteln beklebt hast, auf denen *Schlampe* stand? Vielleicht erinnerst du dich auch an die Lügen, die du all deinen Freundinnen über sie erzählt hast?«

Sie schwang ihren Pferdeschwanz nach hinten, und ein überheblicher Ausdruck legte sich auf ihr Gesicht. »Egal. Ich habe die Sachen gemacht, aber ich habe keine Lügen über sie erzählt, sondern nur die Wahrheit. Sie *war* nackt in deinem Bett, und sie *ist* schwanger gewesen …«

»Wie bitte?« Mein Magen zog sich zusammen.

Sie runzelte die Stirn und sah sich unbehaglich um, ob die anderen Leute zuhörten. »Äh, ich dachte, das hätte sie dir erzählt.«

Mein Kopf pochte, und ich massierte mir die Schläfen. »Sie hat mir gar nichts erzählt. Was … woher weißt du das? Darüber hätte sie doch niemals mit dir gesprochen.«

»Ihre Mitbewohnerin hat mir erzählt, dass ihr hundeelend war und sie sich jeden Morgen übergeben hat. Ein wenig später hat sie einen positiven Schwangerschaftstest im Mülleimer im Badezimmer gefunden, nachdem Remi zuletzt dort gewesen war. Die gesamte Etage im Wohnheim wusste, dass mit ihr etwas nicht stimmte, weil sie in dem Monat unzählige Vorlesungen hat ausfallen lassen und nie ihr Zimmer verlassen hat. Lulu hat allen erzählt, sie hätte Pfeiffer'sches Drüsenfieber, aber wir haben alle angenommen, dass sie sie damit nur decken wollte.« Sie verzog das Gesicht. »Vielleicht war das Kind nicht von dir. Ich … ich bin nur davon ausgegangen, weil ich euch beide zusammen gesehen habe.«

Der Raum fing an, sich um mich zu drehen. Ich stolperte zu dem Stuhl im Wartebereich, der am weitesten vom Empfangstresen entfernt stand.

Sie. Ist. Schwanger. Gewesen.

Stimmte das? Ich schloss die Augen. Das erklärte so vieles. Warum sie mich dafür gehasst hatte, dass ich direkt nach ihr mit einem Mädchen nach dem anderen ausgegangen war. Warum sie mir nie auch nur in die Augen geschaut hatte.

Eva-Maria setzte sich neben mich. »Geht es dir gut?«

»Was ist mit dem Baby passiert?«, stieß ich atemlos hervor.

Sie hob die Schultern. »Ich weiß es nicht – aber kurz danach hat sie Hartford kennengelernt.«

Ich lehnte meinen Kopf gegen die Wand und versuchte, mich zusammenzureißen.

»Es tut mir leid, dass ich diejenige bin, die dir das erzählt, aber wenigstens musst du dich nicht für den Rest deines Lebens mit Remi und einem Kind herumschlagen«, sagte sie. »Hättest du dir das vorstellen können?« Sie lachte.

Ich riss die Augen auf. »Sag nie wieder ihren Namen. Wenn du sie kommen siehst, dreh dich um und geh in die andere Richtung. Lass sie in Ruhe.«

Röte stieg ihr in die Wangen. »Ich wusste nicht, dass dir so viel an ihr liegt.« Sie lächelte unsicher. »Du bist offensichtlich aufgebracht. Unter den Schwestern geht das Gerücht um, dass du in letzter Zeit nicht sonderlich entgegenkommend bist.« Ihr Blick huschte über meinen Schritt.

Neben meinem Auge zuckte ein Nerv. »Ich bin nur einen Schritt davon entfernt, ein Treffen einzuberufen und dich aus dem Haus werfen zu lassen. Jetzt geh mir aus den Augen, und komm nie wieder in das Studio meines Bruders zurück.«

Sie wurde blass. »Dax. Es tut mir leid …«

»Raus.«

Sie befeuchtete sich die Lippen, warf mir einen letzten Blick zu und verließ das Studio.

Eine halbe Stunde lang saß ich auf dem Stuhl, während mir verschiedene Ereignisse von vor drei Jahren durch den Kopf schossen. Ich erinnerte mich an jeden einzelnen Moment, in dem ich sie gesehen hatte.

Aber nichts, *nichts* hatte darauf hingedeutet, dass sie schwanger gewesen war.

Offensichtlich hatte sie das Baby nie bekommen, außer sie hatte die Schwangerschaft unter weiter Kleidung verborgen und das Kind dann im Mai bekommen, was logisch wäre, wenn sie im September schwanger geworden war.

Mein Gott.

Ich rieb mir übers Gesicht.

War das Baby bei ihrer Mom?

Hatte sie es zur Adoption freigegeben? Abgetrieben?

Und Hartford? Er wäre nicht mit einer schwangeren Remi ausgegangen.

Warte mal. Oder? Liebte er sie so sehr?

Warum nicht?

Du würdest es auch tun, wenn das Baby nicht deines wäre. Du liebst Remi.

Mein Rückgrat richtete sich wie eine Sprungfeder auf, und ich fuhr mir mit den Händen durch die Haare. Ich hatte am ganzen Körper Gänsehaut.

Das stimmt nicht.

Doch wie wollte ich sonst meine Reaktion erklären, als ich sie und Hartford im Hotel gesehen hatte? Warum interessierte es mich, ob sie wieder mit ihm zusammen war? Warum hatte ich gewollt, dass sie bei mir einzog?

Direkt hier, im Eingangsbereich des *Front Street Gym*, nahm ich mein Leben auseinander, grub tief nach den Knochen, die ich niemanden sonst sehen ließ, nicht einmal Declan.

Ich war vier Jahre lang ein Aufreißer gewesen – sogar noch länger, wenn man die Highschoolzeit mitzählte. Jahrelang war ich ein Meister darin gewesen, durch die Betten und Leben der Mädchen zu ziehen; mit jedem von ihnen war es ein Tanz aus einem Schritt vor und zweien zurück gewesen. Ich hatte echte Beziehungen weit von mir geschoben und niemals zurückgeschaut. Doch als Remi mir vor drei Jahren die Tür vor der Nase zugeschlagen hatte, war ich, verdammt noch mal, zusammengezuckt – weil sich der naive Junge in mir, der an die Liebe glaubte, nach ihr gesehnt hatte. Mein Bauchgefühl hatte an jenem Wochenende irgendetwas gespürt, unsere Verbindung war so heiß gewesen, dass ich wusste, ich würde verglühen, wenn ich mich darauf einließ.

In meinem Kopf hatte ich sie an jenem Tag in der Eingangshalle des Tau-Hauses einholen und wie ein Neandertaler zurück in mein Zimmer schleifen wollen. Ich hatte ihr sagen wollen, dass sie verdammt seltsam war, aber auf eine gute Art, die mich heißmachte.

Du hättest es tun sollen, sagte mein Herz.

Aber ich hatte es nicht getan.

Aus Selbstschutz. Um mich davor zu bewahren, zerstört zu werden. Vielleicht hätte sie herausgefunden, wie seicht ich war oder dass ich in Geometrie gerade so eben bestanden hatte. Sie hätte mich für jemanden mit einem größeren Gehirn verlassen. Jemanden wie Hartford.

Vielleicht wäre sie gestorben, so wie Mum.

Meine Hände ballten sich unwillkürlich.

Scheiß drauf.

Egal wie, ich wollte nie wieder das grausame Gefühl erleben, jemanden zu verlieren – diesen Schmerz, als wäre ein SUV von einem Wolkenkratzer auf mein Herz gefallen.

Aber diese Babysache?

Dem musste ich auf den Grund gehen. Ich musste wissen, was passiert war. Was sie durchgemacht hatte.

Und ob es meins gewesen war.

Du weißt, dass es deins war, sagte mir mein Herz. *Sie ist kein Mädchen, das wahllos mit einem Kerl nach dem anderen schläft. Du bist ihre Ausnahme gewesen.*

19. Kapitel

Remi

Meine Mom folgte Malcolm und mir, als wir das Haus verließen und zu meinem Wagen gingen. Sie war im Großen und Ganzen eine tolle Mom und wollte nur das Beste für mich, aber ihre Art, alles in meinem Leben managen zu wollen, hatte im Laufe der Jahre einen Keil zwischen uns getrieben.

Sie schnalzte hinter mir mit der Zunge. »Deine Haare sehen aus, als stünden sie in Flammen. Was werden deine Professoren denken? Vergiss nicht, dass du immer noch Empfehlungen für die Duke nächstes Jahr brauchst.«

Ich seufzte. Seitdem ich am Haus angekommen war, um Malcolm abzuholen, hackte sie auf mir herum.

Flipflops? Wirklich?

Du wirst langsam ein wenig kräftig.

Ich kann nicht glauben, dass du mit einem Mann zusammenwohnst, den du kaum kennst.

Oh, ich kannte ihn definitiv.

Ich fragte mich, was sie wohl sagen würde, wenn ich ihr mein Union-Jack-Tattoo zeigen würde? Vermutlich bekäme sie erst einen Herzanfall und würde mich dann zu einem Arzt schleppen, um es mir weglasern zu lassen.

Doch wie auch immer – sie hatte etwas Wundervolles für mich getan, und ich hatte vor, mich daran zu erinnern und nicht an ihr Gejammer.

Während ich in London gewesen war, hatte sie ein Treffen mit dem Manager des Hotels verlangt, in dem meine Hochzeit hatte stattfinden sollen. Irgendwie war es ihr gelungen, ihn davon zu überzeugen, mir meine Anzahlung in Höhe von zehntausend Dollar zurückzuzahlen. *Super, Mom!* Wie ich war sie sehr hartnäckig, und sobald sie sich einmal etwas in den Kopf gesetzt hatte, konnte man verdammt sicher sein, dass sie es auch durchzog.

Sie hatte mir die guten Neuigkeiten mitgeteilt, sobald ich aus London zurückgekehrt war. Ich hatte sie sehr lange und sehr fest umarmt. Da der Großteil meiner Studiengebühren von einem Stipendium gedeckt wurde, konnte ich das Geld für meinen täglichen Lebensunterhalt verwenden. Natürlich hatte Hartford angeboten, diesen Herbst meine Ausgaben zu übernehmen – vor allem weil er mit ein Grund dafür war, dass ich diese Probleme überhaupt hatte –, aber es hatte sich falsch angefühlt. Ich wollte es allein schaffen, und das Geld zurückzuhaben, das ich mir mit Kellnern verdient hatte, bedeutete mir viel.

In London hatte sich etwas in mir verändert. Vielleicht lag es daran, dass Hartford mir den Laufpass gegeben hatte, vielleicht auch an dem Überfall, aber zum ersten Mal lebte ich ohne konkreten Plan, außer dem, später noch weiter zu studieren und mich um Malcolm zu kümmern. Nach meinen Standards war das, wie aus dem Bauch heraus zu leben.

Den perfekten Mann zu heiraten, stand nicht auf meiner Liste.

Das perfekte Vorstadthäuschen zu haben, stand nicht auf meiner Liste.

Kinder standen nicht auf meiner Liste.

Ich stehe auf meiner Liste.

Wer zum Teufel wusste denn schon, was der nächste Tag bringen würde?

In Regenbogenfarben gefärbte Haare?

Vielleicht ein paar Piercings?

Mom stemmte die Hände in die Hüften, als ich Malcolms Tasche auf den Rücksitz warf. Sie schob sich die Haare hinter die Ohren und musterte mich mit ihren scharfen Augen vom Scheitel meiner roten Haare bis zur Sohle meiner Flipflops. Sie war genauso groß wie ich und hatte adelig wirkende Gesichtszüge und welliges braunes Haar. Dieses Jahr würde sie dreiundfünfzig werden, aber das sah man ihr nicht an. Selbst heute, an ihrem freien Tag, trug sie eine Hose mit Bügelfalte, ein Shirt mit U-Bootkragen und darüber einen leichten Pulli. Wenn man jedoch genau hinsah, erkannte man die Brüchigkeit in ihren Augen, die Traurigkeit, die dort seit dem Tod meines Vaters wohnte. Er hatte uns mit einer Lebensversicherung zurückgelassen, dennoch waren wir nie eine wohlhabende Familie gewesen. Nicht wie bei Hartford oder Dax. Der Großteil unseres Geldes ging dafür drauf, unser Haus abzubezahlen, ein großes zweigeschossiges Gebäude im Kolonialstil. Mit dem Rest hatten wir meinen Collegefond aufgestockt, bezahlten Malcolms Privatschule, in der er spezielle Unterstützung wegen seines Autismus erhielt, und Mrs. Jonson, Malcolms Kinderfrau, die an den Abenden bei uns übernachtete, an denen Mom arbeiten musste.

Mom atmete hörbar aus. »Sag Hartford, dass er bald mal zum Dinner vorbeikommen soll. Ich bin froh, dass du ihm eine zweite Chance gibst. Du weißt, dass er sich immer um dich kümmern wird.«

Was sie wirklich meinte, war: *Er ist reich und liebt dich. Lass ihn dir nicht entgehen.*

Ich öffnete die Autotür und stieg ein. »Ich kann mich selbst um mich kümmern, Mom.«

Sie lehnte sich durch mein offenes Fenster und sah mich verwirrt an, weil ich das gesagt hatte. »Er ist schlicht und einfach der richtige Mann für dich – nicht so wie der Junge aus deinem ersten Studienjahr …«

»Sprich das Thema nicht an«, sagte ich mit Stahl in der Stimme, während meine Finger sich ums Lenkrad krallten. Ich wollte nicht, dass Malcolm die Einzelheiten erfuhr.

»Ich meine ja nur, dein Leben wäre um einiges leichter …«

»Hör auf«, schnitt ich ihr das Wort ab. »Das ist *mein* Leben, Mom. Ich mag meine roten Haare. Ich mag meine Flipflops. Ich habe alles unter Kontrolle, und das hat nichts mit Hartford zu tun. Und weißt du, was? Ich kann tun und lassen, was ich will. Vielleicht werde ich niemals heiraten. Vielleicht werde ich aus einem Flugzeug springen oder nach London ziehen. Vielleicht werde ich Lamas züchten.« Etwas weicher fügte ich an: »Du musst mich loslassen, Mom.«

Malcolm hatte sich bei unserer Unterhaltung neben mir versteift. Er streckte die Hand über den Schaltknüppel und nahm meine. »Lass uns fahren, Remi. Ich will ein Eis.«

Ich lächelte ihn an. Ganz eindeutig brauchte ich ihn wesentlich mehr als er mich.

Ich startete den Motor, und mein Blick huschte zu meiner Mom. »Danke noch mal, dass du dich um die Geldsache gekümmert hast. Ich hab dich lieb.«

Sie atmete aus und trat vom Wagen zurück. »Ich liebe euch beide. Wir sehen uns morgen.«

Ich legte einen Gang ein, setzte aus der Einfahrt zurück und fuhr nach Raleigh.

Nach einem kurzen Halt im Supermarkt und für ein Eis fuhren wir zu Dax' Haus. Dort wühlte ich in meinen Kartons, fand meine Spiele, und wir spielten ein paar Runden Scrabble. Danach gingen wir nach oben, wo Malcolm mir half, meinen Kleiderschrank und meine Kommode einzuräumen. Als Dank dafür versprach ich ihm ein leckeres Abendessen.

Gegen sechs Uhr abends saß Malcolm am Küchentisch und arbeitete an einem Puzzle vom The Globe Theatre, das ich ihm in London gekauft hatte, während ich die Spaghettisoße umrührte, die auf dem Herd brodelte.

Die Haustür ging auf, und mein gesamter Körper spannte sich an. Dax. Ich hatte ihm vorhin eine Nachricht geschickt und mich für das Frühstück bedankt. Er hatte einfach mit *Okay* geantwortet.

Ich drehte mich um, als er die Küche betrat, und versuchte, meinen Blick von seinem Körper zu lösen, der in einer Sporthose und einem engen T-Shirt steckte, das jeden Muskel an seinem Bauch betonte. Mir fiel auf, dass seine Miene weicher war als am Vorabend, sein Blick zögerlich, beinahe fragend.

»Hmmm, riecht das hier gut«, murmelte er, während sein Blick über mich glitt, auf meinen Haaren verweilte, auf meinen Lippen.

Bei seinem Anblick zog sich mein Herz zusammen. *Dummes Herz.*

»Danke.«

Er ließ die Schultern sacken. »Hör mal, Remi, ich … das mit gestern im Badezimmer tut mir leid.«

»Ja.«

»Du darfst mich schlagen, wenn du willst – direkt in den Magen.« Er grinste und tätschelte sein Sixpack, und die Anspannung, die ich seit dem Abend zuvor verspürte, löste sich ein wenig.

Malcolm sah uns beide an und blinzelte. »Darüber willst du vielleicht noch mal nachdenken. Sie hat einen fiesen rechten Haken, den Dad ihr beigebracht hat.«

»Danke für die Warnung, Kumpel«, sagte Dax und klatschte mit Malcolm ab. »Ich habe deine Schwester schon in Aktion gesehen, und das war nicht allzu schlecht.« Er lächelte mich an, aber es wirkte ein wenig angestrengt, weil er dabei von einem Fuß auf den anderen tänzelte.

»Es gibt keinen Grund, irgendwen zu schlagen«, sagte ich. »Und es gibt ausreichend Spaghetti, wenn du welche willst.«

Er verzog das Gesicht. »Und du versuchst auch wirklich nicht, mich zu vergiften?«

»Ich habe nie behauptet, eine gute Köchin zu sein. Es könnte dich also auch ohne Vorsatz umbringen.«

Er kam zum Herd und stellte sich neben mich, während ich die Nudeln probierte, die ich zuvor aufgesetzt hatte.

Guck ihn nicht an.

»Ist die Soße selbst gemacht?« Ich spürte förmlich, wie sein Blick sich in mich bohrte.

»Jupp ... Wenn du Soße aus dem Glas, zu der ich Gewürze und Hackfleisch gegeben habe, selbst gemacht nennst.«

»Cool. Kann ich irgendwie helfen?« Er rückte näher, und ich spürte die Hitze seines Armes an meinem.

»Äh, du könntest den Tisch decken und dich um die Getränke kümmern.«

»Was hättest du gerne?«

Ich schluckte. »Wir haben noch Cola und Bier im Kühlschrank. Malcolm will eine Limonade.«

»Und was willst du?« Er kam noch einen Zentimeter näher. Mir stieg sein schwindelig machender Duft von Schweiß und Mann in die Nase.

»Was?«

»Was willst du trinken?«, fragte er lachend.

»Ich nehme ein Bier.«

»Ich auch.« Er schob sich an mir vorbei, und seine Finger streiften meinen Oberschenkel.

Ich atmete tief ein und rührte weiter. Das war nur ein Zufall gewesen. Die Küche war nicht sonderlich groß.

Er stellte mein Bier geöffnet auf den Tresen und lehnte sich gegen die Arbeitsplatte, um mich weiter anzustarren.

Habe ich einen Pickel?

»Magst du schon mal das Knoblauchbrot in den Ofen schieben?«, fragte ich ein wenig später, während ich die Nudeln abgoss.

Er sah mich mit einem seltsamen Ausdruck an. »Du willst, dass ich dir was in die Röhre schiebe?«

Natürlich verstand ich den Witz, aber er war unangebracht und seltsam. »Ja.«

»Okay.«

»Danke.« Ich gab die Nudeln in den Topf zurück, um sie warmzuhalten. Achselzuckend sagte ich: »Ich schätze, ich hätte es früher in den Ofen schieben sollen. Jetzt werden unsere Nudeln kalt.«

»Nichts ist jemals kalt, wenn ich mit dir zusammen bin«, murmelte er und schob das Brot aufs Blech.

Malcolm sah uns fragend an, während seine Hand über einem Puzzleteil schwebte.

Ich schüttelte innerlich den Kopf. Irgendetwas stimmte heute Abend nicht mit Dax.

Ein paar Minuten später trugen wir das Puzzle vorsichtig ins Wohnzimmer, um auf dem Tisch Platz für unser Essen zu haben.

»Unser erstes selbst gekochtes Essen im neuen Haus«, sagte Dax leise und sah mich an. »Danke.«

Unter seinem Blick kribbelte mein gesamter Körper. *Mein Gott, werde ich jemals aufhören, ihn zu wollen?*

Wir setzten uns, und Dax warf mir immer wieder kurze Blicke zu. Die Intensität seiner Aufmerksamkeit machte mich nervös. Einmal entschuldigte ich mich sogar, um nach oben zu laufen und mein Aussehen zu überprüfen. Ich sah ganz gut aus. Meine Haare waren ein wenig durcheinander, aber ansonsten fiel mir nichts auf. Ich roch unter meinen Achseln. Auch alles in Ordnung.

Nachdem wir gegessen hatten und Dax abgewaschen hatte, blieb ich in der Küche und backte Schokokekse, während Dax nach oben ging und duschte. Ich nahm an, dass er Pläne für den Abend hatte.

Malcolm machte es sich auf dem Sessel im Wohnzimmer gemütlich und zappte durchs Fernsehprogramm. Er wollte einen Film gucken, also legte ich die fertigen Kekse auf einen Teller, den ich ins Wohnzimmer brachte.

Dax saß mit nassen Haaren, einer weiten Jogginghose und einem Tau-T-Shirt mitten auf dem Sofa.

»Es ist Samstagabend«, sagte ich. »Gehst du gar nicht weg?«

Er legte seine Füße auf den Couchtisch und breitete die Arme auf der Rückenlehne des Sofas aus. »Nein.« Er klopfte auf den Platz neben sich. »Komm, setz dich, ruh dich aus. Du hast heute schon für uns gekocht. Malcolm hat bereits einen Film für uns ausgesucht – *Vier Hochzeiten und ein Todesfall.*«

»Er liebt britische Filme«, sagte ich und setzte mich wenige Zentimeter neben ihn. Ich fühlte mich, als wäre ich wieder auf der Highschool, nervös und zittrig wegen dem, was als Nächstes passieren würde.

Mein Handy piepte. Eine Nachricht von Hartford, der wissen wollte, wie meine Pläne für den nächsten Tag aussahen. Ich antwortete, schaltete mein Handy aus und schob es unter das Sofakissen.

»Hartford?«, fragte Dax.

Ich nickte und sah, wie er die Lippen aufeinanderpresste.

Eine Stunde und ein Bier später wurde ich müde, und der Kopf sackte mir auf die Brust. Ich schlief ein und träumte, dass Dax der Aquaman war, nur war er wesentlich heißer als jeder Comic-Held, den ich je gesehen hatte. Seine Haare waren zerzaust, und sein blauer, hautenger Neoprenanzug war mit Libellenzeichnungen übersät. Ich war eine wunderschöne Meerjungfrau mit Beinen. Während die Wellen des Meers ans Ufer brandeten, jagte er mich auf dem Strand, bis er mich fing und in seine Höhle trug. Er küsste mich …

Ich schreckte hoch. Das einzige Licht im Raum stammte von dem nächsten Film. Malcolm schlief mit offenem Mund in seinem Sessel.

Dax starrte mich an. »Hey, Schlafmütze.«

Ich gähnte. »Bin ich eingeschlafen?«

»Ja, aber nicht lang.« Er berührte meine Haare, strich ganz sanft mit den Fingern über die Spitzen.

Ich merkte kaum, dass ich seufzte und meinen Kopf an seine Hand legte.

»Was hast du geträumt«, fragte er leise. Auf meinen fragenden Blick hin sagte er: »Du hast gestöhnt.«

Hitze stieg mir in die Wangen. »Erinnerst du dich, dass du mir in London von deinem Traum erzählt hast, in dem ich eine Meerjungfrau war und du mich am Strand gejagt und in deine Höhle getragen hast …?« Ich brach ab.

»Ich träume ständig von dir, Remi.«

Mein Herz machte einen Satz. Ich befeuchtete mir die Lippen. »Mein Traum war … so ähnlich.« Ich fühlte mich mutiger, also drehte ich mein Gesicht zu ihm herum. Tausend Fragen brannten in mir. Früher am Tag hatte sich eine Idee in mir festgesetzt, als ich mich gefragt hatte, *warum* Dax wegen mir und Hartford so verbittert war.

»Die ganze Zeit schon stört mich etwas, und ich wollte dich fragen …«

»Mmm.« Er drückte seine Finger fester gegen meine Kopfhaut und fing an, meinen Nacken zu massieren. O Gott. Das fühlte sich so gut an, dass ich ein Stöhnen unterdrücken musste.

»Es ist schwer, klar zu denken, wenn du das machst«, sagte ich.

»Soll ich aufhören?«

»Auf keinen Fall«, flüsterte ich.

»Gut.« Seine Hand glitt tiefer, massierte die Verspannungen in meinen Schultern. »Was stört dich, Remi?«

Ich atmete tief ein. »Ich … ich habe eine Theorie über London. Warum du nie auf meine Nachrichten geantwortet hast.«

Seine Hand hielt inne. »Ach ja?«

Ich schluckte und starrte meine Hände an. Meinen Ring. »Es ist … es ist, weil du *doch* mit dem Frühstück zurückgekommen bist und mich durch die offene Tür mit Hartford gesehen oder ihn gehört hast. Du bist abgehauen, weil du … verletzt warst.« Meine Stimme brach.

Gott, ich gehe hier so ein Risiko ein. Was, wenn ich mich irre?

Ich hob meinen Blick und sah ihn an. »Habe ich recht?«

»Ja.«

Der Sandsack, den ich um meinen Hals getragen hatte, fiel herunter. »Warum hast du mir das nicht einfach gesagt? Wir hätten darüber reden können …«

»Ich habe dich mit deiner Zunge in seinem Hals gesehen. Ich glaube nicht, dass es da viel zu sagen gibt. Ich war dein Rachesex. Du liebst ihn. Er ist gut für dich. Ich bin es nicht.« Er sprach leise, sachlich, entschlossen.

Ich biss mir auf die Lippe. Nickte. Das stimmte alles.

Er schloss die Augen. Öffnete sie. Ich sah den Abgrund in ihnen.

»Guck mich nicht so an.« Ich rutschte zu ihm hinüber, und er nahm mich in seine Arme. Ich drückte mein Gesicht an seine Brust, und so saßen wir eine Weile schweigend da. Aus irgendeinem Grund hatte ich panische Angst, ihn anzusehen, und vielleicht hatte er die auch, denn nur eine winzige Bewegung von ihm, ein kleines Flüstern meines Namens, und ich wäre bereit gewesen, mich in einen Abgrund zu stürzen. Wie Alice aus dem Wunderland ins Kaninchenloch zu steigen.

Er legte eine Hand auf meinen Bauch und sah mich fragend an. »Ich habe auch eine Frage, Remi. Was ist mit unserem Baby passiert?«

20. Kapitel

Remi

»Warte.« Er packte meine Hand, um mich zurückzuhalten, als ich von der Couch hochsprang und in meiner Hast, ihm zu entkommen, stolperte. Die Armlehne bewahrte mich davor, hinzufallen. Mein Atem stockte, mein Körper war eiskalt, als wütete ein sibirischer Sturm im Wohnzimmer.

Nein. Nein. *Nicht das.*

Seine Frage hatte eine Flut von Erinnerungen ausgelöst, denen ich mich nicht erneut stellen wollte.

Ich schüttelte heftig den Kopf, stürmte in die Küche und zur Hintertür hinaus. Die Nachtluft begrüßte mich, als ich mich über das Geländer der Terrasse lehnte.

Nicht übergeben. Nicht übergeben.

Alles schien außer Kontrolle. *Ich brauche Kontrolle.*

Woher weiß er es?

»Remi?«

»Geh weg.« Etwas Nasses tropfte von meinen Wangen. »Lass mich allein. *Bitte.*« Meine Stimme war gebrochen.

Er berührte mich am Rücken. Sanftes Streicheln, das über meine Schultern huschte. »Ich kann nicht, Liebste. Ich brauche Antworten.«

»Stopp!«, schrie ich ihn an und zuckte zurück. Ich konnte nicht denken, wenn er mich so berührte, als würde ich ihm etwas bedeuten.

Ich lief die Stufen in den Garten hinunter, aber es war dunkel, und ich konnte kaum etwas sehen. Ich drehte mich fahrig im Kreis.

Mein Gott.

Ich konnte nirgendwohin.

Die Sünden der Vergangenheit hatten mich eingeholt.

Er folgte mir durch den Garten und packte meinen Arm, als ich vor einer großen Eiche zum Stehen kam. Dann drehte er mich herum und sah mich an. Mondlicht fiel auf sein schönes Gesicht und betonte seine markanten Konturen, den Schwung seiner Lippen.

Ich schloss die Augen, damit ich ihn nicht sah.

Er wird dein Verderben sein, sagte eine Stimme in meinem Kopf.

Er schob mir die Haare aus dem Gesicht. »Pssst, es ist in Ordnung. Reg dich nicht auf, Remi. Bitte. Ich will nur, dass du es mir erzählst.«

Ich zitterte am ganzen Körper und sackte gegen ihn.

Er atmete aus und nahm mich in den Arm. »Bitte. Remi, verzeih, dass ich frage … aber ich muss es wissen.«

Ich ruhte an ihm, gab nach. Mein Brustkorb hob und senkte sich heftig. »Woher …«

Er strich mir über den Rücken. »Eva-Maria hat es mir erzählt. Ich habe sie heute zufällig getroffen und ihr gesagt, sie soll sich von dir fernhalten. Und dann kam es einfach aus ihr heraus. Sie dachte, ich wüsste es.« Er hielt inne. »Ich hätte dir geholfen. Ich hätte etwas unternommen. Ich weiß nicht, was, aber bitte, sprich mit mir.«

Ich nahm den Kopf zurück, um sein Gesicht sehen zu können. Suchte seine Augen. »Du willst wissen, wie ich mit meinem schwärzesten Moment umgegangen bin? Du willst wissen, wie es sich anfühlt, schwanger zu sein von einem Kerl, der vermutlich am nächsten Tag mit einer anderen gevögelt hat?«

»Ja.«

Mein Atem stockte.

Erzähl ihm die Wahrheit, Remi. Lass ihn die Leere sehen, mit der du zurückgelassen wurdest.

Ich entzog mich seinen Armen und lehnte mich mit dem Rücken gegen einen Baumstamm.

»Ich habe herausgefunden, dass ich schwanger bin, nachdem meine Regel zwei Wochen ausgeblieben war«, sagte sie schluckend. »Die Campusklinik hat dann bestätigt, was ein Schwangerschaftstest mir bereits verraten hatte. Ich ... ich hatte die Pille genommen und du hast ein Kondom benutzt, aber es gab ein paarmal ... da hast du es nicht getan. Ich war so dumm! Und ich dachte ... ich dachte, du würdest genauso für mich empfinden. Ich habe drei Tage lang mit dir geschlafen – weil ich geglaubt hatte, in dich verliebt zu sein! Liebe auf den ersten Blick. Seelenverwandtschaft. Das ist so lächerlich.« Ein bitteres Lachen stieg aus meiner Kehle. »Du warst das Einzige, was nicht Teil meines Plans war, und so hättest du beinahe mein Leben zerstört.«

»Es tut mir leid.« Selbst in der Dunkelheit konnte ich seine gequälte Miene sehen.

»Zu wissen, dass ich ein Baby bekommen würde, hat alles verändert. Alle meine Pläne. Und doch, als ich die beiden blauen Linien gesehen habe, *wollte* ich das Baby. Ich machte einen neuen Plan: Hätte ich das Herbstsemester überstanden, hätte ich das College verlassen, das Baby bekommen und mein Studium später fortgesetzt. Irgendwie hätte ich es geschafft, auch wenn ich bei meiner Mom hätte wohnen müssen.«

»Was ist passiert?«

Ich lachte rau auf. »Was passiert ist? In der elften Schwangerschaftswoche war ich im Büro meines Studienberaters, als es anfing ... wehzutun. Als ich aufstand, war Blut auf dem Stuhl, auf meiner Hose. Sie ... sie haben einen Krankenwagen gerufen. Meine Mom ist gekommen ... Bis sie im Krankenhaus eintraf, hatte sie nicht einmal gewusst, dass ich schwanger war.«

Ich rieb mir über die Oberarme. »Sie haben mir gesagt, dass es keinen Herzschlag gäbe. Es war einfach weg. Jemand, den ich geliebt hatte, war gestorben. *Wieder einmal.* Und genau wie bei meinem Dad hatte ich mich nicht verabschieden können. Ich habe mein Baby nie in den Armen halten können. Ich habe wochenlang getrauert. Ich habe mir immer wieder gesagt, dass ich über dich hinwegkomme, dass ich das Baby vergessen würde.« Wütend wischte ich mir über das Gesicht. »Ich war ein Zombie, und jedes Mal, wenn ich dich auf dem Campus mit einem anderen Mädchen gesehen habe, wollte ich erneut in tausend Stücke zerspringen.«

Er atmete hörbar aus und ließ den Kopf sinken. Die Hände hatte er gegen seine Oberschenkel gepresst. »Mein Gott. Du bringst mich um.« Seine Stimme klang zerrissen. Wie zerfetzt.

»Ich war sorglos und unvernünftig gewesen. Ich hatte einen Fehler gemacht und mir nun versprochen, so etwas nie wieder zu tun. Meine Mom meinte, es wäre am besten so – Gottes Art, mir eine zweite Chance zu geben. Ich musste mich auf das konzentrieren, was ich brauchte, anstatt auf das, was ich wollte. Und dann … dann habe ich Hartford kennengelernt, und *er hat mich geliebt.*«

Dax stieß einen zittrigen Atemzug aus. »*Fuck.* Das ertrage ich nicht.«

Schweigen senkte sich über uns, umhüllte uns wie eine Glocke.

Die Luft schien schwer und dicht von Emotionen; ich bebte vor Trauer und er vor Bedauern. Ich sah es an seinem Gesicht, als wir einander im Mondschein ansahen, ohne uns zu bewegen, ohne etwas zu sagen.

Ich wollte in seine Arme laufen und mich von ihm trösten lassen.

Ich wollte mich von ihm halten und mir sagen lassen, dass er mich liebte – aber er tat es nicht.

Er hat es nie getan.

Ich stöhnte. Distanz. Ich brauchte Distanz. Sofort.

Schnell huschte ich an ihm vorbei. Das Gras unter meinen nackten Füßen war nass. Wie eine Statue stand er da und machte keine Anstalten, mich aufzuhalten.

Ich ging ins Haus und kehrte ins Wohnzimmer zurück. Mit zitternden Händen holte ich eine Decke aus dem Schrank im Flur, legte sie über den immer noch schlafenden Malcolm und ging nach oben. Ich wusch mir weder das Gesicht, noch putzte ich mir die Zähne oder zog mir mein Nachthemd an. Ich fiel einfach aufs Bett, kroch zu meinem Kissen, drückte es mir an die Brust, schloss die Augen und weinte.

Sehr viel später, als ich noch immer wach lag, ging meine Tür auf, und er kam herein. Auch wenn ich der Tür den Rücken zugewandt hatte, wusste ich, dass es Dax war, denn mein Körper erwachte zum Leben, und meine Haut schmerzte vor Sehnsucht nach seiner Berührung.

Er hob die Decke an, schlüpfte darunter und passte seinen Körper meinem an. Seine Nase drückte sich in meinen Nacken, als er meine Taille umfasste, als wolle er mich nie wieder loslassen. Seine Hand glitt in meine, und ich hielt sie ganz fest.

»Ich kann nicht einmal erahnen, was du durchgemacht hast, aber jetzt bin ich hier«, flüsterte er.

Mein Atem stockte. Ich spürte die übrig gebliebenen Tränen in mir aufsteigen, schluckte sie aber hinunter.

Er küsste mein Haar.

Und irgendwann schliefen wir ein.

Der Sonntag brach an. Als ich gegen neun Uhr aufstand, war Dax aus meinem Bett verschwunden. Ein Teil von mir war froh darüber. Der andere Teil wusste nicht, was hier los war.

Nach dem Duschen ging ich nach unten und sah, dass er bereits draußen gewesen und eine neue Kaffeemaschine samt Filter sowie eine Packung Kaffeepulver von Starbucks gekauft hatte. Auf dem Tisch lag eine Tüte mit Gebäck. Er musste früh aufgestanden sein. Ich nahm mir einen Schokodonut und aß ihn, während ich in den Garten hinausschaute.

Jetzt wusste er es. Er wusste von dem Baby. Er wusste, dass ich nach nur drei gemeinsamen Nächten geglaubt hatte, in ihn verliebt zu sein. Aus einem Grund, den ich nicht benennen konnte, fühlte ich mich erleichtert. Ich hatte das Geheimnis viel zu lange allein mit mir herumgetragen – und es ihm erzählt zu haben, auch wenn es hart gewesen war, sorgte dafür, dass ich mich nun leichter fühlte.

Malcolm und ich verbrachten den ersten Teil des Tages damit, Lulu zu helfen, in ihr Zimmer im Studentenwohnheim einzuziehen. Während Malcolm gerade zwei Kartons aus ihrem Auto holte, hatte ich ihr kurz erzählt, was zwischen Dax und mir vorgefallen war.

»Wenn das Zusammenleben mit ihm zu schwer wird, kannst du dich nächstes Semester immer noch für den Platz in meinem Zimmer bewerben«, bot sie an, während sie ihre Kleidung auspackte und in den Schrank legte.

»Es würde mir nicht gefallen, wenn du Carla vor Ablauf des Jahres meinetwegen fallen lassen würdest.« Carla war ihre Mitbewohnerin, und sie waren schon seit einer ganzen Weile befreundet.

Sie seufzte. »Ja. Ich hoffe immer noch, dass sie sich entscheidet, zu ihrem Freund zu ziehen, aber bisher hat sie das nicht getan.« Sie sah mich eindringlich an. »Also, ich muss sagen, du wirkst auf mich ganz in Ordnung.«

»Malcolm ist hier, du bist hier, ich werde dieses Jahr meinen Abschluss machen, und ich habe etwas Geld.«

»Und du hast Hartford.«

»Ja.«

Um das Thema zu wechseln, hielt ich grinsend ein T-Shirt mit weißen Totenschädeln und Cut-Outs hoch. »Trägst du das wirklich zur Vorlesung?«

Sie grinste. »Natürlich. Und heute Abend ziehe ich das hier an!« Sie ließ ein Minikleid mit schmalen Trägern von ihrem

Zeigefinger baumeln. Es war schwarz mit roten Rosen und Pin-up-Girls darauf und damit definitiv, nun ja, ein Hingucker.

»Nett. Wo gehst du hin?«

Sie zog einen Schmollmund. »Wolltest du nicht fragen, wo *wir* hingehen? Vergiss nicht, es ist der letzte Abend vor Beginn der Vorlesungen und damit Ladies Night im *Cadillac's*. Es ist praktisch eine Tradition, dass wir dahin gehen.«

»Wir waren gerade mal ein einziges Mal im ersten Studienjahr dort«, sagte ich trocken.

Sie schnalzte mit der Zunge. »Und wir werden heute Abend hingehen, also findest du besser etwas Süßes und Aufreizendes und kommst mit. Ich verspreche dir auch, dich auf ein paar Drinks einzuladen.«

»Äh, die sind sowieso kostenlos.«

Sie schnaubte. »Okay, dann schleppe ich mich halt zur Bar und spiele dein Laufmädchen, während du quatschst und tanzt …«

»Es wird kein Tanzen geben.«

»Willst du dir nicht vor allen im *Cadillac's* die Haare waschen?« Um ihre Mundwinkel zuckte es.

Ich warf ein Kissen nach ihr. »Besser konnte ich es nun mal nicht!«

Sie lachte. »Und du hast gut ausgesehen. Das schwöre ich.«

»Lügnerin.« Ich lächelte. »Wie auch immer, Hartford will mich heute Abend sehen. Er hatte das ganze Wochenende über Verpflichtungen mit der Familie.«

Sie stöhnte. »Na gut, dann lade Mr. Haarig ein. Ich muss dringend mal raus und alle wiedersehen. Du nicht?«

Ich zog eine Augenbraue hoch und dachte nach. »Ich habe nichts anzuziehen.«

»Trag das Seidending aus London. Du weißt schon, das, bei dem Dax beinahe die Augen aus dem Kopf gefallen wären. Vielleicht dieses Mal mit ein paar High Heels.«

»Nie wieder Absätze.« Ich hielt kurz inne. »Außerdem, meinst du nicht, dass ein Kleid ein bisschen zu übertrieben ist fürs *Cadillac's*?«

»Nö. Nicht, wenn ein blauhaariger Brite vorbeischaut, um uns zu sehen.« Sie kreischte auf und wedelte mit den Händen durch die Luft. »O mein Gott, ich sollte es dir nicht verraten. Mist! Spider schreibt mir seit Tagen, weil er Dax überraschen will.«

»Wovon redest du da?«

Sie lachte und setzte sich aufs Bett. »Spider kommt, und wir wollen Dax' neues Haus feiern. Declan soll ihn ins *Cadillac's* locken, und ich soll dich mitbringen.«

»Mich? Das verstehe ich nicht. Und warum schreibst du dir auf einmal mit einem Rockstar? Gibt es da etwas, was du mir nicht erzählt hast?«

»Er hat nur ein paarmal getextet.«

»Wie oft genau?«

Sie hob die Schultern.

»Erzähl schon.«

Sie grinste nur.

»Ich denke, du hast da einiges zu erklären.«

»Wie auch immer. Es ist nichts. Wir sind nur Freunde. Er ist immer noch in irgendeine Mila verliebt.«

»Aha.«

»Sag das nicht so.« Ihre Wangen färbten sich tiefrot.

»Gut, gut. Aber jetzt frage ich mich, was ihr zwei gemacht habt, als Dax und ich uns unsere Tattoos haben … oh Shit … mein Tattoo. Was auch immer ich anziehe, es muss bedeckt sein.« Ich verzog das Gesicht.

Lulu ging zu ihrem Schrank und holte ein kurzes limettengrünes Kleid mit einem Mandarin-Kragen heraus.

»Das ist so grell.« Ich hielt mir die Hand vor Augen.

»Ach was. Das ist klassisch und ein wenig nuttig, und das Oberteil geht hoch genug, um deinen Union Jack zu bedecken.« Sie hielt es vor mich, und ich schaute an mir herunter. Es war kurz.

»Du weißt, dass ich ungefähr fünfzehn Pfund mehr wiege als du, oder?«

Sie drückte es mir in die Hand. »Hier. Nimm es mit, und probiere es an – und zieh dazu auf keinen Fall flache Schuhe an.«

21. Kapitel

Dax

»Was zum Teufel beschäftigt dich, Bro? Du guckst ja nicht mal auf meine Hände«, sagte Declan. Zum dritten Mal war ich abgelenkt gewesen und hatte vergessen, mich vor dem Side Kick gegen meine Brust zu schützen, den er mir verpasst hatte, sodass ich flach auf dem Hintern auf der Sparringmatte landete.

Ich schüttelte es ab und stand auf. Hob meine Fäuste. »Nichts. Komm, versuch's noch mal, Schwachkopf. Mal sehen, wie weit du kommst.« Ich war seit einer Stunde hier und half ihm zu trainieren. Ich war auf lange Sicht nicht gut genug für ihn, aber sein regulärer Partner war im Urlaub, und Declan war, nun ja, getrieben. Einen Tag aufs Sparring zu verzichten, war keine Option, also nahm er den Nächstbesten. Mich.

Er zog die Handschuhe aus. »Nein, wir sind fertig. Komm, gehen wir in die Küche, und machen wir uns was zu essen.«

»Cool«, sagte ich, aber innerlich war ich nicht sicher, ob ich überhaupt etwas hinunterbekommen würde. Mein Magen war nach letzter Nacht und Remis Geständnis immer noch wie verknotet.

Wir gingen durch den Hinterausgang des vollgepackten Studios einen schmalen Flur hinunter und betraten die Wohnung.

Elizabeth empfing uns in der Küche und reichte jedem von uns ein Glas Wasser. »Wie läuft es mit deiner Mitbewohnerin?«, fragte sie, während wir die Zutaten für Sandwiches aus dem Kühlschrank holten.

»Super.«

Sie warf mir einen seltsamen Blick zu. »Oh.«

»Was soll das heißen?«

»Ich meine nur, sie ist ein hübsches Mädchen, und du bist ein Kerl, und vielleicht irre ich mich, aber ich hatte das Gefühl, zwischen euch herrscht eine gewisse Spannung.« Sie lächelte und reichte mir eine Tüte Pommes frites zu meinem Sandwich. »Vielleicht war das aber auch nur diese Verbindungssache zwischen dir und ihrem Verlobten.«

»Er hat in London mit ihr geschlafen«, murmelte Declan. »Und eine Hochzeit mit ihr vorgetäuscht.«

Ihr blieb der Mund offen stehen, dann gab sie Declan einen Klaps auf den Hinterkopf. »Und das erzählst du mir erst jetzt? Was stimmt nur nicht mit dir?«

»Unsinn, es tut mir leid, es war mir entfallen. Wir sind nach Hause gekommen und waren *sehr beschäftigt*, und dann die *Dusche* … Ich glaube, ich habe es einfach vergessen …« Er trank einen Schluck Wasser. »In deiner Nähe kann ein Mann einfach nicht klar denken, Liebling.«

»Hmmm. Das glaube ich auch.« Sie beugte sich vor und gab ihm einen Kuss auf die Wange, woraufhin er den Arm um ihre Taille legte und sie leidenschaftlich an sich zog.

Ich senkte den Blick auf mein Sandwich. Ich meine, ich freute mich für sie – das hatte ich schon immer getan –, aber heute …

Nach dem Lunch überredeten sie mich, am Abend mit ins *Cadillac's* zu kommen. Ich sagte zu, weil ich erkannte, dass ich nach dieser harten Woche ein paar Stunden Spaß brauchte. Gegen fünf Uhr fuhr ich zum Haus, um zu duschen und mich umzuziehen. Remis Wagen war nicht da, und ich ging davon aus, dass sie Malcolm nach Hause fuhr. Ich parkte auf der Straße und nicht in der Einfahrt, weil ich fand, dass es sicherer für sie wäre, wenn sie den Parkplatz näher am Haus hätte.

Um sechs Uhr hatte ich geduscht, mich rasiert und mir eine Jeans und ein schwarzes Vital-Rejects-T-Shirt angezogen, das Spider mir in London geschenkt hatte. Eine Weile rumorte ich im Haus herum, hauptsächlich, um zu sehen, ob Remi käme, aber das tat sie nicht. Ich überlegte, sie anzurufen und einzuladen, am Abend mitzukommen, aber am Ende entschied ich mich dagegen.

Ich wusste einfach nicht, wo wir beide standen.

Um sieben machte ich mich auf den Weg ins *Cadillac's*. Es war eine Collegekneipe, und ich erwartete, alle Studenten dort zu sehen, die übers Wochenende da waren.

Ich trat durch die Tür – doch die üblichen Gäste fehlten.

»Überraschung!«, rief es im nächsten Moment aus allen Ecken.

Ich wäre beinahe umgefallen. Grinsend und rufend kamen die Leute an, um mir auf den Rücken zu klopfen und mir zum neuen Haus zu gratulieren.

Alle waren da. Axel und ein paar Verbindungsbrüder, eine Gruppe von kleinen Schwestern, Declan und Elizabeth, mein Vater und meine Stiefmutter, weitere Mädchen, die ich von der Whitman kannte, und Spider – mein Blick glitt zu ihm, als er mit Baseballkappe, schwarzen Skinny-Jeans und seiner grauen Lederjacke auf mich zukam.

Declan legte seinen kräftigen Arm um meine Schultern. »Mann, Junge. Spider hat das alles arrangiert. Er wollte dir ein kleines Dankeschön ausrichten, weil du dich den Sommer über um ihn gekümmert hast. Übrigens, jeder hat ein Einzugsgeschenk mitgebracht. Das hier ist ein echtes Dax-Festival.« Er grinste.

Spider war zu uns getreten.

»Dude. Du verdammter Irrer.« Ich sah ihn an. Er lachte. Seine Augen blickten klar. Konzentriert. »Das hast du alles auf die Beine gestellt? Ich weiß nicht, was ich dazu sagen soll – und das ist für mich echt ungewöhnlich.«

Er zuckte mit den Schultern. »Du bist den ganzen Sommer über nicht von meiner Seite gewichen, und du und Declan seid das Nächste, was ich an echter Familie habe … und verdammt, ich wollte dich noch mal sehen, bevor die Tournee startet.« Er holte einen dicken Umschlag aus seiner Jackentasche. »Und … ich hatte nie die Gelegenheit, dir das hier zu geben.«

Ich machte den Umschlag auf. Sah Spider an. »Das Geld kann ich nicht annehmen. Ich habe die Wette verloren, und außerdem habe ich dir meinen Wetteinsatz schon gegeben.«

»Es geht nicht ums Gewinnen – okay, vielleicht ein klein wenig, aber warum auch nicht? Betrachte es als Einzugsgeschenk. Jetzt hast du noch mehr Kapital, das du investieren kannst, wo du willst.« Er zupfte an seiner Lederjacke. »Du würdest meine zarten Gefühle verletzen, wenn du es nicht annimmst.«

»Verdammt. Danke, Mann.« Ich zog ihn kurz in die Arme. Es war zu viel, aber ich sah, wie viel es ihm bedeutete.

Sein Blick glitt zur Tür.

Ich folgte ihm und sah Lulu, Remi und Hartford hereinkommen. Die Eifersucht durchzuckte mich wie ein Blitz. Ich unterdrückte einen Fluch und wandte den Blick ab.

»Alles gut, Kumpel?«, fragte Spider, während er Hartford kritisch betrachtete. Dann verzog er die Lippen. »Ist das der Freund?«

»Der Verlobte«, murmelte ich.

Er hob eine Augenbraue. »Soll ich ihm in den dürren Arsch treten? Wollen wir wetten, dass ich es kann?«

Ich lachte. Mein Gott, er hatte mir gefehlt. »Du bist ein Irrer.«

»Verpiss dich.« Er grinste breit. Dann zog er eine kleine Schachtel aus seiner Tasche. »Und jetzt lass uns hierüber reden.«

»Was? Keine Geschenke mehr, okay?«

Er schüttelte den Kopf. »Das ist für Remi.«

Ich öffnete den Mund, als die Puzzleteile an ihren Platz fielen. »Du hast es gefunden?«

Am Tag, nachdem Remis Armband gestohlen worden war, hatte ich jede einzelne Pfandleihe in London und Umgebung angerufen und nach ihm gesucht. Ich hatte es nicht gefunden, aber das hatte mich nicht davon abgehalten, bis zu meiner Abreise jeden Tag erneut nachzufragen.

Er drückte es mir in die Hand. »Dude. Du hast mir strikte Anweisungen hinterlassen, alle Läden jeden einzelnen Tag abzutelefonieren. Das habe ich getan. Verdammt, so hatte ich wenigstens etwas zu tun. Eine der Pfandleihen hat gestern zurückgerufen. Sie haben sogar den kaputten Verschluss repariert. Ich hätte es dir sagen sollen, aber ich wollte dich überraschen …« Er hielt inne. »Geht es dir gut? Du siehst seltsam aus.«

»Nein, es ist nur, weil ich weiß, wie sehr sie es liebt.« Ich öffnete die Schachtel, und da war es – ihr Armband auf einem dicken Bett aus Watte.

Wieder schaute ich Spider an. »Sie braucht es. Ich danke dir.«

»Du bist derjenige, der nicht lockergelassen hat. Wir sehen uns später.« Ich nickte, und er schob sich an mir vorbei zu einer enthusiastisch winkenden Lulu.

Irgendjemand drückte mir ein Bier in die Hand, und ich machte die Runde, um alle zu begrüßen. Als Erstes sprach ich mit meinem Vater und meiner Stiefmutter, da ich annahm, dass das hier nicht gerade ihre Vorstellung von guter Gesellschaft war und sie vermutlich so bald wie möglich verschwinden wollten. Sie gratulierten mir, und mein Vater wirkte erfreut, auch wenn er mir hundert Fragen stellte, ob ich auf den Semesterbeginn vorbereitet wäre, ob ich meine Bücher gekauft hätte und so weiter und so fort.

Eine Stunde später, nachdem ein paar Toasts ausgesprochen worden waren, fand ich mich auf einem Barhocker wieder, wo ich mich mit Axel und Alexandria unterhielt. Ich hatte ein paar Drinks intus, und mein leichter Schwips machte mich eher kribbelig als entspannt.

»Und, hast du noch irgendwelche Pläne für später?«, fragte sie mich und schenkte mir ihr Flirt-Lächeln.

Hatte ich?

Das hing von Remi ab. Ich wollte mit ihr reden – ohne Hartford vor der Nase –, aber sie hatte ihn noch nicht eine Sekunde allein gelassen.

Ich schaute zu ihr und sah, dass sie am anderen Ende der Bar Händchen hielten. Sie überragte die anderen Mädchen und sah in ihrem grünen Kleid und den weich um ihren Nacken fallenden Haaren bezaubernd aus.

Ich versuchte, ihren Blick aufzufangen, aber sie sah nie in meine Richtung, als würde sie mir ausweichen. Ich ging davon aus, dass es Absicht war, und spürte, wie wieder Zorn in mir aufstieg. Sie war das Mädchen, das die Kontrolle behalten wollte, und ich pfuschte ihr dazwischen.

Hartford jedoch beobachtete mich und verengte die Augen, als er mich dabei ertappte, wie ich Remi anstarrte. *Leck mich.* Es war mir egal. Ich lächelte ihn an und hob mein Glas. *Du hast sie vielleicht jetzt, Omega, aber wer weiß, was morgen ist …*

Er erwiderte das Lächeln etwas angespannt und beugte sich vor, um Remi einen Kuss auf die Stirn zu geben. Meine Hände ballten sich zu Fäusten. Arschloch. Ich wollte ihn in Stücken …

»Hallo? Dax?«, fragte Alexandria.

Ich löste meinen Blick von Remi. »Was?«

Sie lächelte und saugte mit ihren rosigen Lippen an einem Strohhalm. »Ich habe gesagt, dass Bettina und ich später noch ins Tau-Haus gehen – aber ich will nicht hin, wenn du nicht auch da bist.«

Ich ließ einen Finger über ihren Arm gleiten. »Vielleicht kannst du mit zu mir kommen.«

Remi ist ganz offensichtlich mit Hartford zusammen, also worauf warte ich?

Kurz darauf sah ich aus dem Augenwinkel, dass sich die beiden dem Kreis an unserem Ende der Bar angeschlossen hatten.

Guck sie nicht an.

Gott, ich hasste es, sie zusammen zu sehen.

Doch ich wollte unbedingt eine Reaktion von ihr sehen, wenn sie in meiner Nähe war.

Irgendetwas. *Egal was.*

Ich meine, wie konnte sie mit ihm herumlaufen und so tun, als hätten wir gestern Nacht nicht einen verdammt großen Moment gehabt?

Sie bestellte einen Drink, und der Barkeeper stellte ihn neben mich auf den Tresen. Als sie danach griff, streifte ihr Arm meinen.

Ich zuckte zusammen.

»Tut mir leid, sorry.« Sie blinzelte ein paarmal. Ihre Miene war wie erstarrt.

Ich grinste spöttisch. »Du darfst mich jederzeit berühren, *Engel.*«

Sie drehte sich zu Hartford um, der sich gerade mit jemandem unterhielt, aber dann wirbelte sie wieder herum und funkelte mich wütend an.

»Hups. Schlechte Angewohnheit.« Ich grinste und wandte mich an die Blondine neben mir. »Remi, erinnerst du dich noch an …« Ich hielt inne. *Wie heißt sie noch?* Mist. Vor einer Minute hatte ich es noch gewusst.

»Alexandria«, sagte Remi trocken.

Ich beugte mich vor, nahm Alexandrias Hand und küsste sie. »Sorry. Zu viele Drinks. Ich verspreche, das wird nachher nicht passieren.«

Sie lachte, und ich beugte mich vor, um sie direkt auf die Lippen zu küssen und meine Zunge in ihren Mund gleiten zu lassen. Sie stöhnte, und gerade, als sie ihre Arme um meinen Hals legen wollte, zog ich mich zurück und warf Remi einen Blick zu.

Das war nur für dich, sagten meine Augen.

Du bist ein Mistkerl, sagten ihre.

Ich biss mir auf die Unterlippe. Mein Blick glitt über ihr Kleid und blieb an ihren Beinen hängen. Dann hob ich den Kopf und sah ihr direkt in die Augen. *Du musst nur etwas sagen, dann küsse ich stattdessen dich,* sollte das heißen.

Sie lief flammenrot an, und ihre Hände zitterten.

Es war mir längst egal, ob sie sich von einem Mädchen verletzt fühlte, mit dem ich zusammen war. *Sie bringt mich um.*

Ein Teil von mir wollte in den Wunden bohren, von denen ich wusste, dass wir beide sie hatten, denn verdammt noch mal, ich wollte etwas anderes von ihr als das Mädchen, das so tat, als würden wir uns kaum kennen.

Auf keinen Fall würde ich zu den Spielchen zurückkehren, die wir gespielt hatten.

Ich weigerte mich einfach.

Wir würden uns eingestehen, dass wir eine beschissene Vergangenheit hatten, und erst dann könnten wir endlich weitermachen.

Ich steckte meine Hand in die Hosentasche und fand darin die Serviette, die ich vorhin dort hineingesteckt hatte. Ich stand auf. »Wenn die Damen mich entschuldigen würden, ich muss mal in den Waschraum.«

Im Gedränge der Menschen musste ich mich an Remi vorbeischieben, und als unsere Körper sich streiften, drückte ich ihr die Serviette in die Hand. »Das gehört dir, Engel. Der Vertrag ist null und nichtig. Wenn du nächstes Mal jemandem in den Schoß fällst, denk daran … *man kann nicht nur befreundet sein.*«

Ohne einen Blick zurück marschierte ich den schmalen Flur entlang, der zu den Toiletten führte. Als ich den großen

Raum betrat, war er leer. Gott sei Dank. Ich musste mich sammeln.

Ich drückte die Tür mit dem Fuß zu und lehnte mich gegen die Betonwand. Dann rieb ich mir übers Gesicht.

Aus dem Bauch heraus zu handeln, bringt dich immer in Schwierigkeiten, Dax.

Und wie auf Kommando marschierten die Schwierigkeiten herein, genauso, wie ich es gewollt hatte. Aus ihren blauen Augen sprühten Funken.

Wir würden mit voller Wucht kollidieren.

Sie kam auf mich zu, und bei jedem Schritt wirbelte ihr Rock um ihre Beine. Ihr Gesicht war blass, ihr Lippenstift knallrot. Mein Gott, ich wollte diesen Mund.

Ich hielt den Blick gesenkt. Wartete ab.

Sie blieb vor mir stehen und warf mir die Serviette an den Kopf. Sie segelte zu Boden und blieb so liegen, dass ich das große X sehen konnte, das ich darauf gekritzelt hatte. »Es hat mir etwas bedeutet, auch wenn es bei dir anders war.«

Ich warf den Kopf in den Nacken und lachte. »Was? Ein sentimentaler Wert? Das ist bedeutungslos, Remi. Wir brauchen keinen Vertrag, der uns sagt, das wir einander *niemals* küssen dürfen. Du bist mit ihm zusammen, und ich werde heute Nacht die Blondine vögeln.«

Sie schluckte. »Hör auf.«

»Hör du auf. Hör auf, in meinen Kopf zu kriechen. Hör auf, mich etwas wollen zu lassen, was ich nicht haben kann. Hör auf, mich anzugucken, als würdest du mich wollen. Hör auf, mein Herz wegen des Babys zu brechen …« Mein Kopf dröhnte, und ich massierte mir die Schläfen.

Sie zog die Mundwinkel nach unten. »Du hast gefragt, Dax. Du hast, verdammt noch mal, gefragt.«

Mein Kopf sackte auf meine Brust. Ich erinnerte mich an die Gefühle, an die Flut der durcheinandergeratenen Emotionen vom Vorabend. »Ich weiß, ich weiß. Und es tut mir leid, dass du das ohne meine Hilfe durchmachen musstest. Es tut mir leid, dass ich dir gegenüber so ein Mistkerl war. Es tut mir leid, dass ich in Beziehungen eine Niete bin. Es tut mir leid, dass ich nicht der sein kann, den du willst. Es tut mir leid, dass ich auf deinem Herzen herumgetrampelt bin. Es tut mir leid, dass du geweint hast. Es tut mir alles so verdammt leid. Vergib mir einfach, okay?«

Sie stöhnte leise bei meinen Worten und presste ihre Hand auf mein Herz. »Das habe ich bereits.«

Ich legte meine Hand auf ihre – ironischerweise genau auf die Stelle, wo ihr Name auf meiner Brust stand. Meine andere Hand hob ich zu ihrem Kopf und strich durch ihr Haar.

»Du zitterst«, sagte sie.

»Weil ich dich so sehr will, dass ich kaum atmen kann.«

»Ich dich auch«, flüsterte sie.

Ich schob ihren Kopf nach hinten, und sie öffnete den Mund. Ich lehnte mich vor, strich mit der Zunge über ihre Kehle und saugte an ihrem Hals, atmete sie tief ein, stöhnte über ihren Geschmack. »Das ist genau das, was ich brauche«, hauchte ich.

Sie sank gegen mich, ihre Brüste drückten sich an meinen Oberkörper.

Meine Lippen verschmolzen mit ihren.

Ihre Zunge berührte meine, und wir küssten uns hungrig. Unsere Lippen schmiegten sich aneinander, unsere Hände waren überall.

Ich eroberte ihren Mund, ihren Hals, ihr Schlüsselbein. Ich knöpfte ihr Kleid auf und schob es ihr über die Schultern, bis ich meinen Namen auf ihrer Haut sehen konnte. Ich küsste ihr Tattoo. »Ich wünschte, du könntest dich daran erinnern, wie sehr du gelacht hast, als du es bekommen hast.«

Sie presste ihr Gesicht an meine Brust. »Beinahe tue ich es. Ich bedaure es nicht. Niemals.«

Ich hob ihren Kopf zu mir an und küsste sie erneut. Dieses Mal ganz langsam. Ich wollte sie nie wieder gehen lassen.

Aus dem Flur drangen Stimmen zu uns herein. Jemand ging draußen vorbei.

»Die Tür …«, sagte sie zwischen zwei Küssen. »Was ist, wenn jemand reinkommt?«

»Das ist mir egal.«

Ich öffnete den seitlichen Reißverschluss ihres Kleides und zog es ganz nach unten, bis es auf dem Boden landete. Dann hob ich ihre Brüste aus dem Spitzen-BH, ohne ihn ihr auszuziehen. Mein Mund schloss sich um eine ihrer Brustwarzen, während meine Finger mit der anderen spielten. Ich drehte sie so herum, dass sie mit dem Rücken gegen die Wand stand, ging auf die Knie und zog ihren Slip herunter. Ich atmete ihren Duft ein, umfasste ihre Hüften mit den Händen.

Sie erschauerte, als meine Zunge hervorschnellte und ihre Klitoris fand.

»Dax«, hauchte sie.

Begierde. Verlangen. Lust. *Liebe.* Alles pochte, als ich mein Brandzeichen auf sie setzte.

Sie gehörte mir. Nicht ihm.

»Bitte«, stöhnte sie, als ich ihre Beine auseinanderschob, um ihr nahe zu sein. Mit der Nase strich ich an der weichen Haut ihrer Oberschenkel entlang, bis ich ihre Pussy fand. Remi legte ein Bein über meine Schulter, um eine bessere Position zu finden.

»Sieh mich an«, stieß ich rau hervor.

Ihre Lider öffneten sich flatternd, und nun brannte ein anderes Feuer in ihren Augen.

Während ich sie anschaute, ersetzte ich meine Zunge durch meine Finger, ließ diese tief in ihre feuchte Hitze eintauchen. Langsam. Vorsichtig. »Das. Das ist ganz genau, wo ich im Moment sein will.«

Sie ließ ihre Hüften an meinem Finger kreisen.

»Willst du mehr?«, fragte ich. »Härter?«

Sie nickte und legte ihre Hand auf meine, verstärkte den Druck.

Ich stieß zischend den Atem aus und gab ihr, was sie wollte. »Das ist dein wahres Ich, Remi. Heiß. Bereit. Du brauchst mich, um zu kommen. Hast du das schon jemals zuvor erlebt? Hast du?«

»Nein«, erwiderte sie stöhnend, und ihr Atem beschleunigte sich.

»Gute Antwort.« Ich stand auf und küsste sie. Unsere Zungen liebkosten einander. Mit meiner freien Hand zog ich mir das T-Shirt über den Kopf und warf es auf ihr Kleid.

»Ich brauche dich«, flüsterte sie, während sie mit den Händen über meine Brust nach unten zu meinen Hüften strich. »Nimm mich.«

»Sag meinen Namen.« Ich schloss die Augen, lauschte der Begierde in ihrer Stimme und streichelte wieder ihre Mitte, ließ meinen Daumen um die kleine Perle kreisen.

Sie erschauerte. »Dax. Nur du. Für immer.«

Ich lehnte meine Stirn gegen die Wand. Ihre Worte hatten alle Luft aus meinen Lungen gesaugt.

Sie zog meinen Kopf zurück, bis unsere Blicke sich trafen. »Was soll ich tun? Ich kann meine Gefühle für dich nicht verleugnen.«

Wir starrten einander in die Augen und tief in unsere Vergangenheit.

Bei unserem ersten Treffen war ich ein Reinfall gewesen. Was hatte ich jetzt, was sie wollte?

Oder braucht?

Ich tat das Einzige, von dem ich wusste, dass ich gut darin war. Ich berührte sie, öffnete sie, pumpte, bis sie den Mund öffnete, den Rücken durchbog und schrie.

»Ja, Liebste, ja«, flüsterte ich an ihrem Mund.

Sie löste sich auf, ihre Muskeln verkrampften sich, ihr Keuchen war wie Musik, und ich genoss jede Sekunde davon, prägte mir alles ein.

Ihre Augen wurden glasig, und sie flüsterte meinen Namen. Einmal. Zweimal. Dreimal.

Leicht benommen lehnte sie sich an die Wand.

Ich streifte mir mein T-Shirt über, hob ihr Kleid auf und half ihr, es anzuziehen. Dann zog ich den Reißverschluss zu und ließ meine Hände einen Moment auf ihren Schultern verweilen. Voller Sehnsucht. Ich brauchte immer noch etwas, und das war nicht einfach nur ein Orgasmus.

Sie richtete sich vor dem Spiegel die Haare, und ich fuhr mir vor dem anderen Spiegel durch meine.

Mit zitternden Händen nahm sie ihre Handtasche vom Boden, öffnete sie und holte ihren Lippenstift heraus. Ich sah, wie sie ihn auflegte. Ihr Blick war glasig.

Mit einem toten Ausdruck in den Augen drehte sie sich zu mir um. »Wir können so etwas nicht noch einmal machen. Ich ertrage den Schmerz nicht, der immer darauf folgt.«

»Ich weiß.«

Tränen stiegen ihr in die Augen. *Ich kann nicht sein, was sie will!*

Ich griff in meine Tasche und holte die Schachtel hervor. Dann öffnete ich sie und nahm vorsichtig das Armband heraus. Remi keuchte auf, als sie es in ihre Hände nahm und mich ansah.

»Wie … Wann?«

Ich schwieg, während ich es an ihrem Handgelenk befestigte.

Ich wischte ihr eine Träne fort.

Sie nahm meine Hand. Küsste sie.

»Geh«, flüsterte ich.

Ich schloss die Augen und zählte bis fünf. Als ich sie wieder öffnete, war Remi verschwunden.

22. Kapitel

Remi

Zu wissen, dass er mit Alexandria zusammen sein würde, und zu wissen, dass er mich wollte, aber nicht nahm, weckte in mir den Wunsch, mich in eine Ecke zu verkriechen und zu weinen, aber mein Kopf ließ das nicht zu.

Nutz den Schmerz, um stärker zu werden.

Nutz dein gebrochenes Herz, um weiser zu werden.

Mit diesem Mantra im Kopf bahnte ich mir einen Weg durch die Bar und zwang mich, mit ein paar Leuten zu reden, die ich den ganzen Sommer über nicht gesehen hatte. Es gab ein paar Fragen bezüglich Hartford und mir, aber ich wich ihnen aus, indem ich das Thema wechselte oder schnell jemand anderen begrüßte.

Dax kam irgendwann aus dem Flur, sein Gesicht eine Maske aus Eis.

Sein Blick traf meinen und huschte schnell davon. Ich beobachtete, wie er sich durch die Menge bewegte, einen Kopf größer als die meisten um ihn herum. Ein paar Meter neben mir blieb er kurz stehen, als überlegte er, dann ging er weiter zu den Billardtischen im hinteren Bereich. Er legte einen Arm um Alexandria, als die gerade mit dem Queue zustoßen wollte. Sie kreischte erschrocken auf. Dann drehte sie sich um und lachte, als er sich vorbeugte, um ihr einen besseren Winkel für den Stoß zu zeigen.

Mein ganzer Körper verspannte sich, als sein Blick zu mir herüberschoss und er mich beobachtete.

Lulu kam zu mir. Sie schaute zu dem Tequila, den ich aus

einem Impuls heraus bestellt hatte. »Oh, oh, wir wissen beide, dass du den besser nicht trinken solltest.«

»Und doch bin ich hier«, erwiderte ich trocken. »Quäle mich auf viel mehr Arten, als offensichtlich ist. Gut, dass sie in dieser Bar keine Tacos verkaufen.«

»Dax?«

Ich nickte, und mein Blick schoss zurück zu dem Pärchen im hinteren Bereich. Alexandria hatte ihren Stoß gesetzt, und nun standen sie zusammen an der holzvertäfelten Wand. Sie vor ihm, ihren Rücken gegen seine Brust gepresst. Ich stellte mir vor, wie sie mit ihm verschmolz, so wie ich es immer getan hatte.

Denk nicht an die beiden zusammen.

Ich atmete tief ein und zwang mich, sie nicht anzustarren. Aber ich konnte nicht aufhören. Ich wollte zu Alexandria marschieren und ihr jedes einzelne blonde Haar aus dem Kopf reißen. Vielleicht auch ihre Augäpfel.

Lulu hatte die beiden offensichtlich auch gesehen. Sie drückte meine Hand. »Ah, Alexandria. Weißt du, Mädchen mit fünfsilbigen Namen sind alle Schlampen. Die Theorie haben wir schon im ersten Jahr überprüft, als wir Eva-Maria kennengelernt haben.«

Ich lächelte leicht. »Mein Name hat drei Silben.«

»Du bist nur eine kleine Schlampe«, sagte sie.

»Ich liebe dich.«

»Ah. Ich liebe dich auch.«

Wir stießen miteinander an, und ich trank mein Glas in einem Zug aus und hielt es dann hoch. »Sieht so aus, als bräuchte ich noch einen.«

Hartford fand mich am Ende der Bar stehend mit einem weiteren Tequila in der Hand. Als er zu mir herüberkam, zwang ich mich zu einem Lächeln. Er trug ein blassblaues Hemd, das gut zu seinen blonden Haaren passte, und eine karierte Shorts. Er setzte sich auf den Barhocker neben mir. Sein gut aussehendes Gesicht wirkte angespannt. Dax' Party war nicht gerade das, was er sich unter einem gelungenen Abend vorstellte. Er war nur mitgekommen, weil ich ihn darum gebeten hatte.

»Hey, du warst für eine Weile verschwunden«, sagte er.

»Ja. Ich war auf der Toilette und habe mir dann was zu trinken bestellt.« Ich kippte den Rest des Tequilas hinunter.

»Das sieht dir gar nicht ähnlich.« Vorhin hatte ich ihm erzählt, dass ich nichts trinken würde, weil morgen die Vorlesungen losgingen und ich fit sein wollte. Er strich mir die Haare zurück, damit er mein Gesicht besser sehen konnte. Dann seufzte er. Die Hitze seines Körpers war sicher und vertraut, als seine Finger meine Wange berührten und über meinen Kiefer zu meinen Lippen strichen. »Es gibt Zeiten, da habe ich das Gefühl, dich überhaupt nicht zu kennen, Remington.«

In seinen Augen lag eine seltsame Traurigkeit.

Ich erschrak. »Was meinst du damit?«

Sein Blick glitt von der Bar zu dem Flur, an dem die Toiletten lagen.

Hat er uns gesehen?

»Du … du meinst, seit unserer Pause? Oder schon immer?«

Er umklammerte seine Bierflasche fester und nahm einen langen Schluck. Dann stellte er sie ab, als müsste er über jede seiner Bewegungen nachdenken. »Beides. Ich weiß es nicht. Ich meine, du kommst aus London zurück und hast diese wilde Frisur und bist irgendwie … anders. Du bist nicht mehr weich – du wirkst, als könntest du jeden Moment zerbrechen.«

Er hielt inne. »Und du siehst mich nicht mehr auf die gleiche Weise an.«

Ich wandte mich ihm zu, meine Knie zwischen seinen, weil ich nicht wollte, dass die Leute um uns herum mich hören konnten. »Da ist irgendwo in uns ein Loch, und du hast es gesehen, und jetzt willst du, dass ich es stopfe.«

Er umfasste meinen Nacken. »Aber du willst mich doch zurück?«

Ich wollte den Mann, der mich glücklich macht.

»Es hat sich so viel verändert.«

»Ich nicht.« Er zog mich an sich und starrte mich für einen langen Moment einfach nur an. »Ich liebe dich immer noch, Remi, egal, was du getan hast.«

Was soll das heißen?

Er küsste mich, die Lippen kalt, die Zunge bitter vom Bier.

»Trink aus, und dann verschwinden wir von hier«, sagte er, als wir uns voneinander lösten. »Hier ist eh kaum jemand, den ich mag.« Er warf ein paar Scheine auf die Bar für meine Drinks.

Das kam so plötzlich, dass ich blinzeln musste. Mein Blick schoss auf der Suche nach Dax durch den Raum. »Ist es nicht unhöflich, so früh zu gehen?«

»Ich will mit dir allein sein.«

Nicht jetzt. Nicht nach Dax. Das konnte ich nicht.

»Hartford …«, sagte ich zögernd und spielte mit meinem Armband. Hartfords Augen weiteten sich.

»Remi! Wo hast du das gefunden?«

Ich senkte den Blick. Meine Brust schmerzte. Gott, dieser Augenblick in der Toilette. »Dax.«

Seine Augenbrauen zogen sich zusammen. »Wie hat er es gefunden?«

»Ich … er hat es mir heute Abend einfach gegeben … Ich weiß es nicht.«

»Ach ja?« Sein Blick ging zu meinen Lippen.

Ich befeuchtete sie, wohl wissend, dass sie geschwollen waren. »Er hat es mir nicht gesagt.«

»Er hat es dir nur gegeben und ist weitergegangen?«

Ich zuckte mit den Schultern.

»Wann war das?«, wollte er wissen.

»Vorhin. Im Flur.«

Ich lüge ihn an.

Das war nicht richtig. So etwas konnte ich nicht machen. Ich war ein schrecklicher Mensch.

Er nahm meine Hand und half mir vom Hocker. In seinen Bewegungen lag eine ungekannte Dringlichkeit, als er uns um die Bar herum führte.

»Warte mal«, sagte ich. Wir hatten die Tür erreicht und waren kurz davor zu gehen. »Sollten wir uns nicht von Dax verabschieden? Es ist immerhin seine Party.«

Hartford presste den Mund zusammen, nickte aber, während er seinen Blick durch den Raum schweifen ließ, schließlich seine Aufmerksamkeit auf den Billardtisch richtete. Hand in Hand machten wir uns auf den Weg in den hinteren Bereich der Bar. Doch mit jedem Schritt auf Dax zu wurde Hartford angespannter, als wenn etwas in ihm hochkochte.

Dax beobachtete unser Näherkommen unter schweren Lidern.

Hartford blieb direkt vor ihm stehen. »Wir wollten uns nur verabschieden, auch wenn wir uns ja vermutlich schon bald wiedersehen.«

Dax hob eine Augenbraue. »Wirklich?«, fragte er kühl.

»In deinem Haus? Da fahren wir jetzt hin.« Er schlang einen Arm um mich. »Du willst uns vielleicht ein wenig Vorsprung lassen. Jetzt, da Malcolm weg ist, haben wir ein bisschen was aufzuholen. Remi freut sich schon auf heute Nacht … sie kann die Finger einfach nicht von mir lassen.« Er sah Dax herausfordernd an. »Falls du verstehst, was ich meine.«

»Ich verstehe.« Dax wurde blass, seine Fingerknöchel traten weiß hervor, als er den Queue fester umklammerte. Seine grauen Augen fanden meinen Blick.

Ich packte Hartfords Unterarm, abgestoßen von seinen Worten. »Komm, lass uns gehen. Bitte.«

Er ignorierte mich und schüttelte mich ab. »Und danke, dass du Remi ihr Armband zurückgegeben hast.«

Dax spannte sich an, sein Blick huschte zu meinem Handgelenk.

»Ist schon ein wenig seltsam, sich so viel Mühe zu machen für jemanden, den man nur zufällig in London getroffen hat. Ich meine, du musst doch bestimmt mit der Polizei gesprochen haben, oder? Und mit den Pfandleihen?«

Dax' Gesicht war eine Maske, sein ganzer Körper kontrolliert. »Ich habe gesehen, wie sehr es ihr gefehlt hat. Sie war in London sehr verletzt.« Er hielt inne, und eine leichte Röte stieg in seine Wangen. »Und zwar deinetwegen.«

Hartford verzog das Gesicht. »Ich denke, du bist scharf auf mein Mädchen. Halt dich von ihr fern.«

»Sie ist nicht mit mir zusammen, sondern mit dir«, erwiderte Dax sanft.

Hartford machte einen Schritt auf Dax zu, und seine Stimme klang wie Schmirgelpapier. »Ich wusste, mit dir zusammenzuziehen war eine schlechte Idee, und du kannst, verdammt noch mal, darauf wetten, dass sie aus deinem Haus auszieht. Und zwar noch heute Abend.«

Mir war schwindelig. Hartford drehte durch.

Auch Dax schien die Kontrolle über sich zu verlieren, und ein dunkler Ausdruck legte sich über sein Gesicht, als er Hartford anfunkelte. »Du begibst dich auf gefährliches Terrain, Omega. Sei vorsichtig, oder ich werde dir wehtun. Du hast Glück, dass ich es bisher noch nicht getan habe.«

»Hartford«, sagte ich mit dünner, zittriger Stimme. »Ich gehe jetzt. Mit oder ohne dich.« Ich drehte mich auf dem Absatz um und marschierte mit großen Schritten zur Tür. Wenn er nicht käme, würde ich zu Fuß gehen oder mir ein Taxi rufen oder wieder zurückkehren und Lulu suchen

Ich hörte, wie er leise irgendetwas zu Dax sagte, dann folgte er mir nach draußen zu seinem Auto.

Ich schnallte mich an, als er sich hinter das Lenkrad setzte.

»Reming…«

»Nein. Bring mich einfach nur nach Hause. Sofort.«

Er starrte durch die Windschutzscheibe. »Ich habe gesehen, dass du ihm in die Toilette gefolgt bist. Und als du wieder herauskamst, war dein Kleid zerknittert. Ich bin nicht blöd.«

Ich wurde blass. »Ich … Es tut mir leid.«

Er biss die Zähne zusammen. »Was ist in London passiert?«

Zitternd holte ich Luft. »Ich habe mit Dax geschlafen.«

»Verdammt!« Er hämmerte mit den Fäusten aufs Lenkrad, sodass ich zusammenzuckte. Dann hielt er inne. Sein Brustkorb hob und senkte sich heftig. »Ich wusste, dass etwas nicht in Ordnung ist, als wir in seinem Haus waren. Ich fasse es nicht. Du … und er …« Er rieb sich über das Gesicht. »Ich muss hier weg.«

Er ließ den Motor aufheulen und schoss vom Parkplatz.

Während der gesamten Fahrt sprach keiner von uns ein Wort. Die Spannung im Wagen war zum Greifen dick. Sobald er vor dem Haus angehalten hatte, löste ich den Gurt und sprang hinaus.

Er war genauso schnell draußen wie ich und versuchte mit langen Schritten, mir zu folgen, während ich förmlich zur Haustür rannte.

»Geh nicht so«, bat er angespannt. »Wir müssen reden.«

Ich schüttelte den Kopf und suchte nach meinen Schlüsseln. »Nein. Ich … ich kann nicht. Wir sind beide zu aufgebracht. Geh einfach nach Hause.«

»Du warst mit *ihm* zusammen!«, brüllte er. »Du hast immer so getan, als würdest du ihn gerade so eben tolerieren können. Du hast mich seit London belogen. Du vögelst mit ihm, seitdem du hier eingezogen bist!«

Ich wirbelte zu ihm herum. »Du hast mich sitzen lassen, Hartford! Du wolltest eine Pause, und ich habe sie dir gegeben! Ich war mir nicht bewusst, dass es dabei Regeln zu beachten gab.« Ich schüttelte den Kopf und trat einen Schritt zurück, um mich zu beruhigen. Die Nachbarn konnten uns vermutlich hören. »Und du hast ein Foto von dir und diesem Mädchen gepostet – *an unserem Hochzeitstag*. Was glaubst du, wie ich mich da gefühlt habe?«

»Ich war nicht mit ihr zusammen. Ich habe nur an dich denken können! Ich war einfach nur verwirrt und hatte Angst.« Er stöhnte. »Ich habe einen Fehler gemacht.«

Ich glaubte ihm – aber es war egal.

»Bist du … bist du in ihn verliebt?«

Ich atmete ein. »Ich kann es nicht erklären, aber zwischen uns … ist irgendetwas.«

Gott, da ist so viel, was ich nicht sage.

Seine Miene verzog sich gequält. »Stopp«, sagte er und zog sich an den Haaren. »Du bringst mich mit diesem Scheiß, verdammt noch mal, um.«

»Es tut mir leid.«

Er drehte sich weg und ging durch den Garten. »Wir sollten zusammen sein. Wir sind perfekt. Das hast du selbst eine Million Mal gesagt.« Er blieb stehen und sah mich an. »Liebst du mich nicht mehr?«

»Doch«, flüsterte ich. Aber liebte ich ihn auf die richtige Weise?

Einige Zeit verging. Mein Atem stockte, als ich den wachsenden Schmerz in seinen Augen sah. »Es tut mir so leid, Hartford. Ich hätte dir von Dax und mir erzählen sollen, als wir in London miteinander gesprochen haben.«

Er kam näher. Seine Miene verletzlich. »Das ist alles meine Schuld. Ich hätte nie mit dir Schluss machen dürfen. Ich habe dich weggestoßen und einfach nicht gedacht, dass du …« Er unterbrach sich und sah mich sehr lange an. Dann legte er eine warme Hand an meine Wange. »Ich liebe dich immer noch, Remington. Wir haben da so viel Gutes.« Er küsste mich sanft, aber mit einer Dringlichkeit, als wollte er mich verstehen lassen.

Wir lösten uns voneinander, und seine Augen glänzten. »Ich

bin derjenige, der dich in diese Situation gebracht hat. Es ist meine Schuld.«

Ich runzelte die Stirn. »Hartford, ich habe Gefühle für ihn …«

»Er ist kein guter Kerl, das weißt du.«

Ich schloss die Augen. Öffnete sie wieder. »Ich muss dir noch mehr erzählen. Du weißt nicht alles.« Der dunkle Schmerz, unter dem ich so lange gelitten hatte. »Wir hatten schon miteinander geschlafen, bevor ich dich getroffen habe. Im ersten Semester. Ich … ich bin schwanger geworden. Ich habe das Baby verloren.«

Er wirkte schockiert, nahm mich aber in die Arme. »Mein Gott«, flüsterte er. »Ich weiß nicht, was ich sagen soll. Das muss schrecklich gewesen sein.«

Ich nickte und vergrub mein Gesicht an seiner Brust. Er hielt mich fester, strich mir über die Haare. Seine Wut schien zusammen mit den Sekunden zu verrinnen.

»Du bist aufgewühlt«, sagte er später. »Komm mit mir nach Hause. Ich schlafe auf der Couch, und dann reden wir, sobald wir uns wieder beruhigt haben.« Er drückte meine Schultern, wie um mir zu versichern, dass alles gut werden würde.

»Ich kann nicht mit dir gehen«, flüsterte ich, obwohl ein Teil von mir nicht hier sein wollte, wenn Dax mit Alexandria nach Hause käme.

Er nickte. »Okay, dann lass uns zu *Minnie's Diner* fahren und einen Kaffee trinken, wie wir es am Anfang immer getan haben. Wir können reden – als Freunde –, und du kannst alles rauslassen.«

Ich seufzte tief auf. Das klang gut. Und ich war ihm die Wahrheit schuldig. »Okay«, sagte ich.

23. Kapitel

Dax

Ich saß auf der anderen Straßenseite in meinem Wagen und sah sie weggehen. Vorhin, als sie an der Bar vorbeigefahren waren und ich ihr Gesicht durch die Windschutzscheibe gesehen hatte, hatte ich mir Sorgen gemacht, ihr wehgetan zu haben. Ich hätte bei ihm nicht die Geduld verlieren dürfen, aber es ging um Remi …

Ich hatte mich hastig verabschiedet und allen gründlich gedankt, dann war ich gegangen und wie ein Irrer zu meinem Haus gerast.

Es war mir egal, dass es meine Party war. Es würde andere Partys geben.

Wie in einem Horrorfilm hatte ich zugesehen, wie sie einander umarmten, und mein Magen hatte sich dabei zusammengezogen. *Fuck.* Sie in einem so zärtlichen Moment zu sehen, zerriss mich innerlich.

Ich hatte nicht die ganze Begegnung zwischen ihnen mitbekommen, aber ihre Körpersprache sagte eindeutig, dass ihnen viel aneinander lag. Und jetzt ging Remi mit ihm zusammen – hielt seine Hand. Meine Finger krampften sich fester um das Lenkrad, als er die Beifahrertür seines Wagens öffnete und Remi half, einzusteigen.

Sobald seine Rücklichter verschwunden waren, bog ich in meine Auffahrt ein und sprang aus dem Wagen. Ich ging nach drinnen, schaltete das Licht im Wohnzimmer an und machte meine Runde durch das Haus.

Ich fühlte mich wie in der Hölle.

Ich ließ mich auf die Couch fallen und schaltete den Fernseher ein. Ohne wirklich etwas wahrzunehmen, zappte ich durch die Programme.

Meine Gedanken sprangen hin und her.

Unruhig stand ich wieder auf, ging in die Küche, nahm mir ein Glas Wasser und trank es in einem Zug aus. Wischte mir den Mund ab. Diskutierte mit mir.

Verdammt. Vielleicht sollte ich zu seiner Wohnung fahren.

Halt dich zurück, das ist Stalkerverhalten, sagte ich mir.

Aber wenn es um Remi ging, war mir das egal. Sie machte mich zu jemandem, den ich nicht wiedererkannte. Sie machte mich verrückt. Sie machte, dass ich mir lächerlich vorkam.

Ich spielte mit meinen Schlüsseln. Es wäre ein Leichtes, seine Adresse über Google zu finden.

Aber sie gehört dir nicht. Hör auf, dich in ihr Glück einzumischen.

Ich ging noch einmal unter die Dusche. Lange. Als ich herauskam, klingelte mein Handy. Ich sah nach – Alexandria. Ich warf es zurück aufs Bett. Kein Interesse.

Ich kehrte ins Wohnzimmer zurück, schaltete alle Lichter aus und ließ mich auf die Couch plumpsen, um den Spätfilm zu gucken.

Um Mitternacht kam Baz Luhrmanns *Romeo + Julia.*

Dummer Film. Es musste noch etwas Besseres geben; selbst die Nachrichten waren besser als das hier.

Aber ich schaute weiter. Erinnerte mich an London.

Remi schloss die Haustür auf und trat in den Flur. Als sie mich sah, blieb sie abrupt stehen. Sie rieb sich die Augen, was schwarze Mascaraspuren auf ihren Wangen hinterließ. Dann schaute sie sich leicht benommen im Zimmer um. »Die Lichter waren alle aus. Ich dachte, du schläfst schon.«

Ich nickte und hielt den Film an. »Wo ist Hartford?« Mein Blick schoss unwillkürlich zu ihrem Ring. Verdammt, *er war immer noch da.*

»Er ist nach Hause gefahren.«

Ich richtete mich auf. »Er hat dir doch nicht wehgetan, oder?«

Sie schüttelte mit trauriger Miene den Kopf. »Wo ist Alexandria?«

»Nicht bei mir.«

Ein paar Sekunden vergingen.

»Ziehst du aus?«, fragte ich.

Sie zuckte zusammen. »Nein.«

Ich nickte. Ich wollte noch mehr fragen. Darüber, was mit Hartford gewesen war, aber ich hatte Angst vor ihren Antworten.

Sie kam um die Couch herum und setzte sich ein Stück von mir entfernt hin.

»Willst du mit mir zusammen schauen?«, fragte ich und hörte selbst die Hoffnung in meiner Stimme. Egal.

Sie seufzte. »Ja.«

»Komm her.« Ich bedeutete ihr mit der Hand, näher zu kommen, und sie rutschte zu mir herüber und schlug die Beine unter.

»Den habe ich schon hundertmal mit Malcolm gesehen«, sagte sie. Als wir zusahen, wie Romeo seine Julia auf dem Maskenball küsste, lehnte sie ihren Kopf an meine Schulter. »Der Anfang gefällt mir am besten. Wenn er sie sieht und wissen will, wer sie ist.«

Ich schob meine Hand in ihre Haare und spielte mit den Strähnen. »Sie werden sich wie verrückt ineinander verlieben«, sagte ich, den Blick fest auf den Fernseher gerichtet.

»Und heimlich in einer Kirche heiraten …« Ihre Stimme stockte.

»Aber sie sehen nicht, was auf sie zukommen wird.«

»Was meinst du?«

»Sie geht … stirbt. Dann stirbt er, weil er nicht ohne sie leben kann. Liebe ist ätzend.«

»Ich weiß.« Sie schloss die Augen und ließ meine Zärtlichkeiten zu. Ich hatte schon lange aufgegeben, den Film zu schauen, weil mein Drang, sie anzusehen, viel zu groß war.

Sie kuschelte sich näher an mich, legte ihre Hand auf mein Herz, fuhr die Umrisse meines Tattoos unter meinem Hemd nach. Ich beugte mich vor und schob sie ein wenig zur Seite, bis wir nebeneinanderlagen, die Köpfe gemeinsam auf einem Sofakissen, ihr Rücken an meiner Brust. Mein Arm legte sich wie von selbst um ihre Taille, und Remi verschränkte ihre Finger mit meinen.

Der Film lief weiter, zwei Verliebte, deren Liebe unter einem schlechten Stern stand – vom Universum füreinander bestimmt, aber von der Welt getrennt.

Der Film endete. Remi war irgendwann mittendrin eingeschlafen. Ich spürte, wie sich ihr Brustkorb unter meiner Hand sanft hob und senkte.

Ich berührte ihre Schulter. »Liebes, du musst ins Bett.«

Gott, ich wollte sie nicht gehen lassen. Ich hätte sie für immer halten können.

»Okay«, murmelte sie, rührte sich aber nicht.

»Du weißt doch, dass du morgen frisch und ausgeruht für den ersten Tag des Semesters sein willst«, flüsterte ich.

Die einzige Reaktion war ein leichtes Schnarchen.

Ihre Miene war ernst, die Wimpern dunkel auf ihrem Gesicht, und ich gestattete mir, sie auf die Lippen zu küssen. Nur eine ganz leichte Berührung. Dann löste ich mich von ihr und stand auf.

Sie drehte sich auf den Rücken und blinzelte mich verwirrt an. »Ist der Film vorbei?«

Ich nickte, beugte mich vor, und wie in dem Club in London nahm ich sie auf meine Arme und hob sie von der Couch. Sie vergrub ihren Kopf an meinem Hals, während ich sie die Treppe hinauf und in ihr Zimmer trug.

Vorsichtig legte ich sie aufs Bett, deckte sie zu und ging.

Am nächsten Morgen stand ich um sechs Uhr auf und lief für Remi zur Bäckerei. Nach meiner Rückkehr duschte ich. Meine erste Vorlesung war um acht, und um sieben Uhr fünfundvierzig hatte ich das Haus verlassen.

Die morgendlichen Vorlesungen waren gut – zwei Fortgeschrittenenkurse in Psychologie, von denen ich glaubte, sie mit regelmäßiger Anwesenheit gut meistern zu können. Mittags war Zoologie dran, weil ich ein naturwissenschaftliches Fach brauchte. Als Student im letzten Jahr hatte ich mich früher registrieren und mir einen Dozenten aussuchen können, also hatte ich mich für den leichtesten Bereich entschieden.

Ich ging zum Fanfield Science Building, schlüpfte in den Vorlesungssaal und sah, dass Remi in der ersten Reihe saß und sich notierte, was der Dozent bereits an die Tafel geschrieben hatte. Es war noch früh, und die meisten Stühle waren leer, und auch der Prof war noch nicht da.

Ich setzte mich neben sie. »Von hier vorne wirkt alles ganz anders, irgendwie seltsam.«

Überrascht schaute sie mich an, und eine leichte Röte stieg ihr in die Wangen.

Ich hob eine Augenbraue und war so froh, sie zu sehen. »Hast du mich vermisst?«

Richtig so. Einfach tun, als hätte ich sie gestern Abend nicht wie ein Weichei ins Bett gebracht.

Sie stotterte. »Nein … ich meine Ja. Ich habe dich heute Morgen nicht gesehen. Danke für das Frühstück – und auch noch mal für das Armband. Ich bin nicht sicher, was du alles getan hast, um es zu finden, aber zu wissen, dass du es für mich gemacht hast, bedeutet mir viel. Und danke auch, dass du mich gestern ins Bett gebracht hast. Ich schätze, ich bin einfach eingeschlafen.«

»Gern geschehen.«

Sie lächelte, und ich blinzelte. Irgendetwas war anders an ihr.

Aber ich wurde abgelenkt, als mir von ihrem Arm, der zwischen uns lag, ein Duft von warmer Vanille und Zucker in die Nase stieg. Heute trug sie eine gelbe Skinny-Jeans und ein weit ausgeschnittenes Top mit Blumenmuster. Eine kleine Perlenkette glänzte an ihrem Hals. Sie wühlte mit gesenktem Kopf in ihrer Tasche herum, sodass ich einen guten Blick auf ihren weißen Spitzen-BH hatte. Auf ihr Tattoo. Ich unterdrückte ein Stöhnen und rutschte unruhig auf meinem Stuhl hin und her, weil meine Jeans drohte, mich zu ersticken. Nach dieser Vorlesung bräuchte ich eine kalte Dusche.

Sie richtete sich wieder auf und sah mich an. »Was ist los? Du siehst … seltsam aus.«

»Du solltest eigentlich sagen, dass ich heiß aussehe.« Solange wir das Geplänkel aufrechterhielten, war alles gut.

»Aha. Woran hast du gerade gedacht?«

Ich sah sie unter schweren Lidern an. Es war mir egal, ob sie Hartford gehörte. »An Sex, Vanillekekse mit Zuckerstreuseln, ein Sandwich zum Lunch, Sex, mehr Sex – auf dem Küchentisch, auf meiner Couch, auf der Terrasse.« Ich befeuchtete mir die Lippen. »An dich.«

Ihr Gesicht ging förmlich in Flammen auf.

Der Professor kam herein und fing sofort an, die Anwesenheitsliste durchzugehen. Dann teilte er die Bücherlisten an die erste Reihe aus. Ich nahm mir einige und reichte sie nach hinten in den Raum weiter, der sich langsam mit Studenten gefüllt hatte, ohne dass ich es bemerkt hatte.

Wie soll ich nur diese Vorlesung durchstehen, wenn Remi drei Tage die Woche neben mir sitzt?

24. Kapitel

Remi

Wie zum Teufel soll ich diese Vorlesung mit ihm zusammen durchstehen?

Während der Vorlesung warf ich Dax immer wieder Blicke zu, wenn er dem Professor lauschte. Ich kritzelte in meinem Notizbuch herum und war seinetwegen total abgelenkt. Mit dem hellgrauen T-Shirt, das perfekt zu seinen Augen passte, und den Jeans und Leder-Flipflops sah er einfach umwerfend aus.

Er schaute hoch und fing meinen Blick auf, was mein Herz heftig pochen ließ.

Wir steckten in einer seltsamen Situation, und ich wusste nicht, wie ich das ändern sollte.

Und doch hatten wir zusammen einen Film geguckt, und er hatte mich ins Bett gebracht.

Es war ein verdammtes Chaos mit ihm.

Ich seufzte und wünschte, ich wäre letzte Nacht lange genug wach geblieben, um ihm zu sagen, dass ich mit Hartford Schluss gemacht hatte.

Aber …

Würde es einen Unterschied machen?

Er ist nur jemand für eine Affäre, Remi. Er will deinen Körper, aber nicht dein Herz.

Doch … stimmte das auch?

Der Professor redete und redete, und meine Gedanken drifteten zu Hartford und dem gestrigen Abend ab. Wir waren einen Kaffee trinken gegangen, und ich hatte ihm von der

Schwangerschaft und von London erzählt, wobei ich die intimeren Details, die ihm nur unnötig wehgetan hätten, ausließ. Er hatte mir mit einer Sorgfalt zugehört, die ich zu schätzen wusste.

Ich hatte ihm gesagt, dass es mit uns vorbei wäre – was ich schon hätte tun sollen, als er in London aufgetaucht war. Von dem Moment an, als er mich verlassen und ich Dax wiedergetroffen hatte, war das mit uns vorbei gewesen, aber es hatte den Vorabend bedurft, um das herauszufinden. Am Ende war es vielleicht ganz gut, dass wir diesen Streit gehabt hatten und alles rausgekommen war. Es gab keine Geheimnisse mehr. Er wusste, was ich empfand. Es war ein Abschluss.

Der Professor beendete die Vorlesung, und ich stand auf und wartete, bis Dax seine Sachen zusammengesammelt hatte. Er schaute zu mir hoch, und ich lächelte. »Ich hatte überlegt, eine Pizza im Studentencenter zu essen. Willst du mir Gesellschaft leisten?«

Er zögerte, nickt dann aber, und ein ernstes Lächeln breitete sich auf seinem Gesicht aus. »Wirklich?«

»Ich will mit dir reden. Es ist wichtig.«

Sein Blick wurde weich. »Ja. Klar. Das fände ich gut.«

Ich lächelte und war mit einem Mal schüchtern. »Vielleicht können wir sogar ins *Panera* gehen, wenn du keine Pizza willst.«

Er lachte – ein warmes Geräusch, das meinen Körper zum Kribbeln brachte. Gott, ich wollte mit ihm allein sein. Vielleicht könnten wir nach dem Mittagessen zurück ins Haus fahren und …

»Remi!«, rief eine männliche Stimme von der Tür. Ich drehte mich um und sah Hartford.

»Hey, ich kam gerade hier vorbei …« Er sah Dax und stoppte. Seine Miene verspannte sich. »Ist das gerade ein ungünstiger Zeitpunkt?« Sein Blick schweifte abwägend über mich.

Dax atmete aus, und in seiner Wange zuckte ein Muskel. »Nein. Ich wollte gerade gehen.«

Ich öffnete den Mund, um etwas zu sagen, aber kein Wort kam heraus. Ich befand mich auf vollkommen fremdem Gebiet.

Dax stürmte aus dem Raum, das Gesicht von mir abgewendet.

Ich ging zu Hartford, der mich reuevoll ansah.

»Ich wusste nicht, dass ihr beide euch unterhalten habt. Ich habe dich nur gesehen und habe mich gefragt, wie es dir heute geht. Es war gestern ziemlich spät …«

Ich lächelte zögerlich. »Ist schon gut. Wie war dein Tag bisher? Wie sind die Vorlesungen?«

Wir machten ein paar Minuten Small Talk, und keiner von uns wusste so recht, was er sagen sollte.

Dann fiel es mir ein. Ich wühlte in meiner Tasche und holte seinen Ring hervor. »Ich habe gestern total vergessen, ihn dir zurückzugeben.«

Er blinzelte, und seine Augen sahen traurig aus. »Behalte ihn.«

Ich zog die Stirn kraus. »Das kann ich nicht.«

Er hielt meinen Blick fest. »Ich will ihn nicht. Wirf ihn weg, oder verkaufe ihn, damit wenigstens ein paar deiner Ausgaben für die Hochzeit gedeckt sind. Ich bin sicher, dass du dein Kleid nicht zurückgeben konntest.«

Ich biss mir auf die Unterlippe. »Nein. Du behältst ihn und tauscht ihn gegen einen anderen Ring ein, wenn du das Mädchen triffst, mit dem du wirklich zusammen sein sollst.«

Denn dieses Mädchen war nicht ich.

Ich drückte ihm den Ring in die Hand, und er berührte meine Finger und nahm ihn.

Dann nickte er, und ich sah ihm hinterher.

Am Ende gehörte Hartford nicht mir.

Dax auch nicht. Nicht wirklich. Das hatte er mir in der Bar gesagt.

Aber ich hatte immer noch *mich*.

Und ich würde klarkommen.

Der Abend brach herein, und ich traf mich mit Lulu im Studentencenter zum Essen. Danach gingen wir in den Tiger Bookstore und kauften die restlichen Bücher und sonstigen Dinge ein, die wir noch brauchten.

»Aufgepasst. Die Oberzicke der Whitman ist auf dem Weg zu uns.« Lulu stieß mich mit dem Ellbogen an und zog mich in dem Gang mit den Collegeblöcken zur Seite, als Eva-Maria mit ihrer Kohorte an uns vorbeistolzierte. Sie alle trugen Skinny-Jeans und ihre Verbindungstrikots.

Als sie sich umschaute, musterte mich Eva-Maria von oben bis unten und sah mir dann ins Gesicht. Sie sagte etwas zu ihren Freundinnen, die uns daraufhin auch anstarrten.

Lulu zeigte ihnen den Mittelfinger.

Ich lachte. »Hör auf, Lu.«

Aber Eva-Maria zuckte nicht einmal mit der Wimper. Ich war sicher, dass sie schon Schlimmeres von Mädchen gesehen hatte, die sie nicht mochten. Mit einem übertriebenen Schwung ihrer schmalen Hüften schlenderte sie ohne ihre Freundinnen zu uns herüber.

»Remi«, rief sie im Näherkommen und blieb dann vor uns stehen.

»So heiße ich«, sagte ich.

»Was willst du?«, fragte Lulu und funkelte sie an.

Sie atmete aus, und widerstreitende Gefühle huschten über ihr Gesicht, als wäre sie unsicher, wie sie anfangen sollte. »Ich habe über unser erstes Studienjahr nachgedacht. Ehrlich gesagt, haben Dax und ich uns unterhalten – nun ja, *ganz* ehrlich gesagt, hat er mir gesagt, ich solle verschwinden. Wie auch immer, ich wollte nur, dass du weißt, wie leid mir alles tut, was passiert ist. Dax hat nie mir gehört. Oder irgendjemand anderem. Ich war damals eigentlich noch ein Kind, und ich möchte gerne glauben, dass ich mich inzwischen weiterentwickelt habe.«

»Ja, klar«, murmelte Lulu.

»Pst«, sagte ich. »Lass sie ausreden.«

»Was Dax angeht … alle beten ihn an, vor allem die kleinen Schwestern. Verdammt, jede auf dem Campus will ihn, aber er hat nie eine gewollt. Doch an dem Tag, am dem du gegangen bist, war er …«

Meine Kehle schnürte sich zu. »Ja?«

»Anders.« Sie seufzte und sah mir direkt in die Augen. »Wir waren danach nie wieder zusammen.«

Sie zuckte kurz die Achseln und kehrte zu ihren Freundinnen zurück.

»Einmal Schlampe, immer Schlampe«, sagte Lulu und beobachtete die Mädchen, die durch den Innenhof gingen, als gehöre er ihnen.

»Wow. Das kam … vollkommen aus dem Nichts«, sagte ich.

»Du kaufst ihr das doch nicht ab, oder?«

Ich dachte darüber nach.

»Sie war so gemein zu dir, Remi. Das kannst du unmöglich vergessen.«

»Nein, ich werde es nicht vergessen, aber ich weiß ihre Worte zu schätzen …« Ich hielt inne und dachte noch immer nach. »Aber es ist schon lustig. Sie ist egal. Sie interessiert mich nicht mehr. Sie ist ein Pickel auf dem Gesicht der Erde, und ich sehe sie so, wie sie ist: unsicher, klammernd. Dax hat sich nie etwas aus ihr gemacht.«

Lulus Blick wurde weich. »Macht er sich was aus dir?«

Ich konnte ihr die Frage nicht beantworten.

Der Abend brach herein, und Dax kam nicht nach Hause. Ich blieb auf, um mit ihm zu reden, aber um zwei Uhr morgens gab ich auf und ging nach oben ins Bett. Vermutlich war er im Tau-Haus. *Mit einer anderen.*

Der Dienstag dämmerte herauf, und ich stand in der Hoffnung auf, ihn zu erwischen, für den Fall, dass er doch noch heimgekommen war. Aber es war nichts von ihm zu sehen. Das Frühstück stand wieder auf dem Tisch, was mir verriet, dass er wenigstens kurz vorbeigeschaut hatte. Doch weil ich störrisch war, schaute ich nicht in die Tüte, sondern schnappte mir stattdessen einen Müsliriegel und ging hinaus zu meinem Auto.

Dienstag war ein leichter Tag mit nur zwei Vorlesungen. Nachdem die vorüber waren, ging ich mit Lulu in die Bibliothek, um mir Literatur für meine Biologiekurse auszuleihen. Lulu verschwand zu den Modezeitschriften auf der unteren Etage, während ich mich nach oben begab.

Erst als ich ein paar Schritte gemacht hatte, schaute ich zufällig in einen der breiten Flure und sah Dax mit ein paar anderen an einem Studiertisch sitzen. Sie hatten aufgeschlagene Bücher vor sich liegen, und einige unterhielten sich leise. Doch sein Kopf war tief über seinen Block gebeugt, auf dem er sich etwas notierte.

Es fühlte sich nicht richtig an, ihn zu stören, während er lernte, aber verdammt, ich ging trotzdem hinüber.

Axel schaute auf und sah mich zuerst. »Hey, Remi. Wie geht's?« Seine Stimme hallte durch den Raum, und ich musste ein Lächeln unterdrücken. Wenn er nicht leiser wäre, würden die Bibliothekarinnen kommen und uns ermahnen.

»Gut«, erwiderte ich, den Blick fest auf Dax gerichtet, während Axel und ich Höflichkeiten austauschten.

Dax hob den Kopf, genau wie zwei Mädchen, die ich als kleine Schwestern der Verbindung kannte, wobei sie nicht zu den Zicken gehörten. Mit einer von ihnen besuchte ich sogar eine Vorlesung, und sie war ganz nett und unglaublich klug. Die Eifersucht fraß mich auf. Ich klammerte mich an meine Büchertasche und versuchte, mich zu erden.

Ich sah Dax an. Seine Haare waren zerzaust, als wäre er mit

seinen Fingern dutzendmal hindurchgefahren. »Ich wollte nur Hallo sagen. Ich habe dich gestern nicht heimkommen hören.«

Er lehnte sich auf seinem Stuhl zurück. Total cool. »Ich bin in der Verbindung geblieben. Du weißt ja, wie das ist. Immer viel los.«

»Oh, eine Party?« Ich bemühte mich, locker zu klingen.

»Ja. Ganz spontan. Du hättest dabei sein sollen.«

Axel warf ihm einen Blick zu, als wäre er von der Antwort überrascht.

Genau wie die kleinen Schwestern. Achselzuckend wandten sie sich wieder ihren Notizen zu.

»Ich war nicht eingeladen«, sagte ich.

Dax hob die Schultern und ließ sie gleich darauf wieder sinken. »Nur Taus – sonst keiner.«

Oh.

Ein paar Sekunden vergingen schweigend, dann spürte ich, dass es komisch wurde, hier zu stehen und nicht zu reden.

Axel sprang ein. »Wir, äh, lernen für unseren Psychologiekurs. Wir haben bereits eine Semesteraufgabe aufgebrummt bekommen und versuchen, etwas Vorsprung herauszuarbeiten, bevor der Wahnsinn richtig losgeht.«

»Oh, das ist clever.« Mein Blick suchte nach etwas, woran er sich festhalten konnte. Irgendetwas außer Dax. Er wollte mich nicht hier haben.

Alle schauten mich erwartungsvoll an.

Bin ich jetzt dran mit reden?

Nein. Ich konnte das nicht. Ich konnte nicht länger etwas vorspielen. Nicht jetzt.

Ich gab auf, schluckte einmal, verabschiedete mich hastig und floh.

Am Ende des Flurs bog ich um die Ecke und lehnte mich dann gegen ein Regal voller Bücher. Ohne jeden Grund war ich vollkommen außer Atem.

Dax brach mir das Herz. Er war wunderschön und zerbrochen, er konnte nicht sehen, was ich sah. Und allein ihn mit anderen Mädchen an einem Tisch sitzen zu sehen, offensichtlich lernend, machte mich verrückt. Es war wieder wie damals im ersten Studienjahr, nur eine Million Mal schlimmer.

Ich sammelte mich, ging nach unten, fand Lulu und ließ mich stöhnend neben ihr auf einen Stuhl fallen.

Sie schaute von ihrer Zeitschrift auf. »Was ist los? Ich dachte, du magst es oben zwischen den ganzen staubigen alten Büchern.«

»Dax ist da oben.«

»Und das ist ein Problem?«

»Er ist letzte Nacht nicht nach Hause gekommen. Er hat im Verbindungshaus gefeiert.«

Sie verzog das Gesicht. »Das tut er nun einmal, Remi. Das weißt du schon seit langer Zeit.«

Ich nickte. »Ja.«

Dann spielte ich mit meinem Handy. »Hey, wollen wir abhauen? Vielleicht ein Bier im *Cadillac's* trinken?«

Ihre Augenbrauen schossen in die Höhe. »An einem Dienstag? Da ist da tote Hose.«

»Nicht in der ersten Woche. Komm schon, ich muss ein wenig Dampf ablassen.«

Sie warf die Zeitschrift auf den Tisch. »Solange kein Tequila im Spiel ist, bin ich dabei.«

Am Mittwoch wachte ich mit einem Kater auf.

Ich duschte lange und betete, dass das heiße Wasser seine Wunder an mir wirken würde.

Dann stolperte ich in meinem Nachthemd nach unten in die Küche. Dort hatte sich nichts verändert. Keine Gläser in der Spüle. Kein Geschirr auf dem Tresen. Ich warf einen Blick in Dax' Schlafzimmer und sah, dass sein Bett gemacht war. Kein Anzeichen dafür, dass ich überhaupt einen Mitbewohner hatte.

Zur Zoologievorlesung tauchte Dax auf, aber anstatt sich neben mich zu setzen wie am Montag, suchte er sich einen Platz in der Mitte neben einer Gruppe hübscher Mädchen. Er nickte mir höflich zu, und ich hätte ihn am liebsten angeschrien.

Sobald der Professor uns entließ, schoss er aus dem Raum, und ich folgte ihm auf den Flur hinaus. »Dax?«

Er blieb stehen und drehte sich um. »Hey.«

Seine lässige Art täuschte mich nicht. Die Mauer, mit der er sich zu seinem Schutz umgab, war bereits hochgezogen.

»Du bist in letzter Zeit nicht viel zu Hause gewesen.«

Mit sorgenvoller Miene kam er näher. »Du hast doch keine Angst allein, oder?«

»Nein.« Ich knabberte an meinem Daumennagel.

»Was ist los?« Er sah mich suchend an.

»Du fehlst mir«, sagte ich ganz ehrlich.

Er wurde blass. »Bitte sag das nicht. Das darf nicht sein.«

Alles Blut sackte mir aus dem Gesicht, und ich schloss die Augen, grub tief, um irgendwo die Kraft zu finden, die es mir erlauben würde, ihn einfach stehen zu lassen.

Warum bist du noch hier, Remi?

Hast du denn gar keinen Stolz?

Was braucht es noch, damit du ihn in Ruhe lässt?

Die Antwort brannte in meinem Kopf – so schlicht und einfach, wie es schöne Dinge meistens sind.

Ich liebe ihn.

Es gibt im Leben keine Zufälle, nur das Schicksal, das einen aufeinander zutreibt.

Er war mein nicht perfekter Seelengefährte, und jeder kleine Faden im Universum hatte mein Herz mit seinem zusammengenäht, uns zusammengefügt, uns zu etwas gemacht, was in meinen Augen einfach perfekt war.

Das gebrochene Herz in meiner Brust wusste es.

Mein ultrakluges Gehirn wusste es.

Und ich schätzte, er wusste es auch.

Ich war verrückt nach ihm – war es schon immer gewesen und würde es immer sein. Selbst als ich mit Hartford zusammen gewesen war, hatte der Großteil meines Herzens Dax gehört. Oh, ich hatte es drei Jahre lang ignoriert, hatte es ganz tief in mir vergraben und mich ständig daran erinnert, wie sehr er mich verletzt hatte. Er war damals zu jung gewesen. Er war nicht bereit gewesen. Vielleicht war er das immer noch nicht. Doch meine Liebe war wild und verrückt und sündhaft in ihrem Verlangen nach ihm. Ich sehnte mich nach ihm, seinem Körper, seiner Seele, seinem Geist.

Ich glaubte nicht, dass ich weiterleben wollte, wenn er sterben würde.

Ich glaubte nicht, dass ich weitermachen könnte, ohne zu wissen, dass er atmete.

Wie ein Stück sorgfältig gefaltetes Papier, das verborgen gewesen war und nun geöffnet wurde, sah ich alles ganz klar. Die Wahrheit war die ganze Zeit direkt vor meinen Augen gewesen.

Er gehörte mir, ich gehörte ihm. Nichts würde das jemals ändern.

Ich öffnete die Augen, als mich das Vibrieren eines Handys in die Gegenwart zurückholte. Es war das von Dax.

Er beachtete es nicht. Sein Blick ruhte auf meinem Gesicht, als würde er versuchen, sich das, was er sah, bis in jede Einzelheit einzuprägen.

»Das ist dein Handy«, sagte ich schließlich, als das Geräusch aus seinem Rucksack nicht aufhörte.

Er öffnete ihn und sah nach. Dann schaute er wieder mich an. »Das ist Declan. Er wartet im Studio auf mich. Ich muss los.« Er wirkte nicht, als wolle er gehen, und schien hin- und hergerissen.

»Dann geh.« Ich schob mir eine Haarsträhne aus dem Gesicht, und seine Augen weiteten sich.

Er ließ seine Büchertasche fallen. »Wo ist dein Ring?«, bellte er.

»Den habe ich Hartford zurückgegeben. Ich … ich wollte es dir sagen, aber es hat bisher noch keinen guten Zeitpunkt dafür gegeben. Du bist nie zu Hause …«

»Remi.« Seine Stimme war tief. Rau. »Warum hast du es mir nicht gesagt? Mir eine Nachricht geschickt? Irgendetwas?«

»Ich sage es dir doch jetzt. Hier.«

Er atmete zitternd ein und schluckte schwer. »Ich … ich werde heute Abend zu Hause sein.«

Gegen zwei Uhr am Nachmittag schickte Malcolm mir ein Bild von sich, auf dem er ein Glas Nudelsoße in die Höhe hielt.

Ich will Spaghetti. Mom sagt, sie bringt mich und die Lebensmittel vorbei, wenn du mich heute Abend zurückfährst.

Ich grinste.

Die hatten wir doch erst vor ein paar Tagen. Bist du sie nicht schon leid?

Guck dir an, mit wem du sprichst. Ich denke einspurig. Ich mag, was ich mag.

Und du weißt, wie du bekommst, was du willst.

Schick mir ein Bild von dir.

Ich zog eine verrückte Grimasse mit herausgestreckter Zunge und machte ein Selfie.

Du siehst aus wie Dad.

Ich lachte.

Bis später.

Mom und Malcolm kamen gegen vier. Sie hatte das Haus bisher noch nicht gesehen, also bekam sie die große Führung. Sie fragte, wo Dax sei, und ich erklärte, dass er kaum hier wäre. Sie wusste nicht, dass Dax der Junge aus dem ersten Studienjahr war, und ich sagte es ihr auch nicht. Es gab keinen Grund dafür.

Aber ich erzählte ihr von Hartford. Sie stieß einen langen Seufzer aus, akzeptierte es dann aber und sagte, sie könne mich mit dem Sohn ihres Chefs verkuppeln.

Ich lachte.

Sie fuhr zur Arbeit, und Malcolm und ich spielten eine schnelle Runde Scrabble, während die Soße und die Nudeln kochten.

Dax kam durch die Hintertür herein. Er war verschwitzt und trug Sportshorts und ein weißes ärmelloses Shirt. Offensichtlich hatte er trainiert. Sein Blick glitt über mich hinweg und blieb an meiner nackten linken Hand hängen, wobei er seltsam eindringlich wirkte.

»Hey, Bro«, begrüßte er Malcolm.

»Ist das der Name meiner Schwester da auf deiner Brust?«, fragte Malcolm und neigte den Kopf, um Dax' Brust genauer in Augenschein zu nehmen.

Oh. Mir war gar nicht aufgefallen, dass man einen Teil des Tattoos sehen konnte, weil ich zu sehr davon gefesselt war, dass er tatsächlich hier war.

Hat er dieses Shirt im Fitnessstudio getragen? Zeigt er den Leuten sein Tattoo?

Mein Herz flatterte.

Ich sah schnell nach der Soße.

Malcolm stand auf und trat nah an Dax heran, um das Tattoo näher in Augenschein zu nehmen. Ganz genau betrachtete er den oberen Teil der Flagge und meinen Namen, dessen unterer Teil im Ausschnitt verschwand. Dax schien es nichts auszumachen.

»Kannst du dein Shirt ausziehen?«, fragte Malcolm.

Dax sah mich an, zuckte mit den Schultern und zog es aus.

Wie bei mir war auch bei ihm die Rötung verheilt und hatte nur eine leuchtende Flagge und meinen Namen in schwarzer Tinte zurückgelassen.

Die Augen gingen mir förmlich über, als ich seine Brustmuskeln sah, die gebräunte Haut über seinem Sixpack, das tiefe V seiner Lenden. Er sah noch muskulöser aus als in London.

Malcolm sah mich an. »Hast du das gewusst?«

»Sie hat auch eins.« Dax durchquerte die Küche und nahm sich eine Flasche Wasser aus dem Kühlschrank. Den Blick fest auf mich gerichtet, trank er sie in einem Zug aus.

Ich wand mich innerlich.

Malcolm neigte erneut den Kopf und musterte mich. Dann sah er Dax an. Ein Anflug von Verstehen huschte über sein Gesicht. »Oh. Ich weiß. Ihr beide mögt euch. Vermutlich habt ihr Sex.«

Dax spuckte das Wasser im hohen Bogen aus und schnappte sich ein Geschirrhandtuch, um es vom Boden aufzuwischen.

»Malcolm, erinnerst du dich an unsere Unterhaltung über Themen, die dich nichts angehen? Das hier ist eines davon«, sagte ich ernst.

Dax richtete sich wieder auf.

»Bist du böse, weil ich unangemessene Dinge sage?«, fragte Malcolm ihn und ließ die Schultern hängen.

»Nein, Kumpel, überhaupt nicht.«

Malcolm nickte. »Gut. Dann sag mir, wie es ist, ein Tattoo zu bekommen.«

»Okay.« Sie setzten sich an den Tisch, während ich am Herd stehen blieb und zuhörte, wie Dax die Prozedur erklärte, ihm sagte, wie lange es dauerte, um zu verheilen, und ob es wehtat. Malcolm hatte eine Million Fragen, und Dax beantwortete jede einzelne. Er beschrieb den Laden, in dem wir gewesen waren, und die verschiedenen Bilder, die die Leute sich dort stechen ließen. Er zeigte ihm seine Libelle und drehte seinen Oberarm so, dass Malcolm sie gut sehen und mit dem Finger darüberstreichen konnte.

»Remi liebt alles, was fliegt«, überlegte mein Bruder laut und sah mich an. »Sie hat versucht, mich beim Scrabble mit *Wachtel* zu schlagen, aber ich habe sie mit *Xerox* getoppt.«

»Gut gemacht.« Dax lachte. »Einmal habe ich meinen Bruder Declan mit *Xylol* besiegt. Er hat behauptet, das wäre kein echtes Wort, also habe ich das Wörterbuch herausgeholt und es ihm gezeigt. Offenbar ist es irgendein Lösungsmittel für Lacke. Ich habe gewonnen, und bis heute hat er keine Ahnung, dass ich einfach nur geraten hatte. Jetzt weigere ich mich, mit ihm zu spielen, damit ich sagen kann, ich hätte das letzte Spiel gewonnen.«

Malcolm lachte und ging ins Wohnzimmer, um fernzusehen, während ich das Essen zu Ende zubereitete.

»Willst du mit uns essen?«, fragte ich Dax in die plötzliche Stille in der Küche hinein.

Er kam herüber und stellte sich neben mich, wobei er sich mit verschränkten Armen gegen die Arbeitsplatte lehnte. Er musterte mich eindringlich, wie er es häufig tat.

»Hör auf, mich so anzustarren«, sagte ich. »Du machst mich nervös, und es ist ein wenig gruselig.«

Er drehte mich herum und drückte mich gegen die Arbeitsplatte. »Ist es wirklich vorbei?«

»Ja.«

»Warum?« Seine Stimme klang rau.

Ich berührte seine Lippen, wollte sie auf meinen spüren. Ein paar Herzschläge lang herrschte Schweigen.

Er stöhnte. »Remi, sag es einfach.«

»Weil er nicht *du* ist. Ich will dich.«

Er atmete scharf ein, und ein Schatten der Angst huschte über sein Gesicht. »Remi, verstehst du das denn nicht – *du brauchst mich nicht.* Du brauchst einen Typen wie ihn. Ich kann nicht das sein, was auf deiner Liste steht. Ich habe keine Pläne für die Zeit nach dem College. Ich bin nicht verantwortungsbewusst. Ich lebe von einem Tag auf den anderen. Verdammt, ich weiß nicht einmal, ob ich dieses Haus verkaufen kann.«

Ich spürte, wie mein Blick weich wurde. »Für dich habe ich keine Liste. Weil ich keine brauche. Du erfüllst alle meine Kriterien.«

Er ließ mich los und tigerte durch die Küche, gestikulierte wild mit den Händen, während er sprach. »Jede Faser meines Körpers will glauben, was du sagst. Ich habe mir eine Million Mal vorgestellt, wie das mit uns beiden sein könnte, aber am Ende wirst du mich für jemanden verlassen, der weiß, was er will – wie der verfickte Hartford. Ich kann nicht zusehen, wie jemand, den ich … ich …« Er hielt inne und atmete aus. »Du bist das einzige Mädchen, das mich je verlassen hat. *Jemals.* Du bist durch die Tür meines Zimmers im Verbindungshaus gegangen und hast nicht einmal zurückgeschaut. *Du warst schwanger und hast keinen Blick zurückgeworfen.*«

»Diese Menschen sind wir nicht mehr«, sagte ich und beobachtete ihn.

Er kam zu mir zurück. Seine Augen blitzten. »Die Sache ist die, dass ich nicht glaube, dass ich dich jemals verlassen könnte, Remi.«

»Dax, bitte.« Seine Stimme ließ mich zerbrechen. Ich verstand es nicht.

»Seitdem dein Dad gestorben ist, glaubst du zu wissen, was für einen Mann du brauchst, um glücklich zu sein. *Ich bin es nicht.*« Er hielt inne. »Und jetzt hast du trotzdem beschlossen, dass ich der Eine bin. Du kannst nicht …« Er ließ mich los, schnappte sich sein Shirt vom Tresen und zog es wieder über. »Ich … ich brauche eine Pause von all dem.«

Ich klammerte mich an die Arbeitsplatte. Er brauchte eine Pause? Die Worte schossen wie eine Flipperkugel durch meinen Kopf. Mein Gott, Hartford hatte auch eine Pause gewollt. Mein Brustkorb hob sich.

»Dax, nicht …«, krächzte ich und unterbrach mich aus Angst, dass ich anfangen würde zu weinen.

Seine Miene war zerrissen, als er mich ansah. Seine Augen quälend verletzlich. Er öffnete den Mund, um etwas zu sagen, und klappte ihn dann wieder zu. »Ich habe Angst, Remi. Ich habe verdammte Panik. *Du. Kannst. Mich. Verletzen.*«

Und dann war er fort.

Ich hielt mich an der Arbeitsplatte fest, als er durch die Hintertür ging.

Ich war endlich frei in meiner Liebe, und alles, was er tun musste, war, mich zu beanspruchen – aber das hatte er nicht getan.

Malcolm kam langsam in die Küche, und angesichts seiner Miene nahm ich an, dass er uns gehört hatte. Er schlang die Arme um mich.

»Ich bin immer für dich da, Remi. Ich lasse dich sogar beim Scrabble gewinnen.«

Ich drückte ihn ganz fest.

25. Kapitel

Remi

Ich sah ihn am Donnerstag nicht.

Ich ignorierte ihn am Freitag in der Vorlesung.

Er sah fertig aus.

Es war mir ~~egal~~ nicht egal.

Als die Vorlesung zu Ende war, sprang ich auf, um zu gehen, entschlossen, nicht zurückzuschauen. Aber ich tat es doch – *verdammt* –, und sein Blick ruhte auf mir. Total konzentriert. Jeden Zentimeter von mir aufnehmend.

Am Ende des Tages bekam ich einen aufgeregten Anruf von Lulu, die sagte, ihre Mitbewohnerin Carla hätte beschlossen, dauerhaft bei ihrem Freund einzuziehen, womit ich die Wohnungsvermittlung kontaktieren konnte, um Carlas Platz zu übernehmen. Ich rief sofort dort an, und die Sache war beschlossen.

An dem Abend kamen Lulu und Malcolm zum Haus, um mir zu helfen, meine Sachen zu packen. Ich würde die Schlafzimmermöbel dort lassen, bis wir jemanden gefunden hatten, der uns beim Schleppen der schweren Stücke half. Malcolm bot an, uns zu unterstützen, und er war auch stark, aber ich war nicht sicher, ob er oder Lulu in der Lage wären, mir ohne das nötige Werkzeug zu helfen. Der vollständige Umzug würde noch ein wenig warten müssen.

»Du könntest Hartford fragen«, schlug Lulu vor, aber ich verwarf die Idee. Wir waren fertig miteinander, und ihn um Hilfe zu bitten, würde die Sache nur verkomplizieren.

Ich war entschlossen, es allein zu schaffen.

»Gut, dass es in meinem Zimmer bereits ein zweites Bett gibt«, überlegte Lulu, als sie mein Doppelbett und die Kommode betrachtete.

»Ja.« Ich wischte mir den Schweiß von der Stirn und zog mir das T-Shirt vom Leib, um etwas Luft zu kriegen. »Aber ich glaube, das Beistelltischchen kriegen wir noch in deinen Truck. Wollen wir es versuchen?«

Der Tisch war aus Pressholz gemacht. Malcolm bestand darauf, ihn zu tragen, also machten wir ihm Platz, als er ihn hochhob und vorsichtig die Treppe hinunter bugsierte, während ich vor ihm ging, für den Fall, dass er stolperte.

Wir hatten gerade den letzten meiner Kartons in Lulus Truck verstaut, als Dax' Auto auf der Straße vor dem Haus anhielt.

Er sprang heraus und kam auf uns zu.

»Oh Shit. Hier kommen verdammte britische Schwierigkeiten auf uns zu – mein Gott, sogar verschwitzt ist er heiß. Meinst du, er ist gefährlich? Soll ich gehen oder bleiben?«

»Er wird mir nicht wehtun. Steigt ihr einfach schon mal ein und lasst uns einen Moment allein.«

»Zu schade, dass ich kein Popcorn dabeihabe.« Lulu bedeutete Malcolm, auf der Beifahrerseite einzusteigen, während sie sich hinter das Lenkrad setzte. Dann drehten sich die beiden zu uns um, um uns zu beobachten.

»Was ist hier los?« Er schaute auf die Ladefläche des Trucks.

Wieder kam er direkt aus dem Fitnessstudio und trug ein Tanktop und schwarze Nylonshorts. Sein Tattoo war für alle zu sehen.

»Ich ziehe um.«

»Wohin?«

»Dax, hör mal …«

»Verdammt!«, rief er. »Du ziehst zu Hartford, oder?«

»Niemals. Aber in Lulus Zimmer ist ein Bett frei geworden.«

Er strich sich mit der Hand durch die Haare, und seine Brust hob und senkte sich heftig. *»Fuck.«*

Ich stieß den Atem aus. »Dax, hör mal, du bist die ganze Woche über kaum hier gewesen. Ich habe das Gefühl, als würde ich dich von etwas fernhalten, auf das du stolz sein solltest. Du hast das Haus gerade erst gekauft.«

»Jetzt bin ich hier.«

»Aber nicht so, wie ich es will«, sagte ich leise und mit schmerzendem Herzen. Ich holte tief Luft.

Er tigerte um mich herum. Wütend. »Das ist es also? Keine Vorwarnung. Kein Anruf. Nicht einmal eine SMS. Du schleichst dich davon, während ich weg bin.«

Ich massierte mir das Handgelenk. Mein Armband hatte ich eingepackt. »Ich wollte dir eine Nachricht hinterlassen.«

»Eine Nachricht interessiert mich nicht, Remi! Du verlässt mich.« Er schüttelte den Kopf, und seine Stimme brach. »Genau wie ich es vorhergesagt habe.«

»Nein, so ist es nicht«, flüsterte ich.

Ich verließ ihn aus Angst um mich selbst. Ohne ihn fühlte ich mich wie aus den Angeln gehoben, wenn ich durch das Haus ging und darauf wartete, dass er auftauchte wie ein geheimnisvoller Geist. Ohne ihn war dieses Haus nichts. Und eines Tages … eines Tages würde er mit einer hübschen Studentin zur Tür hereinkommen, und ich würde meinen verflixten Verstand verlieren. Ich würde einfach in der Mitte auseinanderbrechen.

Ich zwang mich, meine Stimme neutral und meine Gefühle im Zaum zu halten. Mein Gott, es war so schwer, ihn zu verlassen, aber ich musste mir etwas Rückgrat zulegen. »Ich stehe dir im Weg dabei, ein echtes Zuhause zu haben. Wir können nicht weiter so tun, als wollten wir unterschiedliche Sachen. Eines Tages bringst du ein Mädchen mit nach Hause und …«

»Ich war mit niemandem zusammen außer mit dir, verdammt. *Mit dir.*«

»Ich auch nicht!«, schrie ich, und meine Fingernägel bohrten sich in meine Handfläche. »Ich will nur dich. Hast du wirklich geglaubt, nach uns könnte ich mit Hartford schlafen?«

Sein Blick wurde weich wie Morgennebel. »Remi …«

»Das ist nicht leicht für mich«, flüsterte ich, ganz schwach vom Klang seiner Stimme. »Es ist fast unmöglich, dich zu verlassen, auch wenn du mir gar nicht gehörst. Ich würde lieber warten, bis du alles für dich geklärt hast, aber das tut mir zu weh, es zerbricht mich innerlich. Mein Herz schmerzt. Ich … ich kann nicht noch mal das Gleiche wie im ersten Studienjahr durchmachen. Ich kann nicht zusehen, wie du feierst und trinkst und rumvögelst … während ich … Ich bin in dich verliebt. Das war ich schon immer – und du weißt es«, flüsterte ich. Tränen sammelten sich in meinen Augen, und ich blinzelte sie zurück.

Er schloss die Lider.

»Goodbye, Dax.« Ich berührte seinen Arm, und er zuckte zusammen und riss die Augen auf.

Dann sah er mich an, ließ seinen Blick für einen Moment auf meinem Gesicht verweilen. »Ich sage nicht Goodbye. Das kann ich nicht.«

Wir fuhren schweigend davon. Ich biss mir auf die Faust, um nicht laut zu schreien.

Es vergingen ein paar angespannte Minuten, bis Malcolm meine Hand ergriff. Mit großen Augen sah er mich an. »Es tut mir leid, dass es nicht geklappt hat.«

»Ist schon gut«, sagte ich, obwohl ich mich kaum noch zusammenreißen konnte.

Traurig sah er mich an. »Dax ist ziemlich intensiv, aber das liegt nur daran, dass er nicht weiß, wie er dir sagen soll, dass er dich liebt. Ich glaube, er hat noch nie ein Mädchen geliebt. Sein Kopf ist ganz verwirrt. Er ist wie einer dieser mageren Hunde im Tierheim, die sich vor ihrem eigenen Schatten fürchten, aber trotzdem ganz doll wollen, dass man sie streichelt …« Er hielt inne und dachte nach. »Ich meine nicht, dass er ein Hund ist. Ich habe hier eine Metapher benutzt, und zwar eine verdammt gute, wie ich finde. Nicht schlecht für einen Autisten.«

Ich schenkte ihm ein schiefes Lächeln und umarmte ihn. »Du bist umwerfend.« Meine Stimme war total im Eimer.

»Kommst du klar?«, wollte Lulu wissen.

»Ich weiß es nicht. Es fühlt sich nicht richtig an, ihn zu verlassen«, flüsterte ich. »Überhaupt nicht richtig.« Ich rieb mir über das Brustbein. Ich fühlte mich leer. Verloren. Vollkommen verwirrt. Als würde ich niemals wissen, welche Richtung ich einschlagen sollte.

Ich umklammerte mein Kissen, das jemand auf den Sitz geworfen hatte, und vergrub mein Gesicht darin.

Wie soll ich nur ohne ihn leben?

26. Kapitel

Dax

Sie fuhr weg, und ich ließ es zu.

Vor Trauer wie betäubt ging ich ins Haus, um zu duschen und mir den Schweiß vom Training abzuwaschen. Zwischen Vorlesungen und Lernen war ich mit Declan im Studio gewesen, was mir geholfen hatte, mich zu fokussieren. Nachts hatte ich auf einem Sessel im Tau-Haus geschlafen und versucht, mich zusammenzureißen. Es hatte keine Partys gegeben. Keine Mädchen. Das Einzige, was ich wollte, war sie.

Ich stand in der Dusche mit dem Rücken an der Wand, um mich aufrecht zu halten.

Ich fühlte mich, als würde ich sterben.

Nach dem Duschen zog ich eine Jeans, ein Tau-Shirt und meine Converse an. Nichts allzu Schickes, weil an diesem Abend das Lagerfeuer auf der Myer's Farm einige Kilometer außerhalb der Stadt stattfand. Die Farm gehörte einem der Alumni, und es war eine jährliche Party mit Lagerfeuer, Tauziehen im Mondlicht und viel Bier. Gott sei Dank.

Ich hatte nicht vorgehabt, hinzugehen.

Aber auf keinen Fall würde ich hier sitzen und wie ein Baby heulen.

Eine Stunde später fuhr ich über die Schotterstraße, die zu der Lichtung inmitten eines riesigen Feldes führte. Die größten Trauerweiden, die ich je gesehen hatte, säumten den Weg an einer Seite direkt an einem Bach, und der Rest des Geländes war von Kiefern und Eichen bewachsen.

Ich seufzte. Das hier würde gut werden. Ich brauchte heute Abend Leute. Freunde.

Axel, Alexandria und Bettina standen in der Nähe der Bierfässer, und ich ging zu ihnen, schnappte mir einen Becher und füllte ihn.

Auf viele weitere! stieß ich stumm mit mir selbst an.

Irgendjemand drehte die Musik auf, und die Leute fingen an zu tanzen, was mich an Remi im *Masquerade* erinnerte.

Ich holte mir noch ein Bier. Und noch eines.

Später wurden Laternen in dem Teil entzündet, der nicht vom Lagerfeuer erhellt wurde. Wir hatten ein paar Klappstühle im Kreis aufgestellt und spielten Trinkspiele. Alexandria setzte sich neben mich, legte ihre Hand auf meinen Oberschenkel und ließ ihre Finger immer weiter an der Innenseite meines Oberschenkels hinaufrutschen.

Ich wies sie nicht ab, und ich ermutigte sie nicht.

Ich war leer. Ohne Remi war ich nichts.

Remi.

Sie war alles, woran ich denken konnte.

Verdammt. Ich stand auf. *Ich muss hier weg.* Andere Menschen halfen nicht. Alkohol half nicht. Ich brauchte *sie*. Sie war es. Alles. Mein Leben.

Ich fasste mir an den Kopf. Mein Gott, ich würde sie heute Nacht finden und ihr sagen, nein, sie anflehen, zurückzukommen …

Helle Scheinwerfer schweiften über die Lichtung, als ein weiterer Wagen auf den ausgewiesenen Parkplatz in der Nähe der Bäume fuhr. Es waren bestimmt hundert Leute hier, und bevor die Nacht vorbei wäre, würden es noch wesentlich mehr sein.

Zwei Mädchen kamen auf uns zu. Beim Anblick des einen flammten meine Augen auf.

Ich stolperte und fiel zum Glück zurück auf meinen Stuhl.

In dem kurzen Kleid aus dem *Masquerade* und mit High Heels – *was denkt sie sich nur dabei* – trat Remi in den Kreis.

Das cremefarbene Kleid zeigte ihr *Dax*-Tattoo und war im Schein der Laternen in ihrem Rücken beinahe durchsichtig. Ihre Haare waren wie Feuer, die Perlen hingen um ihren Hals.

Kein BH. Kein Slip.

Jemand pfiff.

Mir fiel das Bier aus der Hand und verteilte sich auf dem Boden.

Alle verstummten mitten im Spiel *Ich habe niemals …* Ich weiß nicht, ob es daran lag, dass sie mein bleiches Gesicht sahen oder ihren Körper anstarrten.

Ich war eine Statue, konnte nicht einmal mit der Wimper zucken, als ich sah, wie sie auf mich zuschlenderte und ein wenig ins Schwanken kam, als sie auf einen Stein trat.

Vor Alexandria blieb sie stehen. »Du. Wie auch immer du heißt. Steh auf.«

»Wie bitte? Nein. Er gehört dir nicht.« Sie kniff die Augen zusammen und stieß ein nervöses Lachen aus. »Warte mal. Bist du nicht seine Mitbewohnerin?«

»Steh auf. Er gehört mir sehr wohl. Und nimm deine Hand von seinem Bein.«

Alexandria sah mich Hilfe suchend an. Ich brachte nicht mehr zustande als mein typisches Achselzucken. Mein Herz flippte aus. Mein Mund war so trocken wie Watte. »Sie ist der Boss«, stieß ich hervor.

Stotternd stand Alexandria auf und warf sich die Haare über die Schultern. »Na gut. Er ist sowieso total langweilig.«

Ich lachte laut auf, um das Unbehagen abzuschütteln. Außerdem war die Vorstellung, dass *ich* langweilig sein sollte, einfach lächerlich.

Remi setzte sich und zog das Kleid höflicherweise eng um ihre Beine, damit ihr niemand unter den Rock sehen konnte.

»Findest du nicht, dass du ein wenig overdressed bist?«, fragte ich kurz angebunden.

Sie lächelte und zeigte mir ihre kleine Zahnlücke. »Du hast Glück, dass ich überhaupt etwas anhabe.«

Ich stieß zischend den Atem aus.

»Ich habe es angezogen, um dich zu ärgern.«

Ich senkte die Lider. »Es funktioniert«, erwiderte ich.

Lulu setzte sich auf die andere Seite von Remi, die frei geworden war, nachdem Alexandria davongestürmt war.

Die Unterhaltung setzte langsam wieder ein, aber ich spürte die Blicke der Leute auf uns.

Ich wusste, was sie dachten.

Die Kleine ist praktisch nackt!

War sie nicht mal mit Hartford verlobt?

Sie hat gerade Dax Blay für sich beansprucht. Was soll denn das?

Ich lachte, als sich eine kribbelnde Wärme in mir ausbreitete, und die stammte nicht vom Bier.

Jemand reichte den Mädchen je einen Becher mit Bier, und wir spielten weiter. Ich riss meinen Blick von Remi los und konzentrierte mich darauf, nur nach vorne zu schauen. Wenn ich sie nicht anstarrte, würde ich vielleicht wieder klar denken können, denn im Moment wollte ich sie einfach nur auf die Arme nehmen und wegtragen.

Niemand konnte sich erinnern, wer dran war, also sagte Remi, sie würde weitermachen.

Ich lehnte mich in meinem Stuhl zurück und beobachtete sie. Sie sah verdammt schön aus – auch wenn ich mir am liebsten eine Decke geschnappt und sie darin eingewickelt hätte.

Sie hob ihr Glas. »Ich habe niemals einen One-Night-Stand gehabt.«

Alle murmelten oder lachten, und die meisten von uns tranken einen Schluck, um zu zeigen, dass sie schon einen One-Night-Stand gehabt hatten. Sie trank. Ich trank.

»Darf ich noch mal?«, fragte sie süß, und natürlich sagten

die Verbindungsbrüder: »Klar, Baby«, und begafften sie weiter. Ich ballte die Hände zu Fäusten.

»Ich habe niemals einen One-Night-Stand gehabt, der zu einem Three-Night-Stand wurde, weil ich mich verliebt habe und es nicht ertragen konnte, diese Person jemals zu verlassen.«

Sie hob ihren Becher an und trank. Ich sah nicht, wer es noch tat, weil meine Augen nur auf sie gerichtet waren.

Ich trank.

Gott, ich liebte sie. Tief. Intensiv. Voll und ganz.

Sie sah sich lächelnd im Kreis um und deutete eine Verbeugung an. »Danke, dass ich bei eurem Spiel mitmachen durfte.«

»Jederzeit«, rief eine männliche Stimme anzüglich, und ich bedachte den Sprecher mit einem Blick, der besagte, er solle zur Hölle fahren.

Ich stand auf. »Jetzt bin ich dran«, verkündete ich. Auf einmal war ich so nervös, dass meine Hände zitterten.

Jetzt oder nie, Dax. Sag ihr, was du empfindest. Steh dazu.

»Ich habe niemals ein Mädchen so sehr geliebt, dass ich auf die Knie gegangen bin und sie um Verzeihung dafür gebeten habe, dass ich zu jung war, um zu wissen, dass das, was wir hatten, das Schönste auf der Welt war und ich nur meine Ängste hätte loslassen müssen, um sie für immer zu lieben.«

Ich schluckte den Rest meines Biers und beobachtete sie.

Sie hob ihren Becher an, prostete mir zu und trank.

Schweigen senkte sich über die Gruppe. Wieder waren aller Augen auf uns gerichtet.

Verdammt, wir waren die reinste Seifenoper. Ich hatte gerade vor der gesamten Verbindung und einigen Leuten, die ich nicht einmal kannte, meine Liebe zu Remi gestanden.

Es war, als hätte es einen Kurzschluss in meinem Gehirn gegeben, denn ich war noch nicht fertig.

Ich schaute mich unter meinen Brüdern um. »Und nur damit ihr Jungs es wisst, dieses Mädchen hier …« Ich zeigte auf

Remi. »Gehört mir. Ich liebe sie, also haltet euch mit euren anzüglichen Kommentaren zurück.« Ich beugte mich zu ihr hinunter, stützte mich auf den Armlehnen ihres Stuhls ab, hob ihr Kinn an und küsste sie. Nicht wie verrückt, aber meine Lippen und meine Zunge sagten ihr, dass sie dafür bezahlen würde, in diesem Kleid hier aufgetaucht zu sein.

Ich setzte mich wieder und machte eine echte Show daraus – streckte die Arme über den Kopf, drehte den Nacken hin und her und entspannte mich. Ich fühlte mich unglaublich.

Ihre Augen funkelten, als sie jede meiner Bewegung in sich aufnahm und die Schneidezähne in ihre Unterlippe grub.

Ein paar Minuten vergingen, dann ging das Spiel weiter. Mein Körper war wie aufgeputscht, bereit, bei der kleinsten Kleinigkeit zu zerspringen. Ich fragte mich, was als Nächstes käme. Ich musste nicht lange warten.

»Ich hole mir noch ein Bier. Willst du auch eins?«, fragte sie Lulu.

»Nö«, erwiderte diese. »Dich und Dax zu beobachten, ist berauschend genug.«

Remi zuckte mit den Schultern und marschierte dorthin ins Dunkel, wo die Bierfässer standen.

Geh ihr nach!

Ich ließ sie ungefähr fünfzig Meter weit kommen, bevor ich aufsprang. Das Blut pulsierte in meinen Adern.

Ich joggte ihr nach, und sie musste meine Schritte gehört haben, denn sie zog ihre Schuhe aus und rannte auf die Bäume zu.

Wie ein Blitz schoss sie durch die geparkten Autos hindurch und lief auf die Trauerweiden zu. Sie sprang über den kleinen Bach, landete leise stöhnend und verschwand unter den hängenden Ästen.

Wenn sie so weitermachte, würde sie sich umbringen, bevor ich sie erreicht hatte.

Das Licht des Lagerfeuers und der Lampions reichte nicht so weit, und als ich endlich die langen Zweige beiseiteschob und unter das schützende Dach des Baumes tauchte, wurde ich von Dunkelheit begrüßt. Ich konnte nichts als ihren schwachen Umriss erkennen, der sich gegen den Baumstamm abhob. Das Gelächter und die Musik von der Party wehten zu uns herüber, aber das einzige Geräusch, das ich wahrnahm, war ihr Atem.

Ich ging auf den Baumstamm zu.

Sie seufzte leise, als ich meine Hand an ihr Schlüsselbein legte und von dort zu ihrem Handgelenk strich und ihr Armband berührte.

»Ich sehe dich«, sagte ich. Ich nahm ihre Hände und hob sie über ihren Kopf, drückte sie sanft gegen den Stamm, um ihr nicht wehzutun.

»Du hast mich eingeholt«, flüsterte sie und bog sich mir entgegen.

»Hmm.« Ich atmete tief ein, strich mit der Nase über ihre Kehle zu ihrem Ohr. »Ob ich dich sehen kann oder nicht, ich kann dich riechen. Jedes Mal wenn ich eine Bäckerei betrete und mir der Duft von Zucker in die Nase steigt – oder von einem Donut oder einem verdammten Keks –, werde ich hart.«

»Bringst du mir deshalb immer Frühstück …«

Ich küsste sie. Es war der beste Kuss, den wir je gehabt hatten. Weich und verträumt spielten meine Lippen mit ihr, gaben ihr winzige Küsse und dann längere.

Ich küsste an ihrem Hals entlang bis zu ihrem Schlüsselbein und ihrer Brust. Mit der Zunge fuhr ich die Umrisse ihres Tattoos nach, den Schwung meines Namens, während sie sich halbherzig wand, um sich zu befreien. Mit den Zähnen nahm ich ihre Brustwarzen nacheinander durch den Stoff ihres Kleides in den Mund und saugte daran, bis ich die rosigen Spitzen sehen konnte.

»Dax.« Sie rieb sich an mir. »Lass mich dich berühren«, stöhnte sie voller Verlangen.

»Nein.« Ich wollte sie bestrafen und zappeln lassen, bis sie mich anflehte, das tun zu dürfen, wonach sie sich sehnte.

Mit einer Hand hielt ich ihre Hände weiter fest, während ich mit der anderen hinter sie griff und ihren Reißverschluss nach unten zog. Ihr Kleid fiel zu Boden. Nackt stand sie vor mir, und ich stürzte mich auf ihre Brüste, verschlang sie förmlich mit Zunge, Zähnen und Lippen.

»Ich werde das verdammte Kleid verbrennen«, sagte ich dicht an ihrem Hals, bevor ich ihr in die Schulter biss.

Sie schrie vor Lust auf, und ich kehrte zu ihrem Mund zurück. Küsste sie. »Willst du, dass uns alle hören?«, fragte ich zwischen zwei Küssen.

»Es ist mir egal.« Sie saugte an meiner Unterlippe, bis ich so hart wurde, dass es schmerzte. Ich stöhnte und liebte es, wie gut sie mich kannte. Ich wollte, dass sie das für den Rest meines Lebens mit mir tat.

Ich strich mit der Zunge ihren Hals entlang. »Ich werde dich jetzt loslassen, und du wirst dort stehen bleiben und dich nicht rühren.«

»Ja.«

Vorsichtig ließ ich ihre Handgelenke frei, und sie sackte gegen den Baum. Ich ließ mir Zeit, küsste mich an jedem Arm langsam hinunter bis zum Ellbogen, zu ihren Handflächen. Dann ging ich auf die Knie. Küsste ihren Bauch. Saugte an ihrem Hüftknochen.

Gefühle tobten in mir. Bedauern. Lust. *Liebe.* Echte Liebe.

»Es tut mir so verdammt leid«, meinte ich. »Es tut mir leid, dass ich mich in der Küche nicht zu dir bekennen konnte, als du mir gesagt hast, dass es mit Hartford aus ist. Es tut mir leid, dass ich Panik habe, dich zu verlieren. Aber ich will es trotzdem versuchen. Ich will dir gehören, und ich will, dass du mir gehörst. Ich will neben dir aufwachen, meine

Nase an deinem Hals vergraben und einfach … atmen. Ich will dich in meinen Armen halten. Ich will dich ins Bett tragen, wenn du eingeschlafen bist. Ich will dich küssen, während du eine Maske trägst und wir tun, als würden wir einander nicht kennen. Ich will mit dir in meinem Haus leben.« Ich presste meine Stirn an ihre. »Nur … bitte … tu mir nicht weh.«

Sie zog meinen Kopf hoch, schaute mir in die Augen und sank auf die Knie. Wir sahen einander an. »Ich werde dich niemals verletzen. Deshalb bin ich heute Abend hierhergekommen. Als ich dein Haus verlassen habe, wurde mir klar, dass ich diejenige sein muss, die härter für uns kämpft, wenn du es nicht kannst.«

Ich küsste sie. »Ich wollte gerade hier wegfahren und dich suchen und nach Hause holen. Heute zu sehen, wie du abgefahren bist … Ich kann dich nicht noch einmal verlieren. Ohne dich sterbe ich.« Ich umfasste ihr Gesicht. »Wir sind füreinander bestimmt, Remi.«

Ihre blauen Augen strahlten. »Das Schicksal hat es immer gewusst. Es hat vor drei Jahren versucht, uns zusammenzubringen, und hat es nicht geschafft. In London hat es das zum zweiten Mal versucht, und es hat wieder nicht geklappt. Aber hier und jetzt hören wir ihm endlich zu.«

Sie küsste mich, nahm mein Gesicht zwischen ihre Hände und ließ die Finger durch meine Haare gleiten.

Ich erschauerte. »Mein Gott, ich liebe dich, Remi.«

»Ich liebe dich auch«, flüsterte sie.

Wir küssten uns, die Arme fest umeinander geschlungen, und nichts konnte uns auseinanderbringen.

Ich habe nicht vor, sie jemals wieder gehen zu lassen.

An der Hand zog ich sie wieder auf die Beine. »Ich habe weder London noch das *Cadillac's* vergessen können. Ich will dich – deinen Körper und deine Seele.«

Sie erbebte. »Ich bin bereit für dich.«

Ich zog mir das T-Shirt über den Kopf und dann Jeans und Schuhe aus. Sie sah zu. Aus meinem Portemonnaie holte ich ein Kondom und rollte es über meinen harten Schwanz.

»Lass mich mit dem Rücken an den Baum lehnen«, murmelte ich und spürte, wie schwer meine Lider waren.

»Ich bin nicht sicher, ob ich mich bewegen kann. Ich … ich glaube, der Stamm ist das Einzige, was mich aufrecht hält.«

»Liebes, ich werde dich aufrecht halten.«

Ich hob sie hoch, und sie schlang ihre Beine fest um meine Hüften. Ich lehnte mich gegen den Baum, und sie stemmte ihre Füße gegen den Stamm. Jeder Muskel meines Körpers war angespannt, als ich in ihre Feuchtigkeit glitt, mich wieder zurückzog, erneut stöhnend zustieß.

Sie warf den Kopf in den Nacken und erbebte, als sie sich um mich herum anspannte.

Ohne Pause fuhr ich fort, langsam in ihre Hitze zu tauchen, wieder ein Stück aus ihr herauszugleiten und über ihre Klit zu streichen.

Ja, Baby, ja. Ich hätte die ganze Nacht so weitermachen können.

»Bitte«, flüsterte sie, während sie sich an meine Schultern klammerte und an meinem Hals saugte. »Ganz tief, Dax.«

Endlich stieß ich richtig zu.

»Fuuuuck«, rief ich, ließ alle Sanftheit hinter mir und nahm sie mit mächtigen Stößen, ohne auf die Baumrinde zu achten, die mir den Rücken zerkratzte.

Ich packte ihren Hintern fester. Sie stöhnte, als ich meinen Winkel ein wenig veränderte, und meine Oberarme zitterten, während ich mich in ihr verlor.

Sie zog meinen Kopf zu sich heran, bis ich sie küsste.

»Ja, Liebste«, murmelte ich. »Beug dich ein wenig vor. Komm näher an meinen Mund.« Sie bog sich für mich durch, und ich stürzte mich auf ihre Brüste, saugte und biss in ihre Spitze.

Wir verschlangen einander, unsere Körper waren in vollkommenem Einklang miteinander, wussten, was sie tun mussten, damit der andere sich gut fühlte. Schweiß tropfte von meinem Gesicht auf ihre Haut.

Mit ihr hatte ich den besten Sex überhaupt. *Das ist schon immer so gewesen.*

Sie schrie auf, als sie über die Klippe sprang. Ihre Muskeln pulsierten um mich herum, und ihre Beine krampften sich um meine Hüften, während sie von Wellen der Ekstase davongetragen wurde.

Ich hörte nicht auf.

Mit meinem Mund auf ihrem ließ ich mich am Baum hinuntergleiten, bis ich rücklings im Gras lag und sie auf mir saß. Ich führte ihre Perlenkette an meine Lippen. »Reite mich.«

Sie sah mich erregt an und nahm mich komplett in sich auf. Ihr Blick fand meinen, als wir uns zusammen bewegten.

Sanft. Langsam. Leicht.

Ich umfasste ihr Gesicht. Mein Herz war so voll. »Ich habe so lange von uns geträumt. Ich wusste nur nicht, wie ich es sagen sollte – ich wusste nicht, was es war.«

Sie beugte sich vor und küsste mich. Ihr Gesicht strahlte Liebe aus. Ich fuhr mit den Fingern über ihre Wirbelsäule. *Sie gehört mir.* Wunderschöne Remi.

»Hier, lass mich mal«, sagte ich, als sie irgendwann müde wurde. Ich übernahm und hob mit den Händen ihre Hüften an, um dorthin zu gelangen, wo ich es wollte.

Zischend atmete ich aus, während ich mich in ihr bewegte. Meine Haut an ihrer, die Spitze meines Schwanzes an ihrer Klit.

»Dax …«, schrie sie auf.

Sie war schon wieder so nah dran.

Getrieben von einer nie gekannten intensiven Lust schob ich ihren Kopf nach hinten und presste meine Lippen an ihren Hals. *Ja. Das ist es.* In einem stetigen Rhythmus hämmerte ich mich kraftvoll in sie hinein. Ich würde nie genug von ihr kriegen. Niemals.

Die wilden, rauen Geräusche unseres Liebesspiels trieben mich in den Wahnsinn. Ich spürte, wie sich das Gefühl in meinem unteren Rücken aufbaute, meine Stöße wurden schneller.

»Dax, bitte, ja!«, rief sie. Ihre Fingernägel gruben sich tief in meine Schultern, zogen mich näher zu ihr, auch wenn das eigentlich gar nicht mehr möglich war.

Sie schrie ihren Orgasmus hinaus und umklammerte mich. Ich sagte ihr, dass ich sie liebte, flüsterte es dicht an ihrer Schulter und kam direkt nach ihr mit einem Aufschrei in die Nacht. Mein Herz pochte. Würde es mit uns immer so heiß sein? Ich schätzte schon.

Keuchend schob ich ihr die Haare aus dem Gesicht. »Geht es dir gut? Habe ich dir wehgetan?«

»Niemals«, murmelte sie.

Ein paar Minuten später suchte ich unsere Sachen auf dem Boden zusammen und breitete sie auf dem Gras aus. Ich trug Remi hinüber, als wäre sie zerbrechlich, bettete sie darauf, und wir hielten einander fest.

Sie weinte leise – Glückstränen –, und ich hielt sie in den Armen, während ich von einem unglaublich tiefen und warmen Gefühl für sie erfüllt war.

Ich strich mit den Fingern über ihren Arm und sie über das Tattoo auf meiner Brust.

»Das ist die beste Nacht meines Lebens«, murmelte ich später in ihr Haar. »Und das haben wir alles dem Schicksal zu verdanken.«

Sie grinste. »Und dem Tequila.«

Ich lachte und zog sie enger an mich, bis sie auf mir lag, den Kopf auf meiner Brust.

Sie war mein Licht, mein Atem. Sie war meine Julia.

Nur würden wir ein Happy End kriegen, dafür würde ich sorgen.

27. Kapitel

Remi

Am nächsten Morgen wachten wir von dem Sonnenschein auf, der durch die dicken herunterhängenden Äste fiel. Es war wie in einem kleinen privaten Hafen nur für uns.

»Sind alle weg?«, flüsterte ich.

Er löste sich von mir, stand auf und trat einen Schritt vor, um durch das Laub zu schauen. Ich biss mir auf die Unterlippe, als ich die roten Kratzer auf seinen breiten Schultern und seinem muskulösen Rücken sah. Und auf seinem perfekten Hintern.

Wie sollte ich mich je an so einen Mann gewöhnen?

Ich grinste. Mir würden schon ein paar Wege einfallen …

Er drehte sich um, sah mein Lächeln und erwiderte es.

Er liebte mich.

Er will uns.

»Ich sehe einige Autos und noch ein paar Leute, die zugucken, wie das Feuer runterbrennt.«

»Ich schätze, Lulu ist schon weg?«

»Warum? Du fährst nachher mit mir.«

Ich verdrehte die Augen. »Ich weiß, aber ich will kurz nach ihr sehen.«

Er schaute noch mal hinaus und drehte sich wieder zu mir um. »Ich kann ihren Truck nirgendwo entdecken … was mich daran erinnert … Ich ziehe mich kurz an und laufe zu meinem Auto. Ich habe etwas für dich.«

Was?

Er hatte so viel für mich getan. Mich in London gerettet,

mich geheiratet, um mich zum Lachen zu bringen, mich bei sich wohnen lassen, obwohl er wusste, dass das eine fürchterliche Idee war. Das Armband.

»Okay, aber beeil dich. Ich fühle mich einsam.« Ich wackelte mit den Augenbrauen, und er lachte leise.

»Weib, mein Rücken und mein Hintern sind so blutig gescheuert, dass ich dich das nächste Mal auf einem weichen Bett ohne Steine oder Bäume nehmen werde.« Er grinste dreist. »Allerdings, wenn du darauf bestehst, würde ich nicht Nein sagen …«

Ich scheuchte ihn davon, und er zog sich an, trat durch das dichte Laub und lief los, um eine Tüte aus seinem Wagen zu holen und mit ihr zu mir zurückzukommen.

Als er wieder unter den Baum trat, warf er die Tüte auf den Boden und holte ein *Front Street Gym*-Shirt und eine kurze Sporthose heraus. »Zieh das an.«

Ich runzelte die Stirn. »Warum? Ich habe doch mein Kleid.«

»Willst mich wirklich ärgern und dieses Kleid wieder anziehen und vor meinen Verbindungsbrüdern damit herumstolzieren?«

Hitze stieg in mir auf. *Ja?*

Ich verstand seinen Standpunkt. Ich hatte das nur gemacht, um seine Aufmerksamkeit zu erregen, und offensichtlich hatte es funktioniert.

»Zieh meine Sachen an«, sagte er leise und verband seinen Befehlston mit einem verletzlichen Ausdruck in den Augen.

Er half mir, in das T-Shirt zu schlüpfen. Die Shorts hatte zum Glück ein Band zum Zusammenschnüren, damit sie mir nicht von den Hüften rutschte.

»Ich sehe aus wie eine Obdachlose.«

»Aber du hast ein Obdach. Meins.« Er zog meine Perlen unter dem T-Shirt hervor.

Ich seufzte und strich ihm eine Strähne aus der Stirn. »Sag mir, woher du wusstest, dass du mich liebst?«

Er sah mich an. »Als du mir im Tau-Haus die Tür vor der Nase zugeschlagen hast, fürchtete ich, dass ich es vermasselt hatte. Und als ich gehört habe, dass du mit Hartford verlobt bist, war ich mir sicher, dass ich es vermasselt hatte.« Er hielt inne, schloss die Augen. Öffnete sie wieder. »An dem Abend, an dem du mich im *Masquerade* geküsst hast und ich deinen Duft *sofort* wiedererkannt habe, den Geschmack deiner Lippen und das Gefühl von dir in meinen Armen – da wusste ich, du bist das einzige Mädchen, das ich will. Ich bin ein Idiot und wusste nicht, wie ich es richtig machen sollte.«

»Du machst es richtig, Lord Sex«, murmelte ich und strich mit den Fingern über seine Brust nach unten zu seiner harten Erektion in der Jeans.

Er stöhnte. »Fang nichts an, was du nicht zu Ende bringen kannst.«

»Oh, ich kann es zu Ende bringen. Es ist dein Rücken, der da nicht mitmacht.«

Er lachte, schnappte sich mein Kleid, und wir gingen zu seinem Range Rover. Im letzten Moment bog er in Richtung Lagerfeuer ab, um das ein paar seiner Brüder standen. Angesichts der verstreuten Schlafsäcke und Feldbetten wirkte es, als wären sie gerade erst aufgewacht.

Dax sagte Hi, nickte in die Runde und trat an das glimmende Feuer heran.

Ich dachte, er würde …

Was machte er da?

Er hielt mein Kleid über die Flammen.

»Dax Winston Blay, wenn du das Kleid fallen lässt, kriegen wir beide Ärger«, rief ich ihm laut zu.

Er senkte den Blick. »Ich sorge noch früh genug dafür, dass du über den Verlust hinwegkommst.«

»Tu das nicht«, meinte ich.

Ein Lächeln umspielte seine Mundwinkel. »Nenn mir einen guten Grund.«

Ich biss mir auf die Unterlippe. »Ich verspreche, es nur für dich zu tragen und für niemanden sonst.«

Er zog es ganz langsam zurück, wobei er mich nicht aus den Augen ließ. »Versprochen?«

»Versprochen.« Ich schnappte mir das Kleid und rannte zu seinem Auto, wobei ich ihm über die Schulter hinweg zurief: »Außer du machst mich wirklich sauer, und ich muss dir eine Lektion erteilen.«

Lächelnd rannte ich rückwärts – auch wenn mir das ein wenig Angst machte –, nur um sein Gesicht zu sehen. Er sah mich düster an, aber gab mir ein paar Schritte Vorsprung, bevor er losrannte und mich einholte.

Er hob mich hoch, sodass ich schrie, und trug mich den Rest des Weges zu seinem Wagen, wobei er mich die ganze Zeit ununterbrochen küsste.

Ich seufzte, ich hätte vor Glück förmlich explodieren können.

Mr. Beautiful. Er gehörte mir, und ich gehörte ihm.

Epilog

Ein Jahr später

Dax betrat das *Masquerade* gegen zehn Uhr am Abend. Seine schwarze Maske schmiegte sich perfekt an seine markanten Gesichtszüge. Declan war bei ihm. Beide trugen tief sitzende Designerjeans und eine *Ich–bin-heiß*-Haltung. Auf den ersten Blick war es beinahe unmöglich, sie auseinanderzuhalten, außer dass einer von ihnen etwas muskulöser war und sie unterschiedliche Tattoos hatten.

Ich saß an der Bar und beobachtete sie. Doch trotz der vollen Tanzfläche zwischen uns wusste ich genau, welcher mein Mann war.

Lächelnd trank ich einen weiteren Tequila.

Dax hatte mich noch nicht gesehen und drehte den Kopf, um in der Menge nach mir zu suchen.

Declan schaute sich auch genau um. Er hatte die Arme verschränkt und einen undurchdringlichen Ausdruck im Gesicht. Er war der Härtere von beiden. Der Beschützer.

Ich beugte mich zu Elizabeth, die auf dem Hocker neben mir saß. »Unsere Gäste sind eingetroffen. Noch haben sie uns nicht entdeckt.«

Sie lächelte, als ihr Blick meinem zum Foyer des Clubs folgte. »Und sieh dir das an, die Frauen überschlagen sich förmlich«, meinte sie leise lachend.

Das stimmte. Eine Gruppe kichernder Mädchen deutete mit dem Finger auf sie.

Wir machten uns keine Gedanken. Unsere Männer hatten nur Augen für uns.

Ich drehte mich zum Barkeeper und bat um weitere Limettenstückchen, wobei ich der Tür den Rücken zuwandte. »Geben wir ihnen eine Minute, um uns zu finden. Ich brauche noch einen Drink.«

Ich spürte Aufregung, als ich darüber nachdachte, wie schwer es für sie sein würde, uns zu finden, weil wir die größten Masken trugen, die wir hatten finden können – flauschig mit vielen Federn und Stoff. Außerdem trugen wir unsere Haare zu lockeren Knoten gebunden, aus denen nur einige Strähnen heraushingen. Mein Haar war inzwischen wieder lang genug für diese Frisur.

Da heute unser Mädelstag gewesen war, hatten wir es richtig krachen lassen und uns neue Kleider gekauft. Ich trug ein schmales schwarzes Kleid, das einen wundervollen Kontrast zu meinen roten Haaren bot, und Elizabeth hatte sich für ein weißes Trägerkleid entschieden.

Ich hatte sogar High Heels an. Ich weiß. Unglaublich.

Wir winkten den Barkeeper heran.

Aus zwei Gründen waren wir vier vor ein paar Tagen nach London gekommen. Zum einen, weil wir feiern wollten, dass Elizabeths Angreifer Colby sich für schuldig erklärt hatte, um somit nur wegen vorsätzlichen Mordversuchs angeklagt zu werden und nicht auch noch für die anderen beiden Anklagepunkte, die gegen ihn erhoben worden waren. Das Urteil hatte auf lebenslange Haft mit Aussicht auf eine spätere Bewährung gelautet. Das war in Ordnung. Elizabeth konnte einen Abschluss für diese Episode in ihrem Leben finden, und auch Declan war im Großen und Ganzen zufrieden. Er sagte zwar, wenn Colby jemals rauskäme, würde er ihn umbringen, aber ich denke, dass Elizabeth ihn ganz gut gezähmt hatte.

Zum anderen hatten Dax und ich im letzten Semester unseren Abschluss an der Whitman geschafft. Er hatte einen guten Schnitt erreicht, weil er fleißig gewesen und viel Zeit mit mir verbracht hatte. Wir hatten oft gemeinsam im Bett gelernt, auch wenn unser Fokus dabei nicht immer nur auf den Vorlesungen gelegen hatte. Sein Plan war (ja, ich hatte ihm dabei geholfen), dieses Jahr die Maklerlizenz zu bekommen.

Der Immobilienmarkt entwickelte sich zu seinem Vorteil. Er hatte sein erstes Haus verkauft, nachdem er sechs Monate darin gewohnt hatte, und sofort zwei weitere erworben. Ich hatte einen YouTube-Kanal für ihn eröffnet, auf dem er Interessenten auf virtuelle Touren durch die beiden Häuser mitnahm und anstehende Renovierungen erklärte. In einem Video war ich einfach spontan aufgetaucht und hatte über Vögel, unnützes Wissen der 80er-Jahre und Tattoos gesprochen, nur um die Leute zum Lachen zu bringen. Die Fans, die in die Millionen gingen, liebten es. Und sie liebten uns – vor allem, weil Dax so umwerfend war und diesen sexy britischen Akzent hatte. HGTV hatte uns sogar angesprochen und gefragt, ob wir daran interessiert wären, in Raleigh eine Pilotfolge über das Renovieren von älteren Häusern in den Südstaaten zu drehen.

Was mich betraf, so ging ich es mit dem Aufbaustudium langsam an. Ich war in einem Onlinekurs an der Duke eingeschrieben, was für den Moment perfekt war. Ich weigerte mich, durch mein Leben zu hetzen und jede Einzelheit zu planen. Malcolm kam uns weiterhin besuchen, und er und Dax waren wie Tee und Kekse. Sie beteten einander an, und ich dankte dem Himmel dafür, dass er meinen Seelengefährten Dax und mich zusammengebracht hatte.

Fünfzehn Minuten später hatten sie uns immer noch nicht erkannt, und ich war versucht, mich umzudrehen und Blickkontakt herzustellen. Doch ich wusste, dass es Dax so gefiel.

Er wusste, dass ich mich irgendwo im Raum befand, und Teil der Jagd war es, mich zu finden. Die Vorfreude wuchs.

Elizabeth, die dringend mal auf die Damentoilette musste,

gab schließlich auf und ließ mich allein, um pinkeln zu gehen.

Ich spielte mit meinem Glas, strich mit dem Finger über den Rand.

Wenn er mich nicht entdeckt hatte, bis sie zurückkehrte, sollte ich vielleicht mal gucken …

Warme Hände legten sich auf meine Schultern, und eine männliche Stimme flüsterte mir ins Ohr. »Willst du tanzen, Liebes?«

Ich spürte die Anspannung in meinem Körper, drehte mich aber nicht um. »Nein danke. Ich warte auf jemanden.«

Er ging nicht weg, sondern stand so nah hinter mir, dass ich ihn riechen und die Hitze spüren konnte, die von seiner Haut ausstrahlte.

Sein Atem strich über meinen Nacken, und ein Finger fuhr leicht das Tattoo mit den fliegenden Amseln nach, das ich mir vor ein paar Monaten zu Ehren meines Dads hatte stechen lassen. »Deine Vögel gefallen mir. Bedeuten sie, dass du genauso wild und frei bist wie sie?«

Ich seufzte und drehte mich zu der Person um.

Mein Blick wanderte über ihn. »Ich bin so wild, dass du nicht mithalten könntest. Es braucht einen echten Mann, um mich zu befriedigen. Bist du das?«

Er beugte sich vor, und seine breiten Schultern zwangen mich, mich auf dem Barhocker zurückzulehnen. Mit einer zarten Geste huschten seine Finger über meine Perlen und ließen sie wieder zurück in meinen Ausschnitt fallen.

»Du bist in der Tat umwerfend«, sagte er leise und betrachtete mein trägerloses Kleid mit heißem Blick.

Ich lächelte spöttisch. »Versuch nicht, mich mit deinem stolzen britischen Akzent zu beeindrucken. Es braucht schon mehr, um mich zum Tanzen zu bringen.«

»Wie wäre es dann mit einem Kuss?«

Ich blinzelte. »Du verlierst keine Zeit, oder?«

Seine dunklen Augen verengten sich.

Ich schluckte und wurde leicht nervös. Aufgeregt? Gott, ich wusste es nicht.

Mein Blick glitt über seine Schulter, hin zu wahllosen Gesichtern.

»Nach wem suchst du?«, fragte er und griff an mir vorbei, um die Tequilaflasche von der Bar zu nehmen und zu betrachten.

Ich lächelte. »Nach dem heißesten Kerl hier im Club – heißer als ein Cowboy mit einem Brandeisen.«

Er warf den Kopf in den Nacken und lachte. Fasziniert sah ich zu, wie er sich einen Schluck – *in mein Glas* – einschenkte und trank.

Was für ein Spiel spielte er?

Iris von The Goo Goo Dolls lief, und ich erschrak, denn ich erkannte das Lied, zu dem Dax und ich getanzt hatten. Erinnerungen an London vor einem Jahr stiegen in mir auf.

»Gefällt dir das Lied?« Er sah mich suchend an.

»Ja.«

Schweigen legte sich über uns. Ich wurde kribbelig.

Genau wie er, wenn sich sein Brustkorb heftig hob und senkte. In seiner Wange zuckte ein Muskel, und ich spürte, wie schwer es ihm fiel, sich zu beherrschen …

Er brach aus seiner Rolle aus. »Bist du bereit, aufzugeben?«, fragte Dax schließlich mit einem Hauch von Autorität in der Stimme.

»Nein«, brachte ich hervor, auch wenn ich für ihn auf die Knie fallen wollte.

»Du willst, dass ich mit einer anderen tanze?«

»Das wirst du nicht tun.«

»*Fuck*. Du hast recht.«

Ich tat, als ignorierte ich ihn, schenkte mir noch einen Drink ein und trank ihn in einem Zug – alles, während mich Dax mit einem hungrigen, verletzlichen Ausdruck in den Augen beobachtete.

Einem Ausdruck, den ich nur zu gut kannte.

Er tanzte auf dem Drahtseil. Schwankte.

Genau wie ich – aber ich blieb standfest und tat, was jeder gute Spieler tun würde, der eine Wette eingegangen war.

Wird er mich zuerst küssen? Oder werde ich ihn küssen?

Ja, er hatte mir alles über die Wette mit Spider erzählt, und heute Abend hatten wir unsere eigene Version davon abgeschlossen.

»Steh auf«, sagte er.

»Bitte?«

Er seufzte. »Bitte.«

Ich rutschte vom Hocker, und wir standen uns an der Bar gegenüber. Ein paar Gäste bemerkten die Spannung zwischen uns, und ihre Blicke huschten zwischen uns beiden hin und her.

Ich nahm einige Perlen meiner Kette in den Mund und ließ sie durch meine Zähne gleiten. »Zu schade, dass sie nicht in deinem Mund sind.«

Stöhnend schob er die Hüften vor und drückte mich gegen die Bar. Ich hätte mich eingesperrt fühlen müssen, so eingezwängt zwischen dem Tresen und ihm und vor den Augen aller Gäste, aber das tat ich nicht.

Das hier war er. Das hier war ich. Das war, was wir mochten.

»Du versuchst, mich umzubringen«, sagte er mit zerrissener Stimme, die Lippen gefährlich nahe an meinen.

Ich legte eine Hand an seinen Nacken und zog seinen Kopf zu mir heran, bis seine Stirn meine berührte. »Du küsst mich zuerst und lässt mich die Wette gewinnen, und ich verspreche dir, zu unserem Lied mit dir zu tanzen.«

Er zögerte. »Können wir so tanzen wie beim letzten Mal?«

Ich biss mir auf die Unterlippe und lächelte. »Vielleicht.«

»Du kleine Hexe«, flüsterte er. »Du hast gewonnen.« Er eroberte meinen Mund so langsam, als ob wir alle Zeit der Welt hätten und als würden uns nicht Dutzende Menschen zusehen. Ich verlor mich in ihm, wie ich es immer tat.

»Ich liebe dich«, sagte er an meinem Ohr, als wir uns voneinander lösten.

Ich schmolz dahin und hielt mich an seinen Schultern fest. »Ich liebe dich auch.«

Er trat einen Schritt zurück und zog mich mit sich auf die Tanzfläche. Dort sahen wir, dass sich Declan und Elizabeth offensichtlich zur gleichen Zeit wie wir gefunden hatten. Sie tanzten bereits eng umschlungen. Ich winkte ihnen zu, doch sie bemerkten es nicht, so sehr waren sie voneinander eingenommen.

Dax zog mich an seine Brust und berührte beinahe andächtig mein Gesicht. »Vor fast einem Jahr bist du mir in den Schoß gefallen, und jetzt kann ich mir keinen einzigen Tag mehr ohne dich vorstellen.«

Ich lächelte ihn mit einem Gefühl absoluter Sicherheit an.

Romeos und Julias Liebe hatte vielleicht unter einem ungünstigen Stern gestanden, aber unsere nicht.

»Uns gehört die Ewigkeit«, sagte ich, bevor er mich küsste.

– ENDE –

Danksagung

Es gibt so viele fabelhafte Menschen in der Welt der unabhängigen Autoren, die diese Reise erst möglich gemacht haben. Seid versichert, dass meine Dankbarkeit auch zum Ende dieser Aufzählung hin nicht nachlässt.

Zuerst einmal wurde dieses Buch nur deshalb geschrieben, weil meine Leserinnen und Leser es so gewollt haben, und dafür bin ich auf ewig dankbar. Ich wusste gar nicht, dass Dax eine Geschichte hat, bis ihr es mir gesagt habt. Über ihn zu schreiben, war schwer, weil ich Declan so sehr geliebt habe, aber sobald ich herausgefunden hatte, *wer* Dax ist und was ihn antreibt, habe ich mich Hals über Kopf in ihn verliebt. Ich hoffe, euch ging es genauso.

Danke an meinen Ehemann, der jeden Schritt auf diesem Weg an meiner Seite gegangen ist. Du und ich gegen den Rest der Welt, Babe.

Ein Dank geht auch an die Autorin Lisa N. Paul – danke für das Lachen und die Lunchdates, die wir nie persönlich hatten. Aber vor allem danke dafür, dass du meine gute Freundin und jeden Tag für mich da bist. Lass uns eine rauchen gehen.

Danke an die Autorin Tia Louise, mein Zwillingsgehirn, mein Autogrammkumpel – danke für deine Freundschaft, deinen Rat, deine Ermutigungen. Ich kann mir kein Einhorn vorstellen, ohne dabei an dich zu denken. Eines Tages, meine Freundin, werden wir gemeinsam auf einem reiten.

An alle Mädchen der FTN: Ich schätze jede von euch! Danke, dass ihr mich jeden Tag zum Lachen gebracht habt.

An die Mädchen in Tribe, die mich ermutigt und getragen haben. Unsere Freundschaft ist noch frisch, aber ich liebe euch bereits. Ich bin für euch da, ihr müsst nur fragen. Haha.

Für Rachel Skinner von Romance Refined, meine unglaubliche und süße Lektorin, die hart im Urteil über den Inhalt ist und damit genau das, was ich brauche. Und für Katherine Trail von KT Editing für das schnelle Korrekturlesen.

Für Jimmy und Jenn Beckham, Pam Huff und Julie Deaton – danke fürs Korrekturlesen und die Unterstützung beim Feintuning.

Für CA Borgford von Perfectly Publishable für die fabelhafte Arbeit beim Setzen.

Für Miranda Arnold von Red Cheeks Read: meine wundervolle und talentierte Assistentin! HOLLA! Haha! Ich bin so froh, dass wir über unsere Liebe zu *Very Bad Things* zueinander gefunden haben. Danke, dass du so tatkräftig bist. Lauf bis ins Ziel, Baby!

Für die Mädels in der Verwaltung von Racy Readers: Erin Fisher, Tina Morgan, Elizabeth Thiele, Miranda Arnold, Stacey Nickelson, Sarah Griffin, Heather Wish, Lexy Stories, Pam Huff und Suzette Salinas. Ihr Ladys seid verantwortlich für unsere großartige Lesegruppe. Es ist eine der besten aller Zeiten, und ich danke euch für eure konstante Unterstützung, eure Ideen und eure Liebe.

Für die Ladys von The Rock Stars of Romance, die unermüdlich gearbeitet und mir alle meine Fragen beantwortet und mir Tipps gegeben haben: Lisa und Milasy … ihr seid die Besten!

Für meine *Ilsa's Racy Readers Group*: Ihr mögt als Letzte auf dieser Liste stehen, aber ihr seid die Besten. Ihr habt mich aufgefangen, als ich am Boden war, und ihr habt mich zum Lachen gebracht, als ich es am meisten brauchte. Danke für all eure Ermunterungen und jede Rezension, die ihr gepostet habt. Danke, dass ihr ein Stück von euch in unserer Gruppe teilt.

Ilsa Madden-Mills

Dirty English – Verboten Heiß

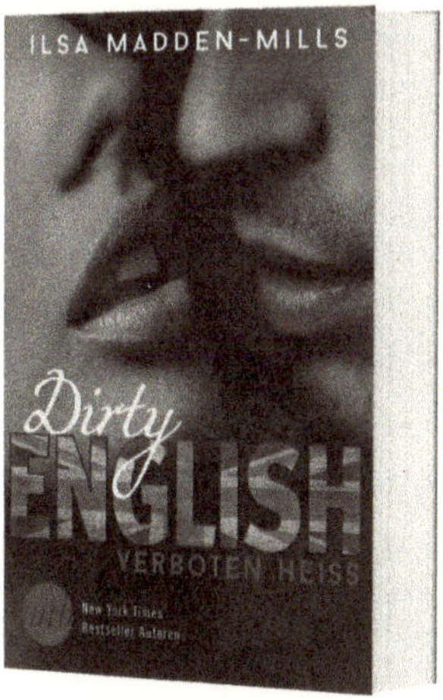

Elizabeth stockt der Atem. In nichts als Shorts und Boxhandschuhen lehnt Declan in seiner Tür; Schweißperlen glitzern auf seinem tätowierten Körper. Ungekannte Lust rast durch ihre Adern. Der neue Nachbar ist heiß. Verdammt heiß. Aber seit dem Albtraum vor zwei Jahren hat sich Elizabeth strenge Dating-Regeln auferlegt, nach denen Declan für sie strikt tabu ist. Doch der raue Sex-Appeal des Briten schreit danach, alle Regeln über Bord zu werfen ...

ISBN: 978-3-95649-635-6
9,99 € (D)

Cherrie Adair

Nimm mich!

ISBN: 978-3-89941-645-9
8,95 € (D)

Joshua Falcon ist gewohnt, seinen Willen zu bekommen. Im Job – und im Bett. Und als er die hinreißend unschuldige Innenarchitektin Jessie Adams auf einer Party trifft, will er sie. JETZT. NACKT in seinem Bett. Für eine heiße Sexaffäre ohne Verpflichtungen. Kaltblütig macht er Jessie ein Angebot, von dem er weiß, dass sie es nicht ablehnen kann. Und genießt fortan den Sex mit ihr, wann und wo es ihm am besten passt – spontan und ohne lästige Bindung. Alles läuft wie geplant für den erfolgreichen Geschäftsmann. Bis er erkennen muss, dass er Jessie schon einmal begegnet ist. In einer verhängnisvollen Nacht vor sieben Jahren. Damals war sie noch eine kleine Kellnerin. Und er ein einsamer Millionär ...

Deutsche Erstveröffentlichung

Isabelle Ronin

Du bist mein Feuer

Ein Blick auf die sinnlich tanzende Fremde im roten Kleid, und Caleb weiß: Er muss sie haben. Ein Zufall führt dazu, dass er Veronica Unterschlupf gewährt. Sie sieht in ihm nur den Sohn reicher Eltern, der nicht zu ihr, dem Mädchen aus schwierigen Verhältnissen, passt. Aber der verwöhnte Bad Boy will mit ihr etwas Echtes, Tiefes. Schnell merkt er, dass Veronica nicht leicht zu erobern ist: Sie vertraut nichts und niemandem. Doch Caleb ist bereit, die Schatten ihrer Vergangenheit zu vertreiben und jedes Hindernis, das sie trennt, zu überwinden. Auch wenn alle sagen, dass Veronica sein Ruin sein wird ...

ISBN: 978-3-95649-772-8
12,99 € (D)

Deutsche Erstveröffentlichung

Kirsty Mosely

Fighting to Be Free – Nie so geliebt

Es ist Jamies letzte Chance auf ein normales Leben. Bisher war seine Existenz bestimmt von Armut und Gewalt. Frisch aus dem Gefängnis entlassen, ist er voller guter Vorsätze. Doch so leicht entkommt man seiner Vergangenheit nicht. Dann begegnet er Ellie – und sie verkörpert all das, wonach er sich sehnt. Die Anziehungskraft reißt sie beide mit. Jamie will alles tun, sich ihrer würdig zu erweisen; der Mensch zu werden, den Ellie lieben kann. Aber noch hat er ihr nicht die Wahrheit über seine dunklen Taten gestanden. Sind Ellies Gefühle stark genug, um bei ihm zu bleiben? Bei einem Mann, der das Leben eines anderen auslöschte ...

ISBN: 978-3-95649-680-6
12,99 € (D)